Jochen Ruderer

Zwei Sommer

Roman

neobooks

Impressum

Texte:	© 2021 Copyright by Jochen Ruderer
Umschlag:	© 2021 Copyright by Jochen Ruderer
Verantwortlich für den Inhalt:	Jochen Ruderer Scharnweberstraße 90 12587 Berlin zweisommerbuch@web.de
Druck:	neobooks – ein Service der Neopubli GmbH, Berlin

St. Peter-Ording, Sonntag 1. August 2010

Was ich an meiner Situation mag, ist die Aussicht. Und das meine ich nicht metaphorisch. Dieser Raum, in dem Sie mich einquartiert haben, bemüht sich wenig, durch übermäßige Gemütlichkeit zu gefallen - ein Bett, ein Tisch, zwei Stühle und ein kleines Sofa. An den Wänden hängen Zeichnungen von Booten in irgendeinem kleinen Nordseehafen. Alles zweckmäßig und nüchtern – wäre da nicht dieses Fenster. Der ganze Raum wird dominiert von der riesigen Scheibe und dem, was jenseits des Rahmens liegt. Ich kann das Fenster zwar nicht öffnen, aber die Vergitterung bedeckt nur das untere Drittel. Dafür bin ich sehr dankbar. Über dem Gitter, hinter der tadellos geputzten Scheibe liegt das Meer. Wie ein riesiges Seidentuch, in einem endlosen Raum liegt es da; weit und glatt und grau.

In dieser sonderbaren Situation, in der ich mich befinde, wirkt dieser Schatz zu meinen Füßen umso kostbarer. Jetzt gerade, da ich die Sonne noch nicht sehen kann, ihr Licht aber umso stärker von schräg oben herabstrahlt, glänzt das Meer, als bestünde es aus nichts als flüssigem Gold. Der Fensterrahmen in meinem Zimmer beginnt zu glühen, als wäre er ein Flammenportal durch das ich nur hindurch schreiten müsste, um in das Goldmeer einzutauchen. Aber keine Angst – ich habe keinerlei Absichten dieser Art. Bitte kommen Sie nicht auf die Idee, das Fenster ganz zu verrammeln. Das wäre wirklich schade – und unnötig.

Was ich Ihnen als allererstes mitteilen möchte ist: ich bin nicht verrückt. Oder schizophren oder verwirrt oder wie Sie es nennen möchten. Mir ist natürlich klar, dass ich nicht der erste Ihrer Insassen bin, der in diesem Punkt anderer Auffassung ist als Sie oder Ihre Kollegen. Wahrscheinlich hören Sie das sogar jeden Tag. Aber bei mir stimmt es. So etwas gibt es.

Ich habe zum Beispiel einen Nachbarn, also nicht den hier – zu Hause, über den alle, die ihn kennen sagen, er habe den Verstand verloren. Er selbst sieht das völlig anders. Auch ich selbst hatte zunächst keinerlei Zweifel daran, dass er vollkommen verrückt sei.

Jeder, der meinen Nachbarn kennt, nennt ihn den Hasen. Ich glaube, er selbst hat mittlerweile Gefallen an diesem Namen gefunden. Eigentlich heißt er Sinanovic, Mensur Sinanovic. Sie können das nachprüfen. Er ist ein paar Jahre jünger als ich und stammt aus Bosnien. Der Grund, warum ihn alle den Hasen nennen, liegt in seiner Fortbewegungsweise. Beim Laufen schlägt er ständig Haken. Wenn er stehen bleibt, zuckt er unvermittelt und springt plötzlich zur Seite, geht unerwartet in die Hocke und rollt sich ab. Das macht er auch beim Einkaufen oder mitten in einem Gespräch und wie dieser Mensch die Geranien auf seinem Balkon gießt, ohne dabei das gesamte Haus zu wässern, ist mir ein Rätsel. Er steht niemals wirklich still. Wie gesagt, er wirkt völlig verrückt. Und eine Unterhaltung mit ihm treibt einen fast selbst in den Wahnsinn.

Ich lernte ihn vor etwa fünf Jahren kennen, als ich mit meiner Freundin in eine Dachwohnung im Belgischen Viertel zog. Der Hase wohnte direkt unter uns und alles, was durch den Dielenboden an Rumpeln, Stoßen und Springen zu uns heraufdrang, ließ darauf schließen, dass seine Springerei selbst in der Wohnung nicht aufhörte. Aus dem Haus oder der Nachbarschaft wusste niemand irgendetwas über die Ursache der Zuckungen zu sagen. Er sei halt irre, war die einhellige Meinung, aber ansonsten harmlos. Nachdem ich ihn ein paar Wochen lang mit einer Mischung aus Faszination und Befremden beobachtet hatte, beschloss ich, ihn direkt auf seine Macke anzusprechen. „Herr Sinanovic“, sagte ich, denn ich wusste damals noch nicht, wie er zu seinem Spitznamen stand. Ich traf ihn im Hausflur, wo er sich etwas ruhiger bewegte, den Kopf jedoch ständig schräg nach oben gerichtet hielt, als erwarte er die Ankunft von irgendwas oder irgendwem direkt aus dem Himmel. Als ich die Treppe herunter kam, lief ich ihm also genau ins Blickfeld. „Herr Sinanovic“, sagte ich, „verzeihen Sie meine Neugier, aber ich habe mich gefragt, ob ich Ihnen viel-

leicht irgendwie helfen kann. Wie ist das mit ihrem Zucken? Ist das irgendeine Art Muskelerkrankung?" Zu meiner Überraschung erstarrte er fast vollständig und musterte mich mit einem Blick, von dem ich nicht sicher war, ob er Verwirrung oder vielleicht sogar Belustigung ausdrückte. Gut drei, vier Sekunden lang stand er vollkommen still und sprach kein Wort. Dann sagte mit ruhiger und fester Stimme: „Nein. Keine Krankheit. Ich kann auch aufhören mit Hüpfen." Wie zum Beweis lehnte er sich scheinbar entspannt an das Treppengeländer. Er hielt das noch mal gut drei Sekunden durch, dann sprang er auf mich zu und legte verschwörerisch einen Arm um mich. „Ich mache das wegen Sicherheit. Wegen Kugeln." Ich muss ihn wohl ziemlich fragend angesehen haben. Jedenfalls zog unvermittelt ein breites Grinsen über sein Gesicht und er sprach zum ersten Mal jene typischen Worte: „Keine Angst, ich nicht verrückt." Damit klopfte er mir freundschaftlich auf die Schultern, ließ sich urplötzlich zu Boden gleiten und sprang mit einem Satz an seine Wohnungstür. Die Sekunden, bis er die Tür geöffnet hatte, bereiteten ihm zusehends Unbehagen, aber schließlich verschwand er mit einer Schraube um den Rahmen und ließ die Tür elegant zuklappen.

In diesem Moment im Treppenhaus war ich mir absolut sicher, dass dieser Mann vollkommen verrückt war. Aber später erzählte er mir seine Geschichte.

Als Kind lebte der Hase in der Nähe von Srebrenica. Sie wissen schon, das Massaker. 1995 war er zwölf Jahre alt und musste mit ansehen, wie sein Vater und seine beiden älteren Brüder erschossen wurden. Er stand neben seinem 17-jährigen Bruder Mesud, als diesen die Kugeln in den Oberkörper trafen und er rückwärts in eine Grube sackte. Der Befehlshaber des Exekutionskommandos wandte sich nach der Erschießung Mensur zu. Er zeigte in Richtung eines nahe gelegenen Waldes und rief „Du. Hau ab. Lauf." Mensur erzählte mir, dass er sich zunächst überhaupt nicht rühren konnte, bis der Offizier ihn anbrüllte, er solle machen, dass er wegkomme. „Und da habe ich gesehen in seine Augen", erklärte er mir. „Wenn ich laufe, er wird mich schießen in Rücken." Erst als der Offizier unmittelbar vor seinen Füßen in den Boden feuerte, lief Mensur los. Er blickte noch kurz über seine Schulter, aber der Offizier schrie ihn an. „Dreh dich nicht um. Hau endlich ab!" Aus den Augenwinkeln glaubte Mensur zu sehen, dass sich zwei Soldaten mit ihren Gewehren in seine Richtung drehten und dann begann es. „Es ist passiert – einfach von selbst" sagte er zu mir. Nach den ersten fünf Schritten machte er einen überraschenden Sprung nach links. Im gleichen Moment meinte er zu fühlen, wie eine Kugel direkt rechts neben ihm vorbei pfiff. Sie schienen also tatsächlich auf ihn zu schießen. Allerdings hütete sich der Hase, noch einmal zurückzublicken. Er lief weiter, so schnell er irgendwie konnte. Und während er das Wäldchen vor sich fest ins Visier nahm, hüpfte er von links nach rechts, duckte sich urplötzlich, rollte sich ab, schlug Haken und rannte, rannte, rannte. Immer wieder glaubte er, Schüsse zu hören. Jedes Mal rechnete er fest damit, dass ihm ein Projektil den Rücken aufreißen und ihn in den Matsch schleudern würde. Die Angst machte ihn fast wahnsinnig. Und dann, so erzählte er es mir, hörte er von einem Moment auf den anderen auf, überhaupt zu denken. Er dachte nicht mehr darüber nach, wo er war und was er hier tat. Er vergaß, was vor einigen Minuten geschehen war und was mit ihm jeden Moment geschehen könnte. Sein Gehirn gab das letzte bisschen Kontrolle ab und seine Beine übernahmen: er sprang, krabbelte, änderte die Richtung und kam immer weiter fort. Das einzige, was er noch wahrnahm war das Keuchen seiner Atemzüge und das schmerzhafte Pochen seines Herzens. Es raste in seiner Brust, wie eine Nähmaschine, wild entschlossen, sich nicht von einem Stück Metall auseinanderreißen zu lassen. „Herz war laut - aber Herz war ruhig", so formulierte es der Hase mir gegenüber. „Und da, ich wusste, ich werde schaffen."

Mensur erreichte den schützenden Wald ohne einen Kratzer. „Weil ich gelaufen bin wie Hase", erzählte er mir voller Stolz. Seit diesem Tag hatte er nicht mehr damit aufgehört. Aber nicht, weil er nicht konnte, wie er mir versicherte – er wollte nicht. Das Hakenschlagen hatte ihm das Leben gerettet und vielleicht würde es das wieder tun. Vielleicht würde ihn sonst ein herabstürzender Blumentopf treffen oder ein Auto, das außer Kontrolle geraten war, sagte er. Ein Stein, den irgendjemand in Wut geschleudert hatte oder eben doch eine Patrone seiner Verfolger, die ihn nach all den Jahren aufgespürt hatten. „Herz schlägt immer noch", beschloss er seine Geschichte mit einem Lächeln und der Hand auf der Brust. „Immer noch so, wie diese Tag". Ich erwiderte sein Lächeln, um ihm zu zeigen, dass ich ihn verstand. Aber ich schien ihn nicht zu überzeugen. Wie um mich zu beruhigen, legte er die Hand auf meinen Unterarm und sagte in beschwichtigendem Ton erneut: „Ich nicht verrückt."

Und ich eben auch nicht. Ich weiß sehr gut, dass Ihnen mein Verhalten sonderbar erscheint. So sonderbar, dass Sie mir geraten haben, erstmal hier zu bleiben. So sonderbar, wie mir das Gehüpfe des Hasen erschien, bevor er mir seine Geschichte erzählte. Also möchte ich Ihnen meine Geschichte erzählen, auch wenn ich dafür ein wenig mehr Zeit benötigen werde als der Hase. Aber lassen Sie mich diese beiden Dinge vorausschicken: Erstens, ich bin nicht verrückt. Zweitens, ich verstehe und akzeptiere, dass Sie Gründe haben, das anders zu sehen. Aber Sie irren sich.

1978 - 1995

Materialermüdung

Am Morgen des 3. November 1978 erwachte mein Vater, Herbert Josef Boltenhagen bei bester Gesundheit und Laune. Er trank seine übliche Tasse Ostfriesentee, aß zwei Scheiben Graubrot mit Käse, küsste seine Frau und seinen neun Monate alten Sohn zärtlich auf die Stirn, verließ pünktlich um 8:30 Uhr die frisch eingerichtete Vierzimmerwohnung und kam nie wieder nach Hause. Arbeitsunfall. Dabei hatte er einen geradezu lächerlich ungefährlichen Beruf. Er war Pianist des örtlichen Konzerthauses – in Festanstellung, wie meine Mutter niemals hinzuzufügen vergaß. „Er war das jüngste Mitglied des gesamten Ensembles und das bei einem so seltenen Posten".

Das Schlimmste, was einem Pianisten bei der Arbeit gewöhnlicherweise zustoßen kann, ist, dass ein vermeintlicher Kunstkenner, von einem schiefen Ton bis aufs Blut gereizt, sich zum Äußersten genötigt sieht und die halb aufgekaute Pausenbrezel in den Orchestergraben pfeffert. Aber mein Vater begnügte sich nicht mit dem Gewöhnlichen.

Meine Mutter erzählte immer, es geschah pünktlich zum Ende der nachmittäglichen Probe – auch dieses Detail scheint ihr wichtig. Als ob mein Vater noch im Tod ein besonderes Pflichtbewusstsein an den Tag gelegt hätte, indem er erst nach der Probe das Zeitliche segnete. Jedenfalls vernahmen die übrigen Orchestermitglieder unvermittelt einen lauten Knall. Und dort, wo Momente zuvor mein Vater seine ganze Hingabe und all das überbordende Talent seiner achtundzwanzig Lebensjahre in die Tasten eines Bösendorfer-Konzertflügels gehauen hatte, lag nun ein etwa fünfzehn Kilo schwerer Bühnenscheinwerfer. Niemand konnte wirklich verstehen, woher und wieso und warum gerade jetzt. Eine eilig angesetzte Überprüfung am Nachmittag bescheinigte dem Betreiber des Hauses, dass die Anlage ordnungsgemäß gewartet wurde und ermittelte als Ursache *Materialermüdung. Bis auf die Bruchstelle,* so steht es in dem Bericht, *habe sich die Anlage in einwandfreiem Zustand befunden.* Alles bestens, also. Niemand war schuld. Ich weiß nicht, ob diese Aussage den angeblich großen Ordnungssinn meines Vaters befriedigt hätte – für seinen Schädel war sie wenig tröstlich. Er verlor den Kampf gegen die unnachgiebigen Gesetzmäßigkeiten der Physik eine knappe halbe Stunde nach dem Aufprall, als man ihn gerade auf den OP-Tisch des örtlichen Krankenhauses heben wollte.

Meine Mutter erzählte mir die Geschichte vom Tod meines Vaters schon als ich noch sehr klein war. Wahrscheinlich ist es sogar die erste Geschichte, die ich bewusst hörte. In meinem Kopf steht sie in einer Reihe mit den anderen Erzählungen meiner Kindheit. Märchen von Kindern, die von ihren Eltern im Wald ausgesetzt werden. Geschichten von Königinnen, die nach der Geburt ihrer Tochter sterben, um schon im nächsten Satz von einer jüngeren, schöneren Frau ersetzt zu werden. Und dazu eben der Bericht von dem talentierten jungen Musiker, der so unglücklich und sinnlos zu Tode kommt. Erst mit dreizehn oder vierzehn begriff ich wirklich, dass diese Geschichte von dem Mann handelte, der mich gezeugt, monatelang freudig auf mich gewartet und mir als Baby stundenlang Lieder vorgesungen hatte. Und erst als ich mit Mitte zwanzig zum ersten Mal von der *Materialermüdung* las, empfand ich so etwas wie Wut und Verzweiflung über mein eigenes Unglück. Meine gesamte Kindheit hindurch jedoch blieb der Tod meines Vaters nicht mehr als eine Geschichte.

Verstehen Sie mich nicht falsch - natürlich konnte ich die Tragik eines so frühen Todes mit meinem Verstand erfassen. Die Geschichte an sich fand ich sehr traurig und es tat mir leid für die Frau und das Kind. Und natürlich *wusste* ich, dass ich dieses Kind war - aber es gelang mir nicht, diese Geschichte als persönlichen Schicksalsschlag zu *empfinden*. Es war einfach meine Geschichte. „Mein Vater wurde von einem herabstürzenden Scheinwerfer erschlagen, als ich noch ein Baby war". Das ging mir vergleichsweise leicht über die Lippen. Oder einfacher: „Mein Vater ist schon lange tot." Die traurigen und mitleidigen Blicke, die ich daraufhin erntete, waren mir meist unangenehm. Ich wurde dann still und blickte zu Boden und irgendwie waren alle mit dieser Reaktion einverstanden. Ich selbst fühlte mich dabei wie ein schlechter Schauspieler, wie ein Betrüger. Den traurigen Jungen, den alle mitleidig anblickten, spielte ich nur vor, weil man es von mir erwartete. Aber es gelang mir nie, diese Trauer auch zu empfinden. Andere Väter waren Säufer oder Schläger. Mein Vater war tot. Es gab Schlimmeres.

St. Peter-Ording, Montag, 2. August 2010.

Wenn ich aus meinem Fenster blicke, in die gewaltige Weite aus Wolken und Meer, in der der Horizont heute nur als schmale hellgraue Linie auszumachen ist, dann gefällt es mir zu sagen: „Am Beginn dieser Geschichte stand der Regen." Diese unzähmbare, immer wiederkehrende Kraftmeierei der Natur.

Hatte es nicht auch geregnet, als Sie mich - wie soll ich sagen? - gefunden haben oder …aufgegriffen? Oder haben Sie mich sogar gerettet? Ich erinnere mich daran, dass ihr Gesicht ganz feucht war, als sie es so nah vor meins geschoben haben. Als wären Sie, wie ich, über Nacht draußen gewesen und Tau hätte sich auf Ihre Wangen gelegt. Oder wie beim ersten Gang in die Sauna - überall diese kleinen Tröpfchen. Und dazu diese überdeutliche Stimme - als sei ich vielleicht schwerhörig oder weggetreten. Oder bescheuert. „KÖN-NEN SIE MICH HÖREN?" Ich habe zwar nicht reagiert, ich weiß, aber hätten Sie mir nur etwas genauer in die Augen gesehen, dann wäre Ihnen vermutlich aufgefallen, dass ich Sie sehr wohl wahrgenommen habe.

Dass ich auch dann noch keinen Ton von mir gegeben oder mich bewegt habe, als die Sanitäter mich auf diese Trage gehoben haben, liegt einzig daran, dass ich das nicht wollte. Ich war beschäftigt. Ich habe nachgedacht. Ich musste Ordnung schaffen in meinem Kopf. Und als Sie kamen, war ich noch nicht fertig.

Wenn ich Ihre Fragen so lese, könnte dieser Bericht auch sehr kurz werden. „Schildern Sie die Vorkommnisse aus Ihrer Sicht" steht hier. „Was haben Sie gefühlt? Woran haben Sie gedacht?" Die Vorkommnisse sahen so aus: Ich saß auf dieser Bank auf dem Deich und habe rausgeschaut aufs Meer. Ob ich tatsächlich drei Tage da gehockt habe, halte ich für unwichtig. Und wenn schon? Ist das nicht meine Sache? Was ich gefühlt habe, waren die Kälte in den frühen Morgenstunden, die Sonne am Mittag, der Wind am Abend und einen stetig wachsen-

den Druck in der Blasengegend. Gedacht habe ich an ziemlich viel gleichzeitig. Aber vor allem: „Liv".

Verstehen sie mich nicht falsch. Wie ich schon gesagt habe - mir ist klar, dass es auf Außenstehende merkwürdig wirkt, wenn ein Typ mehrere Tage hintereinander auf einer Bank sitzt und nichts tut. Wenn ich ein Buch gelesen hätte - das wäre etwas anderes gewesen. Oder hätte ich die Möwen gefüttert. Wahrscheinlich hätte es schon gereicht, wenn ich eine alte Angelrute ein paar Meter vor mir in den Deich gerammt hätte. Auch wenn gar keine Schnur dran gewesen wäre und das Wasser unerreichbar weit weg - ich wette, ich wäre Ihnen dann nicht aufgefallen. Aber so ohne alles dasitzen und starren. Das ist natürlich nicht normal.

Und auch wenn ich sicher bin, trotz meines Schweigens geistig gesund zu sein, ich denke, ich brauche Ihren Rat. Eine unabhängige Meinung zu all dem. Von einem Experten. Und wenn ich jetzt versuche zu rekonstruieren, womit alles anfing, dann fällt mir die Sache mit dem Regen ein. Das liegt sechzehn Jahre zurück, aber es war wahrscheinlich das erste Mal, dass ich den Regen wirklich beachtet habe. Und mir gefällt die Vorstellung, dass es eine tiefe, ursprüngliche Kraft war, die meinem Leben einen Schubs gab und in Gang setzte, was passieren würde.

Ohne den Regen hätte ich nicht an diesem Wettbewerb teilgenommen, wäre nicht nach St.Peter gefahren, hätte niemals Liv getroffen und den Schwur und seine Folgen hätte es nie gegeben. Aber es hatte nun mal geregnet.

Universum

Im Frühjahr 1994 war ich sechzehn Jahre alt, besuchte die zehnte Klasse des altsprachlichen Gymnasiums meiner Heimatstadt, war mindestens einen Kopf kleiner als jeder meiner Klassenkameraden und gelangte mehr und mehr zu der Überzeugung, meine Existenz müsse eine Art Irrtum des Universums sein. Ich liebte Englisch und Sport - die Schwerpunktfächer meiner Schule waren Latein und Mathematik. Ich liebte Musik und hörte in jeder freien Minute Radio - meine Mutter hatte alles, was mit Musik zu tun hatte, aus unserem Leben verbannt. Vor allem aber liebte ich sämtliche Mädchen meiner Klassenstufe sowie die meisten der neunten und achten, vereinzelt auch ein paar der älteren, ohne dass mir das bisher einen einzigen Kuss, ein Händchenhalten oder auch nur eine Verabredung zum Eis essen eingebracht hatte. Ich war völlig verzweifelt über mein unspektakuläres Leben und ohne jede Idee, wie ich daran etwas ändern könnte.

Das Spektakulärste, was im Frühling 1994 in meinem Leben passieren sollte, war die Anmeldung zu einem Wettbewerb für junge Forscher. Nie im Leben wäre ich selbst auf die Idee gekommen, bei so etwas mitzumachen und wenn doch, hätte ich die Idee sofort auf einen großen Zettel geschrieben, den Zettel zusammengeknüllt und in den Papierkorb geworfen und den Papierkorb danach mit einer Flasche Spiritus feierlich abgefackelt. Es war mein bester und einziger Freund Basti, der diese Idee hatte. Oder eigentlich war ihm die Idee von unserem Physiklehrer eingeflüstert worden und Basti war sofort uneingeschränkt begeistert. Er meinte, wir könnten damit einen *wichtigen Grundstein legen. Ein erster Schritt auf einem langen, schnurgeraden Weg in die Welt von Wissenschaft und Forschung.* Und als ich diese Worte unvorsichtigerweise vor meiner Mutter wiederholte, waren die beiden wichtigsten Bezugspersonen in meinem Leben wild entschlossen, aus mir einen Forscher zu machen.

Ich selbst war von dem Plan alles andere als begeistert. Erstens gab es nicht ein einziges naturwissenschaftliches Thema, das mich auch nur annähernd interessiert hätte und zweitens war ich nicht bereit, meine ohnehin schon geringen Chancen auf Annäherung an das andere Geschlecht durch die Teilnahme an der größtmöglichen Streberaktion diesseits des Mississippi zu ruinieren.

„Diesseits des Mississippi", äffte Basti mich nach. „Was ist das denn für ein bekloppter Spruch? Und was ist das überhaupt für ein Argument?"

Wir standen im Wartehäuschen an der Bushaltestelle, um zum Schwimmtraining zu fahren und der Regen trommelte so laut auf das Plexiglas, dass wir kaum ein normales Gespräch führen konnten. Aber wir waren allein und so brüllten wir munter gegen das Prasseln an. „Ist überhaupt kein bekloppter Spruch. Ist von meinem Vater", rief ich und warf Basti einen Blick an den Kopf, der gleichzeitig Wut und Verletzung ausdrücken sollte. Aber Basti grinste nur. „Daran erinnerst du dich? Na, du hast ja'n phänomenales Gedächtnis, Junge!" Für einen kurzen Moment dachte ich darüber nach, dass ich jetzt eigentlich richtig verletzt und noch wütender sein müsste. Stattdessen musste ich grinsen. „Weißte doch. Elefanten vergessen nix."

Basti legte freundschaftlich den Arm um meine Schulter und im Spiegelbild des Wartehäuschens sah ich unsere verschwommene Silhouette. Basti war riesig. Er sah aus wie ein Erwachsener. Mit Haaren über der Lippe und breiten Schwimmerschultern. Darunter ich. Wie ein Kind mit viel zu großem Kopf. Die meisten Leute hielten Basti für meinen älteren Bruder, weil wir im gleichen Haus wohnten, in

die selbe Klasse gingen, den selben Schwimmverein besuchten und ständig zusammen hingen. Dabei war ich fast drei Monate älter.
„Das wäre übrigens auch ein gutes Thema“, stieg Basti wieder ein.
„Was? Elefanten?“
„Na ihr Gedächtnis. Ob sie wirklich so ein gutes Gedächtnis haben.“
„Ja. Haben sie.“
„Ja. Aber *warum*… das wäre eine interessante Fragestellung.“
„Weil sie so alt werden.“
„Wie bitte?“
„Na die werden fast neunzig. Da müssen sie sich doch bitteschön auch an früher erinnern können. Also haben sie ein gutes Gedächtnis, weil es blöd ist, wenn die Kumpels von vor siebzig Jahren vorbeikommen und sie bieten ihnen nicht mal einen Tee an, weil sie sie gar nicht erkennen.“
„Elefanten trinken keinen Tee.“
„Du weißt was ich meine, Basti. Das kann man doch alles irgendwo nachlesen. In der Schulbibliothek stehen mindestens zehn Bücher zu dem Thema. Hunderte Forscher in der ganzen Welt arbeiten seit fünfzig Jahren an nichts anderem. Da müssen wir doch nicht auch noch ganz niedliche Fragen dazu stellen, damit alle Lehrer sich freuen und wir in Biologie ne bessere Note kriegen.“
„Ich kann in Bio gar keine bessere Note kriegen.“

Es war zwecklos. Auf alles, was ich sagte, hatte Basti eine Antwort. Und umgekehrt. Und wir kamen kein Stückchen weiter.
„Was findest du denn interessant?“, fragte Basti plötzlich.
„Nichts. Ich finde nichts von dem Forscher-Zwerge-Kram interessant.“

„Ja. Aber davon abgesehen. Wenn es jetzt was mit Schwimmen zu tun hätte?
„Hat es aber nicht. Und ich will auch gar nicht zum Schwimmen forschen. Ich will einfach schwimmen. Dabei muss ich wenigstens dein Gequatsche nicht ertragen."
In dem Moment kam der Bus und wir stiegen ein. Auf der letzten Bank lümmelten ein paar sehr erwachsen aussehende Jungs, also zog ich Basti in einen Vierer ganz vorne. Wir mussten rückwärts fahren und saßen gegenüber einer alten Dame mit Pudel auf dem Schoß. Aber das nahm ich in Kauf, denn unsere Streberpläne wären im hinteren Teil des Busses sicher kein günstiges Thema. Eine Weile saßen wir schweigend nebeneinander, dann nahm Basti einen neuen Anlauf.
„Katrin Morgentaler macht auch bei dem Wettbewerb mit."
Ich starrte Basti mit aufgerissenen Augen an. Er lächelte. Die Alte lächelte. Der Pudel lächelte. Ich blickte wütend aus dem Fenster.
„Na und?"
„Sie untersucht das Flugverhalten von Eulen. Wie sie es schaffen, so lautlos zu fliegen."
„Weiche Federn", erwiderte ich.
„Meine Güte. Jetzt fang nicht wieder so an. Gut. Meinetwegen steht das alles schon in irgendwelchen Büchern. Aber es geht ja nicht nur um das Ergebnis, sondern um die wissenschaftliche Auseinandersetzung mit einem Thema. Um Forschung."
Basti war lauter geworden und ich blickte beunruhigt auf die letzte Bank. Die beiden Jungs dort schenkten uns jedoch keinerlei Beachtung. Sie versuchten gerade, gemeinsam einen Song aus einem einzelnen Kopfhörer zu hören. Es schepperte bis nach vorne.

„Hör zu, Pete“, versuchte Basti es nochmal. „Es muss ja nix mit Tieren sein, wenn das nicht so dein Ding ist. Gibt es denn gar nichts, was dich interessiert?“

Ich erkannte das Scheppern, das aus dem Walkman nach vorne klang. Ben, unser Schwimmtrainer, hörte das immer in seinem Auto. Manchmal nahm er mich mit. Manchmal gab er mir auch seinen Walkman für ein paar Minuten.

„New Model Army“, sagte ich.

Mit einem Seufzer der Verzweiflung sackte Basti in seinem Sitz zusammen.

„Ausgeschlossen. Wir können keine Forschungsarbeit über New Model Army machen. Das lässt der Böttcher niemals zu und das lässt auch deine Mutter niemals zu. OK. Vergiss es.“

Dann war es wieder still. Ich blickte durch die beschlagene Scheibe nach draußen und lauschte der Musik, die von hinten kam. Man konnte den Text nicht hören, aber ich kannte ihn auswendig und sprach leise mit. …*on the bus ride … that meanders… up these valleys of green and grey*… Das war erstaunlich passend für eine Busfahrt durch den Regen. Vor meinen Augen schoben sich die Tropfen die Scheibe hinab, verschmolzen miteinander und rasten in mäandrierenden Rinnsalen nach unten. Ich versuchte vorauszusagen, welchen Weg der nächste Tropfen nehmen würde, aber es war unmöglich. Das Wasser schien völlig chaotische Bahnen zu nehmen. Wobei sich im unteren Teil richtige kleine Flüsse ausbildeten, die nebeneinander im Nichts verschwanden. Es faszinierte mich. Warum ging das Wasser keinen geraden Weg? Warum all die Schleifen und Bögen? Warum ließ sich die Reise des Tropfens nicht vorausberechnen? Das waren Fragen, die mich wirklich interessierten - nicht Elefanten oder Eulen. Ich drehte mich zu Basti. Er hatte die Augen

geschlossen. Die Alte hatte die Augen geschlossen. Der Pudel hatte die Augen geschlossen.
„Regen“, sagte ich.
Basti seufzte ohne Aufzublicken. Ich grinste. Und damit hatten wir doch noch unser Forschungsthema gefunden.

Abkürzungen

Später behauptete Basti, er hätte schon vorher in meinen Augen gesehen, dass ich mitmachen würde. „Und zwar in dem Moment, als ich Katrin Morgentaler erwähnt habe.“ Aber das ist Unsinn. Auch meine Mutter wollte mir mein plötzliches Interesse an Wissenschaft nicht so recht abnehmen, beschloss aber, sich einfach über den Sinneswandel zu freuen und erklärte ihn sich selbst und mir als Zeichen meiner wachsenden Reife. Allerdings bedauerte sie, dass wir uns nicht für ihr Fach, Mathematik, oder wenigstens Biologie oder Chemie als Forschungsgebiet entschieden hatten. Aber als Basti ihr erklärte, dass unser Fachgebiet *Geo- und Raumwissenschaft* quasi zur Physik gehöre und das Ganze eine astreine naturwissenschaftliche Untersuchung werde, sah sie sehr glücklich aus. Sofort bot sie Unterstützung an. Wir könnten die Uni-Bibliothek nutzen. Sie wolle mit ihrer Chefin sprechen, damit wir Forscher interviewen könnten und so weiter. Basti musste sie bremsen. „Das ist leider verboten, Frau Boltenhagen. Wir müssen wirklich alles ganz alleine erarbeiten. Nur Herr Böttcher darf uns beraten. Er ist da offiziell als Betreuer angemeldet, wissen Sie.“ Das wirkte. Vor Regeln hatte meine Mutter Respekt. Wenn es verboten war, war es verboten.

Bastis Begeisterung und der Stolz meiner Mutter verdrängten meine eigenen Zweifel für etwa zwei Wochen. Dann traten wir bei Herrn Böttcher an, um unseren Arbeitsplan für die nächsten Monate zu erfahren und aus meinen Zweifeln wurde die Gewissheit, einen Fehler begangen zu haben.

Zunächst hatte Herr Böttcher unser Thema so weit verändert, dass es kaum mehr etwas mit Regen zu tun hatte. „Regelmäßigkeiten bei der Ausbildung von Mäandern“ lautete das Thema unserer *JuFo-Arbeit*, wie unser *Projekt* ab jetzt genannt werden sollte. Böttcher schaffte es gleich zu Beginn seines Monologs, die Abkürzung dreimal in einem Satz unterzubringen. „Die JuFo-Arbeit und die Teilnahme am JuFo-Wettbewerb eröffnen euch ein ganzes Universum an Möglichkeiten und Kontakten in der JuFo-Welt.“ Ich hasste dämliche Abkürzungen und diese brachte es direkt auf Platz eins meiner Liste, noch vor *O-Saft* und *HDGDL*. Meinen Einwand, dass wir doch eigentlich über die Wege der Regentropfen forschen wollten, hatte er offenbar erwartet. Mit einem künstlichen Showmaster-Grinsen tänzelte er zur Tafel und klappte sie mit großer Geste auf. Wir starrten auf ein gezeichnetes Rechteck mit Schlangenlinie und ich rechnete fest damit, dass jeden Moment diese Musik ertönte, die im Fernsehen immer dann kommt, wenn ein Kandidat gerade seinen ganzen Einsatz verzockt hat.

„Genau das machen wir natürlich auch, mein lieber Peter“, pries Böttcher seinen vermeintlichen Hauptgewinn an. „Ein Tropfen auf einer Scheibe ist ja nichts anderes als Wasser auf einer schiefen Ebene. Zugegeben: im Fall der Fensterscheibe ist diese Ebene mehr als nur schief. Wir bauen also eine solche Ebene auf einen verstellbaren Winkel und montieren am oberen Ende einen Wasserzufluss mit Druckregulierung. So erhalten wir zwei Variablen, den Wasserdruck und den Neigungswinkel der Ebene und können in drei Monaten ausreichend Experimente durchführen, um belastbare empirische Daten über das Fließverhalten des Wassers zu erhalten."

„Fantastisch", platzte es aus Basti heraus.

Ich bemerkte ein ungutes Gefühl in der Magengegend. Nicht genug, dass ich noch nicht so genau verstanden hatte, was wir da empirisch und mit zwei Variablen eigentlich veranstalten würden, das mit den drei Monaten meinte Herr Böttcher erschreckend wörtlich. „Wenn wir in zwölf Wochen jeden Tag zwei Durchläufe von je vier Stunden machen, kommen wir auf 120 Testreihen. Mit dem einen oder anderen Durchlauf am Wochenende oder abends sollten wir genügend Daten zusammenkriegen, um Mitte Juli fertig zu sein. Bis Ende August könnt ihr dann die Arbeit schreiben. Abgabe ist am 15. September. Was sagt ihr - ist das ein Plan?"

Nach diesem Gespräch hatten Basti und ich die schlimmste Krise unserer 15-jährigen Freundschaft. Drei Monate lang irgendwelche Variablen variieren? In den Sommermonaten am Schreibtisch sitzen und eine Arbeit schreiben? Ich erklärte Basti, ich würde aussteigen. Ich meinte es ernst, aber er nahm mir das nicht mal eine Sekunde lang ab.

„Mal ernsthaft, Pete - was würde deine Mutter wohl davon halten?" Dieser Satz machte mich so wütend, dass ich fast geschrien hätte. Blöderweise standen wir mitten auf dem Schulhof. Noch mehr als dämliche Abkürzungen hasste ich dramatische Szenen in aller Öffentlichkeit. Also würgte ich ein erbärmliches „mirdochscheißegal" hervor, schubste Basti so fest gegen die Brust, wie ich nur konnte und rannte wortlos nach drinnen.

Der Papierkorb im Jungs-Klo bekam dann meine ganze Wut zu spüren. Idiotischerweise war es mir nämlich gar nicht scheißegal, was meine Mutter davon halten würde.

Scheiß Papierkorb. Kein winziges bisschen scheißegal, denn es war verdammt nochmal meine einzige sinnvolle Aufgabe auf diesem Planeten, ihr keinen Kummer zu bereiten. Verdammter Scheiß Papierkorb. Und Basti wusste das genau. Er hatte von Anfang an geplant, meine Mutter als Druckmittel einzusetzen. Verblödeter, dämlicher Blech-Papierkorb-Arsch.

„Sag mal geht's noch?" Die Tür ging auf und Katrin Morgentaler stand vor mir. Ich starrte sie an, als spräche sie Suaheli. Sie starrte mich an, als sei ich bescheuert. Für eine solche Situation hatte ich eigentlich, gemeinsam mit Basti, eine ganze Liste cooler Sprüche vorbereitet - von *Immer locker bleiben, Schätzchen* bis *Es ist nicht das, wonach es aussieht.* Stattdessen nuschelte ich: „Das ist das Jungs-Klo" und stürmte an ihr vorbei.

Wendung

Das Problem mit mir war: ich war verdammt schlecht im Streiten. Wirklich schlecht. Meist kam es überhaupt nicht dazu, dass ich mit irgendjemandem in Konflikt geriet. Aber wenn doch, war ich drüber so erschrocken, dass ich alles dafür tat, die Wogen so schnell wie möglich zu glätten. Der Anlass war mir egal. Der Schuldige war mir egal. Ich wollte Frieden. Wenn meine Mutter mich als *fernsehsüchtig* beschimpfte, wenn Sie nach 19 Uhr nach Hause kam und bemerkte, dass der Fernseher noch warm war, schrie ich ihr nicht etwa entgegen, ich hätte nur MTV Europe im Hintergrund laufen lassen, weil es in diesem Irrenhaus nicht mal ein Radio gäbe. Und dabei hatte ich immerhin eine Stunde lang Wäsche zusammen gelegt. Stattdessen sagte ich einfach *tut mir leid* und verschwand in meinem Zimmer. Wenn sie mich einmal in drei Monaten von einem Schwimmwettkampf abholen sollte, eine ganze Stunde zu spät kam und sich kaum war die Autotür geöffnet, wortreich entschuldigte, war ich schon nicht mehr sauer, bevor ich auf dem Sitz saß. Natürlich, ich hatte sie mehrfach daran erinnert. Aber dann hatte es beim Friseur eben länger gedauert, sie hatte sich ein wenig verquatscht und dann waren da tatsächlich auch noch andere Autos auf den Straßen.

Im Grunde war mir mir meistens alles nicht so wichtig. Ich konnte die Beweggründe von anderen besser verstehen, als meine eigenen. Basti wollte mich unbedingt dabei haben. Er wusste, worauf ich anspringen würde. Also hat er das ausgenutzt und es hat funktioniert. Das war zwar berechnend, aber er hatte sich entschuldigt. Und ganz ehrlich - ich hatte eh nix besseres vor.

Eine Woche nach unserem Streit begannen wir mit dem ersten Experiment.

Unser *Labor* war ein nicht genutzter Klassenraum, dessen hintere Hälfte bis unter die Decke mit alten Holzstühlen vollgestellt war. Der Raum lag im Keller des Altbaus, unterhalb der Straßenebene, so dass kaum Licht durch die Fenster hineindrang. In der Luft hing eine undefinierbare Mischung aus schimmelndem Holz, Rattengift und toter Ratte.

Unsere *Experimentierfläche* war eine drei Meter lange Pressspanplatte, die Basti mit Bootslack eingepinselt und auf das Holzgerüst eines Liegestuhls geschraubt hatte. Mit Hilfe eines Schlauches am oberen Ende der Platte konnte man Wasser die Ebene runterlaufen lassen, wobei sich Mäander ausbildeten, diese typischen Schleifen.

Unsere *Hypothese* war: verändern wir Wasserdruck oder Neigungswinkel der Platte, verändern sich auch die Mäander.

Unser *Forschungsziel* war: Regeln und Gesetze für die Herausbildung der Wasserbögen zu finden.

Unsere *Motivation* war: in die tieferen Sphären der Wissenschaft vorzudringen und den Rätseln des Kosmos ein weiteres wertvolles Geheimnis abzutrotzen. Zumindest konnte ich genau das in Bastis Gesicht lesen, als er zum ersten Mal den Wasserhahn öffnete und zusah, wie sich ein winziges Rinnsal Wasser über unsere Platte wand, um leise strullernd in die Auffangwanne zu laufen.

Meine ganz eigene Motivation war es, Basti zu unterstützen, meine Mutter zufriedenzustellen und auf irgendeine überraschende Wendung dieser Forschungsgeschichte zu hoffen. Bisher erschien mir nämlich alles genau so, wie ich es erwartet hatte: aufgeblasen, mühselig und unendlich langweilig.

Unsere gesamte Arbeit bestand darin, Neigungswinkel und Druck einzustellen, die ganze Apparatur vier Stunden lang laufen zu lassen und in Intervallen von dreißig Minuten zu zählen, wie viele Schleifen sich ausgebildet hatten, zu messen wie breit ihre Ausdehnung war und alles sorgfältig zu notieren und zu fotografieren. Jede Messung dauerte weniger als eine Minute, so dass uns am Vormittag *im Namen der Forschung* erlaubt wurde kurz den Unterricht zu verlassen, um im Keller Notizen zu machen.

An den Tagen, an denen ich dafür eingeteilt war, hielt ich mich streng an den Plan, vergaß nie auch nur eine Messung und dokumentierte gewissenhaft jede kleinste Veränderung. Allein - ich verstand immer noch nicht, warum wir das alles taten. Zugegeben, den Unterricht einfach so verlassen zu dürfen, fand ich gut. Die Kehrseite davon war: die ganze Klasse wusste, warum einer von uns immer mal wieder kommentarlos den Saal verließ. Und nicht nur die Klasse. Die ganze Schule wusste es. Basti und Peter aus der 10b, der

Große und der Kleine, dieses ohnehin schon merkwürdige Pärchen, waren freiwillig und anscheinend mit Begeisterung in die *JuFo-Welt* übergetreten. Und während Basti von unserer wachsenden Berühmtheit wenig bis nichts mitzukriegen schien, hörte ich auf den Gängen immer öfter Getuschel oder spürte spöttische Blicke in der Pause.

Trotz all dieser negativen Vorzeichen klopfte dann aber tatsächlich die überraschende Wendung an unsere Tür. Es war Montag in unserer zweiten Forschungswoche. Ich war gerade dabei, das Schachbrett aufzubauen, mit dem Basti und ich uns am Nachmittag die Wartezeit vertrieben, als die Tür aufging und Herr Böttcher mit der Wendung mitten in unser Laboratorium gelaufen kam. „Jungs, ich bringe euch heute eine Kollegin. Wir brauchen einen Raum, in dem wir einen kleinen Windkanal aufbauen können. Und ich denke, hier ist genug Platz für zwei Forschungsprojekte. Wir müssen nur schnell die Stühle auf den Hof räumen. Herr Schneider lässt sie morgen abholen." Er hielt kurz inne, als er unsere ungläubigen Gesichter sah. Dann wandte er sich um. „Ihr kennt doch Katrin aus der 10a, oder?"
„Klar", antworte Basti für uns beide. Dabei grinste er mich dermaßen auffällig an, dass ich verzweifelt wünschte, statt einer nutzlosen Liste mit coolen Sprüchen, lieber eine Tarnkappe zu besitzen.

Die Begrüßung hatte ich verpatzt und danach wollte mir kein einziger brauchbarer Satz einfallen. Also schnappte ich mir wortlos die ersten beiden Stühle und fing an, sie auf den Hof zu schleppen. So konnte ich in Ruhe darüber nachdenken, was hier gerade geschah. Katrin Morgentaler sollte sich mit uns ein Labor teilen. Katrin Morgentaler war tatsächlich auch Teil der *JuFo*-Welt. Aber wieso? Oder besser: womit hatte ich das verdient? Katrin war das beliebteste Mädchen der ganzen Klassenstufe. Sie stand in allen Fächern auf Eins, war Klassensprecherin, Mittelstufensprecherin und Kapitänin der Volleyball-Schulmannschaft. Dazu sah sie aus wie ein Fotomodel. Lange braune Haare, riesige Rehaugen und über ihren Po oder ihre Brüste nachzudenken, geschweige denn sie in halbwegs verständlichen Worten zu beschreiben, wäre mir nur nach monatelanger Meditation in einem tibetanischen Mönchskloster möglich gewesen. Katrin Morgentaler war fester Bestandteil meiner erotischen Tag- und Nachtträume. Aber bis auf unsere Begegnung auf der Toilette hatte ich nie auch nur ein direktes Wort mit ihr gesprochen. Ich lächelte beim Stühle schleppen vor mich hin. Das würde sich jetzt ändern.

Durch Katrins Ankunft bekam der Mikrokosmos unseres Labors eine Ordnung. Bisher hatten wir zwar pflichtbewusst unsere Messungen gemacht, aber unser ganzes Dasein war mir vollkommen sinnlos erschienen. Wir waren ziellos im Raum umhergewabert - jetzt hatten wir unsere eigene kleine Sonne, um die wir kreisen konnten. Vielleicht kreiste Basti etwas aktiver und ich war eine Art Trabant, ein Mond, der an Basti dranhing. Aber auch ich bekam meine Portion Sonnenlicht ab und alles war gut. Bisher hatte ich an diesem JuFo-Projekt teilgenommen, weil meine Mutter und Basti es wollten. Jetzt wollte ich es selbst. Nicht wegen der Wassertropfen auf dieser schiefen Ebene, die wenig mit meiner Busscheibe zu tun hatte. Wegen Katrin. Die echte Welt machte endlich den ersten Schritt auf mein Fantasie-Universum zu und ich war mehr als gespannt, wie weit die beiden sich annähern würden.

Wir räumten für Katrin die hintere Saalhälfte frei, bewiesen unsere Tapferkeit an einem halb skelettierten Nagetier und schleppten für sie ein riesiges Windrad aus der Physiksammlung in den Keller. Als Lohn dafür durften wir von nun an regelmäßig ein paar Stunden mit Katrin verbringen.

Am zweiten Tag schaffte dann auch ich es, eine Art Konversation mit ihr zu führen. Basti ließ sich gerade den Windkanal erklären, als sie darüber klagte, die Lichtverhältnisse im Keller seien wirklich schlecht.

„Sind doch Nachtvögel", sprach ich in den leeren Raum vor meinem Mund. Ich rechnete nicht mit einer Reaktion, aber die beiden drehten sich abrupt zu mir um. Basti hatte direkt wieder sein Grinsen angeknipst.

„Was?"

Katrin bedachte mich mit einem ausdruckslosen Blick, so als gälte es ein weiteres Versuchsobjekt zu beobachten.

„Na, Eulen. Eulen sind Nachtvögel. Für die ist es gut, dass es hier dunkel ist."

„Aber ich will doch keine echten Eulen hier runter bringen."

Ich versuchte ein Lächeln, das mir allerdings hoffnungslos über die Unterlippe entglitt.

„Ich weiß", stammelte ich.

„Das war ein Scherz!", sprang Basti mir bei. „Pete macht ständig solche Sprüche. Er ist wirklich witzig."

Ich rückte meine Unterlippe zurecht und dachte sehnsüchtig an die Tarnkappe. Katrin betrachtete mich einen Moment lang still, ohne dass irgendetwas ihre Gedanken verriet. Zu meiner Verblüffung öffnete sie dann ihren Mund und schenkte mir ein großes, weißes Lächeln.

Schwimmen

Die kommenden Wochen gehörten eindeutig zu den besten meiner gesamten Schulzeit. In Mathe kam ich immer noch nicht mit, in Latein musste ich seit neustem sogar die *Förderstunden* besuchen und einer der Schul-Rambos hatte Spaß daran gefunden, mir ständig ein Bein zu stellen - aber das spielte alles keine Rolle. Wichtiger war: ich verbrachte regelmäßig Zeit mit Katrin Morgentaler. Sie stieg zwar nur an zwei oder drei Tagen pro Woche in unseren Keller herab, aber das genügte mir. Anfangs sprachen wir nur wenig und ausschließlich über Eulen, aber nach und nach gewöhnten wir uns aneinander. Ich hatte zwar immer noch Mühe nicht ständig auf die Wölbung ihrer Brust zu starren, aber immer öfter hielt ich ihrem Blick beim Sprechen stand. Irgendwann stellte sie mir dann tatsächlich eine Frage, die gar nichts mit Forschung oder Schule zu tun hatte.

„Basti hat erzählt, du schwimmst auch beim KSK?"

Ich nickte.

„Welche Lage?"

„Delphin."

„Er ist sogar Jahrgangsbester", warf Basti ein.

Katrin zog skeptisch die linke Augenbraue hoch.

„Tatsächlich? Aber Basti ist doch bestimmt nen Kopf größer als Du?"

„Du solltest ihn mal im Wasser sehen", machte Basti weiter. „Pete hat eine unglaubliche Technik. Unser Trainer nennt ihn den Wasserfloh."

Katrin lachte laut auf und mein stolzes Lächeln rutschte leicht erdwärts. Aber dennoch schien sie ein wenig beeindruckt.

„OK, Wasserfloh. Vielleicht musst Du mir diese Technik mal zeigen."

Und dabei hob sie die Augenbraue gleich noch mal. Ich war völlig gebannt von der Leichtigkeit dieser Bewegung. Wie in Trance antwortete ich: „Klar. Komm gerne mal mit zum Training."

„Ist das nicht nur für Jungs?“
An dieser Stelle wusste selbst Basti nichts mehr zu meiner Verteidigung hervorzubringen.
„Doch. Nur für Jungs. Die Mädchen trainieren eine Stunde früher.“
„Na das mein' ich doch“, versuchte ich die Situation zu retten. „Zum Mädels-Training. Du bleibst einfach nen Moment länger und ich zeige Dir, wie es geht.“
Katrin lächelte entschuldigend. „Das würde ich wirklich gerne sehen. Aber ich kann nicht auch noch in den Schwimmverein. Ich geh schon viermal die Woche zum Volleyball - dazu jetzt noch das hier.“
Das verstand ich natürlich. Außerdem spielte Katrin ja noch Geige im Schulorchester. Und sie hatte sicher auch sonst noch einige Termine. Doch anstatt es gut sein zu lassen, hörte ich mich zu meiner eigenen Überraschung sagen: „Dann gehen wir am Samstag. Da ist zwar Spaßbaden, aber wir finden schon ne Bahn.“ Und zu meiner noch größeren Überraschung war Katrin einverstanden.

Meiner Mutter war irritiert, dass ich Samstags trainieren wollte, denn eigentlich begleitete ich sie an diesem Tag immer auf den Markt. „Ich dachte wir gehen ins Café Schwonke?“, versuchte sie es. „Vera kommt auch mit den Zwillingen.“ Aber ich war unnachgiebig. Und da im Juli die Vereinsmeisterschaften anstanden und selbst meine Mutter ahnte, dass es spannenderes für einen Sechzehnjährigen gab als zwei Muttis und zwei Achtjährige, war es ausnahmsweise sie, die nachgab.
Basti kam um Punkt dreizehn Uhr. Wir waren erst um zwei verabredet und der Bus brauchte keine zehn Minuten zum Bad. Dennoch hatte er auf den frühen Treffpunkt bestanden. Dass die Verabredung für uns beide galt, hatte für kei-

nen von uns auch nur einen Moment in Zweifel gestanden. Zu meiner Verwunderung trug er Sporthosen, T-Shirt und Laufschuhe. Verschwörerisch blinzelte er mich an.
„Bereit Katrin Morgentaler im Bikini zu sehen?“
Ich versuchte mir meine Aufregung nicht anmerken zu lassen.
„Vielleicht trägt sie ja auch nen Badeanzug.“
Basti schloss für einen Moment theatralisch die Augen. „Was auch immer sie trägt - heute bekommt mein Leben endlich einen Sinn.“
„Was ist mit Sandra?“, fragte ich.
„Was soll sein?“ fragte er betont gut gelaunt. „Wir gehen miteinander. Aber Katrin Morgentaler im Bikini, ist Katrin Morgentaler im Bikini. Und außerdem steht sie ja wohl eher auf Dich, Wasserfloh.“
Ich wurde rot. „Badeanzug - nicht Bikini“, stammelte ich, „ich denke, es wird Katrin Morgentaler im Badeanzug. Schließlich wollen wir schwimmen.“
Bastis gute Laune steigerte sich noch.
„Ja. Das sagtest Du bereits. Egal was sie trägt - ich hoffe, du bist vorbereitet?“ Er zwinkerte mir zu.
Ich verstand nicht.
Basti rollte theatralisch die Augen.
„Na vorbereitet. Du hast hoffentlich dafür gesorgt, dass in deiner Badehose niemand einen spontanen Zeltausflug unternimmt.“
Ich sagte gar nichts und Basti wurde noch theatralischer.
„Pete, also wirklich. Ich fass` es nicht. Das ist unprofessionell. Na los, ab mit Dir ins Bad.“
Dazu öffnete er die Badezimmertür und macht eine tiefe Verbeugung. Ich begriff zwar mittlerweile, bewegte mich aber kein Stück.

„Oh. Nein Danke. Ich kann doch nicht… während Du hier hockst“

„Ich kann so lange fernsehen. Aber beeil dich.“

Ich schüttelte den Kopf.

„Vergiss es. Ich hab das schon im Griff“

Basti pfiff mit gespielter Anerkennung durch die Zähne. „OK, OK. Aber versteck dich nicht hinter meinem breiten Rücken, wenn Du nachher die Kontrolle verlierst.“ Dann zeigte er auf mein Zimmer. „Los - Sportsachen an. Schwimmsachen in den Rucksack. Wir laufen zum Bad.“

„Wir laufen zum Bad? Warum das denn?“

„Du kapierst aber auch gar nichts. Das ist auch Vorbereitung, Mann. Wir wollen doch jeden einzelnen unserer mühsam herangezüchteten Muskeln in Bestform bringen.“

Ich wollte widersprechen, denn eigentlich ging es wohl vor allem um Bastis Muskeln. Aber er hatte recht. Neben ihm sah ich zwar aus wie ein Kind, aber immerhin war ich ein Schwimmer. Und in letzter Zeit hatte ich im Spiegel immer mal wieder neue Muskeln entdeckt. Es konnte sicher nicht schaden, diese ein wenig in Form zu bringen.

In der Umkleidekabine vom Schwimmbad verordnete Basti mir dann noch eine Trainingseinheit von fünf mal zwanzig Liegestütze. Zwei Rentner lachten herzlich, als sie uns auf dem Kabinenboden japsen sahen. Als wir das Bad betraten war ich überall am Körper rot und immer noch kurzatmig, aber tatsächlich wirkte ich etwas größer als sonst. Basti lief wie Adonis vor mir her. Katrin zeigte sich jedoch in keiner Weise beeindruckt. Oder vielleicht habe ich auch nur nichts davon mitbekommen, denn ich habe kaum auf ihr Gesicht geachtet. Sie trug tatsächlich einen Bikini. Er war weiß mit schwarzen Nähten, betonte die gesunde Bräune ihrer Haut und verriet deutlich, dass ihre körperliche Entwicklung zur erwachsenen Frau mehr als abgeschlossen

war. Ich konnte nicht anders, als einen Moment lang gedankenverloren zu starren und bereute sofort, nicht auf Basti gehört zu haben. Also dachte ich intensiv an exponentielle Funktionen und hoffte auf den Vertuschungseffekt meiner dunklen Badehose.
„Die Herren Forscher“, begrüßte uns Katrin mit einem koketten Blick, bei dem sie wieder die Augenbraue hochzog.
„Hallo Katrin. Wartest Du schon lange?“, hörte ich Basti sagen. Ob er ihr zur Begrüßung die Hand gab oder sie gar umarmte, sah ich gar nicht mehr. So schnell es ging, trat ich an den Beckenrand und ließ mich kommentarlos ins Schwimmerbecken fallen. Ein älterer Herr ohne Schwimmbrille konnte gerade noch ausweichen und bedachte mich mit einer kleinen Schimpftirade. Ich tauchte zurück an den Beckenrand. Katrin lachte. „Uuups. Und da kommt auch schon der Bademeister.“
Tatsächlich bewegte sich ein junger Mann in weißen Shorts und blauem Polo-Shirt auf uns zu. Aber er lächelte. Es war Ben, unser Schwimmtrainer.
„Dass ich dir noch mal die Baderegeln erklären muss, hätte ich nicht gedacht.“ Er half mir mit einer Hand aus dem Wasser, begrüßte Basti und schließlich Katrin.
„Was macht ihr hier, Jungs? Trainieren am Wochenende.“
„Klar“, lächelte ich.
„Peter wollte mir zeigen, wie man richtig Delphin schwimmt“, ergänzte Katrin mit einem Blick, den ich bisher noch nicht an ihr kannte. Ihre Stimme wurde ziemlich sanft. Sie schnurrte beinahe.
Ben setzte ein breites Grinsen auf.
„Oh. Da hast du dir unseren Spezialisten ausgesucht. Er hat wirklich eine einzigartige Technik. Los ab mit Dir. Zeig uns wie’s geht.“

Ich schlurfte brav zum Startblock und sprang ins Wasser. Beim ersten Zug war ich tatsächlich so etwas wie aufgeregt. Die vertrauten Bewegungen brachten mich aber schnell zur Ruhe. Mein Körper ging in den Schwimmmodus. Beinschlag, gleiten, Beinschlag, Arme. Ich fixierte den Beckenboden schräg vor mir und hörte auf zu denken. Bevor ich es richtig merkte, hatte ich schon gewendet und war auf dem Weg zurück. Ben war neben Katrin stehen geblieben und erklärte ihr irgendwas. Sie beobachteten mich. Ich richtete meinen Blick wieder in die Tiefe. Als ich am Beginn der Bahn ankam, war mir blöderweise noch nicht eingefallen, was ich jetzt sagen könnte. Also wendete ich und hängte zwei weitere Bahnen dran. Diesmal gab mir Basti mit einem Patsch auf die Schulter zu verstehen, dass ich aufhören sollte.

„Ich bin dran", raunte er mir zu. Dann sprang er über mich und zog mit schnellen Kraulschlägen davon. Ich stieg aus dem Wasser.

„Bei Freistil spielt die Spannweite eine größere Rolle. Da schwimmt Basti allen weg. Aber Delphin ist neben Kraft vor allem Technik. Körperbeherrschung. Koordination." Ben grinste stolz zu mir rüber. Katrin lachte übers ganze Gesicht.

„Nicht schlecht, Wasserfloh", rief sie. Sie lächelte anerkennend und ein prickelndes, warmes Etwas breitete sich überall in meinem Körper aus. Ein wenig wie Fieber, nur fühlte es sich verdammt gut an. Das war ein Anfang, eindeutig. Und besser als Eis essen. Aber da mir immer noch kein kluger Satz einfiel, stürzte ich mich einfach wieder ins Wasser.

Hinterher war ich unsicher, wie Katrin den Schwimmbadbesuch wirklich fand. Erst dachte ich, sie langweilt sich. Denn während Basti und ich alleine durchs Wasser pflügten, stand Katrin nur draußen bei Ben und hörte ihm zu. Aber dann war sie auch reingesprungen und ließ sich von mir die Arm- und Beinbewegungen beim Delphinschwimmen zeigen. Ich machte es vor und sie machte es nach. Ben kam auch noch mal dazu und korrigierte ihre Haltung von außen. Katrin brauchte ungefähr vier Versuche, dann hatte sie die Bewegung drauf. Sie forderte sofort ein Wettrennen. Ich musste schwören, ich würde Vollgas geben und gewann mit einer halben Bahn Vorsprung. Aber das schien ihr zu gefallen. Sie gab mir einen kleinen, anerkennenden Klaps auf die Schulter und lachte aus vollem Hals. „Nicht schlecht“, sagte sie wieder. „Wirklich nicht schlecht.“ Aber als ich ihr dann die Bewegung nochmal vormachen wollte, musste sie schon nach Hause. Sie war richtig erschrocken, als sie sah, wie spät es war und verschwand mit einer kurzen Verabschiedung aus Becken, Bad und meinen Wochenendplänen.

Freunde

Am folgenden Montag kam Katrin direkt auf unseren Schwimmbadbesuch zu sprechen und wie *toll* sie alles fand. Ich fürchtete zunächst, sie mache sich über mich lustig, aber sie sprach ganz ernsthaft davon, sich im Schwimmklub anzumelden. Ihr enger Zeitplan schien auf einmal kein Hindernis mehr zu sein. „Ich geh nur Montag und Mittwoch. Das ist der perfekte Ausgleich zum Volleyball.“ Ich war überglücklich, versuchte mir aber möglichst wenig anmerken zu lassen. Basti hingegen reagierte mit fast schon besorgniserregender Zurückhaltung. Ich beschloss, ihn zu ignorieren.

Ich sah Katrin in dieser Woche an jedem Tag irgendwo im Schulhaus. Jedes Mal grüßte sie mich zumindest oder blieb stehen, um ein paar Worte mit mir zu wechseln. Das schien irgendeine Art von Zauber in Gang zu setzen. Es begann mit Katrins Freundinnen, die ebenfalls begannen, mir zuzunicken. Dann grüßten mich ein paar von den cooleren Jungs aus der Elften. Schließlich ging sogar der Rambo, der mich zu seinem Lieblingsopfer auserkoren hatte, nur mit einem schiefen Grinsen an mir vorbei. Ohne mir das Bein zu stellen. Ohne mir ans Ohr zu schnipsen. Ohne irgendeinen Spruch. Ich war glücklich wie nie in meinem Leben und am Freitag konnte ich die Tatsachen nicht länger leugnen.

„Basti. Ich glaube, mich hat's erwischt."

Grinsen.

„Scheiße."

Schweigen.

„Katrin?"

Nicken.

„Scheiße."

Grinsen.

Wir saßen zu zweit im Forschungskeller und unsere Wasserplatte plätscherte fröhlich vor sich hin. Basti hatte mich gerade in Rekordzeit matt gesetzt, ohne dass ich wirklich viel davon mitbekommen hätte. Er fuchtelte mit meinem König wie mit einem Messer vor meiner Nase rum.

„Ich sag das nicht gern, Petey. Aber vergiss es."

„Sie hat sich im Klub angemeldet."

„Das ist eine andere Liga. Nicht meine und schon bestimmt nicht deine."

„Sie hat mich an der Schulter berührt. Im Schwimmbad."

„Sag mal hörst Du mir überhaupt zu?"

„Sie zieht die linke Augenbraue immer so hoch, wenn sie mich ansieht."

„Scheiße."

„Ja. Scheiße."

Das Wochenende zog an mir vorbei, wie in einem Nebel. Ich dachte 48 Stunden lang pausenlos an Katrin. An ihren weißen Bikini. An ihre makellose Haut. An den Stups, den sie mir auf den Arm gegeben hatte. Die Bilder standen so real vor mir, dass ich glaubte, sie berühren zu können. Es fiel mir schwer, mich auf die Welt um mich herum zu konzentrieren und wusste keinen anderen Ausweg, als auf Bastis Rat zu hören. Katrins Brüste unter den weißen Stoffdreiecken - ich rannte ins Bad. Katrins Po unter Wasser - ich rannte ins Bad. Katrins Augenbraue - ich rannte ins Bad. Meine Mutter wollte mich schon zum Arzt schleppen, weil ich ständig die Toilette blockierte. Ich erzählte von Durchfall und bekam zwei Tage lang nichts, als geriebenen Apfel, Zwieback und Banane zu essen. Aber wenn das der Preis für meine Fantasien war, dann zahlte ich ihn gerne.

Am Montag kam Katrin nicht ins Labor und ich sah sie auch nicht auf dem Flur. Beim Training war sie dann aber da. Basti und ich waren gemeinsam von der Schule zum Schwimmbad gejoggt. Viertel vor fünf standen wir außer Atem, aber in Bestform, in der Halle. Katrin zog fleißig ihre Bahnen zwischen den anderen Mädels. Sie trug diesmal einen Badeanzug, aber das änderte nichts daran, dass sich ein neues erotisches Bild in mein Gehirn einbrannte, als sie aus dem Wasser stieg. Ben nahm sie zur Seite und erklärte ihr was. Dabei legte sie ihre Hand scheinbar gedankenlos auf seinen Oberarm und lachte. Dann kam sie auf uns zu.
„Hi Jungs." Katrin winkte, obwohl sie direkt vor uns stand. „Viel Spaß. Ich muss unter die Dusche." Und schon war sie weg. „Ja. Viel Spaß!", rief ich ihr hinterher. Dann beeilte ich mich ins Wasser zu springen.
Schon bei den ersten Kraulzügen zum Aufwärmen wusste ich: Basti hatte recht. Ich starrte auf seine Zehen, die vor

mir im Wasser tanzten und wusste, er hatte recht. Katrin Morgentaler war nicht in mich verliebt. Das war unmöglich. Aber vielleicht, so hoffte ich, vielleicht würde sie sich einfach meines jugendlichen Körpers bedienen wollen, um die wilde Lust einer erwachsenen Frau zu stillen. Ich starrte ein Loch in Bastis Füße. Ich hatte das Gefühl, sein Grinsen durch die Fußsohlen sehen zu können. Ich versuchte nicht an Katrins Brüste zu denken und konzentrierte mich auf die monotonen Armbewegungen. Es funktionierte nicht.

An diesem Tag brach ich das Training zum ersten und einzigen Mal vorzeitig ab. Was ich auch versuchte - ich kam einfach nicht in meinen Schwimmmodus.

Am Dienstagnachmittag traf ich meinen Schwimmtrainer Ben vor unserer Schule und bekam eine erste Ahnung, was mit Katrin wirklich los war. Am Mittwoch beim Training sah ich, wie er zärtlich über ihren Unterarm strich und am Freitag holte Ben sie aus dem Keller ab und all meine Befürchtungen hatten sich bestätigt.

„Dreiundzwanzig. Ich kapier das nicht. Ben ist dreiundzwanzig. Ist das nicht irgendwie verboten oder so?“
Basti legte tröstend seinen Arm um meine Schulter.
„Ich hab doch gesagt: eine andere Liga.“
„Aber mal im Ernst: dreiundzwanzig. Ben könnte fast ihr Vater sein. Er ist unser Trainer. Im Grunde so was wie ein Lehrer.“ Ich wollte es verhindern, aber meine Stimme bekam unwillkürlich einen weinerlichen Klang.
„Manche stehen eben auf ältere.“
„Aber dreiundzwanzig!“
„Das sind gerade mal sieben Jahre.“
„Ja eben: sieben Jahre. Das ist doch nicht normal.“
Basti klopfte mir aufmunternd auf die Schultern.

„Hey - wir haben sie im Bikini gesehen und wir werden sie wieder im Bikini sehen. Und außerdem sind wir immer noch Forscherkollegen."
„Forscherkollegen? Ach Scheiße!"
„Ja, Pete. Scheiße."

Das nächste Mal sah ich Katrin in der folgenden Woche in unserem Labor wieder. Sie kam in Begleitung ihrer Freundin Lisa. Schon durch die Tür hörte man die beiden laut „Baby, we keep on smiling" singen. Basti begrüßte sie mit seinem theatralischen Blick. „Bitte. Wer hört das denn noch?"
Die Mädels gaben sich einem Kicheranfall hin und ließen sich ihre gute Laune nicht verderben.
„Entschuldigung, bitte. Aber was versteht ihr denn von Musik?", fragte Lisa. Katrin übernahm der Einfachheit halber die Antwort.
„Nichts, meine Liebe. Aber wir wollen uns hier unten ja auch nur der Forschung widmen. Der Forschung und nichts als der Forschung."
Wieder prusteten beide los. Basti zuckte nur mit den Schultern warf mir einen hilflosen Blick zu. Ich beugte mich mit dem Zollstock über einen unserer Wasserbögen und trug die Ausdehnung in die Liste ein. Dann setzte ich mich zurück ans Schachbrett und täuschte angestrengtes Nachdenken vor. Katrin erklärte Lisa zuerst ihren Windkanal und danach unsere Wasserplatte. Basti ließ mich alleine sitzen und zeigte ihr den genauen Aufbau. Lisa stellte ein paar Fragen, ließ dabei deutlich erkennen, dass sie all das nicht sonderlich interessierte und verabschiedete sich. Basti verließ den Raum mit ihr, um etwas zum Trinken zu holen.

Ich war mit Katrin alleine. Ich bohrte meinen Blick auf das Schachbrett und versuchte dabei aus den Augenwinkeln zu erkennen, was sie machte. Ich glaubte zu erkennen, dass sie

sich mit dem Rücken an ihren Arbeitstisch lehnte. Ich konnte nicht ganz sicher sein, aber es schien, als sehe sie zu mir rüber. Mein Puls begann anzusteigen, so dass man das Pochen in meinen Schläfen wahrscheinlich sogar sehen konnte. Ich drehte meinen Kopf nur für eine winzige Millisekunde und zuckte sofort wieder zurück. Katrin sah mich direkt an.
„Peter. Ich muss mit dir reden."
Ich schob meinen Bauern ein Feld voran und warf ihn damit sinnlos Bastis Pferd zum Fraß vor. Dann drehte ich mich zu Katrin.
„Klar. Was ist?"
Katrins Lächeln war ein wenig gequält.
„Es ist mir ein bisschen peinlich."
Bong. Bong. Bong. Meine Schläfen puckerten dermaßen deutlich, dass ihr das einfach auffallen musste. Aber Katrin blickte zu Boden.
„Also. Du und ich…" , begann sie.
Ich sprang auf, ging zu unserer Wasserplatte und drehte den Hahn zu. Ich wusste selbst nicht genau warum. Katrin blickte mich entgeistert an.
„Ääh, das Plätschern.", stammelte ich. „Das nervt."
Katrin lächelte verständnisvoll.
„Was ich sagen will. Wir beide sind doch mittlerweile sowas wie Freunde, oder?" In ihrem Blick lag fast so etwas wie Hoffnung.
„Klar", hörte ich mich sagen.
„Es ist wegen Ben", rückte sie heraus. „Ich brauche deinen Rat. Du kennst ihn doch ein wenig besser, oder?"
Ich hätte mir am liebsten wie ein kleines Kind mit beiden Händen die Ohren zugehalten, aber ich nickte nur.
„Ich hoffe, Du findest mich nicht kindisch, aber…weißt du, ob er eine Freundin hat? Ich meine, wir verstehen uns wirklich gut und wir waren am Freitag sogar im Kino. Aber ich

hab das Gefühl, das ihn irgendwas blockiert. Weißt Du, wie ich meine?"
„Nein", stammelte ich.
„Na, ich weiß eben nicht, ob er bereit ist, sich auf was Festes einzulassen, verstehst Du?"
„Nein", sagte ich noch einmal. „Nein. Er hat keine Freundin."
In Katrins Gesicht gingen mit einem Schlag alle Lampen an. Sie strahlte mit voller Leuchtkraft.
„Echt nicht? Bist du ganz sicher?"
„Ja" sagte ich und quälte mir ein Lächeln ins Gesicht.
„Oh Mann. Das sind fantastische Neuigkeiten, Pete. Fantastisch." Sie hüpfte mit zwei Schritten durch den Raum und schloss mich in die Arme. Ihr Haar duftete nach einer Mischung aus Aprikose und Wildblumen. Ihre Wange war weich wie Seide und ihre Brüste drückten mit deutlicher Spannung an meinen Oberkörper. Ich stand einfach nur da und atmete tief ein.
„Na hier wird wohl für *Fackeln im Sturm* geprobt, oder was", hörte ich Basti, der plötzlich in der offenen Tür stand. Katrin wandte sich von mir ab und strahlte in seine Richtung.
„Besser, Basti. Viel besser." Sie blickte sich noch einmal um, winkte mir zu, hüpfte durch dieTür und war verschwunden.
Skeptisch blickte Basti zu mir.
„Oder doch nicht?".
Ich schüttelte den Kopf.
„*Denver-Clan*. Oder *Falcon Crest* oder sowas."
Basti reichte mir eine Fanta und setzte sich ans Schachbrett.
„*Falcon Crest*? Na du kennst Sachen."
Ich nahm einen Schluck und lächelte.
„Wir sind jetzt Freunde."
Basti atmete geräuschvoll aus.
„Ey? Wer hat das Wasser abgestellt?"

Ich schloss die Augen. Es roch nach Aprikose.

Wachsen

Die Wochen bis zu den Sommerferien verbrachte ich mit Schule, Schwimmen und Schach. Immer öfter saß ich auch alleine im Keller, denn Basti hatte sich von Sandra getrennt und investierte all seine überschüssige Energie in Lisa. Manchmal war ich dann auch mit Katrin allein. Wir führten lockere Gespräche über dies und das, und immer wieder auch über ihre Beziehung mit Ben und wie gut alles lief und wie dankbar sie mir war und so weiter. Ich kam erstaunlich gut damit klar. Letzten Endes hatte Basti doch recht gehabt: im Bikini gesehen hatte ich sie. Das konnte mir keiner nehmen. Genau wie die Erinnerung an das Gefühl ihrer Brüste durch den Pullover oder den Geruch ihres Haares. Ab und an bekam ich einen leichten Stich in der Herzgegend, wenn ich mir vorstellte, was hätte sein können, aber ich war weit von dem entfernt, was ich von einem echten Liebeskummer gelesen und erwartet hatte. In meinen Träumen schloss Katrin die Kellertür immer noch von Innen ab, aber in der Wirklichkeit kam ich mit der Rolle des Kumpels ganz gut zurecht.

Die Episode mit Katrin hatte außerdem zu echten Verbesserungen in meinem Alltag geführt. Niemand fiel mehr in dunklen Gängen über mich her, niemand tuschelte hinter meinem Rücken und ich absolvierte mittlerweile auch mal ein Gespräch mit einem Mädchen, ohne mich wie ein vollkommener Trottel zu verhalten. Der Zauber, der mit ihrer Bekanntschaft begonnen hatte, blieb bestehen.

Dazu bemerkte ich im Sportunterricht, dass ich Rainer Seelemann mittlerweile um gut zwei bis drei Zentimeter überragte. Damit war ich offiziell zwar immer noch der zweitkleinste Zehntklässler der gesamten Schule, aber es war ein Anfang, der mir Hoffnung gab.

Kurz vor den Sommerferien stellte ich einen neuen Vereinsrekord über 100 Meter Delphin in meiner Altersklasse auf und hatte das Gefühl, gleich mehrere Zentimeter an einem Tag zu wachsen. Ben änderte meinen Spitznamen in *Mini-Albatros* und bot mir an, in den Sommerferien an einem zweiwöchigen Schwimmcamp an der französischen Mittelmeerküste teilzunehmen. Der Verein zahlte die Unterkunft und Verpflegung. Für uns blieben nur die Fahrkosten von je 80 D-Mark und ein bisschen Taschengeld.
„Frankreich. La France. Das ist das Land der Liebe.“, schwärmte Basti, der auch eingeladen war. „Überall kleine Mademoiselles, für die wir Liegestütze am Strand machen können.“
„Heißt es nicht *Stadt der Liebe* und geht es dabei nicht nur um *Paris*?“, wandte ich ein.
„Stadt, Land, scheißegal. Paris ist die Hauptstadt, also ist Frankreich auch das Land der Liebe, klar?“
„Und was ist mit der Arbeit?“
Basti grinste. „Ich hab schon mit Böttcher gesprochen. Er ist zwar nicht begeistert, aber so lange wir alles bis Ende August fertig haben, ist es ihm egal.“
„Aber wie sollen wir das schaffen? Alles auswerten und fünfzehn Seiten schreiben. Ich hab keine Ahnung, was wir überhaupt rausbekommen haben.“
„Ach das ist kein Problem. Wir beschreiben einfach, wie sich die Mäander entwickelt haben. Wann sie länger wurden

und wann breiter und so was. Vornedran noch ein paar Zusammenfassungen und am Ende unsere Schlussfolgerung."
„Und was ist unsere Schlussfolgerung?"
„Weiß ich auch nicht. Auf jeden Fall sowas wie *die Ausbildung der natürlichen Wasserbögen zu unterdrücken, wie es bei Flussbegradigungen geschieht, erscheint uns als höchst unratsam.*"
Ich starrte Basti mit offenem Mund an.
„Was ist? Das war von vorne rein unser Ergebnis. War dir das nicht klar?"
Und als ich mal wieder nichts sagte, nahm Basti mich in den Arm und rief laut „Vive la France!"

Als er zweieinhalb Wochen später braun gebrannt aus Südfrankreich zurückkam, war Basti nicht mehr mit Lisa zusammen, sondern mit Yvette. Ich hatte die vergangenen Wochen mit meiner Mutter im städtischen Freibad und alleine am Schreibtisch verbracht. Sie freue sich zwar über meinen Erfolg im Schwimmen, hatte meine Mutter erklärt. Leider ließen es aber weder unsere finanzielle Situation noch meine schulischen Leistungen zu, dass ich den Erfolg meiner Forschungsarbeit gefährde, indem ich mit irgendwelchen Fremden nach Frankreich fuhr. Außerdem freue sie sich auf ein paar freie Tage für uns beide. Sie übermittelte mir ihren Beschluss fast beiläufig beim Abendessen und ich kam nicht auf die Idee, daran zu rütteln. Als Basti und später Ben für mich auf die Barrikaden gehen wollten und beide sogar anboten, die Gebühr auf unbestimmte Zeit vorzustrecken, musste ich sie bremsen. Ich könnte ja auch im Freibad trainieren. Ich könnte anfangen, die Arbeit zu schreiben. Und schließlich schien die Sonne auch bei uns. Ben hatte es nicht verstanden und Basti war richtig sauer geworden.

„Dann bleib doch bei Mutti. Aber ich fahre, sag ich Dir. Ich fahre."
Also war er gefahren und ich war hier geblieben.

Bei unserem Wiedersehen war von Groll nichts mehr zu spüren. Basti platzte gut gelaunt in mein Zimmer und war euphorisch wie eh und je.
„Das Land der Liebe, Pete. Ich hab's dir gesagt. Sonne, Strand und l'amour française. Jetzt kann ich sterben!"
Ich lächelte und schloss die Tür hinter ihm.
„Das wolltest Du schon, nachdem wir Katrin Morgentaler im Bikini gesehen haben."
„Ja stimmt. Aber was interessiert mich mein Geschwätz von vorgestern. Yvette…sie ist…na weisst Du…sie ist neunzehn. Sie weiß Bescheid, verstehst Du?"
„Na dann stirb' lieber noch nicht. Wäre ja schade."
Basti sah mich an, als wäre das das Lustigste, was ich je gesagt hätte.
„Ja, Mann. Das wäre verdammt schade. Ich kann noch so viel lernen. Ich muss noch so viel üben. Am liebsten würde ich jetzt gleich damit weitermachen."
Er schürzte die Lippen zu einem Kussmund und stürzte sich in einer wilden Umarmung auf mich. Ich ließ mich aufs Bett fallen und schüttelte ihn lachend ab. Wir lagen einen Moment nebeneinander auf dem Bett, so dass unsere Blicke genau auf das Foto von meinem Vater und mir als Baby fielen.
„Dein Alter war ein ziemlich großer Mann, oder? Also sieht zumindest auf dem Foto so aus."
„Er hat ein kleines Baby auf dem Arm. Da sieht jeder groß aus"
„Ich meine… guck doch mal die Hände an. Er hat echt große Hände."

„Naja. Er war Pianist."
„Ja und wenn man Pianist ist, wachsen einem automatisch große Hände oder was?"
Ich betrachtete das Bild von dem feingliedrigen Mann, mit dem winzig wirkenden Baby auf dem Arm. Keine Ahnung, wie groß er war. Aber er blickte sehr ernst in die Kamera. Das fiel mir auf. Und das Baby auch. Mit den gleichen tiefschwarzen Augen. Fast schon feierlich. So als wüssten sie, dass dieses Foto, das einzige Bild von Vater und Sohn bleiben würde.

Basti rappelte sich auf.
„Wie war's an der Heimatfront?"
„Gut. Es war wirklich gut. Ich glaube, es hat nicht einen Tag geregnet."
„Ich mein doch nicht das Wetter. Ich mein: wie war's? Was hast Du gemacht? Wie lief's mit Mutti?"
Basti wusste, das *Mutti* in unserer Familie ein Unwort war. Aber ich ging nicht darauf ein.
„Ich meine nicht nur das Wetter. Es war gut. Wir waren jeden Tag im Freibad. Ich hab mein Pensum absolviert. Wir haben Karten gespielt und Schach und sowas. Ich hab natürlich nicht einmal gewonnen."
„Nichtmal Remis?"
„Nichtmal Remis."
„Oh Mann. Ich muss mal gegen deine Mutter spielen."
„Geh. Frag sie. Da kannst du auch was lernen."
„Ach echt?", grinste Basti und ich erahnte seine Gedanken.
„Boah, du hast echt ein massives Hormonproblem, weißt du das?"
„Absolut", grinste Basti. „Und du? Was hast du mit deinen Hormonen so angestellt in den letzten Wochen?"
Ich zuckte mit den Schultern.
„Alles wie immer."

In Bastis Abwesenheit hatte ich mit genau zwei weiblichen Wesen gesprochen. Das eine war meine Mutter und das andere war eine etwa vierzigjährige Frau, mit der ich beim Schwimmen zusammengestoßen war. Sie hatte gelächelt und mich ermahnt, ich solle *nicht so stürmisch* sein. Dann hatte sie mir zugezwinkert und war weitergeschwommen. Manchmal habe ich ein paar von Katrins Freundinnen am Volleyballplatz gesehen, ohne irgendein Wort mit ihnen zu wechseln. Katrin selbst war mit Lisa und ihren Eltern in einem Ferienclub auf Lanzarote. Volle sechs Wochen lang. Aber dennoch hatte ich die Tage genossen. Meine Mutter hatte frei. Wir spielten Sechsundsechzig, Rommé und Canasta und meistens eben Schach. Ich las *Unterm Rad* von Hermann Hesse und war ehrlich beeindruckt. Nicht nur, dass der jugendliche Held am Ende starb. Das kam mir sehr erwachsen vor. Es gab auch eine zarte, zumindest leicht erotische Szene, die mir sehr gefiel. Meine Mutter hatte mir das Buch gegeben und ich hatte das Gefühl, sie beobachtete mich beim Lesen. So als wollte sie testen, ob mich Liebe und Sex und Mädchen überhaupt interessierten. Es war peinlich von ihr so angestarrt zu werden, aber das Buch war trotzdem gut.

An den Nachmittagen hatte ich mich an der Forschungsarbeit versucht. Meine Mutter hatte mir ein Programm gezeigt, mit dem ich aus unseren Tabellendaten, Grafiken erstellen konnte.

„Hey. Die sehen ja prima aus“. Basti klickte sich in unserem Wohnzimmer durch die Bilder. „Damit kriegen wir die fünfzehn Seiten locker gefüllt.“

Die restlichen Wochen der Sommerferien verliefen in etwa so, wie die ersten beiden, nur dass ich statt meiner Mutter nun Basti dabei hatte. Immerhin spielten wir jetzt ein paar mal Volleyball. Aber seitdem Basti mit Lisa Schluss gemacht hatte, war die Mädels-Gang nicht wirklich gut auf ihn zu

sprechen. Wir blieben meistens für uns und hängten uns beim Schwimmen voll rein. Auch das Training am Nachmittag begann wieder und wenn wir danach an unserm Computer vor der *JuFo*-Arbeit saßen, war ich oft zu müde, auch nur eine Taste zu drücken. Glücklicherweise wusste Basti genau, was er schreiben wollte und wie er unsere Ergebnisse zu interpretieren hatte. Ich las einen Artikel über Mäander in einer Fachzeitschrift, fügte die Schaubilder ein und den Rest erledigte er. Am letzten Tag der Ferien, lag unsere Arbeit fix und fertig ausgedruckt vor uns. *Regelmäßigkeiten bei der Ausbildung von Mäandern von Sebastian Reuscher und Peter Boltenhagen, Klassenstufe 10.*
„Fünfzehn Seiten mit Literaturverzeichnis und Anhängen", triumphierte Basti.
„Müssten wir mittlerweile nicht Klassenstufe 11 drauf schreiben, fragte ich?"
„Richtig, Pete", freute sich Basti. „Wenn ich dich nicht hätte."
Während er die Titelseite neu ausdruckte, beschlich mich das Gefühl, damit meinen wichtigsten Beitrag zu unserem Werk geleistet zu haben.

Der Regen bleibt

Das neue Schuljahr begann mit viel Routine, aber auch einigen Neuerungen. Trotz meines milde vorgetragenen Protests besuchte ich immer noch die Lateinklasse, um irgendwann das *große Latinum* zu erreichen. Latein war eines der Themen, über das meine Mutter nicht mit sich reden ließ. All meine Hoffnungen ruhten auf Basti und den Reclam-Übersetzungen, die wir bei Klassenarbeiten auf dem Klo deponierten.

Chemie hatte ich abwählen dürfen. Immerhin. In Physik hatten wir weiterhin Herrn Böttcher, so dass ich mit einer sicheren Drei am Jahresende rechnen konnte. Mathe war kritisch wie immer, aber mit ein bisschen Fleiß würde ich schon durchkommen.

Frauen hingegen waren das Thema, das mir wirklich Sorgen machte. Katrin Morgentaler war tief gebräunt aus ihrem Urlaub zurückgekommen. Trotz der *brutalen Wochen der Distanz*, wie sie erzählte, war sie immer noch mit Ben zusammen und dieses Jahr endlich zur Schülersprecherin gewählt worden. Den Schwimmunterricht hatte sie wieder aufgegeben. Er ließ sich wohl doch nicht so günstig mit Volleyball verbinden. Da wir auch nicht mehr im Keller zusammen hockten, sahen wir uns kaum noch, aber waren immer noch befreundet. Sie winkte mir im Schulflur zu und ich nickte mit einem Lächeln zurück. Ich war nicht mehr in sie verknallt und unsicher, ob ich es jemals wirklich gewesen war. Nach wie vor turnte sie mit und ohne Bikini durch meine Träume und machte dort ziemlich spannende Sachen mit mir. Das schon. Aber die Realität war nun mal die Realität.

Wenigstens hatte sich mein Körper endgültig für die Idee des Wachsens begeistern lassen. Badehosen, Turnschuhe und alles was sonst noch unbedingt nötig war, wurden durch größere ersetzt. Leider standen Shirts und Pullover nicht auf der Prioritätenliste meiner Mutter ganz oben, so dass ich oft wie ein Clown durch die Gegend lief, bis Basti mir aushalf. Im Sportunterricht standen mittlerweile eine ganze Reihe von Jungs zwischen mir und Rainer Seelemann, dessen Wachstumsprozess offenbar bei 1,70m sein Ende gefunden hatte. Dazu gab es kein einziges Mädchen mehr, das größer war als ich. Tanja Hofmann war vielleicht genau so groß. Aber ich wirkte um einiges größer als sie. Wenn ich mich selbst irgendwo in einer Scheibe sah, erschrak ich jedes

Mal. Ich sah tatsächlich aus wie sechzehn. Wie ein ganz normaler Teenager. Das Tolle daran war: alle um mich herum schienen das auch zu sehen. Die Mädchen ließen bei der Begrüßung ein kleines Lächeln aufblitzen und manche der coolen Jungs klatschten mich sogar ab. Das Blöde daran war: ich nahm mir die Rolle selbst nicht ab. Ich war unsicher, wie ich mit wem sprechen sollte und vor allem worüber. Ich fragte mich andauernd, was die anderen über mich dachten. Und ich war vollkommen planlos, wie ich ein Mädchen dazu bringen konnte, mich endlich von meiner schmerzhaften Unberührtheit zu erlösen. Da ich keine Strategie hatte, unternahm ich in dieser Hinsicht einfach gar nichts, hoffte auf ein Zeichen des Himmels oder die Hilfe von Basti.

Wie Basti es vorhergesehen hatte, war Herr Böttcher begeistert von unserer *JuFo-Arbeit.* Oder besser gesagt von Bastis Arbeit.

„Damit haben wir reelle Chancen auf den Landeswettbewerb, vielleicht sogar auf den Bundeswettbewerb. Dieser Bezug zu den Flussbegradigungen ist geradezu genial. Überall Hochwasser - da kommt so eine Arbeit genau zur richtigen Stunde."

Böttcher war in der Pause auf dem Schulhof auf Basti und mich zugestürmt. Wir standen in Sichtweite der Raucherecke und von dort drehten sich einige Köpfe in unsere Richtung. Böttcher schrie fast vor Begeisterung.

„Ha. Und das Bundesfinale ist dieses Jahr auch noch in Köln. In Köln. Direkt am Rhein."

Basti beugte sich verschwörerisch nach vorne und lotste Herrn Böttcher in Richtung Hauptgebäude.

„Wissen Sie, Herr Böttcher. Wir hatten da noch so eine Idee."

Während wir uns von den grinsenden Oberstufenschülern entfernten, schlug Basti vor, wir könnten doch noch einen zweiten Versuchsaufbau starten. Statt Brett würden wir diesmal eine Art Sandkasten bauen.

„Den könnten wir mit Erdreich füllen, wie bei einem echten Flussbett. Und dann machen wir noch eine Testreihe."

Böttcher dachte nach.

„Das ist ein wenig aufwändig, aber gut. Und für den Wettbewerb wäre es sehr anschaulich. Sehr gut. Das machen wir. Prima, Sebastian. Prima, Peter."

Anerkennend klopfte er uns auf die Schultern und hätten wir nicht auf dem Schulhof gestanden, wäre er uns vermutlich um den Hals gefallen.

„Wahnsinn, was wir so für Ideen haben", sagte ich zu Basti, als wir eine Woche später neben dem neu gebauten Sandkasten standen. Basti hatte für unsere Forschungsarbeit schnell eine Seite eingefügt, dafür bei den Grafiken wieder gekürzt und schon hatte unsere Arbeit einen handfesten Bezug, zur Hochwasserproblematik, die seit vergangenem Frühjahr das ganze Land beschäftigte.

„Du hast es gehört", grinste Basti. „Wir sind echte Genies. Der Wettbewerb kann kommen."

Der Regionalwettbewerb *Junge Forscher* fand im *Casino* genannten Speisesaal des lokalen Opel-Werkes statt. Mit Stellwänden und Tischen waren in dem riesigen Raum sieben Gänge geschaffen worden, in denen nebeneinander die Teilnehmer jedes Wissensgebietes auf den Besuch der Jury warteten. In *Biologie*, *Physik*, *Mathematik*, *Chemie* und *Technik* quetschten sich in jeden Gang zwölf Projekte. Bei *Arbeitswelt* waren zwei Tische frei. In unserem Gebiet *Geo-und Raumwissenschaften* sah es genau umgekehrt aus. Insgesamt traten nur drei Projekte an. Ein neunzehnjähriger Nerd, der

ein eigenes Teleskop gebaut hatte und überall Fotos vom Mond an seinem Stand hängen hatte, ein ebenso altes Geschwisterpaar, das über Fossilien im Hunsrück forschte und wir. Auch wenn es nur zwei Konkurrenten waren - ihre professionell wirkenden Stände, die Fragestellungen, über die ich noch nie nachgedacht hatte und ihr bloßes Alter, machten starken Eindruck auf mich.
„Wir sind die jüngsten“, raunte ich Basti zu, während wir den mitgebrachten Sand eimerweise in unsere Kiste schütteten.
„Ja“, lächelte er. „Sehr gut.“
Auch Herr Böttcher schien allerbester Laune, als er unsere Konkurrenz sah. Fast so, als hätte er alles genau so erwartet. Ich war dennoch nervös. Es war schon peinlich genug, mit einer Streberarbeit in einer Halle voller Streber an seinem Streberstand rumzustehen. Ich wollte nicht auch noch gegen die Streber verlieren.

Als wir aufgebaut hatten, machten wir einen Rundgang durch den Saal. Das machte mich noch nervöser. Überall gut gekleidete junge Menschen mit ebenso gut klingenden Themen: *Strom aus Aluminium. Fluoreszierenden Algen. Antibiotika-Resistenzen.* Das klang alles viel wichtiger als als *Regelmäßigkeiten bei der Ausbildung von Mäandern.*

Mitten im Gewühl entdeckten wir Katrin. Ihr Stand war mit Abstand der schönste von allen. Sie war mit Abstand die Schönste von allen. Sie stand hinter einer ausgestopften Eule und unterhielt sich mit einem jungen Mann im Anzug. Sie wirkte vollkommen ruhig. Nicht anders, als bei uns im Keller. Wir winkten kurz hin und her, dann kehrten Basti und ich zu unserem Stand zurück. Wir waren als erste dran.

Den Vortrag, den wir der Jury lieferten, hatten wir genau abgesprochen. Basti hielt eine kleine Einleitungsrede, in der er alles über Mäander zusammenfasste, was man wissen konnte. Er sprach sogar von ihrem Vorkommen als Muster auf byzantinischen Vasen. Mein Job war es, unseren Versuchsaufbau zu erklären. Das waren alles technische Dinge: wie lang das Brett war, welche Winkel wir einstellen konnten, welchen Wasserdruck und so weiter. Gleich im ersten Satz fiel mir das Wort *Mäander* nicht mehr ein. Ich stockte, wurde still, meine Schläfen pochten wie wild und schließlich sagte ich. „Bögen". Es war absurd, das mir ausgerechnet dieses Wort entfiel. Aber offenbar konnte sich niemand in der Jury ernsthaft vorstellen, dass ich unser Thema vergessen hatte und so erntete ich verständnisvolles Lächeln überall.

Basti übernahm den langen Teil mit den Ergebnissen und Schlussfolgerungen. Danach stellte ich kurz und ohne Zwischenfälle unseren neuen Versuch mit dem Sandkasten vor und Basti referierte abschließend zu Flussbegradigungen und Hochwasser. Nach fünfzehn Minuten von Basti und fünf von mir, waren wir fertig.

Die Juroren lächelten auf ihre Klemmbretter und jeder machte sich schweigend Notizen. In die Stille hinein fixierte mich der Vorsitzende, ein etwa Fünfzigjähriger, der aussah wie Lothar de Maizière und fragte:

„Und warum haben Sie das alles gemacht?"

Ich wurde knallrot.

„Warum?" wiederholte ich.

De Maizière lächelte aufmunternd.

„Ja. Warum? Was war ihr Antrieb?"

„Na die Wissenschaft voran bringen natürlich", sprang Basti ein und erntete dafür tatsächlich Lacher der beiden weiblichen Jury-Mitglieder. Aber de Maizière ließ nicht locker.

„Ich meine, wie fing das denn an? Wie haben Sie Ihr Thema gefunden?"

Sein Blick war eindeutig auf mich gerichtet. Er wollte, dass ich antwortete. Auch die Damen blickten jetzt zu mir. Böttcher blickte zu mir. Und selbst Basti schien nicht zu wissen welche Antwort an dieser Stelle erwartet wurde. Also sagte ich: „der Regen."

De Maizière zog überrascht und ein wenig verwirrt die Augenbrauen hoch.

„Der Regen?"

Ich nickte. „Wir waren auf dem Weg zum Training. Also, zum Schwimmen. Wir gehen in den gleichen Schwimmklub, den KSK. Und es regnete…"

Ich weiß nicht woher die Worte kamen, aber als ich einmal angefangen hatte, erzählte ich der Jury die ganze lange Geschichte, inklusive aller Nebensächlichkeiten und einiger Ausschmückungen. Dass wir im gleichen Haus wohnten zum Beispiel und deswegen immer zusammen mit dem Bus fuhren. Dass wir Musik gehört hätten. Was ja stimmte, auch wenn es nicht unser Walkman war. Dass im Bus eine alte Frau mit Pudel saß. An dieser Stelle hatte ich das Gefühl, Basti wollte mich unterbrechen. Aber ich redete einfach weiter. Wie wir gemeinsam die Tropfen auf der Scheibe beobachtet hätten, obwohl Basti eigentlich die Augen geschlossen hatte. Ich beschrieb in blumigen Worten, wie unsere Neugier erwachte und erklärte unsere Begeisterung für die Tropfen mit unserer Liebe zu Wasser im Allgemeinen, schließlich seien wir Schwimmer. Dazu erfand ich noch eine Großmutter, deren Keller voll gelaufen sei, durch die wir auf das Thema Hochwasser gekommen wären. An diesem Punkt geriet ich ins Stocken, denn mir fiel ein, dass die Jury das möglicherweise überprüfen könnte und ich verstummte. Wieder war es sehr still. Ich sah zu Basti. Sein Mund stand offen und er blickte mich mit einer Mischung aus Schreck und Belustigung an. Ich blickte zu de Maizière. Auch sein Mund stand offen. Ganz langsam jedoch verzogen sich seine Mundwinkel zu einem Schmunzeln. Dann lächelten auch die Frauen. Wieder notierten alle irgendwas auf ihren Klemmbrettern und es gab keine weiteren Fragen.

Als wir abends beim Italiener saßen, zu dem Katrins Eltern auch Herrn Böttcher und uns eingeladen hatten, stand ich immer noch voll im Bann der Ereignisse des Tages. Um mich herum prosteten sich alle zu und gratulierten sich gegenseitig. Ich saß nur da und hielt mich an meinem Glas Sekt fest, dass es zur Feier des Tages gab. Ich fühlte mich, als wäre ich nur um Haaresbreite einer Katastrophe entgangen. Der einzige Überlebende eines Schiffbruchs. Das Gefühl war beängstigend, aber auch gut. Ich war hier. Ich war heil. Wir hatten's gepackt.

Basti legte zum x-ten Mal den Arm um mich und flüsterte mir zu:

„Wir haben gewonnen, Pete. Gewonnen."

„Ich weiß", flüsterte ich zurück.

Basti nahm den Kopf ein wenig zurück und blickte mir forschend ins Gesicht.

„Du siehst aber nicht so aus, als ob du das wüsstest."

„Es ist nur…", fing ich an. Dann blickte ich Basti in die Augen und musste unwillkürlich grinsen. „Ich dachte, ich hab's verkackt, Mann. Ich dachte, mit dieser bescheuerten Geschichte hab ich uns alles versaut."

Basti strahlte.

„Quatsch, Mann. Die fanden die Geschichte obergut. *Die beiden Wasserratten aus dem Hochhaus auf dem Weg durch den Regen.* Wegen dieser geilen Geschichte haben wir überhaupt

gewonnen. Du hast es nicht verkackt. Du hast es gebracht, Mann."
„Meinst Du?", fragte ich und grinste noch mehr.
„Na klar. Das war authentisch. Da gab's Plattenbau, Musik und sogar ne abgesoffene Omma. Das war *the real shit.* Auf sowas stehen Akademiker."
„Ja", sagte ich. „Das war cool". Und in dem Moment spürte ich, wie etwas von mir abfiel. Druck oder Stress oder was-weiß-ich. Ich fühlte mich leichter und größer und stärker und schaffte es endlich mich einfach nur zu freuen. Freuen über unseren Sieg. Freuen über die Anerkennung. Freuen über meine verrückte Geschichte.
„Und beim Landeswettbewerb erzählst du die Story gleich nochmal", lachte Basti.
„Aber nicht, das mit der Oma?", fragte ich erschrocken.
„Unbedingt das mit der Oma. Diesmal kriegt sie noch einen lustigen Namen, einen ulkigen Hut und ein chronisches Rückenleiden dazu. Und aus dem Regen machen wir ein Gewitter."
„Nein", lachte ich. „Finger weg vom Regen. Der Regen bleibt."

St. Peter-Ording, Dienstag, 3. August 2010

Nachdem Sie in unserer Sitzung am Vormittag auf so viele Details meines Berichtes eingegangen sind, möchte ich gerne zugeben, dass ich vielleicht an manchen Stellen ein bisschen was hinzugedichtet habe. Also nicht wirklich erfunden oder so. Aber ob ich jeden Satz genau so gesagt habe oder ob Katrin Morgentaler vielleicht etwas mehr nach Pfirsich gerochen hat, als nach Aprikose, das weiß ich nicht mehr genau.

Aber ich weiß, dass Sie Ihren Job gut machen, Frau Doktor. Ich will mich nicht einschmeicheln. Es ist mehr weil - Sie haben sich überhaupt nicht in die Karten gucken lassen. Das finde ich gut. Ich kann wirklich nicht sagen, ob Ihnen jetzt gefällt, was Sie da gelesen haben oder nicht. Ob es uns vorwärts bringt oder nicht. Ob ich so weiter machen soll oder nicht. Sie lassen das erstmal so stehen. Wertfrei. Das ist professionell.

Aber meine Mutter. Das hat Sie interessiert. Das habe ich dann doch bemerkt. Ob ich mich ihr damals nah gefühlt habe? Ob ich mich ihr jetzt nah fühle? Was sie mir bedeute? Das haben Sie gefragt. Darüber wollen Sie mehr wissen.

Aber ich fand das jetzt nicht aufdringlich. Sie haben ganz selbstverständlich gefragt. Ganz natürlich. Und es war OK, dass ich nicht geantwortet habe. Sie lassen mich machen. Ich hab keine Ahnung, ob Sie das aus einem Lehrbuch haben oder so. Aber für mich ist das gut.

Natürlich wollen Sie mehr darüber wissen, wie ich hierher gekommen bin. Das ist mir klar. Warum Maja mich als vermisst gemeldet hat. Also… meine Freundin. Das wusste ich ehrlich gesagt gar nicht, bis Sie es gestern erwähnt haben. Aber natürlich, wenn einer einfach so verschwindet. Obwohl ich ihr ja diese Nachricht geschrieben habe, dass alles in Ordnung sei. Aber vielleicht hat sie das nur noch mehr verwirrt. Bitte erzählen Sie ihr irgendetwas Tröstliches. Irgendeine Diagnose. Sie kann das alles gar nicht verstehen. Aber ich kann ihr das auch nicht erklären. Also nicht jetzt. Wobei ich eigentlich dachte,

Maja hätte etwas gemerkt. An dem Abend als ich den Brief bekommen habe. Und sie uns im Treppenhaus getroffen hatte. Mich und den Hasen.

Am 30. Juni kam ich ziemlich spät nach Hause. Ich war gegen 7:30 Uhr zur Arbeit gefahren, hatte die erste Hälfte des Tages lesend, die zweite schreibend verbracht und die Kanzlei um 19 Uhr verlassen. Um 19:30 stand ein Abendessen mit Dr. Lang und seiner Frau an. Maja hatte keine Lust auf ein „getarntes Arbeitsessen, bei dem ich Beate unterhalten soll" und mir schon Wochen zuvor abgesagt. Meinem Chef erzählte ich erst am Abend etwas von plötzlichem Unwohlsein. Er war ganz offensichtlich enttäuscht, fügte sich aber mit einem kraftlosen Kopfnicken und einem Seitenblick auf seine Frau in sein Schicksal.

„Die Gesundheit ist das allerwichtigste", flötete Beate Lang übertrieben heiter über den Tisch. „Gerade in Majas Alter ist es für eine Frau besonders wichtig, auf die Zeichen des Körpers zu achten. Wer weiß, was er euch sagen will… euch beiden." Sie zwinkerte mir verschwörerisch zu und ich rang mir ein gequältes Lächeln ab. Gut, dass Maja nicht mitgekommen war.

Dr. Lang blickte entrückt in Richtung Tür, hob entschuldigend die Schultern und während er im Verlauf der Konversation auf seinem Stuhl langsam immer kleiner wurde, wuchs seine Frau stetig in Richtung Zimmerdecke.

Am Ende gehörte ihr der ganze Abend. In Ermangelung eines anderen Ansprechpartners erzählte sie mir alles über die Erfüllung, die ihr die Mutterrolle gebracht hatte, wie schwer - aber auch lehrreich - es gewesen sei „loszulassen" und wie sehr sie sich wünsche, möglichst bald Großmutter zu werden. Je mehr Wein sie trank, desto lauter wurde sie und weil ich aus vergangenen Treffen wusste, dass das für alle Anwesenden unangenehm enden könnte, bemühte ich mich, sie mit gezielten kleinen Fragen zum Weiterreden zu bringen, wann immer sie zum Glas greifen wollte. Dr. Lang unterstützte mich, indem er einen großen

Teil des für Beate so gefährlichen Rebensaftes während ihrer Monologe, mit bewundernswerter Opferbereitschaft höchstselbst vernichtete. Wie immer arbeitete er konzentriert, effektiv und gründlich. Den ganzen Abend hindurch sprach er nicht mehr als drei oder vier Sätze. Als mich die beiden zum Abschied übermütig an die jeweilige Brust zogen, fühlte er sich deutlich wackliger an als sie. Sein Blick war trüb. Es fiel ihm schwer mir in die Augen zu sehen. Doch das Lächeln um seine Mundwinkel bedeutete mir, dass er zufrieden mit uns beiden war. Ich hatte mir brav alles über Stoffwindeln, Milchstau und Homöopathie angehört, er hatte seine Niere gründlich durchspült und niemand war unter Heulkrämpfen in den Ficus gestürzt oder rückwärts im Springbrunnen gelandet.

Ich kam in einer eigenartig melancholischen Stimmung zu Hause an. Möglich, dass auch ich mehr getrunken hatte, als mir gut tat, aber es lag auch an Beates Auftritt. Sicher - Beate war schräg und exzentrisch. Beate war alt und frustriert. Beate war dekadent und unverschämt reich. Aber sie tat mir leid. Ihre Trauer über die verlorene Mutterrolle war echt und berührte mich. Ihre Kinder waren weg und Beate hatte ihre Lebensaufgabe verloren. Und nach zwanzig Jahren zu Hause, hatte sie keine Idee, was als nächstes kommen könnte.

Natürlich musste ich dabei an Maja denken. Maja tat mir auch leid. Sie hatte zwar unbestritten sehr viele Ideen, was sie mit ihrem Leben anfangen könnte, aber mehr als alles andere, sehnte sie sich nach dem, was Beate verloren hatte. Sie wollte ein Kind.

Nur ich wollte nicht. Ich kann nicht so genau benennen warum. Natürlich werden Sie als Fachfrau meine Vaterlosigkeit als Erklärung anführen. Tun Sie das ruhig. Ich glaube, das ist es nicht. Wenn es einen Zusammenhang gibt, dann eher den, dass beides keine übermäßig große Rolle für mich gespielt hat. Ich hatte keinen Vater. Ich hatte kein Kind. Ich will gar nicht sagen, dass mir ein Vater nie gefehlt hätte. Aber eine Tochter oder ein Sohn haben mir bisher tatsächlich nie gefehlt. Ich glaube, man kann ein fehlendes Elternteil nicht durch ein Kind ersetzen.

Aber es gab noch etwas, was zwischen mir und einem Kind stand. Also, einem Kind mit Maja. Ich wollte mir das nie eingestehen, weil es so lächerlich klang. Aber ich hatte eben dieses starke Gefühl, dass ich vorher noch etwas erledigen musste. Ich musste mir Gewissheit verschaffen. Über mich. Über den Sommer 95. Ich musste hierher kommen. Auf die Bank. Auf den Deich. Wo sie mich gefunden haben. Und an dem Abend, am 30. Juni, wurde mir das endlich klar.

Ich betrat also spätabends unser Treppenhaus, holte die Post aus dem Briefkasten und begann meinen Aufstieg ins Dachgeschoss. Zwischen Werbeprospekten und offiziell aussehenden Schreiben fiel mir ein handgeschriebener Brief auf. Ein schmuckloser weißer Umschlag ohne Absender. Adressiert war er an mich. Im Innern befand sich ein sauber gefalteter Zettel. Ich faltete ihn auf und las die kurze Nachricht, die aus einem Datum und einem Imperativ bestand: „28. 7. 2010 - Komm!".

Während ich das Treppenhaus hinaufstolperte, drehte ich das Blatt drei oder viermal hin und her, aber das war alles. Also - nicht, dass mir diese Nachricht nicht ausgereicht hätte. Ich verstand sehr gut. Aber wer von den beiden hatte den Brief geschickt? Liv? Oder Paco? Und warum anonym?

Ich wollte mir den Umschlag gerade genauer ansehen, da öffnete sich zu meiner Rechten eine Wohnungstür. Ich war so in meine Gedanken versunken, dass ich erschrak. Einen kurzen, unheimlichen Moment lang schien es mir, als wären alle Geräusche im Treppenhaus mit einem Schlag verschwunden. Die Türöffnung wurde immer größer und wie in Zeitlupe trat ein Schatten auf die Schwelle. Dann kehrte der Sound zurück, das Tempo zog an und mit einem großen Satz landete der Hase direkt vor mir auf beiden Füßen, rollte sich über die linke Schulter ab und setzte sich auf die Stufen nach oben. Sein Oberkörper pendelte von links nach rechts, er blickte mir direkt in die Augen und ich sah, dass er am Rande einer Panik stand.

„Peter!", rief er. „Bist du Peter??"

Ich war so erschrocken, dass ich nichts anderes sagen konnte als „Ja." Er starrte mich an. Ich starrte ihn an. Er schien nicht wirklich zu begreifen. Also beugte ich mich zu ihm runter und sagte so sanft wie möglich: „Peter. Ich bin Peter."

Das funktionierte. Die Gesichtszüge des Hasen entspannten sich. Er lächelte. Ich lächelte. Dann sprang er mit einem Satz auf die Beine und nahm mich in den Arm.

„Peter", flüsterte er kaum hörbar in mein Ohr. Und dann noch einmal wie zu sich selbst „Peter". Dann bückte er sich urplötzlich und hob die Nachricht auf, die aus dem Umschlag gefallen sein musste. Mit einem kleinen Sprung war er zurück in seinem Türrahmen und hielt mir den Zettel hin. Als hätte er ihn gelesen sagte er nur: „Komm."

In seiner Küche versuchte mir der Hase in seiner üblichen pendelnden Sitzhaltung zu erklären, was geschehen war. Er mache seit einigen Monaten eine Therapie. „Doktor ist nicht zufrieden", erklärte er. „Doktor sagt, muss ich loslassen im Kopf. Aber ich verstehe nicht. Wie kannst du lassen, was ist in dir drin? Wenn du lässt, ist immer noch in dir drin, oder?"

Er blickte mir forschend ins Gesicht und so nickte ich zustimmend. Der Hase lächelte. „Ich wusste, du verstehst, Peter."

Heute Abend hatte der Hase auf Anweisung seines Arztes versucht, vor dem Schlafengehen eine Stunde lang still im Sessel zu sitzen.

„Hab ich probiert, Peter, wirklich. Hab ich gesessen wie Stein für dreißig Minuten. Nicht gedacht. Nicht gefühlt. Hab ich losgelassen. Aber dann hab ich gehört. Da waren die Schritte. Im Treppenhaus. So spät. Hab ich gedacht - ist vielleicht Peter. Aber hab ich nicht gefühlt. Was, wenn ist nicht Peter? Wenn ist jemand Übles? Wenn ausgerechnet jetzt kommt zu mir und ich bin Stein und bin nicht Hase. Verstehst du? Bin ich gesprungen. Zuerst in Ecke. Dann Wohnzimmer. Dann Treppenhaus. Konnte ich nicht loslassen." Er blickte mich durchdringend an. Dann schlich sich ein Lächeln in seine Mundwinkel. „Aber bist du wirklich Peter." Er grinste.

Ohne weitere Worte sprang er auf, hüpfte den Flur entlang und öffnete die Wohnungstür. Er hatte gesagt, was er sagen wollte und ich war froh, ins Bett zu kommen. Bevor ich ging hielt ich ihn an der Schulter fest.

„Alles in Ordnung?"

Er lächelte breit.

„Alles in Ordnung Peter. Doktor versteht nicht. Was ist in deinem Kopf, ist in deinem Kopf."

Wieder blickte er mir genau in die Augen und ich hatte das Gefühl, als spräche er gar nicht über sich, sondern von mir. Wie zur Bestätigung meiner Gedanken tippte er auf den Brief, den ich vor meiner Brust hielt und sagte.

„Du kannst nicht loslassen, was ist in deinem Kopf. Du bist Peter. Wenn du gehen musst, du musst gehen."

Verwirrt trat ich ins Treppenhaus und sagte: „Ja. Vielleicht muss ich das wirklich." Aber er hatte die Tür schon zugeklappt. Eine halbe Treppe tiefer blickte jemand zu mir hinauf. Es war Maja, die gerade erst nach Hause kam.

„Was musst du?"

„Gehen", sagte ich ganz automatisch.

„Gehen? Wohin denn?"

„Ich…", fing ich an, aber mir fiel nicht ein, wie es weitergehen sollte. Ich schüttelte mich kurz und fand meine Fassung wieder.

„Nichts. Er hatte Panik, als er mich im Treppenhaus gehört hat. Aber jetzt ist alles wieder gut. Und jetzt muss ich eben gehen."

Ich lächelte und verdrehte die Augen, um zu unterstreichen, wie absurd die ganze Situation war. Aber Maja lächelte nicht. Und genau in dem Moment hatte ich den Eindruck, sie wüsste ganz genau wohin ich gehen musste.

Wenn ich jetzt darüber nachdenke, haben Sie wohl recht - woher hätte sie das wissen sollen? Ich glaube, es wäre wirklich gut, wenn Maja irgendwann die ganze Geschichte erfährt. Ich weiß nur nicht, ob ich ihr das alles erzählen kann. Aber vielleicht machen Sie das? Sie könnten ihr einfach meine Akte zeigen. Den ganzen Text. Diese Zeilen. Irgendwann. Wenn alles wieder seinen Gang geht.

Welchen Gang alles wieder gehen soll, weiß ich noch nicht. Aber ich tue was ich kann, um das herauszukriegen. Das Schreiben ist mir dabei momentan das Wichtigste. Ich könnte auch damit aufhören und mit Ihnen über alles reden - auch wenn diese Liege in Ihrem Zimmer sehr viel weniger einladend wirkt als die Sofas, die man im Fernsehen bei Therapeuten sieht. Aber das ist nicht dasselbe. Ich kann sprechen, aber ich will es nicht. Noch nicht. Ich fürchte, dann alles auf einmal erklären zu wollen. Dabei habe ich es selbst noch nicht verstanden.

Ich denke, es liegt auch an diesem Zimmer. An der Aussicht. Wenn ich hier sitze, an dem kleinen Tisch vor dem Fenster, dann spüre ich Ruhe in mir. Eine Ruhe, die mir in meinem Alltag abhandengekommen ist. Niemand kommt rein. Niemand will etwas von mir. Dazu liegt mein Schweigen wie eine Schutzglocke über diesen Raum. Ich habe Zeit nachzudenken und auszuwählen, was ich Ihnen erzähle und wie ich es erzähle.

Neues Land

Im Frühjahr 1995 war ich siebzehn Jahre alt, hatte die gleichen Schulprobleme wie im Jahr zuvor und nach wie vor keine Ahnung, wie ich meine quälende Jungfräulichkeit loswerden könnte. Ich war immer noch nicht besonders groß, nicht besonders gut aussehend, nicht besonders schlau und gelangte dennoch mehr und mehr zu der Überzeugung, das Universum könnte vielleicht am Ende doch irgendetwas Gutes mit mir vorhaben.

Neben der Tatsache, dass ich tatsächlich gewachsen war, *fühlte* ich mich auch größer als im Vorjahr. Ich drückte meine Brust raus beim Laufen und hob meinen Kopf. Die zahllosen Pickel, die mittlerweile auf meiner Stirn und an den Wangen heimisch geworden waren, trug ich mit Stolz, als Zeichen meiner unaufhaltsamen Mannwerdung. Bartstoppeln als Zeichen wären mir lieber gewesen, aber das konnte ja noch kommen. Wie ich mittlerweile wusste, war mein Vater 1,88m groß gewesen. Diese Marke setzte ich mir als Ziel und hoffte insgeheim, sie noch zu übertreffen.

Ein Grund für meine gestiegene Zuversicht lag tatsächlich in der *verachtenswerten Streberveranstaltung*. Der *JuFo*-Wettbewerb hatte mir einen Schub gegeben. Oder besser: die Wettbewerbe. Kurz vor Weihnachten hatten wir nämlich am Landesentscheid teilgenommen und trotz der diesmal deutlich größeren Konkurrenz wieder gewonnen. Diesen Sieg konnte ich noch weniger fassen, als den vorherigen. Nicht, dass es für unseren Erfolg keine nachvollziehbaren Gründe gegeben hätte. Durch den Sandkasten lieferten wir einen Beitrag zur aktuellen Hochwasserproblematik, wir hatten tatsächlich ein paar Zusammenhänge zwischen Gefälle, Wasserdruck und Ausbildung der Mäander beweisen können und unsere Arbeit war formal einwandfrei. Was mich verblüffte war: der Grund für unseren Erfolg lag nicht in unserer Forschung, sondern ganz offensichtlich in unserer Show. Und damit zu einem Großteil in meinem Auftritt als niedlich-naiv plapperndes Vorstadt-Kid. Das war es, was die Jury für uns einnahm.

Wie Basti es vorgeschlagen hatte, war die Geschichte noch lebendiger geworden. Die Oma hieß jetzt Hedwig, ein Name, der uns zwar alt, aber nicht so klischeebelastet erschien. Sie hatte seit Wochen ihr Leibgericht, Reibekuchen, nicht mehr essen können, da ihr Kartoffelkeller, der den Zweiten Weltkrieg überstanden hatte, den Fluten unseres Kleinstadtflüsschens zum Opfer gefallen war. Und ihre niedlichen Enkel grübelten bei einer Busfahrt darüber nach, wie sie das Problem ihrer Oma für künftige Generationen lösen könnten. Dass mit dem Zweiten Weltkrieg enttarnte ich als scherzhafte Übertreibung und die Jury lachte. Im Gegenzug nahmen sie mir den Rest der Story gerne ab.

Unsere Geschichte wog schwerer als all die Fakten, die unsere Konkurrenten in sachlichen Vorträgen vor der Jury aufstapelten. Die Leichtgläubigkeit der Erwachsenen und ihr offensichtliche Bedürfnis, eine schöne Geschichte erzählt zu bekommen, verblüfften und erfreuten mich. Genauso wie meine Rolle dabei.

Die Kombination aus geschickt gewähltem Thema, grundsolider Empirie und unserer *Performance* brachte uns schließlich nach Köln zum Bundeswettbewerb der Jungen Forscher. Auch hier schien unser Zauber zu wirken und wir landeten auf einem, nicht mal von Herrn Böttcher erwarteten, fünften Platz.

Auf dem Foto mit allen Preisträgern, das meine Mutter aus dem Lokalteil der Zeitung ausgeschnitten hatte, lächeln wir ungläubig neben jungen Genies, die komplizierte Geräte wie Gezeitengravimeter entwickelt hatten oder die Erosionsgefahr im Oberweser Bergland bekämpften. Genau neben mir, im Zentrum des Bildes, steht ein riesiger Mann, der damalige Bundeskanzler, dem ich beim Reden gerade so über die Schulter, oder besser gesagt, am Oberarm vorbei, hatte sehen können. Ich erinnere mich, dass er frei formulierte und unterstützt von kleinen Stichpunktzetteln durch einen Text navigierte, der von muffigen Schulräumen zu den Laboren künftiger Einsteins führte. Nach ungefähr zehn Minuten hielt er plötzlich inne, blickte irritiert in seine Hände und ich konnte erkennen, dass er ganz oben wieder das Kärtchen über die muffigen Klassenräume hielt, das erste seiner Rede. Er ließ die Zettel kurz in seinen teigigen Händen vor- und zurückwandern, ohne neue Informationen zu finden, schob die Karten schließlich zusammen und legte die Hände auf seinem enormen Bauch ab. Ich rechnete mit einem entschuldigenden Satz und erwartete jeden Moment einen unglücksseligen Assistenten auf der Bühne, der mit schuldvollem Stammeln die fehlenden Karteikärtchen brächte, doch nichts dergleichen geschah. Noch bevor die Stille in Raum unbehaglich wurde, setzte der große, dicke Mann sein breitestes Lächeln auf, blickte entspannt in die Kameras und begann von der Küche seiner Mutter zu erzählen. Die Verbindung zu den bisherigen Sätzen seiner Rede zimmerte er hölzern über einen jungen Spenglermeister hin. Mit *unglaublichem Erfindergeist* habe der aus *alten Munitionskisten aus dem Krieg*, ein Podest für Herd, Schränke und Arbeitsplatten der Mutter gebastelt, denn diese sei, was niemanden überraschen möge, eine ungewöhnlich große Frau gewesen und habe *vom ständigen Gebücke*, böse unter Rückenschmerzen gelitten. Das Publikum lachte. In meinen Ohren machte die Geschichte wenig Sinn - was auch immer ein Spengler genau war, mit Holz hatte er meiner Meinung nach wenig zu tun. Und nebenbei löste dieser Typ auch noch die orthopädischen Probleme der Mutter eines künftigen Kanzlers? - aber um mich herum sah ich nichts als glückliche Gesichter. Niemand außer mir schien an der Geschichte irgendetwas unglaubwürdig zu finden. Und wenn doch, so war es allen egal. Das Publikum war einfach dankbar für die persönliche Anekdote. Und als der Kanzler seine Rede mit der absurden Aufforderung beendete, wir alle - und ich glaube er meinte mindestens alle Menschen in Deutschland, wenn nicht sogar der ganzen Welt - sollen *sein wie der Spengler*, gab es begeisterten Applaus. Nach kurzem Zögern fiel ich selbst mit ein. Nur war ich wohl der einzige im Raum, der nicht der Geschichte selbst applaudierte. Ich honorierte die Improvisationsleistung des Kanzlers und war wieder einmal verblüfft, welch starke Wirkung eine meisterhafte Schauspieleinlage erzielen konnte.

Nach und nach gelang es mir, ein wenig von diesem Zauber in meinen Alltag hineinzutragen. Meine Unwissenheit in Latein versteckte ich hinter einer Maske aus gelangweilter Gleichgültigkeit. Dadurch verstand ich zwar nicht eine Silbe mehr von der toten Sprache, doch es führte verblüffenderweise dazu, dass ich weniger oft an die Tafel musste. Meine Angst vor den Schulrowdies überspielte ich mit einem irren Starren, dass ich mit Bastis Hilfe auf der Busfahrt zum Schwimmunterricht einstudiert hatte und sogar meine Schüchternheit in Gegenwart weiblicher Wesen, bekam ich besser in den Griff. Wenn ich nicht wusste was oder wie ich überhaupt etwas sagen sollte, starrte ich einfach angestrengt in die Ferne. Ich hoffte, dadurch nachdenklich oder gedankenverloren zu wirken. Das fand ich besser, als wie ein Volltrottel vor mich hin zu stottern. Von all meinen neuen Methoden funktionierte das zwar noch am schlechtesten und ich musste immer wieder Rückschläge hinnehmen, aber zumindest reichte es aus, um mich mit Simone Arndt fürs Kino zu verabreden.

Ich habe überlegt, ob diese Geschichte für Sie überhaupt interessant ist. Schließlich geht jeder 17-jährige doch irgendwann mal mit irgendeiner Simone ins Kino, ohne dass daraus gleich ein Fall für die Abendnachrichten wird. Objektiv gesehen hatte auch unser Kinobesuch keine erderschütternden Folgen. Es gab keinen Vulkanausbruch, keine Lavaströme. Die Landmassen um mich herum blieben an Ort und Stelle.

Und doch wirkte danach alles verändert. Es war, als hätte ich einen Gipfel erklommen und ein unbekanntes Tal entdeckt, das dahinter lag. Es sah vollkommen anders aus als alles, was ich bisher kannte: schön, wild, fremd und vor allem beängstigend.

Ich habe oft gedacht, wenn ich mich gleich am Anfang ein wenig weiter in dieses Tal hinein getraut hätte, dann wäre die Geschichte mit Liv vielleicht anders gelaufen. Ich hätte es einfach riskieren sollen. Voll reinstürzen. Und wenn ich irgendwo runtergefallen wäre - egal. Aber so bin ich nach wenigen Schritten umgekehrt und habe versucht, vom sicheren Gipfel aus alles zu verstehen. Ich muss zugeben, dass ich jetzt vielleicht wirklich etwas verwirrt klinge. Also der Reihe nach.

Simone Arndt war eine der *Fluppen*. So nannten wir die etwa zehn bis fünfzehn Mädchen, die in jeder Hofpause hinter der Turnhalle standen und rauchten. Die Besetzung der Gruppe wechselte ständig. Jahr für Jahr dezimierte der Schulabschluss die verrauchten Reihen gnadenlos, aber immer wieder kamen neue storchenbeinige Sechzehnjährige nach, die sich mit feuchten Augen durch die Aufnahmezigarette husteten. Viele von ihnen verschwanden kurz darauf wieder in der formlosen Masse des Schulhofs, andere standen an einem Tag in der Raucherecke am anderen nicht, aber ein kleiner Teil der Mädchen war praktisch immer da. Zu dieser Gruppe gehörte auch Simone Arndt.

Simone war ein Jahr jünger als ich und ich kannte sie schon seit der Grundschule. Wir waren nicht befreundet. Ich wusste eben wer sie war. Ihre ältere Schwester Steffi war in der Grundschule noch ein Jahr über mir und ging mittlerweile in meine Parallelklasse. Die Familie wohnte in der Neubausiedlung direkt hinter unseren Hochhäusern. Wenn man sich auf Bastis Balkon etwas vorreckte, konnte man das Haus gut sehen. Mit dem weinroten Ziegeldach, dem gepflegten Rasen, dem Carport für den Polo von Frau Arndt und der Garage für Herrn Arndts Mercedes, sah das Zuhause der Familie toll aus. Aber anscheinend war es nicht so toll. Simone und Steffi waren eigentlich immer unterwegs. Jede von ihnen hatte eine feste Clique und wenn bei keiner ihrer Freundinnen irgendwas los war, hingen die Schwestern zusammen in der Stadt rum oder fuhren rauchend mit Steffis uraltem, blauen Renault 4CV durch die Gegend. Für Basti war die Familie ein *klassischer Fall.* „Zu viel Geld - zu wenig Hirn. Die Alten Spießer - die Kinder Hippies." Möglich, dass er recht hatte.

Nur dass mit dem Hirn stimmte meiner Meinung nach nicht ganz - zumindest bei Simone. Zum einen las sie Salinger und Kerouac und all diesen Kram und zum anderen - und das war für mich das überzeugendere Argument - trug sie T-Shirts von New Model Army und den Ärzten. Wer die Ärzte hörte, konnte nicht vollständig blöd sein.

Zufälligerweise war es dann auch bei einer echten Intellektuellenversammlung, auf der wir die ersten Worte miteinander wechselten, einem *Matchday* vom Schachclub meiner

Mutter. Als ich kleiner war hatte sie mich immer zu diesen Spieltagen mitgeschleppt. Zum einen weil sie nicht wusste, wo sie mich hätte unterbringen sollen. Zum anderen hatte sie wohl die Hoffnung, dadurch ein kleines Genie aus mir zu machen. Ich sah das in ihrer anfänglichen Begeisterung, wenn es mir gelang einen deutlich älteren Gegner zu schlagen. Vor allem aber bemerkte ich es in der stillen Enttäuschung, wenn ich vollkommen chancenlos unterging. Es schien beim Schach eine Art unsichtbare Grenze für mich zu geben, über die ich niemals hinauskam. Meine Mutter operierte jenseits dieser Grenze. Sie spielte ein ganz anderes Spiel, zu dem ich keinen Zugang fand. Ich verlor immer gegen sie. Und es gehörte zu ihren unumstößlichen Erziehungsprinzipien, mich niemals absichtlich gewinnen zu lassen.

Normalerweise nutzte ich die Stunden in denen meine Mutter beim Schach war, um mit Basti Musik zu hören oder mal in Ruhe fernzusehen, aber an diesem Tag gab es einen guten Grund sie zu begleiten. Das Match fand im Gemeindezentrum eines Dorfes statt in dem es ein Kino gab, das Filme ausschließlich im englischen Original zeigte. Meine Mutter liebte diesen Ort und da ich die Sprache weitaus besser verstand als Latein oder die *positionellen Schwächen meiner Bauernstruktur*, sahen wir uns manchmal gemeinsam einen Film an.

An diesem Samstag wurde „Stargate“ gespielt, der neue Film von Roland Emmerich. Meine Mutter machte sich nichts aus Science-Fiction, aber sie kannte die Schwester des Regisseurs von früher und sah sich deswegen alle seine Filme an.

Während meine Mutter verbissen damit beschäftigt war, die Tabellenführung der Universitätsmannschaft zu verteidigen, verlor ich zuerst drei Freundschaftspartien gegen einen

Zwölfjährigen und dann die Lust am Spielen. Ich gratulierte artig, verließ das Gemeindezentrum und setzte mich auf eine Bank vor dem Haus ohne einen größeren Plan, was ich dort tun sollte. Ich hatte noch keine zwei Sekunden gesessen, da sprach mich jemand von der Seite an.

„Ach nee. Der Boltenhagen. Was machstn du hier? Bist du bei diesem Schachdings?"

Ich blickte auf und vor mir stand Simones Schwester Steffi. Natürlich rauchte sie. Natürlich war sie geschminkt als würde sie gleich auf eine Party gehen und natürlich hatte sie Simone im Schlepptau.

„Schachdings?" wiederholte ich.

„Na da drin ist doch son Turnier, oder?"

„Ach so, ja." Ich spielte den Ahnungslosen. „Die spielen da drin Schach, ja. Aber ich bin ja hier draußen."

„Stimmt", grinste Steffi und zog an ihrer Zigarette. „Du bist hier draußen."

Simone klappte das Buch zu, in dem sie gelesen hatte und kam zu uns rüber.

„Und was machst du dann hier?"

„Haste doch gehört." Steffi lachte. „Er ist hier draußen. Hat mit dem Schachturnier gar nix zu tun."

„Wirklich", beeilte ich mich zu erklären. „Ich… bin nur hier weil…wir gehen ins Kino."

Steffi lachte laut auf. „Oh Kino. Wie cool. Na dann viel Spaß!" Sie schnippte ihre Kippe auf den Boden, trat mit der Fußspitze drauf und ging in Richtung Straße davon. Simone blieb vor mir stehen.

„Ist heute wieder diese De Niro-Reihe?"

„Ääh…was?"

„Na die zeigen doch gerade ständig Filme mit Robert De Niro. Hier. Den hab ich letzte Woche gesehen."

Sie hielt mir ihr Buch hin. *Nicholas Pileggi. Der Mob von innen: ein Mafioso packt aus.*
Ich blickte sie verständnislos an.
„Kenn ich nicht." Um nicht völlig ahnungslos zu wirken, fügte ich hinzu. „Also…ich hab *Taxi Driver* gesehen und *Good Fellas*. Aber den kenn ich nicht."
Simone lächelte. „Das IST Good Fellas. Also die Vorlage. Der Roman."
„Ach so….das ist… wusste gar nicht, dass es dazu ein Buch gibt. Ich dachte dieser Mafioso hätte wirklich gelebt."
Wieder lächelte Simone. Im Gegensatz zu ihrer Schwester wirkte sie nicht spöttisch oder feindselig.
„Das stimmt ja auch. Dieser Pileggi hat eben über einen echten Fall geschrieben. Sozusagen als Inspiration."
„Ach so", sagte ich. Und diesmal musste ich auch lächeln.
„Und?" fragte Simone.
„Und was?"
„Na guckst du De Niro?"
„Ach so. Nein. Stargate. Science-Fiction. Da spielt de Niro bestimmt nicht mit."
„Nein", grinste Simone. „De Niro hat ein bisschen mehr Klasse. Mit wem gehst du?"
Steffi rief von der anderen Straßenseite rüber. Ich blickte zwischen den Schwestern hin und her.
„Ich glaub Steffi will los", sagte ich schnell.
„Oh ja. Wir wollen rüber zu den Ammies. So ein Soldat hat Steffi zum Bowling eingeladen. Sie wollte unbedingt, dass ich mitkomme."
„Oh. Klingt toll."
Simone rollte mit den Augen.
„Bowling ist absolut bescheuert. Findet Steffi auch. Aber deswegen ist sie ja auch nicht hier, verstehst du?"
Sie zwinkerte. Ich nickte. Steffi rief.

„OK. Ich muss. Wenn du willst kannst du das Buch gerne mal ausleihen. Aber ich sag's nicht gern: der Film ist besser. Im Buch fehlt De Niro."
„Klar", stammelte ich. „Gern."
Sie streckte mir das Buch hin. „Weißt du was? Nimm's einfach gleich. Ich bin eh fast durch."
Ich nahm es, hielt das Buch aber mit ausgestrecktem Arm von mir weg.
„Willst du es nicht erst fertig lesen?"
Aber Simone war schon ein paar Meter weiter gelaufen.
„Ach was. Ich weiß eh wie es ausgeht. Und ohne De Niro macht es keinen richtigen Spaß. Wir sehen uns."
Sie überquerte die Straße und ging einfach an ihrer Schwester vorbei, die lachend auf sie einredete und ihr dann folgte.
„Cool", murmelte ich vor mich hin und blickte auf das Cover auf dem sich zwei Hände kreuzten, die beide eine Pistole hielten und je einen imaginären Gegenüber außerhalb des Bildrands bedrohten. „Wir sehen uns."

Meiner Meinung nach irrte sich Simone. Das Buch war kein Meilenstein der Literaturgeschichte, aber es war gut. Es hatte Spannung, gute Sprüche, coole Gangster und es hatte De Niro. Man konnte ihn nicht sehen oder hören, aber gerade wenn man den Film kannte, war er überall in dem Buch. Es lag völlig auf der Hand, warum der Regisseur ihn für den Film ausgewählt hatte. Und Liotta, mit seinen glasigen Augen. Ich sah sein verlorenes Gesicht beim Lesen bildhaft vor mir. *Ich bin ein durchschnittlicher Niemand. Ich werde den Rest meines Lebens wie irgendein Trottel verbringen.* Das gefiel mir. Das kannte ich.

Am Montag in der großen Pause stattete ich den Fluppen den ersten Besuch meines Lebens ab. Ich hielt das Buch

deutlich sichtbar in der Hand und hob es sogar etwas in die Höhe, als mich die ersten kritischen Blicke der rauchenden Mädchen trafen. Es war mein Kruzifix, meine Eintrittskarte, meine Berechtigung, mich dem Haufen zu nähern.
Als sie mich sah, löste sich Simone sofort aus der Gruppe und kam zwei Schritte auf mich zu.
„Ich bringe das Buch zurück, das ich mir geliehen habe", sagte ich dabei so laut, dass möglichst viele der Mädels es hören konnten. Tatsächlich schien damit für die anderen alles geklärt. Sie ließen ihre Blicke sinken und konzentrierten sich ganz darauf, weiter ihre Fußspitzen anzustarren und dabei aus den Mundwinkeln Gespräche zu führen. Simone musterte mich mit einem forschenden Blick.
„Bringst du mir echt das Buch schon zurück?"
„Naja. Es gehört doch dir."
Simone grinste.
„Ja tatsächlich. Es scheint genau das Buch zu sein, was ich dir vorgestern in die Hand gedrückt habe. Aber hast du es auch gelesen?"
„Ach so. Ja. Klar."
Simone zog die Stirn in Falten.
„Scheint ein langweiliger Sonntag gewesen zu sein."
Ich spürte die alt bekannte Beklemmung in meinem Hals aufsteigen. Doch statt mich um sie zu kümmern fixierte ich einen Punkt an der Wand der Turnhalle und sagte möglichst unbeteiligt.
„Nein. Gar nicht. Es war cool."
Simone musterte mich eingehend und um ihren Mund schien etwas von dem spöttischen Grinsen ihrer Schwester zu zucken.
„Ooookayyy", sagte sie gedehnt. „Und wie war der Film?"
„Der Film? Ach so, der Film. Naja… also es sah schon alles cool aus und so. Aber die Geschichte war Mist. Soldaten

und ein Wissenschaftler, die durch ein Steintor auf einen anderen Planeten reisen, um dort die Welt zu retten."
„Ach dieses Tor ist das *Stargate* oder was?"
„Ja, genau. Aber es ist alles total absurd. Am Ende wird der Fiesling mit einer Atombombe in die Luft gejagt und der Held bleibt auf dem fremden Planeten zurück, weil er seine Liebe gefunden hat."
Es gab eine kleine Pause.
„Und mit wem warst du?"
Ich suchte wieder den Punkt an der Wand. Ich dachte an die Liste mit den coolen Sprüchen. Ich überlegte, ob ich die Frage vielleicht ignorieren konnte. Und dann tat ich etwas für mich völlig untypisches. Etwas, von dem ich bis heute nicht weiß, woher ich den Mut dazu hatte. Ich sagte: „Mit meiner Mutter."
Simone sagte nichts.
Ich sagte nichts.
Simone hob den Kopf und blickte mir direkt in die Augen. Und dann sagte sie: „Ich war noch nie mit meiner Mutter im Kino."

Ein paar Tage später verließ Simone den Schutz ihrer Raucherecke und kam quer über den Schulhof auf mich zu. In der Hand hielt sie eine Zeitung. Basti erzählte gerade vom Schwimmcamp in Frankreich und einer gewissen Véronique, von der ich zum ersten Mal hörte. Als er Simone kommen sah, verstummte er abrupt. Simone lächelte entspannt.
„Kann ich dich was fragen?"
„Klar", antwortete ich.
Simone zögerte. Basti zog deutlich hörbar die Luft ein und drehte sich mit einem Grinsen weg.
„Ich lass euch mal."

Ich versuchte ihn am Arm zu packen.
„Nein. Musst du nicht."
Aber Basti kümmerte sich nicht um mich. Ich blickte ihm nach und drehte mich entschuldigend zu Simone.
„Keine Ahnung, was er hat."
Simone hielt mir die Zeitung hin.
„Hier. Hast du gesehen?"
Auf den eng bedruckten Zeilen war etwas mit grünem Filzstift eingekreist. *In den Straßen der Bronx. 19:30.*
„Kennst du den schon?"
„Nein. Den nicht. Aber wieso läuft der noch im Kino?"
„Das De-Niro-Special. Weißt du noch?"
„Ach so. Klar. Wann ist das?"
„Donnerstag. Kommst du mit?"
„Donnerstag. Wohin? Ins Broadway?"
Simone nickte.
„Aber wie kommen wir denn da wieder zurück. Fährt um die Zeit noch ein Bus?"
Simone grinste.
„Da weiß ich schon was. Also, du kommst?"
„Ja." Ich nickte vielleicht etwas zu heftig, rieb mir den Nacken und blickte über Simones Schulter hinweg. „Gerne. Ich komme gerne."
„Prima." Simone lächelte. Wir treffen uns um Viertel nach vorm Kino, OK?"
„OK." Ich lächelte auch. Simone verschwand. Basti kam zurück. Ich lächelte immer noch. Basti grinste.
„Hab ich was verpasst?"
„Nein", sagte ich. „Nichts Erderschütterndes."

Der Kinobesuch mit Simone war einer dieser Abende, die viel zu voll gepackt sind mit Ereignissen. Mein liebstes Kino. Mein liebster Schauspieler. Meine erste Verabredung.

Vielleicht ist mir das an jenem Abend zum ersten Mal aufgefallen. Heute bemerke ich das ständig. Tage, Wochen oder Monate ziehen vollkommen ereignislos dahin und man würde sich freuen, wenn man vorm Zubettgehen wenigstens sagen könnte *Heute habe ich einen echt interessanten Wortbeitrag im Kulturradio gehört* und dann - Bumm. Alles auf einmal. Drei Veranstaltungen gleichzeitig, zu denen man eingeladen ist. Alle wollen am selben Tag zu Besuch kommen. Auf Arbeit steht ein entscheidender Termin an, die Freundin wartet mit Theaterkarten und ein alter Schulfreund hat Geburtstag. Alles wichtig, alles spannend, alles entscheidend - und alles zusammen viel zu viel.

Bereits am Nachmittag war ich so aufgeregt, dass ich mich selbst kaum noch ertragen konnte. Ich hatte mir fest vorgenommen, cool zu sein. Ich wollte nur an den Film denken. Ich wollte auch Basti eigentlich gar nichts erzählen - nichts davon gelang mir.

Zu meiner Überraschung war Basti absolut prima. Er stellte nicht zu viele Fragen. Er machte keine Witze. Und statt Ratschlägen gab er mir sein schwarzes *Sonic Youth* T-Shirt mit der gelben Schrift. Das war cool.

Meine Mutter musste an dem Abend lange arbeiten, so dass sie nur verlangte, ich solle vor Mitternacht zurück sein. Sie fragte weder wie ich nach Hause kommen würde noch mit wem ich ins Kino ginge. Perfekte Bedingungen.

Als ich um kurz nach sieben vorm Kino ankam, war Simone schon da. Sie stand im Eingangsbereich vor den Plakaten und rauchte. Ihre Dreadlocks hatte sie mit Hilfe eines hellblauen Stofftuches nach hinten gebunden. Über einer Jeans trug sie eine braune Lederjacke und darunter ein düster aussehendes Metal-Shirt auf dem in kantiger Schrift stand: *Daddy's Girl.* Wir umarmten uns zur Begrüßung.

„Du bist zu früh“, sagte sie.
„Ja“, sagte ich. „Die Bahn fährt nur alle Stunde.“
Sie nickte und musterte mich.
„Cooles Shirt.“
Ich lächelte.
„Ja…danke“, brachte ich hervor.
Sie grinste.
„Gehen wir einfach schon rein.“
Sie schnipste ihre Zigarette weg, hakte mich unter und zog mich nach drinnen.

Ich hatte also endlich mein erstes richtiges Date. Mit einem Mädchen, dass ich ernsthaft nett fand. Mit vier Flaschen Bier, die sie in den Saal reingeschmuggelt hatte. Und mit De Niro. Und das war ein Fehler.

Ich erinnere mich, dass ich bei der Werbung noch darüber nachgedacht habe, wie und wo ich meine Hand am günstigsten ablegen sollte, um sie im richtigen Moment zu Simone rüber zu schieben. Dann begann der Film und das nächste Mal, dass ich an meine Hand dachte, war beim Abspann.

Ich mochte alles an dem Film. Alles. Die Geschichte. Die Sprüche. Den Look. Den jugendlichen Helden. Den fiesen Gangsterboss. Den Vater. Eben alles. Ich erlebte einen dieser Momente, die immer seltener werden, je älter man wird. Ich tauchte vollkommen in die Filmwelt ein. Und dabei vergaß ich, warum ich gekommen war. Simone. Händchen halten. Vielleicht sogar Knutschen.

Als irgendwann die ganzen Namen von unten nach oben durchs Bild liefen wusste ich, die Chance war vorbei. Ich würde niemals mehr den Mut haben, Simones Hand zu berühren. Oder sie sogar zu küssen. Das Licht würde angehen, wir würden uns angrinsen und dann jeder für sich nach Hause gehen. Ich hatte komplett versagt.

Als ich mich zu Simone hinwenden wollte, war ihr Kopf zu meiner Überraschung sehr viel näher an meinem, als ich erwartet hatte. Plötzlich stieg mir ein rauchiger Duft in die Nase, ich spürte eine kratzige Haarsträhne an meiner Stirn und ehe ich so richtig begriff, was gerade geschah, hatte ich eine zweite Zunge in meinem Mund. Sie war kalt und klein und schmeckte nach Kippen und Bier. Es war großartig.

Die kleine Zunge schlug wild und ungestüm um sich, als wäre sie mächtig wütend darüber, dass sie so lange auf Bewegung hatte warten müssen. Ich versuchte so gut ich konnte, sie einzufangen. Aber ich hatte keine Ahnung wie. Simone schien das nicht weiter zu stören. Sie drückte ihren Mund mit erstaunlicher Kraft auf meinen, hielt sich mit den Händen an meinem Hals fest und ließ ihre Zunge frei galoppieren. Erst als das Licht im Raum anging löste sie sich, zog ihren Kopf zwei bis drei Zentimeter zurück und lächelte. Streng genommen hatte ich in den letzten Minuten eigentlich gar nichts gemacht - aber damit schien sie hoch zufrieden.

Auf der Heimfahrt, auf dem Rücksitz des 4CV bekam meine Zunge dann weiteren Unterricht. Dabei blickte Simones Schwester Steffi immer wieder grinsend in den Rückspiegel, drehte sich zu uns rum und sagte Sätze wie: „Nicht das Luftholen vergessen“ oder „Na das muss Liebe sein.“ Dazu jammerten glatt gebügelte Synthesizer-Klänge grausam durch den Wagen, es war unerträglich heiß und ich fühlte mich alles anders als wohl. Klar, dass wir knutschten war toll. Es war interessant, spannend, aufregend - das ja. Aber irgendwie auch viel zu hektisch und schnell und angestrengt. Dazu noch die Kommentare von Steffi und im Hintergrund Gedudel von Modern Talking. So hatte ich mir das nicht vorgestellt.

Mitten in der Knutscherei spürte ich einen Schmerz in der Schulter. Es war nur ein kleiner Stich, aber stark genug, um mich aufspringen zu lassen und Simone von mir runter zu schieben. Ich griff mit der rechten Hand um meinen linken Oberarm und tastete nach einer Stelle an meinem Rücken.
„Oh, nein", rief Simone. „Scheiße. Du hast dir eine von den Sitzfedern in den Rücken gepiekst." Sie wandte sich nach vorne. „Steffi, dein blödes Auto. Hier hinten gehen die Sitze jetzt auch kaputt."
„Ehrlich? Ach Mist." Steffi klang ernsthaft in Sorge um ihren Wagen.
„Ist nicht so schlimm", stammelte ich tapfer. Was stimmte und gleichzeitig auch nicht stimmte. Ich hatte vielleicht nur eine kleine Wunde abbekommen, aber das T-Shirt war ein Totalschaden. Aus dem kleinen Einschnitt war durch mein Zusammenzucken ein Riss geworden, der sich einmal quer über meinen Rücken zog. Und das war furchtbar.
„Das Shirt ist durch", urteilte Simone.
Ich nickte.
„Ist nicht schlimm", wiederholte ich dennoch. Und damit war für Simone genug geredet. Sie beugte sich wieder über mich und fuhr mit dem Unterricht fort. Immerhin kam es mir so vor, als ob sie jetzt ein wenig vorsichtiger wäre.

Als ich später dem kleinen, blauen Wagen hinterher winkte, war ich alles in allem sehr zufrieden. Ich hatte eine Verabredung hinter mich gebracht. Ich hatte einen fantastischen Film gesehen. Und vor allem: ich hatte geknutscht. Nur das mit dem T-Shirt war nicht gut. Basti würde ausrasten.

Aber als ich ihm am nächsten Morgen die Plastiktüte mit den Überresten seines geliebten Kleidungsstückes, zusammen mit einer Tafel Nussschokolade, in die Hand drückte und dabei aufrichtig gemeinte Entschuldigungen stammelte,

beachtete Basti das Shirt kaum. Stattdessen legte er mir die Hand auf die Schulter und blickte mir tief in die Augen.
„Pete, jetzt beruhig dich mal und sag mir nur eins." So gernsthaft hatte ich meinen Freund selten erlebt. Sein Gesicht war vollkommen unbeweglich und ich hatte Mühe seinem bohrenden Blick Stand zu halten.
„Hast du's gepackt?"
Wir starrten uns an. Ich überlegte, ob ich erzählen sollte, dass ich es eigentlich kolossal versiebt hätte. Dass ich überhaupt nichts gepackt hätte, wenn nicht Simone mich… Ich nickte.
Bastis Gesicht verwandelte sich im Bruchteil einer Sekunde in eine übermütige Grimasse. Mit einer ausholenden Bewegung schleuderte er die Plastiktüte mit dem Shirt hoch in die Luft und schrie: „Hallelujah!!" Dann formte er seine Hände zu Trichtern und rief einer unsichtbaren Menschenmenge zu: „Er hat's gepackt! Peter Boltenhagen hat's gepackt." Ich sah ihm still lächelnd bei seiner Performance zu. Dann ging ich zwei Meter zurück, hob die Plastiktüte mit den Shirt-Resten auf und warf sie in einen Papierkorb.

Kapitulation

Ich würde Ihnen gerne die nächsten Wochen als die glücklichsten in meinem Leben schildern, aber so war es nicht. Es fing schon am Freitag vor der Schule an. Simone wartete am Tor auf mich. Im ersten Moment fand ich das niedlich. Im zweiten Moment fand ich es anstrengend. Und im dritten Moment hing sie schon wieder an meinen Lippen. Fast so als würde sie irgendein Trainingsprogramm durchziehen und wolle nur noch kurz ihr Pensum schaffen, bevor sie in den Unterricht musste. Ich glaube Basti hat ungefähr eine

Minute gewartet, dass ich mich auch der Umklammerung löse, dann ist er ohne mich rein. Als Simone schließlich von mir abließ, war mindestens die halbe Schule an uns vorbei gelaufen. Ich konnte also sicher sein - bis ich drin war, wussten alle Bescheid. Möglicherweise hatte Simone damit tatsächlich ihr Morgensoll erfüllt, denn sie wuschelte mir nur noch durchs Haar, lächelte mich an und hauchte.
„Wir sehen uns in der Pause."
Ich nickte lächelnd und lief hinter ihr her ins Schulgebäude.

In der Pause drückte ich mich dann im Gang des Lehrerzimmers rum, in der Hoffnung man würde mich übersehen und ich müsste nicht raus zu den anderen. Irgendwann entdeckte mich Herr Böttcher und schickte mich auf den Hof. In der Raucherecke wiederholte sich dann die Szene vom Morgen. Einige Schüler um uns herum johlten oder machten lang gezogene Schmatzgeräusche. Zwei bis drei Minuten später hatten sich alle an uns gewöhnt und niemand beachtete uns weiter. Ich nutzte eine Atempause, um mich ein wenig von Simone zu lösen und sagte schnell.
„Wie fandest du den Film eigentlich?"
„Gestern?", fragte Simone.
„Ja, genau. Gestern. War cool, oder?".
„Gestern war großartig", stimmte Simone mir lächelnd zu.
Ich glaube nicht, dass sie das gleiche meinte wie ich.

Die Knutscherei mit Simone, war eine verwirrende Erfahrung. Natürlich war ich stolz darauf, endlich eine *Freundin* zu haben. Und ich fand es aufregend zu küssen. Aber ich wollte nicht ständig knutschen. Und vor allem nicht ausschließlich in der Öffentlichkeit. Aber genau das wollte Simone. Es schien für sie eine Grundbedingung von *Miteinander-gehen* zu sein. Leider hatte ich meine neue Rolle als cooler, junger Mann noch nicht so gut drauf, dass es mir gelungen wäre das Thema mit ihr zu besprechen. Ohnehin war es, als hätte sich Simone durch die Berührung unserer Zungen in einen anderen Menschen verwandelt. Zumindest mir gegenüber. Mit ihrer Schwester oder den anderen Fluppen war sie so wie immer. Sie konnte auch definitiv noch ganz normal sprechen. Nur mit mir sprach sie nicht. Mit mir knutschte sie.

Am Ende unserer ersten Woche schaffte ich es wenigstens, den Satz hervorzunuscheln, dass mir das alles ein bisschen zu viel sei.

„Was ist zu viel?"

Wir standen nach dem Unterricht vor der Schule und gerade hatte sich ein älterer Mann an uns vorbeigedrückt und mir dabei ein verschwörerisches Zwinkern zugeworfen.

„Naja, ich…", begann ich.

„Willst du Schluss machen?" Simone hielt mich plötzlich auf Armlänge von sich weg und starrte mich erschrocken an.

„Nein, ich… ich will doch nicht Schluss machen."

Simone winkelte den Arm an und ließ mich etwas näher heran.

„Aber was ist dir denn dann zu viel?"

„Na, das… Küssen", sagte ich.

„Das Küssen?", Simone hielt mich wieder etwas weiter auf Abstand. Sie blickte mich an, als wäre ich jemand, der aus einer weit weit entfernten Galaxie auf die Erde gekommen war.

„Gefällt dir das nicht?".

„Doch", sagte ich schnell. „Nein. Also - ja."

Simone lächelte und blickte mich zum ersten Mal wieder an wie vor dem Kino.

„Doch. Nein. Also ja“, wiederholte sie. „Also das lass ich mir auf ein T-Shirt drucken.“ Dann trübte sich ihr Blick wieder und sie zog mich an sich.

Wahrscheinlich war es genau so: *Doch* - ich wollte unbedingt eine Freundin haben, auch wenn ich das alles sehr anstrengend fand. *Nein* - ich wollte doch keine Freundin haben. Aber Simone wollte einen Freund und ich konnte in dieser Rolle so viel lernen und ich wollte sie nicht traurig machen und es war eben alles noch neu…- *also ja…*

Eine weitere Woche später, an einem Freitagmorgen, frühstückte ich wie üblich mit meiner Mutter. Alles war so wie jeden Tag: ich komplett angezogen, mit gepackter Tasche, bereit für die Schule; sie im Morgenmantel, mit verwuschelten Haaren und dem obligatorischen ersten Becher Kaffee in der Hand. Ich war gerade damit fertig meine Schulbrote zu schmieren, als meine Mutter zwischen zwei Schlucken beiläufig bemerkte: „Wann stellst du mir eigentlich deine Freundin mal vor?“

Ich starrte angestrengt auf die Arbeitsplatte vor mir und schwieg.

„Die Wegner erzählt, sie hätte euch an der Bushaltestelle gesehen.“

Mit der einen Hand griff ich die Klappstullen, mit der anderen öffnete ich die kleine Plastikdose, in die ich sie gleich versenken würde. Die Wegner, die blöde Kuh.

„Das war eine äußerst unangenehme Situation für mich. Die Bibliothekarin von den Germanisten weiß mehr über meinen eigenen Sohn als ich. Ich stand ganz schön blöd da.“

Ich blickte auf.

„Tut mir leid. Ich hätte es dir schon noch gesagt.“

Meine Mutter nahm einen langen Schluck Kaffe und stellte den Becher vorsichtig auf dem Tisch ab.

„Nur wann?", fragte sie sanft. „Sicher nicht mehr vor diesem Wochenende, nehme ich an."

Ich sah meine Mutter verständnislos an. Sie nahm den Becher, den sie gerade erst abgestellt hatte wieder in die Hand und stand auf. Die Sanftheit in ihrem Gesicht verschwand.

„Damit wir uns klar verstehen, Peter. Ich erwarte, dass du die kommenden beiden Nächte hier in dieser Wohnung verbringst. Allein."

Sie ging in Richtung Flur und blieb noch einmal im Türrahmen stehen.

„Ich verlasse mich darauf. Oder soll ich Vera zur Kontrolle vorbei schicken, so wie früher?"

Ich schob meine Brotdose in den Rucksack und schnürte ihn zu.

„Nein, Mama. Du kannst dich auf mich verlassen. Ich kenne sie doch erst seit ein paar Wochen."

„Seit ein paar Wochen!", wiederholte meine Mutter dramatisch laut. Dann atmete sie tief durch, zwang sich zu einem kleinen Lächeln und verschwand im Bad.

Ich lehnte mich einen Moment lang an den Küchentisch und starrte den Türrahmen an. Meine Mutter war bis Sonntag auf einer Fortbildung und ich hatte nicht eine Sekunde lang daran gedacht, Simone zu mir einzuladen. Stimmte irgendwas mit mir nicht? Heute Abend wollte ich endlich mal wieder bis spät in die Nacht fernsehen. Simone hatte ich gesagt, ich hätte meiner Mutter versprochen, auf die Wohnung aufzupassen. Ich wollte einfach nur meine Ruhe.

Aber was wusste meine Mutter überhaupt von Liebe oder Flirten oder Knutschen? Ich hatte sie niemals mit einem Mann auch nur Lachen gesehen. Klar, sie hatte meinen Vater geliebt und liebte ihn vielleicht immer noch. Aber über sechzehn Jahre lang gar nichts? Kein Mann, kein Flirt, kein Kuss, kein Sex. Sie war vermutlich so aus der Übung, dass ihre Fantasie mit ihr durchging, nur weil ich jetzt eine Freundin hatte.

Als am selben Abend gegen 23 Uhr unsere Klingel läutete, wunderte ich mich nur ein bisschen. Ich hatte geahnt, dass sie das mit Vera ernst meinte. Ich ärgerte mich. Vor allem über mich selbst, weil ich tatsächlich angenommen hatte, sie würde mir so weit vertrauen, dass sie nicht extra ihrer Freundin Bescheid sagte. Ich war doch keine fünf mehr.

Im Fernsehen aß Terence Hill gerade eine große Portion Bohnen und ließ ein paar Ganoven sich gegenseitig verprügeln. Ich sprang zum Summer, öffnete die Wohnungstür und hechtete zurück aufs Sofa. Mir doch egal, wenn sie meiner Mutter erzählen würde, ich hätte *bis in die Nacht* ferngesehen. Was erwartete sie denn? Dass ich an meinem Schreibtisch sitzen und in der Biografie von Werner Heisenberg lesen würde?

„Hallooooo?“ Die Stimme von der Wohnungstür ließ mich hoch schrecken. Ich sprang aus dem Sofa, zog meine Jogginghose zurecht und stürmte in den Flur. In der offenen Tür stand Simone. Sie hatte einen Rucksack auf, hielt in der Hand eine Papiertüte und lächelte etwas schief.

„Überraschung!“

Einen Moment lang starrte ich sie sprachlos an. Dann zog ich sie am Arm nach drinnen, versicherte mich mit einem Blick, dass niemand im Treppenhaus war und schlug die Tür mit einem Knall zu.

„Hey“, rief Simone mit gespielter Empörung. „Nicht so wild.“ Dann legte sie ihre Arme um meine Schultern, blickte mich von unten sehr intensiv an und sagte. „Ich dachte, ich helfe dir ein bisschen beim Aufpassen. Dann bist du nicht so allein.“

Ich hatte immer noch kein Wort gesagt.

„Freust du dich?“, fragte sie.
Es knisterte auf Hüfthöhe. Ich blickte hinab.
„Was ist in der Tüte?“
Simone lachte.
„Eine super Frage.“
Sie schob die Papiertüte in meine Hand. Offenbar enthielt sie drei oder vier Brötchen. Dann zog Simone meinen Kopf näher zu sich ran und wiederholte ihre Frage. „Und? Freust du dich?“
Aber noch bevor ich antworten konnte, hatten sich unsere Münder geöffnet und die kleine, freche, verqualmte Zunge machte sich an die Arbeit.

Über das was danach geschah, grübele ich noch heute manchmal nach. Meist komme ich zu dem Schluss, dass ich mich wie ein Idiot benommen habe. Die Art von Idiot, die im Fernsehquiz ohne jede Ahnung Antwort B wählt und rausfliegt, anstatt das Geld zu nehmen und nach Hause zu gehen. Wenn ich gnädiger mit mir bin, zucke ich mit den Achseln und nehme es hin. So war ich halt damals. Ein pickliger Siebzehnjähriger ohne jeden Plan. Also eher die Art von Idiot, die zum ersten Mal aus der Höhle in die Sonne tritt und erschrocken vor ihrem eigenen Schatten zurückweicht. Woran auch immer es lag - ich hab es verbockt.

Genau genommen geschah nach der stürmischen Begrüßung nämlich gar nichts mehr. Wir saßen eine Weile nebeneinander vor dem Fernseher. Wir tranken einen Schluck Wein aus der angebrochenen Flasche in der Küche. Wir bereiteten gemeinsam ein Nachtlager auf dem Wohnzimmerfußboden. Wir verschwanden nacheinander im Bad und dann - nichts. Also zumindest nicht das, was man jetzt erwartet hätte. Was Simone erwartet hatte. Womit sogar ich gerechnet hatte, als wir uns im Flur in den Armen lagen. Wir schliefen nicht miteinander.

Nicht, weil ich dachte, es sei für uns beide noch zu früh - was vernünftig gewesen wäre. Nicht, weil ich verliebt gewesen wäre und mir noch Zeit lassen wollte. Im Gegenteil - ich wollte. Ich packte es nur nicht. Ich kapitulierte vor der Aufgabe.

Irgendwann lag ich neben Simone auf dem Wohnzimmerfußboden und die Jogginghose konnte meine Erregung längst nicht mehr verbergen. Das irritierte mich so sehr, dass ich mich wegdrehte. Es war mir peinlich. Ich selbst war mir peinlich. Ich wollte nicht, dass Simone mich für einen notgeilen Perversen hielt. Ich wusste im selben Moment, wie absurd dieser Gedanke war. Schließlich war sie es, die spät am Abend zu mir gekommen war. Sie wusste, dass ich alleine sein würde. Sie hatte sogar Brötchen fürs Frühstück mitgebracht. Sie hatte es nur darauf angelegt, dass ich mich einen Scheiß um meine Jogginghose scherte. Sie wollte, dass wir es taten.

Aber als es Ernst wurde lag sie nur da und tat gar nichts. Ihre sonstige Souveränität, ihre Dominanz, die Offensive, die sie beim Küssen an den Tag legte - verschwunden. Ich lag mit dem Gesicht nach unten neben ihr und klemmte meine schmerzende Erektion mit dem Bauch am Wohnzimmerfußboden ab - und sie versteinerte. Sie wartete. Auf mich. Darauf, dass ich aktiv würde. Dass ich das Kommando übernahm.

So verstrichen die Minuten. Ich starrte auf die Faserstruktur des Wohnzimmerteppichs und lauschte auf ihre Bewegungen. Doch sie bewegte sich nicht. Sie wartete. Stumm und starr. Und endlich begriff ich, was mit ihr los war: sie wusste nicht weiter. Sie konnte mir nichts zeigen. Sie hatte selbst Angst. All das öffentlich zelebrierte Rumgeknutsche der letzten Wochen sollte nur davon ablenken, dass sie ebenso jungfräulich war wie ich. Sie hatte mich ausgewählt, weil sie wusste, dass es auch für mich das erste Mal sein würde. Wir sollten es beide endlich hinter uns bringen. Ich musste nur den nächsten Schritt machen.

Aber ich machte ihn nicht. Und so sehr ich mir eine andere Erklärung wünschte, es gibt nur diese: ich hatte Schiss. Schiss, etwas falsch zu machen. Schiss zu zeigen, wie geil ich war. Schiss vor meiner Mutter, vor ihrer Freundin Vera, vor dem Morgen. Schiss, dass alles anders und noch verwirrender würde. Schiss davor, ohne Ausrüstung, Hurra-schreiend in unbekanntes Gelände zu rennen. Einfach Schiss. Einen unförmigen, nassen, lähmenden Klumpen in meinem Bauch, der schwer nach unten zog und verhinderte, dass ich auch nur irgendetwas tat.

Ich blieb in meiner Käferstellung auf dem Wohnzimmerfußboden liegen und starrte den verdammten Teppich an. Der Kühlschrank in der Küche summte. In einer Nachbarwohnung lief ein Fernseher. Jemand telefonierte auf einem Balkon. Irgendwann hörte ich Simone ruhig und gleichmäßig atmen. Irgendwann schlief auch ich ein. Am nächsten Morgen war sie verschwunden. Die Brötchen hatte sie mitgenommen.

Ein Brief

Simone und ich waren danach offiziell noch genau zwei Tage zusammen. Am Montag wartete sie vor der Schule und sagte, es sei aus. Wir wären zu verschieden. Basti legte mir tröstend einen Arm auf die Schulter, denn er spürte, dass es mich traf. Aber er verstand nicht warum. Ich erzählte ihm nichts von Freitagabend. Ich schämte mich zu sehr - selbst vor Basti.

Die komplette Woche danach war eine einzige Qual. Wir hatten unser Geknutsche stets öffentlich zelebriert, also wusste jeder, dass es mit uns vorbei war. Als Simone schon am Mittwoch mit Rainer Seelemann in der Raucherecke knutschte, war dann auch geklärt, wer wen verlassen hatte.

Ich lief durchs Schulgebäude und wusste, alle hielten mich für die größte Null. Ich versuchte mich gleichgültig und cool zu geben, aber niemand nahm mir mein Getue ab. Der Zauber wirkte nicht. Man sah mir aus zehn Meter Entfernung an, dass vor allem ich selbst mich für die größte Null hielt.

Basti, Katrin Morgenthaler und ein paar Mädchen aus ihrer Clique vermuteten, mein Herz wäre gebrochen. Sie versuchten mich aufzumuntern und zeigten ihre Solidarität in dem sie über Simone herzogen. Das rührte mich. Aber es tröstete mich nicht. Ich trauerte nicht Simone nach, ich beklagte meine eigene jämmerliche Gestalt. Dafür gab es keinen Trost.

Ich lief viel alleine rum und mied sogar Basti. Mein Schwimmtrainer Ben lieh mir einen Walkman, für den ich nur eine Kassette hatte. Ich hatte sie vor Jahren hinter der Schrankwand im Wohnzimmer gefunden. *Dunkelgraue Lieder* von Ludwig Hirsch. Es war schräg und melancholisch, also genau richtig. Ich saß in meinem Zimmer und hörte die immer gleichen Lieder rauf und runter. Am besten gefiel mir ein Stück, in dem der Held unter der Erde in seinem Sarg lag und darum bat, seine Hinterbliebene möge doch ein paar Tränen schicken, um die Würmer zu verjagen. Das fand ich echt und ernst und dabei auf eine verschrobene Art witzig. Irgendwann platzte meine Mutter in mein Zimmer und nahm mir den Walkman weg. Ihre Wohnung war musikfreie Zone. Auch mit Kopfhörern. Auch für depressive Teenager.

Ende April verschwand meine Niedergeschlagenheit einfach von selbst. Ich stand allein im Schulhof und versuchte nicht zu Simone und Rainer rüber zu schauen, aber ich tat es doch. Als ich die beiden angestrengt aneinander rumsaugen sah, musste ich auf einmal lachen. Plötzlich stand Basti neben mir. Er folgte meinem Blick und sah dann mit gespielter Entrüstung zu mir.

„Beobachtest du etwa heimlich unsere Beatmungsgruppe?"

Ich grinste.

„Es sieht aus, als hätten sich ihre Zahnspangen verhakt."

Basti schlug mir auf die Schulter.

„Sei froh, dass du aus der Nummer noch mal rausgekommen bist, Petey."

„Ja", sagte ich. Und ich meinte es. Dabei hatte Simone gar keine Zahnspange.

Basti und ich verbrachten wieder jeden Nachmittag zusammen und ich war froh, dass der ganze Beziehungs-Stress vorbei war. Das war einfach nichts für mich. Ich hatte es versucht und kolossal versagt. Aber jetzt wo ich gezeigt hatte, dass ich zumindest grundsätzlich so tickte wie alle anderen, schien es OK, sich wieder gewöhnlichen Dingen zuzuwenden. Ich hatte mir meine ersten Wunden geholt und genoss den wohlverdienten Frieden eines Beziehungs-Veteranen.

In den Wochen bis zu den Sommerferien stürzte ich mich in den Sport. Neben den drei Schwimmveranstaltungen in der Woche ging ich joggen, radelte Runden um den See und stellte mich sogar bei Bastis Fußballkumpels ins Tor. Je näher der Sommer kam, desto mehr vergaß ich Simone. Dieser

Sommer sollte etwas Besonderes werden. Das Schwimmcamp. Frankreich. Mit Basti. Auch Ben wollte mich unbedingt dabei haben. Er ließ mich sogar beim Trainieren der *Wasserratten* helfen und zahlte mir dafür ein bisschen Geld. Ich sparte jeden Pfennig für die Teilnahmegebühr.

Geld an sich war nie ein Problem bei uns zu Hause. Meine Mutter verdiente sicher nicht besonders viel, aber doch genug für uns beide. Wir hatten ein Marmeladeglas mit Scheinen und Münzen in der Küche stehen aus dem ich mich bedienen durfte, wann immer ich etwas brauchte. Ich übertrieb es nicht und im Gegenzug war das Glas niemals leer.

Bei größeren Ausgaben war meine Mutter aber kein einfacher Verhandlungspartner. Wenn etwas ihrer Meinung nach unnötig war, war es fast unmöglich, sie vom Gegenteil zu überzeugen. Gegen Sommerurlaub an sich hatte sie nichts, aber warum musste man dafür wegfahren? Vor allem wenn man ein so schönes Freibad vor der Haustür hatte?

Als ich Anfang Mai vorsichtig bemerkte, dass ich dieses Jahr vielleicht nicht die kompletten Ferien mit ihr verbringen wollte, schien sie nicht sonderlich überrascht. Im Gegenteil. Sie lächelte sogar und sagte, das habe sie sich schon gedacht. Ich war sprachlos. Sollte es so einfach werden? War ich in ihren Augen jetzt alt genug und könnte machen, was ich wollte? Dann ergänzte sie: „Ich hab mir da auch schon was überlegt." Sie lächelte fröhlich und ihre Augen leuchteten, als hätte sie eine sehr schöne Überraschung für mich. Aber ich wollte keine Überraschung. Ich wollte ins Schwimmcamp.

Ein paar Tage später fand ich auf dem Frühstückstisch einen Brief. Er war mit Maschine geschrieben und an mich

adressiert. Und er war geöffnet. Meine Mutter hob entschuldigend die Hände und nuschelte in ihren Kaffeebecher.
„Ich war einfach zu neugierig."
Ich schickte einen missbilligenden Blick über den Tisch. Dann sah ich wieder auf den Umschlag. Als Absender prangte ein Stempel auf der Rückseite: „Bildung & Begabung e.V." Ganz ohne mein Zutun zog sich eine tiefe Furche zwischen meine Augenbrauen. Ich nahm vier gefaltete Blätter aus dem Umschlag und las.
Sehr geehrter Herr Boltenhagen, wir freuen uns Ihnen mitzuteilen, dass Sie für unser diesjähriges Förderprogramm ausgewählt wurden.
Ich stutzte. Ich blickte auf. Meine Mutter lächelte. Ich las weiter.
Vom 9.7. - 29.7. erwarten wir Sie in der Summer School St. Peter-Ording. Alle weiteren Informationen, so wie das Kursprogramm, entnehmen Sie bitte den beiliegenden Seiten. Darunter stand irgendeine Unterschrift. Ich ließ das Schreiben sinken.
„Was ist das?"
Das Lächeln meiner Mutter war ein klein wenig blasser geworden.
„Das ist etwas Besonderes, Peter." Sie machte eine Pause. „Man kann sich nicht einfach so bewerben."
Meine Mutter stellte ihren Becher ab und setzte sich neben mich. In meinem Magen rumorte es.
„Ich habe mich auch nirgends beworben."
„Man muss vorgeschlagen werden. Da kann nicht jeder hin, weißt du?"
„Wohin?"
Meine Mutter legte einen Arm um meine Schultern und nahm mir den Brief aus der Hand.
„Na hier. Steht doch hier. *Summer School St. Peter-Ording.*"
Ich schob meinen Stuhl ein Stück nach hinten, so dass sie mich loslassen musste.

„Mama. Was ist das? Was für eine *Summer School*?“
Meine Mutter versuchte es wieder mit dem Lächeln.
„Das heißt nur so. Das ist keine Schule. Das ist ein Sommer-Camp. Ein Ferienlager. Für ausgewählte Schüler. Da kann nicht jeder hin.“
„Das sagtest du schon.“
Meine Mutter rückte mir mit dem Stuhl hinterher.
„Naja das ist eben das Besondere. Man muss vorgeschlagen werden.“
Ich sprang auf.
„Du hast mich für sowas vorgeschlagen? Für eine Schule? Im Sommer? In den Ferien?“
Meine Mutter stand auf und kam kopfschüttelnd auf mich zu.
„Nein, Nein, Nein. Ich doch nicht. Ich hab dich nicht vorgeschlagen. Ich darf dich gar nicht vorschlagen. Nicht als deine Mutter.“
Das irritierte mich für einen Moment und ich ließ zu, dass sie ihren Arm wieder um mich legte.
„Das können nur Schulleiter und bestimmte Lehrer.“
Ich ließ ihren Arm liegen.
„Aber wer sollte mich denn für sowas vorschlagen. Der Müller?“
Meine Mutter schüttelte den Kopf
„Der Böttcher. Wegen den Jungen Forschern. Weil ihr doch gewonnen habt.“
„Wir haben nicht gewonnen. Wir sind fünfter geworden.“
Meine Mutter lächelte wieder. „Das reicht auch.“
„Dann wurde Basti auch vorgeschlagen?“
Meine Mutter zuckte mit den Schultern.
„Kann sein. Ich denke mal.“
Ich nahm ihr den Brief aus der Hand und las das Anschreiben nochmal.

„Aber, Mama. Am 21. beginnt das Schwimm-Camp. Das geht nicht."
Meine Mutter holte tief Luft.
„Doch, das geht Peter. Das ist eine einmalige Chance für dich. Kein Schulunterricht, bei dem du irgendwas wiederkäuen sollst. Wirklich interessante Themen - du kannst frei wählen."
„Ich denke es ist keine Schule?"
„Ist es auch nicht. Es ist eben eine Summer School. Da gibt es Kurse und Freizeitangebot und jede Menge nette Leute."
„Nette Streber meinst du."
„Ach, Peter. Eben nicht. Da kommen Kinder hin, die Besonderes geleistet haben. Wie Basti und du."
„Ich hab nichts Besonderes geleistet. Basti vielleicht - und der kommt da bestimmt nicht hin. Der fährt ins Schwimmcamp." Ich zögerte kurz und fügte trotzig hinzu. „Und da will ich auch hin."
Meine Mutter lächelte, als hätte sie nur darauf gewartet, dass ich das sage.
„Du fährst in die *Summer School*", sagte sie bestimmt.
Ich wollte gerade protestieren, da fügte sie hinzu.
„Und danach kannst du ins Schwimmcamp. Versprochen. Die werden ein paar Tage auf dich verzichten können."
Ich zögerte.
„Ich verpasse die ganze erste Woche."
Meine Mutter ging einen schnellen Schritt auf mich zu und legte ihre Hand auf meine Wange.
„Peter. Das ist wirklich was Besonderes, glaub mir." In ihrem Blick lag diese Mischung aus Zärtlichkeit und Bestimmtheit, die ihr so eigen war. Ich sah: was sie tat, tat sie aus Liebe zu mir. Aber ich sah auch: es war längst entschieden. Sie machte hier die Ansagen.

Natürlich hatte meine Mutter mir nur die halbe Wahrheit erzählt. Dieser Verein war nicht aus heiterem Himmel an uns herangetreten. Böttcher hatte sie gefragt, ob das etwas für mich sei und erst auf ihre Zustimmung hin, hatte er mich vorgeschlagen. Bastis Mutter hingegen hatte einen kurzen Blick in den Kalender geworfen und rundheraus abgesagt. Mitte Juli war das Schwimmcamp. Da hatte Basti keine Zeit.

Als ich ihm davon berichtete, versuchte er mich zu trösten.
„Sieh es mal nüchtern, Petey. Statt zwei Wochen, bist du jetzt sogar vier unterwegs."
Ich nickte, ohne wirklich zuzuhören.
„Und deine Mutter zahlt alles. Das heißt: die ganze Kohle, die du gespart hast, kannst du jetzt für Drinks ausgeben."
Ich nickte noch einmal.
„Du kannst also all deine Freunde im Streber-Camp regelmäßig zu Pfefferminztee einladen - mit Honig."
Ich grinste.
„Das wird super."
Basti strahlte.
„Ein Traum. Du wirst in den ersten zwei Tagen in Frankreich ständig Bahnrekord schwimmen, weil du noch so viel von dem Zeug in der Blutbahn hast. Ich werde dich entgiften müssen."
Ich tat erschrocken.
„Ich weiß nicht, ob ich das möchte."
Basti ließ seine Faust auf meinen Oberarm krachen.
„Du hast keine Wahl, Schlaumeier. Ich pack dich einfach und flöß' dir ein paar heilsame Getränke ein."
Ich rieb mir den Arm und grinste.
„Vielleicht bleib' ich doch lieber länger bei den Strebern."
Basti musterte mich aus einer Armlänge Abstand.
„Ja vielleicht. Ist wahrscheinlich genau dein Ding."

Ich ließ die Arme hängen und zuckte mit den Schultern.
„Ach Scheiße, Basti."
Er grinste.
„Ja. Scheiße. Aber so ist es eben."

Und damit hatte er natürlich recht. Es gab sicher Schlimmeres, als im Sommer vier Wochen am Meer zu sein. Vier Wochen weg von zu Hause - allein das, war alle Opfer wert. Dennoch fühlte es sich an, wie eine weitere Niederlage. Erst hatte ich das mit Simone nicht gepackt. Jetzt hatte ich das mit dem Schwimmcamp nicht gepackt. Stattdessen fuhr ich zu einer *Summer School.* Als einziger Durchschnittstyp unter lauter kleinen Genies. Schließlich hatte man mich nur eingeladen, weil ich so prima die Rolle des Naivlings spielen konnte. Und weil ich einen schlauen Freund hatte, der mich zum *JuFo*-Wettbewerb überredet hatte. Und weil es irgendwann mal geregnet hatte.

St. Peter-Ording, Donnerstag, 5. August 2010

Heute bin ich seit sieben Tagen hier. Eine Woche. Langsam wird es ungemütlich. Also, wegen zu Hause, meine ich. Ich spüre, wie der Druck wächst. Ich habe zwei Briefe von Dr. Lang bekommen. Im ersten schreibt er, Beate und er seien in Gedanken bei mir und würden mir alles Gute wünschen. Einen Tag später fragt er, wann ich wiederkäme.

Manninger, meine Vertretung, schreibt auch. Natürlich nur aufs Handy. Ich mache es jetzt manchmal an. Wo dieser Ordner sei und wo jenes Gutachten und ob ich wüsste, wer die Aussage von dieser einen Zeugin protokolliert hätte. Ich gebe zu, dass mich seine Nachrichten freuen. Nicht, weil er mir das Gefühl gibt, dass es ohne mich nicht geht. Es ist, als würde ich ein Bilderbuch betrachten. Ein Bilderbuch von meinem Leben. Von dem, was mein Leben war. Von dem, was es wieder sein könnte. - Ich antworte ihm nie.

Maja schreibt nicht. Seitdem sie hier war und ich nicht mit ihr sprechen wollte, habe ich nichts von ihr gehört. Kein Brief, keine Mail, keine SMS. Nicht ein Wort. Sie macht sich rar. Ehrlich gesagt: das erzeugt bei mir den meisten Druck.

Ich weiß, dass ich mit ihr reden muss. Sie haben recht. Aber ich brauche noch Zeit. Ich muss erst wissen was ich ihr sage, bevor ich es ihr sage. Ich muss rauskriegen, was ich will. Aber ich habe ja erwähnt, dass ich damit meine Schwierigkeiten habe.

Ich habe darüber nachgedacht, was Sie bei unserer Sitzung gesagt haben; dass ich die Schuld bei anderen suche. Genau so haben Sie es zwar nicht gesagt, aber so kam es bei mir an. „Der Film war schuld, dass ich Simone nicht geküsst habe, Simones Dominanz war schuld, dass ich überfordert war, die Überforderung war schuld, dass mich das mit Liv bis heute verfolgt und schuld an allem war sowieso der Regen.“

Ich verstehe, was Sie meinen. So verkürzt klingt es absurd. Aber es geht mir nicht um Schuld. Es geht mir um Zusammenhänge. Ich versuche zu verstehen, warum ich Dinge getan habe, die ich getan habe. Ich will verstehen, wo der Fehler war; wo ich falsch abgebogen bin. Oder ob ich gar nicht falsch abgebogen sondern nur ein wenig durch den Wind bin. Irritiert. Verwirrt, wie Sie sagen.

Deswegen habe ich Ihnen das mit Simone geschrieben. Ich denke, es war falsch, nicht mit ihr zu schlafen. Es war schlecht für mich. Nicht, weil ich der Meinung bin, die Hormone müssten raus, wann immer sich die Gelegenheit bietet. Nicht, weil ich glaube, einen großartigen Akt versäumt oder das junge Pflänzchen einer aufkeimenden Liebe zertrampelt zu haben. Auch ich würde einem Teenager nicht unbedingt empfehlen, gleich mit der ersten Frau ins Bett zu springen. Natürlich würde ich eigenen Kindern raten, sich den Partner fürs erste Mal sorgfältig auszusuchen. Aber letzten Endes ging es nur um Sex. Ich hätte es einfach tun sollen. Mit Verhütung, schon klar. Wie alle Jungs, die ich kannte, trug auch ich zu der Zeit immer ein Kondom im Portemonnaie, das seine Konturen gut sichtbar durch das Leder drückte und allen zeigen sollte: seht her, ich bin ein Mann. Es stimmt, Simone wäre nicht die Richtige gewesen und der Akt an sich wäre möglicherweise ein einziges Fiasko geworden. Wir hätten uns wahrscheinlich nicht erst am Montag sondern direkt am nächsten Morgen getrennt - aber wenigstens wäre ich mutig gewesen. So, wie ich sein wollte. So, wie ich sein sollte. Wie Basti es getan hätte. Wie ein Mann sich verhalten hätte.

Da kommt Ihre Vater-Theorie wieder ins Spiel. Und ja, ich gebe es zu. In diesem Fall sehe ich es auch. Mit einem Vater, mit einem Rollenvorbild, hätte ich mich vielleicht anders verhalten. Ich will nicht sagen: „Dann hätte ich sie mir geschnappt. Wie ein Hengst." Vielleicht wäre es so gewesen. Damals habe ich mir erträumt, ich wäre einer von diesen Hengsten. Aber ich wusste genau, ich war keiner.

Vielleicht hätte ich aber auch noch in der Tür gesagt: „Geh mal nach Hause". Oder ich hätte ihr in der Nacht direkt in die Augen gesehen und gesagt: „Ich packe das nicht. Ich habe Angst." Dann hätten wir gemeinsam über unsere Angst gelacht und es vielleicht trotzdem getan. Oder wir hätten es nicht getan, weil wir beide zu unsicher waren. Wenn ich die Zeit zurückdrehen könnte, würde ich es so machen. Denn mehr als ein Hengst zu sein wünsche ich mir, mutig zu sein. Den Mut aufzubringen, zu mir selbst zu stehen.

Geht es in meiner momentanen Situation nicht genau darum? Ist es das, was Sie mir sagen wollen?

Ich habe im Übrigen auch bemerkt, dass Sie mich nicht mehr auf mein Schweigen ansprechen. Am Anfang hatte ich das Gefühl, Ihr Ziel sei es, mich so schnell wie möglich wieder zum Sprechen zu bringen. Aber mittlerweile ignorieren sie mein Schweigen wie einen Tick. Wie eine Phase. Als wäre ich wieder siebzehn und auf meinem T-Shirt stünde „Fuck it all". Da kann man nur mit den Schultern zucken. Wird schon wieder vorbeigehen. Und ich denke, auch das machen Sie richtig. Ich kann sprechen und - ich verrate es Ihnen einfach - ich spreche auch. Ich gehe mittlerweile ja täglich spazieren und da bleibt es nicht aus, dass ich mal mit jemandem ein Wort wechsle. Ja. Nein. Guten Tag. Auf Wiedersehen. Sowas eben. Aber wahrscheinlich wissen Sie das längst. Ich melde mich ja immer am Empfang ab und nenne jedes Mal brav meinen Namen.

Ich danke Ihnen, dass Sie mir das ermöglicht haben. Ich renne Ihnen nicht weg. Ich bin ja freiwillig hier. Aber ab und zu mal rauskommen ist wichtig. So sehr ich den Schutz meines Zimmers genieße, so sehr schätze ich die Spaziergänge. Auch wenn mir die Hitze nicht passt. Zum ersten Mal in meinem Leben stört mich der Sommer. Ich würde lieber die Kapuze tief in die Stirn ziehen und mit Gedanken und Erinnerungen alleine sein. Aber die Sonne lässt nicht mehr als ein T-Shirt zu. Wenigstens habe ich meine Sonnenbrille. Und die Hitze, der Strand, die lachenden Jugendlichen - das alles hilft natürlich beim Erinnern. Es ist alles genau so, wie vor fünfzehn Jahren. Im Sommer, als ich Liv kennenlernte.

Sommer 1995

Ellis Island

Meine Zeit im Haus *Süderoogsand* in Sankt Peter-Ording begann in einem Chaos aus hin-und her irrenden Menschen, einer absurd großen Anzahl an Taschen, Koffern, Rucksäcken und lose umherliegenden Kleidungsstücken. Es war wie auf *Ellis Island* in den Dreißigern. Oder zumindest so, wie ich es mir dort vorstellte. Überall saßen die Menschen in Grüppchen zusammen und klammerten sich an ihre Habe. Dazwischen staksten ernsthaft blickende Entscheider storchengleich umher und versuchten Ankömmlinge und Abfahrende auseinander zu sortieren.

Vor dem Fenster ging ein sintflutartiger Regen nieder, der das Gefühl, von der Wirklichkeit entkoppelt zu sein, noch verstärkte. Es war stickig und muffig im Raum und das Zusammenspiel aus prasselndem Regen und quasselnden Menschen erzeugte einen Lärmpegel, der selbst das Denken schwer machte. Auf der ganzen Eingangshalle lastete ein Druck der danach schrie, dass irgendjemand den Deckel anheben möge, um Dampf abzulassen.

Ich saß vor einer Glastür zum Treppenhaus auf dem Fußboden und fixierte die Wattenmeer-Karte, die schräg gegenüber an der Wand hing. Ich fühlte mich ein wenig verloren, ein wenig tapfer und vor allem sehr fremd. Das hier war zwar nicht New York, aber von dem Kauderwelsch um mich herum verstand ich ebenso wenig, wie der polnische Schusterjunge beim Verlassen des Überseedampfers. Was zur Hölle bedeutete *Süderoogsand*? Woher kamen die asiatisch aussehenden Mädchen, die auf den Treppenstufen in der Raummitte saßen? Welche Sprache war das, in der sich die kleine Gruppe auf der anderen Seite der Glasscheibe unterhielt? Die ganze Situation war absurd.

Knapp vierundzwanzig Stunden vorher hatte ich einen letzten Versuch unternommen, meine Mutter zu überzeugen, dass es reine Zeitverschwendung sei, mich mit einer Bande Hochbegabter zusammenzupferchen. Das Ganze war ein Irrtum. Nett gemeint, aber zum Scheitern verurteilt. Ich gehörte nicht in ein Strebercamp.

Meine Mutter wollte nichts davon hören. Endlich schien sich ihre Sehnsucht nach Genialität zu erfüllen. Ihr Sohn hatte den Forscherwettbewerb gewonnen. Ihr Sohn hatte neben dem Kanzler gestanden - da konnte sie keine Rücksicht nehmen auf *pubertätsbedingte Kleingeistigkeit.* Ich hatte versucht diese Vorlage aufzunehmen und gesagt, sie hätte recht. Ich sei tatsächlich vollkommen kleingeistig und deswegen eher zu körperlichen Leistungen wir stupidem Geradeausschwimmen geboren. Doch sie hatte nur gelächelt und geantwortet: „Siehst du, wie geschickt du argumentierst. Und dass du deine eigenen Fähigkeiten selbst nicht erkennen kannst, ist ganz normal. Das sind die Hormone. Die blockieren alles."

Also hatte ich heute Morgen meinen Rucksack geschultert und war mit dem Zug über Hamburg hierher gefahren. Um fünf vor vier war ich angekommen, jetzt war es fünf nach fünf und ich hatte bisher nichts anderes getan, als in der völlig überfüllten Eingangshalle zu sitzen und darauf zu warten, dass die Reinigungskräfte mein Zimmer frei geben würden.

Es gab irgendein Problem mit den Bussen der abfahrenden Gruppe. Ob es an den Fahrzeugen lag, an den Fahrern oder an höheren Mächten, war unbekannt. Jedenfalls war bis jetzt kein Bus hier angekommen. Das Ausbleiben der Transportvehikel hatte schon am Morgen eine ungünstige Kettenreaktion ausgelöst. Zunächst waren die Abreisenden einfach auf ihre Zimmer zurückgekehrt, schließlich wollte niemand im Regen warten. Das anrückende Reinigungskommando hatte dann auf die unerwartet gefüllten Zimmer mit spontaner Überforderung reagiert - und war einfach wieder abgerückt. So waren die Stunden in allgemeiner Untätigkeit vergangen, ehe am frühen Nachmittag irgendjemandem aufgegangen war, dass ja trotz der Gestrandeten bald eine Ladung Neuankömmlinge zu erwarten war. Mit ein paar hektischen Anrufen war die Putztruppe wieder einbestellt worden und hatte sich diesmal durch nichts vom Erfüllen ihrer Pflicht abhalten lassen. Die Zimmerbesetzer waren kurzerhand in die Eingangshalle gespült worden, wo sie frontal mit den Ankommenden zusammengeprallt waren und sich mit diesen zu einem schäumenden Gebräu vermischt hatten, das jetzt wie verschütteter Eintopf über die Fußböden blubberte. Ich saß mittendrin, betrachtete den bunten Menschen-Wahnsinn und wünschte mir still, meine Mutter könnte sehen, wie die von ihr so gepriesene Genie-Akademie ihren ersten Auftritt ordentlich vermasselte.

Ich erforschte die Gesichter der Wartenden und versuchte auszumachen, wer zu meiner Gruppe gehören könnte. Die Asiatinnen schloss ich aus. Sie saßen beisammen, unterhielten sich und lachten. Es war offensichtlich, dass sie sich bereits länger als ein, zwei Stunden kannten. Als nächstes fielen mir Grüppchen auf, deren Mitglieder rot-weiß-grüne Halstücher trugen. Auf manchen T-Shirts las ich unverständliche Aufdrucke, in denen auffallend häufig ‚ö' oder ‚sz' vorkam, also hielt ich sie für ungarische Pfadfinder. Außer ihnen und den Asiaten saßen, vereinzelt oder zu mehreren, weitere Jugendliche, die sich keiner Herkunft zuordnen ließen. Ich nahm an, diese Leute seien *meine* Gruppe. Die Genies. Die Streber.

Ich hatte versucht sie mir vorzustellen. Ich hatte mir ausgemalt, dass man ihnen ihre dämliche Genialität schon von weitem ansehen würde. Ich hatte Brillen aus dicken Glasbausteinen erwartet. Riesige Zahnspangen. Blasse Gesichter. Grün-lila Wollpullover. Rausschauende Unterhemden. Speckige Turnbeutel. Atari-Aufkleber.

Aber natürlich war das Schwachsinn. Natürlich hatte Basti recht, als er gesagt hatte. „So schlimm können die Leute gar nicht sein." Mit seinem typischen Grinsen hatte er hinzugefügt: „Mich hätten sie schließlich auch eingeladen."

Als ich jetzt in meiner Ecke saß und die Gestalten um mich herum beobachtete, hatte ich ein schlechtes Gewissen. Die Leute sahen nicht anders aus, als irgendeine Ansammlung von Jugendlichen. Nicht mehr Zahnspangen als anderswo - keine Wollpullis.

Eine skeptische Stimme in mir wollte gerade bemerken, dass die Wollpulli-Quote im August sicher nicht besonders aussagekräftig sei, da geschah etwas für mich so Überraschendes, dass ich mich bis heute an jedes einzelne Detail davon erinnern kann. Ein Mädchen, das in der Nähe der Eingangstür saß, drehte den Kopf und blickte mich quer durch den Raum an. Sie wandte sich mir so unvermittelt und zielgerichtet zu, dass ich zunächst dachte, ein Geräusch hätte ihre Aufmerksamkeit erregt. Aber ihr Blick hatte nichts Suchendes. Sie sah mich direkt an. Als ob ich sie gerufen hätte. Als hätte ich nicht meinen Blick, sondern meine Hand auf ihre Schulter gelegt.

Die Bewegung kam so plötzlich, dass ich keine Zeit hatte, über eine angemessene Reaktion nachzudenken. Also tat ich gar nichts. Ich befürchtete, aufdringlich zu wirken, aber ich konnte meinen Blick nicht abwenden. Ich bemühte mich entspannt und unbeteiligt zu gucken und konzentrierte mich hinter dieser Maske darauf, ihre Züge zu studieren.

Ihr Gesicht wirkte kindlich; blass und zart mit feinen, minimal geschwungenen Augenbrauen. Das hellbraune Haar hatte sie links und rechts auf Kinnhöhe abgeschnitten. Die Nase war schmal und gerade. Die schüchtern hervortretenden Wangenknochen und der breite Mund verliehen ihrem Aussehen etwas slawisches. Die leichte Mandelform ihrer Augen verstärkte diesen Eindruck. Ich konnte aus der Entfernung nicht erkennen, ob sie blassblau oder grau waren, aber ich bemerkte ein Leuchten, das von ihnen ausging und ihrer gesamten Erscheinung Kraft und Ernsthaftigkeit verlieh. Ich spürte, wie meine Kehle trocken wurde, ich hörte mein Herz hallend in meiner Brust schlagen und ich wusste: ein schöneres Gesicht hatte ich nie in meinem Leben gesehen.

Während ich da saß und starrte und angestarrt wurde, klang dieser Satz wie eine laut ausgesprochene Wahrheit in meinem Kopf. *Nie zuvor sah ich ein schöneres Gesicht.* Die Bedeutung der Worte ließ mich zusammenzucken und ich bemerkte ein plötzliches Ziehen im Oberkörper, eine unmittelbare Traurigkeit, die aus den Tiefen meines Innern aufbrach und sich machtvoll in meiner Brust ausbreitete. Denn natürlich hatte ich auch bemerkt, dass sie ein grün-weiß-rotes Tuch in der Hand hielt; dass sie sich gerade mit einer anderen Pfadfinderin unterhalten hatte; dass sie demnach wohl Ungarin war; dass ich sie nie wiedersehen würde.

Ich bemühte mich weiter jeden Ausdruck auf meinem Gesicht zu verbergen, während in meinem Innern ein unsinniger Kampf begann. Ich wollte brüllen vor Freude, ob des gnädigen Schicksals, das mich hierher geführt hatte. Und gleichzeitig wollte ich das Brüllen ersticken. Ihm das Maul stopfen. Es mitsamt der Wurzel aus der Erde reissen und seiner sinnlosen Existenz ein Ende bereiten, bevor es selbst verstehen konnte, dass es niemals über Felder und Wiesen erklingen würde. Dass es völlig überhastet aus der Tiefe gebrochen war. Dass es keine Zukunft hatte.

Bei all dem Horchen nach innen vergaß ich wieder wegzugucken - oder zumindest zu lächeln. Doch das irritierte sie nicht im Geringsten. Ihre Augen ruhten auf mir. Ihre Miene blieb unergründlich. Sie blickte mich ebenso forschend an, wie ich sie. *Vielleicht*, dachte ich, *vielleicht denkt sie gerade dasselbe wie ich.* Ich zögerte, denn mir fiel ein, was ich gerade gedacht hatte. *Dass es ohnehin egal sei.* Ich seufzte leise. *Dass wir uns nie wiedersehen würden.*

„Und du bist?“, eine müde klingende Männerstimme holte mich zurück in den Raum. Vor mir stand ein hagerer Kerl im Holzfällerhemd. In der Hand hielt er ein Klemmbrett. Ich muss ihn angeblickt haben wie einen Außerirdischen, denn er konnte ein Grinsen nicht unterdrücken, als er seine Frage wiederholte.

„Wie heißt du? Name, Vorname, Konfession.“

„Peter Boltenhagen“, antwortete ich mechanisch. Und zögernd fügte ich hinzu: „Wir sind in keiner Kirche.“

Er grinste noch breiter. „Dann steck ich dich zu den Satanisten, da ist noch was frei.“

Er lächelte mich offen an, schien aber zu begreifen, dass ich ihm nicht folgen konnte.

„Das war ein Scherz, Peter Boltenhagen. Du hast Zimmer 16. Keine Satanisten. Abendessen fällt heute aus. Wir haben Lunchpakete besorgt. Frühstück ab sechs. Um 7:30 Uhr beginnen die Kurse. Raumplan hängt da vorne. Willkommen in Süderoogsand.“

Er reichte mir die Hand und half mir auf die Füße. Dann gab er mir einen Spindschlüssel und setzte seine Tour fort. Ich griff nach meinem Rucksack, starrte irritiert den Schlüssel in meiner Linken an und öffnete mit der Rechten die Glastür zum Treppenhaus. Ich wankte voran, als sei ich tatsächlich ein Schiffsreisender bei den ersten Schritten an Land. Ich zwang mich, den Kopf nicht zu drehen. Ich ging hin zu Zimmer 16 und fort von diesem Mädchen, ihren strahlenden Augen und ihrem forschenden Blick. Ich versuchte die Dinge so zu nehmen, wie sie waren. Ich wollte keinen Abschiedsgruß, wenn es kein Wiedersehen gab. Ich wollte kein flüchtiges Winken und ich wollte nicht sehen, ob sich ihr breiter Mund jetzt gerade vielleicht zu einem traurigen Lächeln verzog. So wie mein eigener.

Als ich auf Zimmer 16 ankam verflog meine melancholische Stimmung binnen weniger Sekunden. Noch bevor ich die Klinke berühren konnte ging die Tür von innen auf. Ein plumper, etwa zwei Meter großer Junge mit hüftlangem schwarzem Haar trat in den Türrahmen und blieb, von meinem Auftauchen überrascht, dort stehen. Ich konnte gar nicht anders, als auf sein schwarzes T-Shirt zu starren, auf dem eine beeindruckend große Anzahl menschlicher Oberkörper und Gliedmaßen zu einem blutigen Haufen aufgeschichtet lagen. Darüber stand in zerfließenden roten Buchstaben: *Cannibal Corpse.* Einen bangen Moment lang fragte ich mich, ob das mit den Satanisten doch ernst gemeint war, dann begann der Riese zu sprechen.

„Hallo. Ich bin Cord“, hörte ich ihn sagen. Seine Stimme war ebenso düster wie sein Shirt, aber sein Gesicht war das genaue Gegenteil. Er hatte speckig-glänzende Wangen, lachende Augen und sein Bart war nicht mehr als ein lose Ansammlung struppiger Haare. Er konnte nicht viel älter als fünfzehn sein. Ich ergriff die Hand, die er mir entgegenstreckte.

„Peter“, sagte ich. „Freut mich.“

Cord grunzte fröhlich und zog an mir vorbei. Ich ging in den Raum, legte meine Rucksack ab und setzte mich auf einen der vier Stühle. Auf der Lehne neben mir hing eine riesige schwarze Stoffjacke, auf die jemand von oben bis unten mit Tipp-Ex Bandnamen geschrieben hatte. Die Buchstaben waren winzig, fein und geschwungen und standen in krassem Missverhältnis zur Bedeutung der Worte, die sie formten. Ein sanftes, zerbrechlich wirkendes Muster aus Massaker und Schlachthof. Ich schüttelte den Kopf und musste grinsen.

„Eigentlich heißt er Kurt", sagte jemand.

Ich blickte auf und bemerkte einen blassen Jungen, der in einem der Doppelstockbetten lag. Auch er war eindeutig jünger als ich.

„Mit ‚u'", fuhr er fort. „Aber der kommt irgendwo aus dem Osten. Die sprechen da so." Das alles trug er in einem derart merkwürdigen Dialekt vor, dass ich ihn kaum verstand. Ich nickte wissend und versuchte ein freundliches Lächeln. Aber es gelang mir nicht. Meine Unterlippe riss aus und eine erstaunlich große Menge Luft, strömte aus meinen Lungen stoßweise ins Freie. Ich versuchte mich zu beherrschen und bekam gerade deswegen einen so heftigen Lachanfall, dass ich seitwärts auf das freie Bett kippte. Ich hielt mir die Hände vors Gesicht, um die heraus schießenden Tränen zu verbergen, drehte mich auf die Seite und brüllte in die Matratze. Vermutlich waren meine Nerven nach dem Tag einfach ein wenig angespannt und froh, dass sie endlich Ausgang bekamen. Ich lachte und lachte. Irgendwann stand Cord, wie er für mich weiterhin heißen sollte, mit einem andern Jungen vor meinem Bett. Er blickte zur Seite und fragte:

„Hat'n der?"

Der Blasse zuckte die Schultern. Der Neue sah skeptisch auf mich herab. Ich setzte mich auf, rieb mir die Augen und blickte verheult in die Runde.

„Peter", sagte ich. „Ich bin Peter."

In der Nacht konnte ich lange nicht einschlafen. Ich starrte auf das Lattenrost über mir, das unter der Last von Cords Körper ächzte, ordnete die verschiedenen Schnarchgeräusche ihren Verursachern zu und versuchte zu begreifen, warum mein Herz ein derart hohes Tempo angeschlagen hatte. So als wüsste es etwas, von dem ich noch nichts ahnte. Als könnte es Dinge sehen, die für mich im Verborgenen lagen. Als freute es sich, ohne mir zu verraten worüber oder worauf.

Meine Zimmergenossen konnten definitiv nicht der Anlass für die Euphorie sein. Sie waren nett. Sie waren anders, als ich es mir vorgestellt hatte. Aber ich hatte nicht das Gefühl, dass ich mich mit einem von ihnen anfreunden könnte. Unsere Gemeinsamkeiten beschränkten sich auf einen einzigen Punkt: wir waren Jungs. Cord war sechzehn Jahre alt, kam aus *Magdeborg*, wie er sagte, und besuchte zu meiner Überraschung den Kunst-Kurs der Summer School. Der Blasse war 15, kam aus Ilmenau und belegte den Informatik-Kurs. Der vierte im Zimmer war 19, hatte gerade in Würzburg Abitur gemacht und besuchte den Kurs über die Macht der Sprache. Ich selbst war im Shakespeare-Kurs. Für Kunst, Informatik oder Debatten hielt ich mich ungeeignet. Für *Summer Sound*, den Kurs der mich am meisten interessiert hätte, musste man ein Instrument spielen können, also war nur Shakespeare geblieben. Ich war definitiv kein Kenner seiner Werke, aber wenigstens ganz gut in Englisch.

Die vier Insassen von Zimmer 16 unterschieden sich also in allem - Alter, Herkunft, Interessen - und dennoch hatte man uns zusammen gesteckt. Meine Mutter hätte dahinter sicher ein geniales Konzept vermutet. Ich vermutete darin die gleiche Planlosigkeit wie bei der Begrüßung. Wenigstens waren sie konsequent.

Zu meiner eigenen Überraschung beruhigte mich das. Ein wenig Chaos war mir sympathischer als perfekte Planung. Es schien mir ein Zeichen zu sein. Chaos hieß: *alles okay. Wird schon irgendwie.* Planung bedeutete: *Ernstfall! Konzentration!* Innerlich hatte ich mich in den letzten Wochen voll auf diesen Ernstfall eingestellt, aber sollte der jetzt ausfallen - umso besser.

Möglich, dass es nur das war. Dass ich bemerkte: alles war anders, als erwartet. Dass ich spürte: das könnte gut werden. Dass meine Aufregung nicht mehr war, als Erleichterung und Vorfreude.

Also schloss ich meine Augen und erwartete, dass mein Herz Ruhe geben würde und mich schlafen ließe. Mein Verstand war vielleicht eine unerträgliche Schnecke, wenn es um das Erfassen meines Seelenzustandes ging, aber immerhin war ich zu einem Ergebnis gekommen.

Doch mein Herz dachte gar nicht daran, Ruhe zu geben. Es hämmerte wild weiter und spielte mir immer wieder die Szene in der Empfangshalle vor. Das Chaos, die Menschen, die Koffer und dazwischen diese Augen. Diese Augen, die im selben Augenblick vielleicht gerade einen ungarischen Tankstellenpächter betrachteten, der müde Diesel in den Tank eines Reisebusses laufen ließ. Die Augen, die so still und wach und sanft auf mir gelegen hatten. Ich schüttete mich einmal kräftig und drehte mich auf die andere Seite, um endlich Ruhe zu bekommen. Mein Herz lachte über diesen jämmerlichen Versuch. Aber irgendwann war mir das egal und ich schlief trotzdem ein.

Liv

Ich habe mich schon immer gefragt wie es sein kann, dass man mit dem Unterbewusstsein eine Situation bereits erfasst hat, während der Verstand noch voll damit beschäftigt ist, in den Hosentaschen nach dem Schlüssel zu kramen. Möglicherweise ist es tatsächlich so, dass wir versteckte, halb verkümmerte Organe besitzen, die besser sehen, besser hören, besser riechen, als unser üblicher Wahrnehmungsapparat. Das habe ich mal in einer dieser Zeitschriften gelesen, die beim Friseur rumliegen. Blöderweise nuscheln diese Organe nur so unglaublich, dass man nie wirklich kapiert, was sie wollen.

Vielleicht ist das aber auch eine Altersfrage. Ich glaube, dass ich früher mehr von dem mitgekriegt habe, was meine archaischen Wahrnehmungssensoren mir sagen wollten. Meine Mutter hat mir beispielsweise nie explizit das Musizieren verboten. Es gab einfach keine Instrumente bei uns. Wenn irgendwo eine Melodie erklang, im Fernsehen zum Beispiel oder von draußen, dann setzte sie diesen gequälten Gesichtsausdruck auf. Als Fünfjähriger habe ich nicht kapiert, was mit ihr los war. Aber ich habe reagiert. Beim nächsten Mal habe ich einfach so getan, als langweile mich das Fernsehprogramm und umgeschaltet oder beiläufig das Fenster geschlossen. Es gab Hunderte Botschaften, die meine Mutter aussandte. Ich reagierte darauf, ohne dass eine einzige Information bewusst durch mein Hirn gewandert wäre.

Heute schaltet sich ständig mein Verstand dazwischen. Er erklärt und interpretiert und bei all den Worten höre ich die Botschaft nicht mehr. Ich glaube nicht mal mehr, dass da eine Botschaft ist. *Es ist doch total blödsinnig,* sagt mein Verstand, *nicht zu diesem Kongress zu fahren, nur weil Maja seit Tagen so komisch ist.* Oder: *Du kannst nicht deine gesamtes Leben in Frage stellen, weil sich irgendwas nicht richtig anfühlt. Schau dich doch um. Ist doch alles richtig.*

Mit siebzehn war ich noch bereit zu glauben, dass es eine Botschaft gab. Ich verstand zwar vieles nicht mehr so richtig, was mir mein Unterbewusstsein zunuschelte, aber ich versuchte noch, die Nachrichten zu entschlüsseln. In der ersten Nacht in St. Peter Ording war ich mir deshalb sicher, dass mein Herz mich aus einem ganz bestimmten Grund nicht schlafen lassen wollte. Und als ich am nächsten Morgen glaubte, diesen Grund entdeckt zu haben, wähnte ich die wunderbaren Mächte des Schicksals am Werk.

Es muss so gegen sieben Uhr gewesen sein. Ich saß verschlafen vor meinem Frühstücksteller und tunkte ein Marmeladenbrötchen in einen Becher Milch. Ich vermute, dass sich irgendwo ein Franzose in meiner Ahnenreihe tummelt. Außer bei mir selbst habe ich das seltsame Bedürfnis, knusprige Backwaren in Flüssigkeit aufzuweichen, nur bei unseren Nachbarn im Südwesten beobachtet. Es war Montag der 10. Juli. Der erste Unterrichtstag der Summer School. Ich hatte keine Ahnung, wie mein Tag ablaufen würde, hatte aber beschlossen, alles was da käme mit Gleichmut zu ertragen.

Ich war gerade dabei, das tropfende Brötchen im Mund zu versenken, als sich mir gegenüber jemand an den Tisch setzte. Ich blickte auf, bereit den Neuankömmling freundlich zu begrüßen. Einer meiner Finger steckte noch im Mund, während meine Lippen gleichzeitig ein Lächeln formen wollten, wodurch die soeben aufgenommene Nahrung Gefahr lief, zurück ins Freie zu entwischen. Also strich ich das Lächeln und machte eine Schnappbewegung mit der ich Brötchen und Finger festhielt. Ich muss ausgesehen haben wie ein Irrer.

„Guten Morgen“, sagte eine leise Stimme. Ein breiter Mund lächelte dazu freundlich und ich blickte in zwei strahlende Augen, die mir sonderbar vertraut vorkamen. Sie waren blassblau. Nicht grau. Hecktisch zog ich meinen Finger aus dem Mund und schluckte. Dann antwortete ich:

„Morgen.“

Das Mädchen nickte kurz und blickte dann auf ihr Brötchen, das sie mit schnellen Messerbewegungen aufschnitt. Ich betrachtete sie ungläubig und versuchte zu verstehen, was hier gerade geschah. In meiner Brust begann ein Triumphgeheul, das es mir schwer machte, klar zu denken oder sinnvolle Sätze zu formulieren. Ich starrte. Und ich schluckte. Und ich versuchte zu begreifen, wieso und was und warum. Das Mädchen schien vollkommen in seine Tätigkeit vertieft und ließ mir so einen Moment, um mich zu sammeln. Irgendwann schaffte ich es zu sagen:

„Ich dachte du wärst Ungarin.“

In dem Moment als die Worte meinen Mund verließen, bereute ich sie schon. Doch der Satz schien sie nicht zu überraschen.

„Wegen der Pfadfinderinnen?“, fragte sie.

Ich nickte erleichtert. „Du hast mit ihnen gesprochen.“

Sie schmierte Butter auf ihr Brötchen und antwortete dabei:

„Eine von ihnen sprach Dänisch.“

Ich nickte wieder. „Ach so.“ Nach ein paar Sekunden kam ich auf den nahe liegenden nächsten Satz: „Bist du Dänin?“

Sie schüttelte den Kopf. „Meine Mutter kommt aus Norwegen.“

Wieder nickte ich. „Ach so.“

Um ihre Mundwinkel spielte ein spöttisches Lächeln, als sie aufblickte und mich ins Visier nahm. „Die Sprachen sind ziemlich ähnlich, weisst du."
„Ja", sagte ich. „Ziemlich ähnlich"
Sie hielt den Kopf ein wenig schräg, als sei ich ein exotisches Tier in einem Käfig. Ich lächelte. Dann streckte ich meine Hand zur Begrüßung aus.
„Ich bin Peter."
Sie blickte ein wenig amüsiert auf meine Hand, ergriff sie aber sogleich.
„Hallo Peter", sagte sie. „Ich bin Liv."
Wir schüttelten die Hände und fingen beide an zu grinsen.
„Verstehe", sagte ich.
„Was?", fragte sie.
„Ein norwegischer Name, oder?"
Sie nickte.
„Gut kombiniert."
Und dann lachten wir beide und die Anspannung in meiner Brust löste sich endlich. Mein erster Satz war zwar nicht drehbuchreif gewesen, aber irgendwie hatte ich die Kurve gekriegt. Wir hatten einen Anfang gefunden.
„Was machst du hier, Peter?", fragte Liv.
Ich lachte wieder und biss in mein Brötchen.
„Frühstücken", nuschelte ich mit vollem Mund.

Liv lachte und biss ebenfalls in ihr Brötchen. Und dann saßen wir und kauten und erzählten uns wo wir herkamen und wie wir hierher geraten waren und welchen Kurs wir belegten und was wir erwarteten und was wir gut fanden und was nicht. Wir redeten und sahen uns dabei an und freuten uns so offen über einander, dass es für Außenstehende so ausgesehen haben muss, als würden wir uns schon sehr lange kennen.

Am meisten erstaunte mich dabei die Leichtigkeit zwischen uns. Immerhin war Liv a) ein Mädchen und b) fand ich sie wunderschön. Zu meiner eigenen Verblüffung führte das nicht dazu, dass ich sie in meiner Fantasie zu einer Halbgöttin aufbaute, wie es bei Katrin Morgenthaler geschehen war. Ich sprach fast so mit ihr, wie mit Basti. Und das war gut. So wie ich mit Basti war, war ich am besten. Ich musste nicht über meine Worte nachdenken, sie kamen einfach. Ich erzählte von zu Hause, dem JuFo-Wettbewerb und meiner fiktiven Oma Hedwig. Ich hörte zu und fragte und lachte und irgendwann saßen wir alleine am Tisch und stellten erschrocken fest, dass der Unterricht längst begonnen hatte.

Die verspätete Ankunft im Klassenraum konnte meiner guten Laune an diesem Morgen nichts anhaben. Es war blöd, gleich am ersten Tag zu spät zu kommen, aber nicht zu ändern. Ich steckte so voller positiver Energie, dass ich beschloss, alles in der *Summer School* von nun an ausnahmslos fantastisch zu finden. Wahrscheinlich sah man mir das an, denn meine Lehrerin legte zwar pflichtschuldig die Stirn in Falten als ich in den Saal kam, brauchte danach aber gerade mal zwei Sekunden um mir ein Lächeln zu schenken. Dabei sprang sie auf mich zu und schnurrte mit rauchiger Stimme: „Peter oder Frederick?“.
Dieser Auftritt verblüffte mich so sehr, dass ich einen Moment brauchte, um die richtige Antwort zu finden.
„Äääh…Peter“, stammelte ich.

Die Lehrerin grinste wissend, verbeugte sich zur Klasse hin und rief beim Hochkommen: „Ladies & Gentlemen - bitte begrüßen Sie Peter in unserer Mitte.“ Dann sah sie sich um, zeigte auf einen schmalen Jungen in der zweiten Reihe und sagte mit einem Lächeln: „Dann bist du Frederick!“ Der Junge grinste. Alle anderen im Raum grinsten. Und als ich verstand, dass Frederick und ich die einzigen Jungs waren, grinste ich auch.

„Anscheinend ist es nur sehr wenigen Männern gegeben, die Schönheit der Verse Shakespeares zu erkennen", fuhr die Lehrerin fort. „Wir werden aus diesen beiden hier also Botschafter machen, die wir ausschicken in die miefigen Umkleideräume der Fußballklubs dieses Landes, um mehr Männer für Shakespeare zu begeistern." Mit einem Seitenblick auf mich fügte sie hinzu. „Du spielst doch Fußball, oder?"

Ich zog die Schultern hoch. „Nicht im Verein." Sie blickte zu Frederick, aber der schüttelte den Kopf. Daraufhin simulierte sie eine herannahende Ohnmacht und gab mir mit einer schwachen Handbewegung zu verstehen, ich möge mich setzen.

Ich fand einen freien Tisch in der hintersten Ecke und nahm, begleitet von allgemeinem Lächeln, meinen Platz ein. Einen solch glamourösen Auftritt hatte ich noch nirgendwo hingelegt.

Ob es an dem Trick mit der guten Laune lag oder ob es tatsächlich das Schicksal war, das beschlossen hatte, ich sei jetzt einfach mal dran - es fiel mir nicht schwer, auch den Unterricht fantastisch zu finden. Die schauspielbegabte Lehrerin stellte sich als *Gudrun* vor und bestand darauf, geduzt zu werden. Sie hatte welliges, silbergraues Haar und eine Vorliebe für riesige Sonnenbrillen. Es war leicht, sie sich als fröhliches Hippie-Mädchen in den späten Sechzigern vorzustellen. Sie war ein Typ Lehrer, wie ich ihn an meiner Schule noch nie getroffen hatte. Sie war voller Leidenschaft. Sie liebte Shakespeare. Sie liebte ihren Job und sie liebte jeden einzelnen von uns.

Zu meiner Freude kündigte sie gleich am ersten Vormittag an, dass wir Shakespeare nicht nur lesen, sondern ihn erleben sollten. Deswegen plane sie eine Theateraufführung. Und weil sie mir während dieser Ankündigung verschwörerisch zuzwinkerte, bekam ich so eine Ahnung, dass auch das letzten Endes fantastisch werden würde.

Die erste Mittagspause verbrachte ich in einer großen Gruppe aus Mitschülerinnen meines Kurses. Alle redeten unbeschwert durcheinander und ständig war irgendwer dabei, sich irgendwem vorzustellen. Ich saß lächelnd dazwischen, schüttelte Hände und staunte darüber, dass ich meinen Namen nicht ein einziges Mal nennen musste. Alle wussten, wer ich war. Peter. Der Zuspätkommer. Einer der beiden Jungs. Der größere.

Durch den Trubel sah ich Liv, ein paar Tische weiter in einer ähnlich wuseligen Gruppe. Direkt neben ihr saß Cord, dessen massiger Körper gerade von einem mächtigen Lacher erschüttert wurde. Liv grinste neben ihm und blickte über die Köpfe hinweg zu mir rüber. Ich freute mich darüber so sehr, dass ich ihr ohne nachzudenken einfach winkte. Sie winkte zurück.

Wir trafen uns am Nachmittag zum Stadtspaziergang. Etwa vierzig bis fünfzig Schüler hatten sich dazu in der Eingangshalle eingefunden. Noch ehe ich mich nach ihr umsehen konnte, hörte ich Livs Stimme neben mir.

„Und? Ist das Fluch oder Segen?“

Ich drehte mich zu ihr um und wir grinsten uns an.

„Keine Ahnung was du meinst, aber momentan tippe ich bei allem eher auf Segen“, sagte ich.

Sie nickte.

„Dachte ich mir.“ Dann wurde sie nachdenklich. „Ich glaube, eines von zwei Mädchen in einer Jungs-Klasse zu sein, das würde ich als Fluch empfinden. Aber das musst du wissen."

Ich grinste.

„Das ist die völlig falsche Frage", hörte ich eine Stimme hinter mir sagen. Ich drehte mich um und blickte auf ein junges Männergesicht, das von wilden schwarzen Locken umrahmt war.

„Als einzig Normaler in einer Gruppe von Idioten - das ist ein Fluch."

Zwei braune Augen blitzten uns angriffslustig an. Noch ehe ich etwas sagen konnte, erwiderte Liv: „So fühlst du dich also gerade?"

Unter einer kantigen Nase, hob ein dünner Schnurrbart die darunter kauernde Oberlippe zu einem Lächeln an.

„Natürlich nicht."

Der Neue blickte erst mich und dann Liv an und sagte: „Ich denke, wir sind mindestens schon drei Normale." Daraufhin grinste er von einem Ohr zum anderen und ich konnte gar nicht anders, als mit zu grinsen.

„Ich bin Paco."

Er hielt mir die Hand hin und ich ergriff sie. Auch Liv stellte sich vor und zu dritt folgten wir der Ausflugsgruppe hinaus in die Sonne.

Von St. Peter Ording selbst bekam ich bei diesem Spaziergang relativ wenig mit. Ich erinnere mich, dass ich den Eindruck hatte, das kleine Örtchen ächze unter der Last der sommerlichen Besucher. Jedes Café war proppenvoll, die Strandkörbe waren ausgebucht und sogar an den Telefonzellen standen die Menschen Schlange. Dennoch wirkten auch die meisten Einheimischen entspannt. Den Sommer schienen sie hinzunehmen wie eine lang anhaltende Flut. Die nächste Ebbe würde folgen. Und dann wieder Flut.

Und dann wieder Ebbe. So war das eben. Und zwar schon immer.

Unser Führer war natürlich ein ehemaliger Fischer, der seit Jahren ebenso natürlich im Tourismus arbeitete. Ich vermute, dass er ganz normales hochdeutsch sprechen konnte, denn sein norddeutscher Dialekt war so stark, dass er inszeniert klang. Meistens hörte ich aber ohnehin nicht was er sagte. Zum einen liefen wir ganz am Ende der Gruppe und zum anderen waren wir zu sehr in unser eigenes Gespräch vertieft.

Liv und ich nahmen unsere Unterhaltung vom Morgen wieder auf. Sie erzählte mir von Hamburg und der Gegend, in der sie aufgewachsen war - ein ruhiges Viertel voller schöner Häuser und Grünflächen und jeder Menge junger Leute, die in diesen schönen Häusern und auf diesen Grünflächen jede Menge Parties feierten. In meinen Ohren klang das toll, aber Liv fand es oberflächlich. Das fand ich wiederum eingebildet, woraufhin sie mir schulterzuckend recht gab. Es erstaunte mich, wie leicht ich ihr widersprechen konnte und wie entspannt sie mit meinen Einwänden umging. Wir verstanden ohne viele Worte, was der andere meinte. Es gab keine Missverständnisse zwischen uns.

Noch erstaunlicher fand ich, dass es mit Paco genauso war. Manchmal war er eher meiner Meinung, manchmal eher bei Liv und meistens hatte er eine ganz eigene Position. Er sagte rundheraus was er dachte und wir taten es genauso.

Im Laufe des Gesprächs verriet er uns, dass er eigentlich Francisco Féderico Daniel Vázquez Montalbán hieß. Diesen prächtigen Namen hatte er einem guatemaltekischen Vater und einer katalanischen Großmutter zu verdanken. Er selbst sprach dennoch mit einem breiten rheinischem Akzent, was daran lag, dass er ganz unspektakulär in der Nähe von Köln aufgewachsen war. Sein Name passte ziemlich gut zu ihm.

Ganz offensichtlich war er ein kleiner Angeber, der jedoch niemandem etwas Böses wollte und sein rheinisches Herz am sprichwörtlich rechten Fleck trug. Er lachte viel und laut und hatte große Freude daran, den Ausführungen unseres Reiseleiters seine eigenen Kommentare anzufügen. Besonders das Watt, das wir auf dem Rückweg durchquerten, schien ihn zu inspirieren.

„Was ist das für ein Meer, bei dem man erst einen Kilometer durch Matsch laufen muss, um in die Wellen zu springen? Bis man da hinten angekommen ist, ist man so im Eimer, das man froh sein kann, wenn man es in der Hitze noch lebendig zurück schafft. Wenn ich hier was zu sagen hätte, würde ich den ganzen Matsch einfach weg baggern lassen. "

Liv lächelte ironisch. „Und du hältst ausgerechnet dich für den einzig Normalen unter lauter Idioten?"

Paco lachte laut auf. Ich grinste. Wie ich im Laufe des Gesprächs herausfand, hatte Paco zumindest eines mit den meisten anderen hier gemeinsam - ein makelloses Zeugnis. Wenige Wochen zuvor hatte er sein Abitur mit 1,0 bestanden. Genau wie Liv. Und ganz anders als ich. Mein Abi war noch zwei Jahre entfernt und ein vergleichbarer Notenschnitt unerreichbar.

„Lass mich das mal zusammenfassen." Paco sah mich amüsiert an. „Du bist hier, weil du rauskriegen wolltest, warum Regentropfen so wild übers Fenster flitzen. Hast das aber gar nicht rausgekriegt, dafür irgendwas anderes über Flüsse und Hochwasser und deswegen hast du einen Preis bekommen und giltst jetzt offiziell als Genie."

Ich nickte. „So ungefähr."

„Also wie bei Fleming, der sein Algenzeugs über die Sommerferien hat verschimmeln lassen und dadurch aus Versehen das Penicillin entdeckt hat?"

Ich kannte diese Geschichte zwar nicht, aber ich grinste dennoch. „Ganz genau so."
Paco ließ theatralisch die Schultern hängen. „Das ist eindeutig eine bessere Geschichte als meine."
Liv nickte und strahlte mich an. „Finde ich auch."

Ich lächelte. Ich betrachtete meine beiden Begleiter und die Reisegruppe, die sich im Hintergrund entfernte und sog die frische Seeluft tief in die Spitzen meiner Lungenflügel. Wieder spürte ich diese Wärme in mir: von den Zehenspitzen bis zum Haaransatz. Als ich ausatmete hatte ich das Gefühl, sie würde aus mir hinausfließen und sich bis zum Horizont ausdehnen. Die Sonne schob eine Wolke bei Seite und setzte die Pfützen und Wasserbecken um uns herum in Brand, so dass ich die Augen zukneifen musste, um nicht geblendet zu werden. Und zum allerersten Mal in meinem Leben hatte ich das Gefühl, dass alles, so wie es war, gut war.

Wenn ich heute an die Summer School zurückdenke, ist das das Bild, das mir zuerst in den Sinn kommt. Ein endlos weiter Raum voll Glanz und wir drei mittendrin. Ich weiß, dass ich das Ganze damit überhöhe, aber das Bild ist dennoch stimmig. Ich spürte bereits am ersten Tag, dass ich am richtigen Ort angekommen war. Alles passte zusammen. In meinem Kurs hatte ich eine Sonderstellung, wie ich sie nie zuvor erlebt hatte. Weil ich einer der beiden Jungs war. Weil ich der größere war. Weil mich niemand kannte und wusste, wie ich als pickliger Zwerg zu Hause durch die Gänge gestrolcht war. Wie ich in zu kleinen Klamotten vor der Schwimmhalle auf meine Mutter gewartet hatte. Wie ich die Sache mit Simone Arndt vermasselt hatte.

Dazu hatte ich Paco und Liv. Natürlich lernten wir uns bei diesem ersten Spaziergang gerade erst kennen, aber ich wusste sofort: das hier war etwas Besonderes. Ein Anfang.

Es war nicht so, dass Paco die erhoffte Zweisamkeit mit Liv gestört hätte - im Gegenteil. Durch Paco bekam das Ganze den entspannten Rahmen von Freundschaft. Das war unsere Basis. Ich war trotzdem Hals über Kopf in Liv verliebt - daran zweifelte ich nicht einen Moment, seitdem sie sich an meinen Tisch gesetzt hatte. Ich wusste nicht, was Liv für mich empfand, aber ich wusste - Freundschaft war es mindestens.

Pläne

Nach unserem glücklichen Zusammentreffen am ersten Unterrichtstag, verbrachten wir in den Wochen danach jede freie Minute miteinander. Paco besuchte den Rhetorik-Kurs und Liv war im Kunst-Kurs mit Cord. Vor 16 Uhr sahen wir uns höchstens mal beim Mittagessen. Aber danach trafen wir uns. Jeden Tag.

Paco stellte sich trotz seiner geringen Körpergröße als technisch starker Volleyballer heraus und Liv spielte auf einem ähnlichen Niveau wie ich, so dass wir uns regelmäßig auf dem Platz in Süderoogsand trafen.

Liv hatte eine Gitarre und ein Buch mit Akkorden dabei und Paco liebte es, dazu laut und falsch am Strand zu grölen. Als Liv einmal *Swing low sweet chariot* spielte, fing ich ohne darüber nachzudenken an, mitzusingen. Dabei sang ich nie. Nichtmal, wenn ich alleine war und es unmöglich gewesen wäre, meine Mutter zu stören. Aber ich kannte das Lied so gut - in jeder Klassenstufe hatten die anderen es als Kanon im Unterricht gesungen - dass ich einfach sang. Paco

verstummte und starrte mich mit erstauntem Blick an. Ich hörte wie mich Livs Stimme leise unterstützte und wurde lauter. Als wir endeten ließ sich Paco theatralisch in den Sand fallen.
„Die bessere Geschichte - die bessere Stimme. Mich braucht hier wohl keiner mehr", krächzte er. Ich schüttelte grinsend den Kopf.
„Quatsch. Das ist doch eine ganz einfache Melodie. Das singt jeder Grundschüler besser."
Liv guckte mich an, ernst und ruhig.
„Das war gut."
Ich grinste.
Paco drehte sich auf den Bauch, stützte sich auf die Ellbogen und blickte zu uns rüber. Ausnahmsweise machte er keine Grimasse.
„Ehrlich mal. Das war gut."
„Ja. Klar." Ich drehte den Kopf weg. Nicht unbedingt aus Scham. Es verwirrte mich. Was, wenn sie recht hatten? Immerhin war mein Vater Musiker gewesen. Vielleicht hatte ich etwas von seinem Talent geerbt und nichts daraus gemacht. Es nicht einmal versucht. Unwillkürlich musste ich an *In den Straßen der Bronx* denken. *Das Schlimmste im Leben, ist verschwendetes Talent.* De Niro sagt das zu seinem Sohn. Ich schluckte. Worin lag mein Talent? War ich überhaupt in irgend etwas gut? So wie all die anderen Teilnehmer der Summer School? So wie Paco oder Liv?

Das führte mich zu einer weiteren Frage, die in unseren Gesprächen zu meinem Leidwesen immer wieder aufkam. Die Frage nach der Zukunft. Die Frage nach den Plänen.

Wir waren uns in vielem ähnlich - Paco, Liv und ich. Wir waren offen. Wir waren naiv. Wir waren fröhlich. Die Rückschläge, die wir bisher erlebt hatten, waren nicht stark genug gewesen, unser Vertrauen in das Leben an sich zu erschüttern. Wir waren wie behütete Pflanzen, die auf einem sonnigen Balkon groß gezogen worden waren und sich darauf freuten, bald in einem Garten zu wuchern.

Worin wir uns einig waren und was uns drei, wie wir glaubten, von den anderen Teilnehmern der Summer School unterschied war: wir wollten nicht einfach darauf warten, *umgetopft* zu werden. Wir hatten keine Lust in einem Beet Wurzeln zu schlagen, das lange zuvor für uns bereitet worden war.

Livs Vater war Zahnarzt. Er führte eine gut gehende Praxis in Hamburg Winterhude und von seinen drei Töchtern hatte er Liv, die zweite, dazu auserkoren, in seine Fußstapfen zu treten. Sie hatte ausgezeichnete Noten, interessierte sich offenkundig für den menschlichen Körper und hatte im Unterschied zu den anderen beiden, eine pragmatische Sicht auf die Welt. Was bitteschön könnte sinnvoller sein, als eine solche Goldgrube in der Familie zu halten?

Pacos Vater hatte keine solchen Pläne für seinen Sohn. Er selbst war als junger Mann nach Deutschland gekommen und hatte ein Reisebüro für Lateinamerika-Flüge gegründet. Anfangs lief es nur schleppend, aber je ruhiger es in Süd- und Mittelamerika wurde, desto mehr zog das Geschäft an. Mittlerweile besaß er Reiseagenturen in fünf Städten und zählte, wie Paco es ausdrückte, den ganzen Tag nur sein Geld. Allerdings kam er gar nicht auf die Idee, sein Sohn solle den Laden übernehmen. Paco sollte es besser haben als er. Er sollte studieren und Professor, Philosoph oder Schriftsteller werden. Er sollte die Startrampe nutzen, die sein Vater ihm gebaut hatte, abheben und fliegen - in Höhen die er selbst nie erreicht hatte.

Meine Zukunft hingegen war noch völlig unklar. Selbst meine Mutter hatte noch keine festen Pläne für mich. Außer Frage stand für sie, dass ich studieren sollte, um einen Beruf zu ergreifen, der mir Wohlstand und sozialen Status verschaffen würde. Sie selbst trauerte der vergebenen Chance nach, früh studiert und es in Mathematik zur Professorin geschafft zu haben. Obwohl sie das beste Abi der ganzen Schule gemacht hatte, wie sie gerne erzählte.

Was auch immer unsere Eltern genau mit uns vorhatten - Paco, Liv und ich waren uns einig darüber, dass wir unseren eigenen Weg einschlagen wollen würden. Aber an dieser Stelle ließen sich die Unterschiede zwischen den beiden und mir nicht mehr übersehen. Während ich diese Absicht durch die beiden älteren gerade erst entdeckt hatte, waren sie schon viel weiter. Liv hatte andere Pläne. Paco hatte andere Pläne. Ich hatte gar keine Pläne.

Was Paco sich für seine Zukunft vorstellte klang in meinen Ohren so absurd, so anmaßend, dass ich eine Weile brauchte um zu verstehen, dass er es ernst meinte. Wir saßen an einem Abend am Strand,.Liv klimperte auf der Gitarre. Wir tranken Portwein, den Paco besorgt hatte und redeten darüber, wie gut es uns ging und wie schlecht anderen.

„Das Problem ist doch", sagte Paco. „Wir selbst tragen dazu bei, dass alles immer so weiter geht. Dass alles immer ungerechter wird. Irgendwann haben wir alle einen tollen Job und verdienen genug Kohle für ein Häuschen und einen Hund und regelmäßigen Sommerurlaub und der Penner auf der Straße bleibt für immer der Penner auf der Straße." Er holte tief Luft und blickte mich an. „Und weißt du auch warum?" Er ließ mir keine Zeit etwas zu sagen. „Weil wir ihm regelmäßig Geld in den Hut werfen. Darum." Er blickte mich an, als hätte er soeben eine tiefe, allumfassende Wahrheit ausgesprochen.

Ich sah ihn skeptisch an. „Also sollen wir jetzt niemandem mehr was in den Hut werfen und die Sache ist geklärt?"

„Genau." Paco gestikulierte wild. „Oder fast. Das ist der Anfang. Der Penner merkt, dass er keine Kohle mehr kriegt, dass es so nicht funktioniert und er muss seinen Hintern hoch kriegen. Er ruft die anderen Penner zusammen, sie machen Krawall und irgendwann ziehen alle zum Palast und hauen dem König die Rübe ab."

„Oder der Penner stirbt einfach vorher an Hunger", sagte ich.

Paco sah mich verächtlich an.

„Jeder stirbt irgendwann. Die Frage ist nur - versucht der Penner zu Lebzeiten was zu ändern, macht er Revolution oder will er nur irgendwie durchkommen?"

„Die, die ich getroffen habe, wollen vor allem durchkommen", antwortete ich.

Paco rammte die Flasche Portwein in den Sand.

„Aber genau das ist doch das Problem. Alle wollen nur irgendwie durchkommen. Und keiner ändert was. Und mit jeder Münze, die du in den Hut fallen lässt zementierst du die Zustände und sagst: *Du bist der Penner und ich bin der Mann mit der Münze. Und jetzt kauf dir ne Pulle Lambrusco und lass mich in Ruhe.*" Er klatschte mit den Handflächen laut auf seine Oberschenkel. „Das musst du doch sehen?"

Ich zog die Schultern hoch.

„Schon. Aber das können wir beide eben nur sehen, weil unsere Bäuche voll sind. Wenn du da sitzt und Hunger hast oder von mir aus Schnaps brauchst, weil du schon den ganzen Tag zitterst, dann willst du keine Revolution, sondern die Münze."

Paco schlug die Hände in den Sand.

„Ja aber gerade weil mein Bauch voll ist und ich es sehe, muss ich doch etwas tun. Ich muss doch den Penner dazu bringen, dass er sich wehrt." Er sah hilfesuchend zu Liv. „Oder was meinst du?"

Liv blickte von ihrer Gitarre auf.
„Ihr solltet nicht Penner sagen."
Paco griff mit beiden Händen in den Sand und ließ ihn durch seine Finger rieseln.
„Was? Darum geht es doch gerade überhaupt nicht!"
„Doch", beharrte Liv. „Wenn du Penner sagst, klebst du ihm ein Etikett auf die Stirn. Dann ist einer wie der andere. Aber jeder hat seine eigenen Sorgen. Seine eigene Geschichte. Das solltest du respektieren."
Paco setzte einen verzweifelten Gesichtsausdruck auf. „Also wenn das jemand weiß, dann ich. Ich respektiere jeden Menschen. Von mir aus sag ich auch *Obdachloser* oder *Freiluft-Wohner* oder was. Aber es geht doch darum, etwas zu machen."
Er brach ab und sackte ein Stück in sich zusammen. Liv begann wieder zu klimpern. Ich beugte mich rüber und nahm einen Schluck aus der Portweinflasche.
„Was willst du denn machen, Paco?", fragte ich.
Sofort kam wieder Leben in ihn.
„Na sag ich doch", seine Augen leuchteten auf, „Revolution."
„Und du meinst das klappt?", fragte ich vorsichtig.
Paco schüttelte den Kopf.
„Nicht bei uns. Hier geht es den Leuten zu gut. Hier werden die Schwachen weiter auf der Straße erfrieren und niemanden juckt es. Ich gehe nach Guatemala."
Ich war kurz davor zu lachen, doch Pacos Gesicht verriet, dass es ihm ernst war.
„Wirklich, Leute. Ich hab schon das Ticket. Am 9. September geht mein Flieger. Mein Cousin ist bei der Guerilla. Die brauchen mich."
Liv unterbrach ihr Geklimper wieder und blickte auf.
„Du willst in ein Bürgerkriegsgebiet fliegen? Ernsthaft?"

Paco lächelte.
„Irgendwann ist jeder Krieg vorbei und dann brauchen sie jeden, um das Land neu aufzubauen. Ohne die Gringos. Eine gerechtere Gesellschaft." Paco blickte mir ins Gesicht. „Guatemala ist sowas von kaputt - wenn jemand eine Revolution braucht, dann wir."
„Was hat das mit Gringos zu tun?", fragte ich.
Pacos Blick wurde hart.
„Alles", sagte er. „Die Ammies haben den Bürgerkrieg doch ausgelöst. Wir hatten einen gute Präsidenten, Árbenz. Er wollte unser Land von der United Fruit Company zurückholen. Er hat den Ammies sogar Geld dafür geboten. Exakt die Summe, die United Fruit in ihrer Steuererklärung angegeben hatte. Natürlich war das Land viel mehr Wert. Aber die Gringos wollten eben nicht so gern Steuern zahlen und Árbenz hat sie mit seinem Angebot hübsch bloß gestellt. Das Land stand ohnehin der Bevölkerung zu, aber so hätte er die Ammies nicht enteignet, sondern er bot ihnen an, was sie so liebten: einen Deal. Leider hatte der Präsident von United Fruit gar keine Lust auf diesen Deal. Also hat er seinen Bruder im US-Außenministerium angerufen und die haben einen hübschen Putsch angezettelt. Árbenz stand vor der Welt schwupp-di-wupp als fieser Sozialist da und war ganz schnell weg vom Fenster. Das war 1954. Seitdem ist Chaos. Seit über vierzig Jahren. Aber hier interessiert das natürlich niemanden." Er machte eine kleine Pause und fügte hinzu: „Aber mich. Mich interessiert es."
Paco blickte über meine Schulter in die Ferne, als suche er das Land seines Vaters am Horizont-
„Was halten deine Eltern davon?", fragte Liv.
Paco schnaubte verächtlich.
„Die glauben ich fange im Oktober an zu studieren. In Heidelberg. Meinem Vater ist Politik völlig egal. Er hat seine

Heimat verlassen, als er so alt war wie ich heute. Er hat alles vergessen. Er ist deutscher als jeder Deutsche. Wenn es nach ihm gegangen wäre, hätten wir zu Hause nicht mal Spanisch gesprochen. Es kümmert ihn nicht, dass die Ammies das Land seiner Väter wie eine riesige Plantage ausbeuten. Er hat seine Kraft dafür verbraucht, reich zu werden. Ich finde es nur fair, wenn ich an seiner Stelle zurückkehre. Wenn ich etwas von der Kraft unserer Familie zurückbringe."
Ein Moment der Stille trat ein.
„Das sind große Pläne", sagte Liv.
Paco nickte stumm.
Ich schüttelte den Kopf.
„Scheiße, Paco. Du meinst das wirklich ernst."

Livs Pläne waren weniger weltumstürzend, aber genau so klar. Und in ihrem Fall drängten sie sich geradezu auf. Wenn man Liv irgendwo alleine sitzen sah, hatte sie meist einen Stift in der Hand und eine Mappe vor sich. Sie zeichnete wann immer und wo immer sich die Gelegenheit bot. Ich versuchte einen Blick auf ihre Werke zu erhaschen, doch sie klappte die Mappe immer schnell zu, wenn sie jemanden bemerkte. Nach einer Woche fragte ich Cord, ob er im Kurs schon mal die Gelegenheit hatte, etwas von Livs Zeichnungen zu sehen. Er sah mich verständnislos an.
„Von Liv? Klar."
„Und wie ist es?"
Cord zuckte mit den Schultern. „Ich finde sie großartig."
Ich grinste. Dann dachte ich darüber nach, welche Art von Musik Cord großartig fand und ich wurde unsicher. Also fragte ich Liv selbst.

Es war später Nachmittag. Wir saßen auf einer Bank auf dem Deich und redeten. Paco war noch bei seinem Kurs und wollte später dazu kommen. Zu meiner Überraschung

entlockte ihr meine Frage nur ein wissendes Lächeln. So als hätte sie schon längst darauf gewartet.
„Hier“, sagte sie und reichte mir ihre Mappe.
Ich blickte ungläubig von der verschlossenen Papphülle zu Liv. Sie nickte mir aufmunternd zu. Ich zögerte einen Moment. Ich war aufgeregt. Ich wünschte mir, dass es gut sei. Ich hatte Angst, dass ich falsch reagieren würde, wenn es mir nicht gefiel. Dann klappte ich die Mappe auf.

Livs Zeichnungen waren zart und präzise. Sie verwendete offensichtlich einen sehr feinen Bleistift. Ich erkannte Gebäude, Gegenstände, Bäume und Menschen wieder, die ich in Süderoogsand jeden Tag sah. Alles stimmte: die Proportionen, die Schattierungen, jede Linie. Ich musste nicht groß über meine Reaktion nachdenken.
„Das ist gut“, sagte ich.
Liv musterte mich intensiv. „Wieso?“
Ich blickte zu ihr rüber.
„Wieso?“, fragte ich. „Nun…also ich finde die Bilder schön.“
Liv deutete ein Lächeln an, doch sie ließ nicht locker.
„Warum findest du sie schön?“
Ich wurde unsicher. Ich blickte auf Liv und dann wieder auf die Bilder.
„Weil…“, ich blätterte durch die Seiten. Ich sah den Strand und das Meer. Ich sah das Haupthaus. Ich sah eine Klasse unter einem Baum sitzen. Ich sah Cord, der mit seinen fleischigen Pranken eine Tonfigur modellierte. „.. alles sieht so aus, wie es ist. Ich gucke auf diese Blätter und ich erkenne sofort, was du gezeichnet hast. Hier: Cord. Du hast ihn von hinten gemalt, aber ich weiß ganz genau, wie er gerade guckt.“
Liv lachte.
„Na, der hat ja auch nur einen Gesichtsausdruck.“

Ich versuchte ernst zu bleiben.
„Trotzdem. Ich erkenne ihn. Ich erkenne alles. Das ist unglaublich."
Liv wurde wieder ernst.
„Dir gefällt es also, weil es echt aussieht, richtig?"
Ich blickte sie entschuldigend an.
„Ja. Ist das so schlimm?"
Wieder schenkte sie mir dieses angedeutete Lächeln.
„Nein. Gar nicht. Das ist okay so. Das ist gut."
Ich blätterte weiter und sah mein eigenes Gesicht im Profil, das auf den redenden Paco blickte. Wir sahen gut aus. Beide. Ernst und erwachsen und eben doch eindeutig Paco und Peter.
„Mann", sagte ich. „Wie machst du das?"
Liv zuckte mit den Schultern.
„Viel davon ist Technik. Proportionen, Perspektive, Licht. Das kann man lernen und üben. Alles andere war schon immer da. Meine Oma sagt, ich hätte eine kurze Leitung zwischen Auge und Hand. Sie behauptet, ich hätte das von ihr."
Ich grinste.
„Aber das reicht nicht", fuhr Liv fort. „Viele Leute können sowas. Wenn ich davon leben will, muss ich noch viel besser werden."
Ich blätterte weiter durch die Bilder.
„Und? Willst du davon leben?", fragte ich.
Liv dachte einen Moment nach, dann nickte sie.
„Ja. Ich glaube schon."
Ich lächelte.
„Das ist toll. Hast du schon Pläne?"
Wieder nickte sie.
„Erstmal muss ich eine Mappe machen, um mich an einer Kunsthochschule zu bewerben." Sie zögerte kurz und blick-

te zu Boden als sie fortfuhr. „Dafür geh ich nach Norwegen. Ich mache ein Freiwilliges Soziales Jahr in einer Krebsklinik. Bei meiner Oma."
Ich guckte sie erschrocken an.
„Keine Sorge", beruhigte Liv mich. „Meine Oma arbeitet nur da."
Ich lächelte schnell, um zu bestätigen, das es das war, was mich beunruhigt hatte. Dann fragte ich.
„Wo denn in Norwegen?"
„In Trondheim", antwortete Liv. „Warst du da mal?"
Ich schüttelte den Kopf.
„Es ist wunderschön dort", sagte Liv. „Ein ganz anderes Licht, als bei uns."
Ich nickte, so als würde ich verstehen.
„Ich werde als Pflegerin arbeiten und malen und norwegisch sprechen und meine Oma sehen. Sie kann wirklich unglaublich gut malen. Und mein Vater ist auch glücklich, weil ich im medizinischen Bereich arbeite und er hofft, ich könnte so auf den Geschmack kommen für Zahnmedizin."
Ich rang mir ein Lächeln ab. „Das klingt toll."
Liv blickte mich ein wenig besorgt an.
„Ja", sagte sie. „Ich glaube das wird auch toll. Vor allem komme ich mal weg von zu Hause."

Ich vermied es, sie anzugucken und starrte auf ihre Bilder. Auf einmal hielt ich inne. Ich war beim untersten Bild ihrer Sammlung angelangt. Es war ganz anders, als die übrigen. Alles war irgendwie unscharf. Linien, Striche und Bögen formten ein Chaos, das mir merkwürdig vertraut vorkam. Es schien sich um eine große Anzahl von Menschen zu handeln, die eng beieinander saßen. Die parallelen Halbkreise sahen aus wie Köpfe. Gesichter konnte man nicht erkennen. Eine Gestalt in der Ecke zog meinen Blick auf sich und ich vergaß für einen Moment zu atmen. Dieses eine

Gesicht konnte man erkennen. Ich musste schlucken. Ich kannte dieses Gesicht. Ernst und regungslos blickte es den Betrachter direkt an. Das war ich.

Ich spürte Livs Blick auf mir und konnte mich nicht rühren.

„Ich musste es aus der Erinnerung zeichnen", hörte ich sie sagen. „Gefällt es dir?"

Ich schluckte noch einmal. Ich nickte. Keiner von uns hatte unsere erste *Begegnung* jemals erwähnt. Ich hatte mir manches Mal eingeredet, dass sich Liv an die Szene gar nicht erinnern würde. Dass sie sie gar nicht so erlebt hatte. Dass auch ich, müde und erschöpft wie ich war, vielleicht alles etwas zu dramatisch empfunden hatte. Aber jetzt hielt ich in den Händen den Beweis, dass es real war. Dass sie den Zauber dieses Moments auch gespürt hatte. Ich schüttelte den Kopf und musste lächeln.

„Du solltest es wirklich auf der Kunsthochschule versuchen. Die wären schön blöd, wenn sie dich nicht nehmen würden."

Und dann gab ich Liv ihre Mappe zurück, wir sahen uns an und fingen beide an zu lachen.

Direkt nach diesem Gespräch verschwand ich mit einer Ausrede auf meinem Zimmer und verbrachte zum ersten Mal den Abend nicht mit Paco und Liv. Ich lag auf meinem Bett und versuchte *Anthony & Cleopatra* zu lesen, das Stück, das Gudrun für unsere Theateraufführung ausgewählt hatte. Die Sprache war alt und gestelzt. Ich verstand kaum ein Wort und legte das Buch schnell zur Seite. Ich starrte an die Zimmerdecke und musste daran denken, dass Basti in wenigen Tagen zum Schwimmcamp aufbrechen würde; dass ich eine Woche später nachkommen würde; dass Paco dann wahrscheinlich irgendwo in einem Campingladen heimlich ein Moskitonetz für seinen Trip in den Dschungel kaufen würde; dass Liv… keine Ahnung, was Liv machen würde. Auf jeden Fall wäre sie weg. In Hamburg bei ihren Eltern oder schon in Norwegen. In Trondheim. Wo auch immer das lag. Für die Ewigkeit von einem Jahr. Ich würde weiter in meine öde, kleine Schule gehen und die immer gleichen Gesichter sehen und sie würde aufbrechen in eine neue Welt. Sie würde arbeiten und leben und lernen und malen und nach einem Jahr würde sie in Hamburg, Berlin, Paris, New York auf eine Kunsthochschule gehen und noch mehr leben und lernen und malen und ich? Ich würde immer noch in dieselbe öde, kleine Schule gehen und nichts, nichts, nichts wäre vorangegangen. Liv wäre weg und futsch - und zwar für immer.

Aber was, wenn nicht?, mischte sich mein Herz ein. *Was wenn ich recht hätte?*, sagte es. *Wenn die Sache mit Liv etwas Größeres wäre? Wenn sie Zeit und Distanz überdauern würde?*
Ich lächelte über so viel Naivität. Und doch war ich bereit, zuzuhören.
Es könnte klappen, sagte mein Herz.
Wenn ich es nicht wieder verbocke, sagte mein Verstand.
Wenn du es nicht wieder verbockst, sagte mein Herz. *Aber wie?* fragte mein Verstand. *Sie ist älter als ich. Sie ist viel weiter. Wir werden uns zwei Jahre lang nicht sehen. Mindestens.*
Mir doch egal, sagte mein Herz.
Was soll sie schon an mir finden? fragte mein Verstand.
Sie mag dich, sagte mein Herz.
Wir sind Freunde, sagte mein Verstand.
Sie hat dieses Bild gemalt, sagte mein Herz.
„Ach sei still“, sagte ich laut, so dass Cord fragend von seinem Buch aufblickte.

Weil ich keinen klaren Gedanken fassen konnte, nahm ich ein Handtuch und ging schwimmen. Es war Ebbe und ich musste fast fünfzehn Minuten durch das Watt wandern, ehe ich ans Wasser kam. Ich ließ mich fallen und war nach wenigen Zügen in meinem Tunnel. Ich stierte durch meine Schwimmbrille in die graue Tiefe und die Gedanken kamen wie von selbst. Die Sache war aussichtslos. Es reichte nicht aus, dass ich in sie verliebt war. Selbst wenn Liv Ähnliches für mich empfand - wir würden in ein paar Tagen auseinander gehen. Die Umstände passten nicht. Sie war fast 19. Ich war 17. Sie stand kurz vor dem großen Sprung ins Leben. Ich stand noch nicht mal in der Schlange vorm Sprungturm.

Ich machte kräftige Züge und schwamm weiter vom Ufer weg. Wenn ich uns eine Chance geben wollte, dann musste ich warten. Warten bis sie Norwegen hinter sich gebracht hatte. Warten bis ich mit der Schule fertig war. Warten bis ich ein anderer war, den Liv vielleicht lieben könnte. Ein Mann mit einem Plan. Ich hob den Kopf aus dem Wasser und sah, dass ich schon relativ weit vom Ufer entfernt war. Die Strömung hier draußen war stärker, als ich erwartet hatte. Ich wendete und schwamm zurück. Warten. Den Kontakt halten und weiter leben und wachsen und warten. Das war es. Vielleicht hatten wir so eine Chance. Ich atmete tief und regelmäßig und lauschte dem Gluckern meiner Atemluft hinterher. Die Bläschen zogen rasch unter meinem Körper hinweg und zerplatzten irgendwo hinter mir an der Wasseroberfläche. Ich spürte, wie etwas sanft an meinem Körper zog und mich am Vorwärtskommen hindern wollte. Möglich, dass es die gleiche Traurigkeit war, die mich beim Gedanken erfasst hatte, Liv sei Ungarin. Oder es war einfach nur die Strömung. Was auch immer es war - mein Schlag war zu kräftig, zu gleichmäßig, zu routiniert. Unaufhaltsam schwamm ich dem Ufer entgegen. Warten, dachte ich. Und weitermachen. Auch wenn es hart wird. Als ich auf den Strand kletterte war ich völlig erschöpft.

Sommer

Nach diesem Tag veränderte sich etwas zwischen Liv und mir. Wir sahen uns immer noch täglich, aber wir waren vorsichtiger miteinander. Wir lachten weniger laut. Wir tauschten weniger tiefe Blicke aus und ich sang nicht mehr, wenn sie Gitarre spielte. Es war als hätten wir in die Zukunft geblickt und begonnen unsere Vorkehrungen zu treffen. Dennoch schaffte ich es, die Zeit in Süderoogsand weiter zu genießen. Diese Tage mit Liv und Paco war mir viel zu kostbar, um sie mit Trübsal zu verschwenden. Außerdem war ich zu beschäftigt, um mich hängen zu lassen.

Die Vorbereitungen für unsere Theateraufführung nahmen immer mehr Zeit in Anspruch. Vor allem für mich, denn ich spielte die Hauptrolle.

Ich würde gerne glauben, dass ich diese Ehre allein meinem, dem Leben abgerungenen, Talent zur Schauspielerei zu verdanken hatte. Meinen jahrelangen Darbietungen als still leidender Waisenknabe. Meinen preisgekrönten Auftritten als Jungforscher aus dem Hochaus. Ich hoffe und denke, das spielte auch eine Rolle. Vermutlich war es aber viel einfacher: ich war einer von nur zwei Kandidaten. Frederick sprach zwar das britischere Englisch, seine Mutter kam aus Cornwall, aber er war vollkommen unfähig sein Gesicht etwas anderes ausdrücken zu lassen, als einen leichten unsicheren Spott über alles und jeden; vor allem über sich selbst. Das Theaterspielen war ihm sichtlich peinlich. Und so war gleich die erste Rolle meiner Schauspielkarriere eine königliche Titelrolle. Ich spielte Kleopatra.

Dass unsere Kursleiterin Gudrun einen sehr speziellen Humor besaß, hatte ich bereits bei unserer ersten Begegnung erfahren. Die Entscheidung, ihre beiden einzigen Jungs in Frauenkostüme zu stecken, folgte allerdings vorwiegend logischen Erwägungen. Das Stück bestand fast ausschließlich aus Männerrollen - unser Kurs fast nur aus Frauen. Also hatte Gudrun den genialen Einfall, die Geschlechterrollen zu tauschen und schon passte alles. Nach ein paar Bearbeitungen blieben genau zwei Frauenrollen übrig: Kleopatra und ihre vertraute Dienerin Charmian. Peter und Frederick. Wenn die Jungs die zwei Frauen spielten, war es nur logisch, dass die Mädchen die Männerrollen übernahmen. Gudrun war glücklich.

„Vielleicht wisst ihr ja“, referierte sie, „dass das Theaterspielen in Shakespeares dunklen Tagen ausschließlich Männern vorbehalten war.“ Sie lächelte Frederick und mir zu und sagte wie beiläufig: „Wenn wir für die Aufführung also euer Beinhaar epilieren werden, meine Lieben, dann tröstet euch mit folgendem Gedanken: schon bei der Ur-Aufführung haben Männer das gleiche Schicksal erlitten, wie ihr jetzt.“ Frederick und ich bemühten uns zu grinsen, aber uns war dennoch ein wenig mulmig zumute. Dann lachte Gudrun und schüttelte den Kopf. „Mein Gott, Nein. Wir epilieren nicht. Das war nur ein Scherz.“ Die Klasse lachte. „Glücklicherweise leben wir in liberaleren Zeiten. Heute dürfen sogar ägyptische Königinnen zotteliges Beinhaar tragen und - was noch viel wichtiger ist - Frauen dürfen Männer spielen. Das wäre bei Shakespeare undenkbar gewesen. Aber wir können ja gar nicht anders. Sonst hätten unsere beiden Jungs doch viel zu viel zu tun, findet ihr nicht?“ Sie schritt wie ein Feldmarschall durch unsere Bankreihen. „Ich bin sicher Master Shakespeare hätte seine Freude an diesem modernen Cross-Dressing. Wenn euch jemand danach fragt, sagt bitte, dass all das von Anfang an mein Plan gewesen sei. Ich hätte diesen Kurs eigenhändig so zusammengestellt, um die Welt des alten William in zeitgemäßem Gewand erlebbar zu machen." Sie lachte. „Oder so ähnlich."

Die Proben als Kleopatra waren nicht nur eine willkommene Alternative zu gewöhnlichem Unterricht, es war auch eine Herausforderung. Ich hatte nie zuvor auf einer Bühne gestanden. Und ich merkte schnell: es gefiel mir. Gudrun machte aus dem Stück eine wilde überdrehte Komödie, die durch unsere spezielle Art der Besetzung den Hauch einer Travestie-Nummer bekam. Es war bizarr komisch, wenn ich als vermeintlich zarte Frau in einem Wutanfall auf einen stattlichen Boten einprügelte, der tatsächlich ein Kopf kleiner war als ich und vom zierlichsten Mädchen des gesamten Kurses gespielt wurde. Aber auch wenn alle anderen, inklusive Gudrun, lachen mussten, ich lachte nicht. Ich nahm meine Rolle ernst. Ich war Kleopatra, die Herrin über den Nil und ich war nicht in der Stimmung meine Wut zu zügeln. Schließlich hatte ich gerade erfahren, dass Antonius die Frechheit besessen hatte, die nutzlose Schwester von Oktavius zu ehelichen. Eine Frau so unbedeutend, dass wir sie gleich aus dem ganzen Stück verbannt hatten.

Natürlich bestanden die Wochen in St. Peter Ording aus mehr als Liv, Paco und Theaterspielen. Vieles habe ich vergessen. An manches erinnere ich mich. An Cord zum Beispiel. Immer wieder Cord. Er schien eigens dafür nach Süderoogsand geschickt worden zu sein, um mich zu verblüffen. Seine Zeichnungen waren so unglaublich leicht und fein, dass ich nicht geglaubt hätte sie stammten von ihm, wären sie nicht teilweise vor meinen Augen entstanden. Es war fast surreal zu sehen, wie seine teigigen Riesenfinger einen Weidenstrauch mit all seinen Einzelheiten erblühen ließen. Cord war für mich ein einziger Widerspruch in sich. Zwei oder dreimal rüttelte er mich nachts wach, weil er nicht schlafen konnte und von mir hören musste, dass alles gut war. Ich wusste es zwar, aber ich begriff nicht, dass dieser sensible, talentierte Junge dieselbe Person war, wie der Death-Metal hörende Riese, der ein Baywatch-Poster über dem Bett hängen hatte.

Ich erinnere mich an das Volleyball-Turnier, an dem ich mit Frederick und vier Mädchen unseres Kurses teilnahm. Wir nannten uns Shakespeares Sisters, trugen allesamt Röckchen - sozusagen als Vorgeschmack auf die Theateraufführung - und verloren jedes Spiel. Und trotzdem wurden wir gefeiert. Wurde ich gefeiert, als selbstironischer Athlet, der seinen sportlichen Ehrgeiz einem gelungenen Auftritt opferte.

Ich erinnere mich an die immer fröhliche polnische Küchenfrau, die eines Tages einfach nicht mehr zur Arbeit erschien. Keiner wusste etwas. Sie war einfach weg und ich stellte mir vor und wünschte es mir, dass sie einen kernigen Matrosen getroffen, alles stehen und liegen lassen hatte und kurz entschlossen mit ihm übers Meer gesegelt war.

Ich erinnere mich an den Melisse-Geruch der Bettwäsche, an den salzig-rauchigen Geschmack der Luft und an das Quietschen der Fahnenstange im Hof, das mich jeden Morgen weckte. Aber alles, was ich noch von Süderoogsand erzählen will beschränkt sich auf unseren letzten Tag. Und damit eben auf Liv, Paco und das Theaterspielen.

Der Schwur

Freitag der 28. Juli 1995 war in jeder Hinsicht ein außergewöhnlicher Tag. Es war nicht nur der Tag der Abschlussveranstaltung, auf die jeder Kurs in den Wochen zuvor hingearbeitet hatte, es war auch noch einer dieser unerbittlichen Sommertage, an denen man beim Gedanken an Wollpullover Atemnot kriegt und es ein Leichtes ist, sich vorzustellen, dass die Kriege der Zukunft vornehmlich um den Zugang zu kühlem, klaren Wasser geführt werden. Die ganze Woche hatte es nicht geregnet. Um kurz nach zehn zeigte das Thermometer an der kleinen Wetterstation im Hof bereits 30 Grad an und je höher die Sonne stieg, desto lauter wurde das Ächzen, das über der gesamten Anlage lag und von den Schülern und Betreuern stammte, die mit den letzten Vorbereitungen für den Nachmittag beschäftigt waren.

Gudrun hatte das komplette Erdgeschoss des Nebengebäudes für uns geblockt. Hier waren Küche und Aufenthaltsräume für das Lehrpersonal untergebracht. Da sämtliche Betreuer selbst mit Proben oder Aufbauten beschäftigt waren, konnten wir uns ungestört in ihrem Reich ausbreiten. Die Läden vor den Fenstern und Gartentüren des alten Hauses hatte irgendein kluger Mensch komplett geschlossen, so dass Hitze oder neugierige Blicke nur auf Umwegen zu uns durchdringen konnten. Wir starteten mit einer Sprechprobe im Sitzkreis und aßen dabei eiskalte Wassermelone, die Gudrun mit großer Geste aus dem Kühlschrank geholt hatte. Anschließend schlüpften wir zum ersten Mal in unsere Kostüme und starteten die Generalprobe. Obwohl mein Aufzug aus nicht mehr als einer Perücke, einem Bettlaken und einem goldenen Armreif bestand, schwitzte ich so stark, dass das Make-Up mein Gesicht bereits nach der ersten Szene in eine Clownsfratze verwandelt hatte. Die Schauspielerin des Antonius musste bei meinem Anblick so sehr lachen, das sie, anstatt mich zu küssen, vor mir zusammensackte und lautstark nach einer Pause verlangte. Gudrun war darüber kein bisschen amüsiert, wischte mir das Gesicht mit einem Haufen Klopapier ab und wir machten weiter. Schließlich war das hier die verdammte Generalprobe. Letztlich kamen wir irgendwie durch und trösteten uns mit der alten Weisheit, dass die verpatzte letzte Probe ein sicheres Zeichen für einen gelungenen Auftritt sei.

Das Abschlussprogramm der Summer School begann um 15 Uhr mit den Informatikern. Liv, Paco und ich besuchten die Präsentation der Computergenies gemeinsam. An mehreren Tischen schüttelten selbst programmierte Roboter Hände, lösten Rechenaufgaben und apportierten Gegenstände, wie Hunde. Nur langsamer. Und ohne dieses euphorische Hecheln.

Ich versuchte einen Blechkasten dazu zu bringen, meinen Namen zu sagen, aber mehr als ein metallisches Klirren brachte er nicht zustande. Auch *Liv* konnte er nicht sagen, was Paco zu der kritischen Anmerkung veranlasste, einen kürzeren Namen gäbe es ja wohl kaum. Der traurig blickende Erfinder des Kastens versicherte uns, Sprachausgabe stecke noch in den Kinderschuhen. Mit einem Lächeln fügte er hinzu, dass sich das bald ändern würde. Außerdem könne jeder ganz normale Mensch Roboter künftig vom heimischen Schreibtisch aus fernsteuern, so wie die NASA. Einfach mit einem Computer und einer Art Standleitung zwischen allen Computern auf der Welt. Ich nickte. Doch ich hatte keine Ahnung wovon er sprach.

Ab 16 Uhr war der Kurs von Paco dran. Je vier Kursteilnehmer luden an unterschiedlichen Orten auf dem Gelände zum Vortrag ein. Natürlich gingen Liv und ich in den Klassenraum, in dem Paco präsentierte. Als die etwa fünfzehn Zuschauer Platz genommen hatten, klappte ein Mädchen die Tafel auf und wir lasen den Satz: *Eine aktuelle Studie der*

Harvard University belegt, dass Neger im Schnitt einen deutlich niedrigeren Intelligenzquotienten besitzen, als der Rest der US-amerikanischen Bevölkerung. Ich musste schlucken. Dann las ich den Satz noch einmal. Im Raum wurde es unruhig. Einige Besucher begannen zu tuscheln. Paco und seine Mitstreiter standen unbeweglich vorne und musterten die Gruppe. Als keiner von uns Anstalten machte, etwas zu sagen fragte das Mädchen: „Nun, was denkt ihr darüber?"
„Schwachsinn", hörte ich es aus der ersten Reihe. Das Mädchen hob die Augenbrauen und fragte nach.
„Wie bitte?".
Der Zwischenrufer wiederholte. „Das ist Schwachsinn. Was soll das denn für eine Studie sein?"
Das Mädchen nickte zufrieden.
„Danke. Gibt es noch andere Stimmen?".
Ein weiterer Junge meldete sich zu Wort. „Ich sehe das genauso. Diese Studie würde ich wirklich gerne mal sehen. Für mich ist das erstmal nur eine Behauptung. Ich kann mir beim besten Willen nicht vorstellen, dass das stimmt."
Wieder nickte das Mädchen an der Tafel und auch Paco schien zufrieden. Er grinste und blickte fragend in unsere Richtung. Neben mir meldete sich ein Mädchen zu Wort.
„Ich finde das fragwürdig. Diese Intelligenztests sind sehr umstritten. Das ist alles total willkürlich. Nur weil da Harvard steht, muss man ja nicht gleich alles glauben. "
Auch dieses Mal nickten unsere vier Kursleiter zustimmend. Doch sie schienen noch nicht zufrieden. Sie warteten auf etwas anderes. Schließlich meldete sich ein unsympathisch wirkender Schnösel, direkt vor mir.
„Euer Kurs heißt ja SPRACHE MACHT OHNMACHT" begann er mit gedehnter Stimme. „Also denke ich mal, euch geht es um das Wort *Neger*. Der Inhalt des Satzes dürfte eher Nebensache sein." Paco grinste. Das Mädchen vor der Tafel

grinste. Der Schnösel grinste. Irgendjemand murmelte: „Ach so." Ich spürte, wie mir das Blut in den Kopf schoss. Verdammt. Wieso war ich da nicht drauf gekommen? Natürlich war mir das auch aufgefallen, aber ich hatte es nicht weiter beachtet, weil ich mich viel mehr mit der Aussage beschäftigt hatte.

„Absolut korrekt", verkündete Paco. „Der Inhalt des Satzes ist nicht das Entscheidende. Auch wenn er nicht ganz unwichtig ist, schließlich dient er sozusagen als Blendgranate. Er muss also aufregen, provozieren und ablenken. Ganz nebenbei wird dadurch ein rassistischer Begriff etabliert. Es ist also wichtig, einen Text oder eine Aussage auch anhand seiner Formulierungen zu bewerten. Nennen wir Saddam Husseins Einmarsch in Kuwait *Invasion, Befreiung* oder *Annektierung*?" Er machte eine Pause und suchte Liv. Als er uns entdeckte fuhr er fort. „Nennen wir einen Mann auf der Straße *Obdachloser* oder *Penner*?" Er grinste. Liv und ich grinsten auch. Dann fuhr er fort: „Was auch immer wir sagen und wie wir es sagen, beeinflusst unser Denken und Handeln - und das von anderen."

Anschließend lieferten sich Paco und das Mädchen eine Show-Debatte mit den anderen beiden über ein Thema, das der Schnösel vorschlagen durfte. Er wählte *Sollten wir mehr Vollkornbrot essen?* Das fand ich erst dämlich. Aber tatsächlich war es toll. Beide Parteien nahmen das Thema ernst und führten eine Vielzahl von Argumente für ihren jeweiligen Standpunkt an. Und Paco war wirklich gut.

Liv und ich warteten nach dem Auftritt auf ihn. Ich hatte das Gefühl, es sei angemessen, Paco ausdauernd auf die Schultern zu klopfen und so tat ich es. Ich war wirklich stolz auf ihn. Er legte seine Arme übermütig um uns beide und als sechsbeiniger Organismus wankten wir in die Eingangshalle zu Tagesordnungspunkt Nummer drei: *Vernissage mit*

Kaffee & Kuchen. Glücklicherweise war das Buffet um kalte Getränke und Obst ergänzt worden. Auch die Organisatoren des Summer Camps hatten in den letzten Wochen offensichtlich dazu gelernt.

Die Ausstellung des Kunst-Kurses war die von allen ersehnte Atempause an diesem heißen Tag, nicht nur wegen der Getränke. Dank geschlossener Fenster und zugezogener Vorhänge herrschte in der Eingangshalle eine mildere Temperatur, als in den anderen Räumen. Außer einer knappen einleitenden Rede gab es keine weiteren Vorträge und so schlurften und schlichen die Besucher ungeordnet durch den Raum, setzten sich auf den Boden oder verschwanden irgendwo im Gebäude, vermutlich, um sich spontan in einem Eimer Eiswasser zu ertränken.

Soweit ich das beurteilen konnte, waren alle ausgestellten Bilder irgendwie gut. Man konnte erkennen, was das Dargestellte sein sollte. Die Proportionen stimmten. Es gab keine falschen Schatten oder sowas. Aber ich verstand jetzt, warum das für Liv nicht ausreichte. Es gab nur sehr wenige Bilder, die mich wirklich interessierten. Die mich packten oder berührten. Die Bilder von Cord gehörten dazu - und die von Liv. Erst neben den anderen, wurde augenscheinlich wie gut sie wirklich war. Liv fing nicht nur die korrekten Formen ein, sie bannte Stimmungen auf Papier. Die Versunkenheit des zarten Riesen Cord beim Modellieren. Die Trägheit und das anspruchslose Glück der ausgestreckten Klasse im Schatten des Baumes. Der Frieden, der von Leuchtturm, Watt und Meer ausging. Genau so war es, wenn man auf dieser Bank auf dem Deich saß. Das hatte sie dort also immer gemalt. Paco trat neben mich und ich hörte ihn durch die Zähne pfeifen.

„Mann", raunte er mir zu. „Ich bemerke gerade zum ersten Mal, wie schön dieses Wattenmeer eigentlich ist."

Wir standen einen Moment lang schweigend nebeneinander.

„Das würde ich am liebsten mitnehmen", flüsterte Paco weiter.

Ich nickte.

„Ich auch", flüsterte ich zurück. „Ich auch."

Gegen 18:30 Uhr trennte ich mich von meinen Freunden, um mich auf meinen Auftritt als ägyptische Königin vorzubereiten. Soweit ich wusste, war bisher nichts von unserem *Cross-Dressing* durchgesickert. Paco hatte zwar immer mal wieder nachgefragt, welche Rolle ich denn nun spiele, aber da er das Stück nicht kannte, hatten sich seine Tipps auf Antonius oder einen Hofnarren beschränkt. Ich hatte keinerlei Kommentar abgegeben, doch er hätte an meinem Lächeln erkennen können, dass er mit beidem daneben lag.

Der Hausmeister, ein paar Betreuer und ein gutes Dutzend Schüler hatten im Hof eine Bühne aufgebaut. Für das Publikum standen Bierbänke bereit. Ich bemerkte mit Erleichterung, dass sich der zarte Schatten, den das Nebengebäude warf, langsam über den gesamten Hof ausbreitete. In den Lehrer-Wohnräumen herrschte dennoch Sauna-Atmosphäre. Irgendjemand hatte am Nachmittag die Fensterläden aufgerissen, so dass man keinen Finger bewegen konnte, ohne in Schweiß auszubrechen. Als ich geschminkt werden sollte, winkte Gudrun ab.

„Lass mal", sagte sie und ließ sich den Kajalstift aushändigen. „Kleopatra muss heute allein mit ihrer natürlichen Schönheit überzeugen." Sie lächelte, aber sie war offensichtlich nicht glücklich über diese Vorstellung.

„Das geht doch nicht“, widersprach das Mädchen, das mich schminken sollte. „Der schwarze Strich an den Augen ist ein MUSS. Sonst ist es nicht Kleopatra.“
Ich nickte zustimmend. Gudrun lächelte mild.
„Da habt ihr sicher recht, meine Lieben“, antwortete sie. „Aber wenn Kleopatra nach zwei Minuten aussieht, wie nach einer missglückten Gesichts-OP haben wir auch nichts davon.“
Ich ließ die Schultern hängen und blickte hilfesuchend in das Gesicht der Aushilfs-Visagistin.
„Kann man da nicht irgendwas machen?“
Auch Gudrun wandte sich ihr fragend zu. Das Mädchen dachte nach. Dann schlich sich ein kleines teuflisches Grinsen in ihr Gesicht. Sie blickte mich an.
„Wir könnten Filzstift nehmen“, sagte sie mit unschuldigem Augenaufschlag.
„Filzstift?“, fragte ich.
„Filzstift“, bestätigten das Mädchen und Gudrun wie aus einem Munde.
Also nahmen wir Filzstift.

Eine gute halbe Stunde später stand ich in voller königlicher Pracht hinter der Bühne. Gudrun hielt eine kleine einleitende Rede. Ich entnahm dem lauten Gelächter, dass die Leute sich auf die Aufführung freuten und ich wurde nervös. Ich, Peter Boltenhagen, Hinterbänkler und Mitläufer aus einer Kleinstadt im Südwesten des Landes, Einzelkind, Halbwaise und talentfreier Experte für gar nichts, war nur Augenblicke davon entfernt, spärlich bekleidet vor dieses Publikum zu treten und in antiquiertem Englisch Theater zu spielen. Im Nachthemd. Mit Damenperücke. Mit Filzstift im Gesicht. Das war ganz und gar erstaunlich. Ich blickte auf den makellos blauen Himmel über mir, den eine prächtige

Sonne und eine schmale Mondsichel in friedlicher Eintracht schmückten und schüttelte ungläubig den Kopf. Das konnten unmöglich derselbe Mond und dieselbe Sonne sein, die sonst auf mein Leben schienen. Dann hörte ich die Leute klatschen, Gudrun trat von der Bühne und es ging los.

Das erste was mir in den Sinn kommt, wenn ich an den Auftritt denke, ist das Licht. Alles war erleuchtet. Es gab nichts, was das Publikum nicht sehen konnte: meine weißen Arme, die haarigen Waden, den Schweiß auf meiner Stirn, den auffälligen Lidstrich. Aber das störte mich nicht. Ich ließ das Publikum in Ruhe glotzen und spürte dabei die ganze Zeit über, nichts anderes als Wärme. Wärme und Sicherheit, wie in einem Bad aus Sonnenstrahlen. Auf der Bühne war ich kein ungelenkiger Teenager in Frauenklamotten, ich war Kleopatra. Die Königin Ägyptens. Die temperamentvolle Herrscherin über Tausende Untertanen und das Herz des römischen Feldherrn Antonius.

Den ersten Lacher kassierten wir noch bevor ein einziges Wort gesprochen worden war, gleich als das Publikum erkannte, wer da in wessen Armen lag. Als Antonius und ich uns dann Liebesworte zuflüsterten johlte das Publikum ausgelassen. Niemand lachte uns aus. Niemand machte sich lustig. Alle freuten sich über die Szene. Es fühlte sich fantastisch an. Ich spürte die Sonne auf mir und ihre Wärme in meinem Innern und wurde von einem Hochgefühl erfasst, dass mich in einem einzigen langen Rausch durch die Aufführung hüpfen und küssen und streiten und lachen und weinen ließ. Als ich zu Antonius' Pferd sprach und es um den Hintern beneidete, den es durch die Welt tragen durfte, gab es spontanen Applaus. Vor allem weil es Gudrun war, die diese tierische Statistenrolle übernommen hatte und die auf mein Drama mit nichts als stoischem Kauen reagierte.

Frederick erntete als schüchterne Dienerin eine ganze Menge wohlmeinende Lacher und der tragische Antonius sorgte mit seinem Selbstmord für einen Moment vollkommener Stille. Als ich am Ende das Bündel Stoffschlangen an den Hals hob und kurz darauf sterbend zu Boden sank, war der Applaus so ohrenbetäubend, dass ich sicher war, er würde über den Deich bis in die Nordsee schwappen und sich von dort über alle Weltmeere verteilen. Noch bevor ich wieder aufstand um mich zu verbeugen und einen Blick ins Publikum zu werfen wusste ich, dass wir es gut gemacht hatten. Dass ich es gut gemacht hatte.

Hinterher wurden wir fast überrollt mit Komplimenten. Die Auswahl des Stückes wurde gepriesen. Der geniale Einfall mit dem *Cross-Dressing*. Die Kostüme. Die Schauspieler. Ständig schlug mir jemand auf die Schulter und beglückwünschte mich überschwänglich zu meinem *unglaublichen* Auftritt. Das traf es. Ich konnte es selbst kaum glauben. Möglich, dass es tatsächlich an der *magischen Verbindung aus Mond-und Sonnenlicht* lag, wie Gudrun behauptete. Oder es war die ungewohnte Anwesenheit eines Publikums, die mich angespornt hatte. Natürlich spielte es auch eine Rolle, dass ich ohnehin emotional aufgekratzt war von diesem letzten Tag in St. Peter, dem Tag vor dem Abschied. Als ich in dieser Menschenmasse neben der Bühne stand, Glückwünsche annahm und dabei nach Liv und Paco Ausschau hielt, zog ich ernsthaft in Erwägung, dass mein Auftritt vielleicht, aber wirklich nur vielleicht, auch deswegen so gut gelungen war, weil ich tatsächlich Talent zum Schauspielen hatte.

Nach unserem Auftritt war es den *Summer Sounds* vorbehalten, das offizielle Programm abzuschließen. Die Musiker schleppten Instrumente und Boxen auf die Bühne, die

Bierbänke wurden zur Seite geschoben und nach kurzem Soundcheck begann ein Open-Air-Konzert quer durch alle Musikrichtungen, mit ständig wechselnder Besetzung. Ich war heilfroh, mich auf die Wiese setzen zu können und gar nichts zu tun. Das verschwitzte Bettlaken hatte ich gegen ein T-Shirt getauscht, das schon wieder auf bestem Wege war, sich in einen feuchten Lappen zu verwandeln, obwohl die Sonne mittlerweile wirklich tief am Horizont stand. Rechts von mir saß Paco, der es sich zur heiligen Aufgabe gemacht hatte, meinen Elektrolythaushalt zu betreuen und dafür mit großer Ausdauer und Verlässlichkeit immer neue Bierflaschen herbei schleppte. Links von mir saß Liv, die sich leicht gegen meine Schulter lehnte, still der Musik lauschte und mir jedes Mal wenn ich sie ansah ein riesiges Lächeln schenkte. Ich war so angefüllt mit Glück und Wärme und Stolz, so durchdrungen von Musik und Stimmen und Lichtern, so gebannt vom Rasen und Gröhlen in meiner Brust, dass ich fürchtete jeden Moment auseinander zu brechen. Ich hatte das Gefühl nicht genügend Luft zu bekommen, so dass ich immer wieder geräuschvoll schnappen musste und den Sauerstoff gierig und tief in meine Lungen sog. Es war unmöglich, das Liv nichts davon mitbekam, doch sie ließ es sich nicht anmerken. Sie saß ruhig an meiner Seite, ließ mich fühlen, dass sie da war und tat sonst nichts.

Irgendwann begannen die Leute zu tanzen und irgendwann tanzten Paco, Liv und ich mit. Ausgelassen, übermütig, randvoll mit widersprüchlichen Gefühlen. Der Alkohol hüllte mein Gehirn in eine warme, weiche Decke und ich genoss es, die Kontrolle über meinen Körper ein Stück weit abzugeben. Ich sah meine Beine und Arme Zuckungen und Verrenkungen ausführen, für die ich mich sonst geschämt hätte. Ich schwitzte. Die Luft drückte. Mein Herz hämmerte. Ich wünschte, es würde nie aufhören.

Aber es hörte auf. Die Musiker packten ihre Instrumente ein. Die Lehrer sprachen letzte feierliche Worte. Das Bühnenteam trug die Boxen weg. Das Büffet und die Getränke verschwanden. Die Lichterketten wurden abgenommen. Die Party war vorbei.

Ich stand zwischen Paco und Liv auf der Hofwiese, die kurz zuvor noch Tanzfläche gewesen war und blickte meine Freunde ratlos an.

„Und jetzt?", fragte ich, mehr in den Nachthimmel als zu einem der beiden. Der Mond stand mittlerweile allein am Himmel und schien keine Antwort auf meine Frage zu wissen. Liv zuckte mit den Schultern. Aber Paco grinste. Seine Augen leuchteten, als hätte er schon den ganzen Abend auf diese Frage gewartet.

„Jetzt?", sagte er. „Jetzt feiern wir weiter." Dann stürmte er ins Hauptgebäude und verschwand im Innern. Liv guckte mich fragend an. Diesmal war ich es, der mit den Schultern zuckte.

„Keine Ahnung, was er vorhat."

Liv grinste.

„Wir werden es sehen."

Es dauerte keine Minute bis Pacos Lockenkopf wieder in der Hoftür auftauchte. Er trug eine Armeetasche über der Schulter, rannte direkt auf uns zu und weiter in Richtung Meer. Es bedurfte keiner weiteren Einladung. Liv und ich folgten ihm so schnell wir konnten. Pacos Weg führte durch das kleine Wäldchen, über den Deich zu einer Stelle am Strand, die er vorher ausgesucht haben musste, denn ein ganzer Haufen Holzscheite lag dort, lose übereinander geworfen, im Sand. In Pacos Tasche klirrte es und noch bevor wir bei ihm waren, hatte er eine Flasche Portwein hervorgezaubert und verteilte den Inhalt auf drei Gläser, die den

Saftgläsern aus dem Essensraum verdächtig ähnlich sahen. Ich wartete auf Liv. Seite an Seite gingen wir die letzten Schritte auf Paco zu. Er überreichte mit tiefer Verbeugung jedem ein Glas, hob dann sein eigenes in die Höhe und setzte eine feierliche Miene auf.

„Verehrteste Dame, verehrter Herr“, fing er an. „Erweisen Sie mir die Ehre an diesem unserem letzten gemeinsamen Abend mit mir anzustoßen und in Eintracht diesen Pokal Ambrosia zu leeren.“ Liv und ich lachten und reckten ebenfalls unsere Gläser in die Höhe. Paco lächelte huldvoll.

„Ich trinke auf das Glück, euch beiden begegnet zu sein und auf die Hoffnung auf ein Wiedersehen.“ Er machte eine kurze Pause, um sich zu sammeln, dann fuhr er fort. „Und auf das Leben, diese wilde wunderschöne Schussfahrt ins Ungewisse. Möget ihr alle mit geschundenen Körpern und strahlenden Seelen an euer Ziel gelangen, wo auch immer es liegen mag.“

Dann führte Paco das Glas in die Mitte und Liv und ich stießen klirrend mit ihm an. Ich nahm einen tiefen Schluck, blickte in den Sternenhimmel über mir und hielt für einen Moment inne. *Auf das Glück. Auf die Hoffnung. Auf das Leben.* Besser hätte man es nicht sagen können. Ich sah Paco an, der seinen Blick stolz wie ein Feldherr über die Weite aus Strand, Watt und Meer schweifen ließ. Seine Augen waren ein einziges Leuchten. Ich hob mein Glas in seine Richtung und sagte: „Tolle Rede.“ Er hob sein Glas ebenso und sagte: „Toller Auftritt“. Wir fingen beide an zu grinsen. Dann blickten wir zu Liv, die ihr Glas jetzt auch in die Höhe hielt und sagte: „Toller Abend.“ Dann tranken wir aus. Paco wischte sich den Mund ab und zeigte auf mein Gesicht.

„Übrigens“, sagte er mit einem spöttischen Lächeln. „Du hast da was am Auge, Kleopatra.“ Und dann ließen wir uns alle drei in den Sand fallen und ich lachte bis mir schwindelig wurde.

Paco hatte an alles gedacht. Er hatte Portwein, Bier, Wasser, eine Tüte Chips, eine Tüte Marshmellows, Feuer und sogar Decken.
„Wofür genau hattest du die eingeplant?“, lachte ich.
Paco blickte fachmännisch in den Himmel. Am Horizont schoben sich erste dunkle Wolken zusammen.
„Man weiß nie. Auf diesen Inseln wechselt das Wetter manchmal in Sekundenschnelle.“
Ich blickte in fragend an.
„Wir sind auf keiner Insel. Das ist ne Halbinsel.“
Paco gestattete sich ein kleines Lächeln. Dann wechselte er auf einen beschwörenden Gesichtsausdruck.
„Oh doch, mein Freund. Wir sind auf einer Insel.“
Ich verstand nicht, worauf er hinauswollte.
„Unsere Insel“, fuhr Paco fort. „Unser Ort. Unsere Welt.“ Er beschrieb mit den Händen einen Bogen vom Deich bis in die Ferne. „Süderoogsand ist unsere Burg. Unsere Heimstatt. Das Meer und das Wäldchen sind unsere Fisch- und Jagdgründe. Der Deich ist unser Ausguck. Der Platz von dem wir die Welt im Auge behalten.“ Sein Gesicht hatte jetzt einen irren Ausdruck angenommen. Liv lachte.
„Und das hier? Der Strand? Was ist der Strand?“
Paco blickte sich um, als sähe er den Strand soeben zum ersten Mal.
„Der Strand?“, fragte er. Und es war klar, dass er die Antwort selbst geben würde. „Der Strand ist unser zu Hause. Der Ort, an dem wir sein können, wie wir sind. Unsere Heimat.“
Liv lachte noch einmal. Sie griff in den Sand und ließ ihn durch ihre Finger rinnen.

„Unsere Heimat?“, fragte sie weiterhin lachend. „Francisco Féderico Gonzalez de la Mancha oder wie auch immer. Sie sind eindeutig betrunken.“
Paco stierte sie mit aufgerissenen Augen an und für einen Moment sah es so aus, als wolle er sich auf sie stürzen. Dann entglitten seine Gesichtszüge, er begann kunstvoll zu schwanken und bestätigte mit übertriebenem Lallen:
„Daran dürfte kein Zweifel bestehen, mein Fräulein“.

Danach verteilte Paco Bierflaschen und machte sich daran, das Feuer zu entfachen. Er beugte sich vornüber, hantierte mit Streichhölzern und Zeitung und wirkte auf mich wie ein Zauberer oder Alchimist. Aus einer brennenden Seite Papier in seiner Hand hüpfte eine große Flamme auf einen Haufen trockener Äste, versiegte fast, loderte auf und brachte schließlich mit sattem Knistern die großen Scheite zum Brennen. Dann saßen wir eine Weile schweigend um die Flammen und ich bemühte mich, durch die Nebelwand hindurch, die der Alkohol in meinem Kopf hochgezogen hatte, Gedanken und Gefühle auseinander zu sortieren.

Die Komplimente und der Applaus für meinen Auftritt hatten mir eine Art Grund-Leichtigkeit verliehen. Ich fühlte mich wie an dem Tag, als ich meinen ersten Schwimmwettkampf gewonnen hatte. Ich war vielleicht neun oder zehn Jahre alt. Nach der Siegerehrung kam ein Mann zu mir, den jeder in unserer Stadt kannte, weil er früher ein guter Fußballer war. Er klopfte mir auf die Schultern und sagte ich sei *eine Granate*. Das war unglaublich. Ich hatte vorher noch nie ein Wort mit ihm gewechselt. Und jetzt gratulierte er mir einfach so, vor allen Umstehenden. Ich war den ganzen Tag wie im Rausch. Irgendwann abends musste ich sogar beim Staubsaugen plötzlich grinsen. Dann fragte ich mich, wieso ich eigentlich so fröhlich war. Und mit dem Aufblitzen der

Erinnerung schoss ein warmer Schwall Glückshormone durch mich hindurch. Genau so ging es mir jetzt.

Der Gedanke an den näher rückenden Abschied bewirkte das genaue Gegenteil. Er marterte mich wie eine entzündete Fleischwunde und jagte mir einen schmerzhaften Schauer nach dem anderen durch die Nervenbahnen. Ich fühlte mich glücklich und verzweifelt zugleich und sah mich außer Stande zu benennen, welches Gefühl überwog. Ich wollte dankbar sein. Nein: ich war dankbar, die beiden kennengelernt zu haben. Ich war glücklich über den Menschen, den sie in mir sahen. Und ich war ebenso bedingungs- wie hoffnungslos verliebt in Liv. Ich war fasziniert von diesem Gefühl. Das war neu. Das war groß. Und gleichzeitig wünschte ich, ich hätte sie nie getroffen. Denn ich würde mich ihr nicht offenbaren. Ich würde nicht erfahren, was sie empfand. Was mir bevorstand war nicht Liebesglück, sondern Abschied. Leid und Kummer und Schmerz. Wieder hatte ich dieses Gefühl, nicht genug Luft zu bekommen. In meiner Brust und in meinem Bauch und in meinem Kopf war ein einziger riesiger Knoten, den ich nicht lösen konnte.

Paco schien meine Gedanken zu erahnen.

„Morgen ist das hier alles vorbei und jeder geht seiner Wege“, sprach er in die Stille hinein. Ich spürte, wie der Knoten bis hinauf auf meine Kehle drückte. Liv nickte. In der Ferne war leises Donnern zu vernehmen.

„Ich hätte vor drei Wochen nicht gedacht, dass das ein trauriger Tag werden würde“, fuhr er fort. Diesmal nickte ich.

„Ich auch nicht“, brachte ich hervor. Man konnte hören, dass meine Stimme kurz davor war zu brechen.

Paco lächelte mich an.

„Machen wir es nicht zu dramatisch“, sagte er. „Ich habe mir was überlegt.“ Er machte eine kurze Pause.

„Wie wäre es, wenn wir uns wiedersehen?“

Liv lächelte mild.
„Aber natürlich, Paco. Natürlich werden wir uns wiedersehen."
Ich nickte zustimmend. Doch Paco schüttelte den Kopf.
„Nein", sagte er. „Das glaube ich nicht. Zumindest nicht einfach so."
„Was meinst du?", fragte Liv.
„Ich meine zum Beispiel", fuhr Paco fort, „dass ich in ein paar Wochen nach Guatemala fliege. Und du irgendwann demnächst nach Norwegen. Und Peter hat noch zwei Jahre Schule vor sich."
Vom Meer kam leichter Wind auf. Ein Zittern lief über meinen Rücken. Paco sprach genau das aus, was mich seit Tagen beschäftigte. Liv wendete ihren Blick ins Feuer und sagte nichts.
„Vielleicht kommst du in einem Jahr wieder", fuhr Paco an Liv gerichtet fort. „Aber ein Jahr ist eine lange Zeit und keiner weiß, wohin es dich danach verschlägt."
Liv nickte kaum merklich.
„Wann ich zurückkomme oder ob ich zurückkomme, weiß auch niemand. Und was Peter in zwei Jahren macht steht völlig in den Sternen." Er blickte mich an.
„Auf jeden Fall will ich euch wiedersehen", sagte ich schnell.
Paco lächelte.
„Und ich euch", sagte er. „Wir werden uns auch schreiben und uns vielleicht mal treffen und all das, aber machen wir uns nichts vor: die Zeit spricht gegen uns." Er machte eine kurze Pause, als wolle er uns einen Moment geben, um den Satz zu verdauen. „Unserc Pläne sprechen gegen uns", schob er nach.
Ich schüttelte den Kopf.

„Das ist doch Schwachsinn“, brach es aus mir hervor. „Wenn wir uns wieder sehen wollen, sehen wir uns auch wieder.“
Ich sah aus den Augenwinkeln zu Liv, aber sie starrte weiter ins Feuer.
„Das stimmt schon, Peter“, sagte Paco mit einer Stimme, als spräche er zu einem Kind. „Aber in ein, zwei oder fünf Jahren werden wir uns vielleicht gar nicht mehr sehen wollen.“
Wieder schüttelte ich den Kopf.
„Ich nicht“, sagte ich etwas lauter, als ich es beabsichtigt hatte. „Ich werde euch immer sehen wollen. Auch in zwanzig Jahren noch.“
Einen Moment lang sagte niemand etwas. Irgendwo in der Dunkelheit schlugen die Wellen deutlich hörbar an den Strand. Der Wind schien vom Meer her zu wehen. Dann wandte sich Liv mir zu.
„Er hat recht, Peter“, sagte sie mit sanfter Stimme. „Wir werden neue Dinge tun und neue Menschen treffen. Wir werden uns verändern.“
Bevor ich etwas erwidern konnte, übernahm Paco das Wort.
„Und genau deswegen habe ich mir etwas überlegt“, sagte er schnell. „Ich will, dass wir uns heute in zwanzig Jahren hier wieder treffen.“
Paco grinste.
„In zwanzig Jahren?“, entfuhr es mir. Das konnte nicht sein Ernst sein. In zwanzig Jahren war das Leben quasi vorbei.
„Versteht mich nicht falsch“, sprach Paco schnell weiter. „Wir können uns natürlich auch vorher sehen. Kein Mensch weiß, ob wir vielleicht in zwei Jahren im gleichen Ort leben und zusammen eine WG aufmachen. Das wäre toll, aber wie gesagt: niemand weiß, ob das passiert. Keiner von uns kann sicher sagen, was mit ihm in den nächsten Jahren geschieht.“ Er machte eine kleine Pause. „So schaffen wir

uns zumindest eine Gewissheit: in zwanzig Jahren sehen wir uns hier wieder. Komme was wolle."
„Wenn wir dann überhaupt noch leben", hörte ich mich sagen.
Paco grinste.
„Vorzeitiges Ableben gilt selbstverständlich als Entschuldigung."
„Zwanzig Jahre ist zu lang", sagte ich.
Paco schüttelte den Kopf.
„Finde ich nicht. Wir sind jetzt fast zwanzig. Das gibt uns nochmal die Zeit, die wir bisher hatten."
„Ich bin siebzehn", antwortete ich.
Paco rollte mit den Augen.
„Von mir aus auch in siebzehn Jahren", sagte er. „Aber das wäre dann 2012. 2015 ist wenigstens eine halbwegs runde Zahl."

Wir schwiegen. Ich dachte nach. Im Grunde unterschied sich Pacos Idee nicht allzu sehr von meinem Plan mit dem Warten. Nur hatte ich dabei an höchstens zwei Jahre gedacht. Andererseits - falls ich es wirklich nicht hinkriegen sollte, den Kontakt zu Liv zu halten, wäre dieses Treffen eine Art Sicherungsnetz. Ein Joker, den ich ausspielen könnte, wenn alles andere schief gehen würde. Eine kleine Gewissheit in all dem Vagen. Etwas, auf das ich mich freuen könnte. Das hatte was.
„Gut", sagte ich. „Aber in 15 Jahren. 2010 kann man sich auch gut merken."
Paco grinste.
„Okay. Fünfzehn Jahre reichen auch."
Ich sah meine Chance. „Oder einfach in fünf Jahren? Im Jahr 2000? Ein absolut rundes Datum."
Paco schüttelte den Kopf.
„Das ist zu wenig Zeit. Wir müssen genügend Zeit haben."

„Wofür?“, fragte ich.
„Um zu leben“, antwortete Paco blitzschnell. „Um die Dinge zu tun, die wir tun müssen. Und nochmal: kann ja sein, dass wir uns ab jetzt alle drei Monate sehen. Ich glaube es nicht, aber es kann sein. Das ist alles Okay. Aber in zwanzig Jahren - oder von mir aus in fünfzehn - können wir Bilanz ziehen, was wir geschafft haben und was nicht.“
Liv hielt den Kopf schräg und blickte Paco an.
„Und dann rechnen wir ab?“
Paco gestikulierte wild mit den Armen.
„Nein. Es geht doch nicht um Abrechnung. Ich will euch einfach wiedersehen und erfahren, was aus euch geworden ist, versteht ihr?“ Er sah jetzt fast ein wenig verzweifelt aus. Aber ich verstand ihn. Ich nickte.
„Ich will auch wissen, was aus euch geworden ist“, sagte ich.
Liv nickte auch.
„Ich auch“, sagte sie. „Und ich will wissen, was aus mir geworden ist.“
„Geworden sein wird“, bemerkte Paco. Das Leuchten in seinen Augen war zurückgekehrt.
„Ja“, nickte Liv und rollte mit den Augen. „Was aus mir geworden sein wird.“
Wir schwiegen und sahen uns an.
„Lasst uns schwören“, sprach Paco in die Stille.
Ich musste lachen.
„Schwören? Ist nicht dein Ernst, oder?“
Paco stand unbeirrt auf und legte seine rechte Hand an die Brust. Sein lockiges Haar wurde vom Wind in alle Richtungen gepustet.
„Das ist mein Ernst“, rief er. „Los. Steht auf.“
Liv stand auf. Also erhob ich mich ebenfalls. Erwartungsvoll blickten wir zu Paco.

„Hiermit gelobe ich feierlich“, begann er, „dass ich heute in fünfzehn Jahren, am...“, er dachte kurz nach, „...28. Juli 2010 an diesen Ort zurückkehren werde - komme, was wolle.“
„Es ist schon nach Mitternacht“, warf ich ein.
Paco warf mir einen irritierten Blick zu.
„Was?“, rief er gegen den stärker werdenden Wind.
„Na es ist schon der 29.“, erklärte ich.
Wieder rollte Paco die Augen.
„Mann Peter. Ist doch scheißegal. Wir nehmen den 28. 28.7. - 28 kann man durch 7 teilen - das kann man sich besser merken.“
Ich grinste. „Bestechende Logik“. Dann blickte ich über den Strand und entdeckte nichts als Dunkelheit. Ich sah wieder zu Paco. „Einfach hier am Strand ist nicht gut. Diese Stelle finden wir nicht wieder. Am Ende sitze ich in 15 Jahren dann hier und ihr beide 500 Meter weiter und wir bemerken uns gar nicht.“
Paco grinste.
„Dann zieh dir ne Leuchtweste an.“
Ich grinste auch.
„Wir müssen einen besseren Ort finden.“
„Die Bank“, sagte Liv.
Wir sahen sie an.
„Die Bank auf dem Deich“, fuhr Liv fort.
„Gut“, sagte Paco. „Ich präzisiere also meinen Schwur. Am 28.7.2010 werde ich dort auf der Bank sitzen und auf euch warten.“ Er zeigte mit ausgestrecktem Arm in Richtung Deich, wo die Bank und der Leuchtturm daneben in der zunehmenden Finsternis nur noch schemenhaft zu erkennen waren. Paco dachte kurz nach und fügte hinzu. „Und bis dahin werde ich versuchen, in Guatemala eine bessere Gesellschaft aufzubauen. Das schwöre ich.“

Er blickte erwartungsvoll von Liv zu mir und zurück.
„Ich schwöre es auch“, hörte ich Liv sagen. „Ich werde am 28.7.2010 auf diese Bank kommen.“ Auch sie machte eine kurze Pause. „Und ich werde versuchen Künstlerin zu werden.“
„Bist du doch schon“, rief Paco.
„Ich meine so richtig.“ Liv stierte wieder in die Flammen, die jetzt wild flackerten. Sie sah ernst und entschlossen aus. Die Worte schienen tief aus ihrem Innern zu kommen. „Ich werde es auf der Kunsthochschule versuchen. Ich werde meine Technik verbessern. Ich werde andere Künstler studieren. Ich werde Werke schaffen, die etwas bedeuten.“ Sie hielt einen Moment inne und ich dachte sie wäre fertig. Dann lächelte sie und fuhr fort. „Und ich werde lernen, wie ich damit meine Miete bezahle.“ Sie hob den Kopf und blickte mich voller Stolz an. Jetzt war es an mir.
„Ich schwöre“, begann ich. Meine Stimme zitterte und ging im Wind unter. Ich setzte nochmal an. „Ich schwöre, dass auch ich am 28.7. 2010 auf dieser Bank dort sitzen werde, um euch beide zu treffen“, schrie ich. Sonst sagte ich nichts.
„Und?“, fragte Paco.
Ich tat, als verstünde ich nicht richtig. Er lächelte.
„Was wirst du bis dahin mit deinem Leben anfangen?“, rief er.
„Ich“, zögerte ich. „Ich werde brav mein Abi machen.“
Liv und Paco lachten. Ich lachte mit. Dann senkte auch ich meinen Blick in die Flammen und wurde still. Ich atmete tief durch. „Und“, hörte ich mich weiter sprechen. „Und danach werde ich versuchen, Schauspieler zu werden.“ Ich zögerte und schloss die Augen. Mein Herzschlag war stark und gleichmäßig. „Denn nie zuvor im Leben“, fuhr ich fort, „habe ich mich so gut gefühlt, wie heute auf der Bühne.“ Ich öffnete die Augen. Paco grinste. Liv lächelte. Ich sah sie

direkt an und in Gedanken fügte ich hinzu. *Und Liv wird meine Frau sein.*

Dann trat ich einen Schritt zurück und betrachtete unsere kleine Gruppe. Drei Körper um ein Feuer. Ein winziges Glimmen an einem winzigen Strand auf einem winzigen blauen Planeten, irgendwo im endlosen All. Wir blickten uns an mit einer Mischung aus Ungläubigkeit, Trauer und Freude. Wir hatten uns getroffen und einander erkannt. Jetzt war unsere Zeit um und jeder würde seiner Wege gehen. Aber wir hatten dem üblichen Drehbuch eine eigene kleine Szene hinzugefügt. Wir hatten uns Treue geschworen. Wir hatten uns vom Abschied nicht überrumpeln lassen. Wir hatten ihn selbst vollzogen.

Ich hob meinen Blick in den Himmel, der wie ein riesiges schwarzes Kissen auf uns niederdrückte. Der Wind hatte nochmal aufgefrischt. Jeden Moment würde sich das Gewitter entladen und diesem überhitzten Tag endlich Abkühlung verschaffen. Übers Meer raste der Regen mit riesiger Wucht auf uns zu. Ich schloss die Augen und erwartete seine Ankunft. Schon fielen die ersten Tropfen. Durch geschlossene Lider sah ich Blitze zucken. Das Rollen des Donners kam immer näher. Schließlich ging das Unwetter mit voller Kraft auf uns nieder, bereitete unserer Zusammenkunft ein jähes Ende und spülte uns vom Strand. Fort von Süderoogsand. Runter von unserer Insel. Auseinander.

St. Peter-Ording, Montag, 9. August 2010

Nie zuvor habe ich so schnell so viel geschrieben, wie am vergangenen Wochenende. Als ich einmal angefangen hatte, an die Summer School zu denken, ging alles wie von selbst. Es war als hätte ich ein Ventil geöffnet. Die Erinnerung floss aus mir heraus wie ein Stausee, der viel zu lange unnütz vor sich hin gestanden hatte. Das war überfällig. Das war gut. Ich habe das Gefühl, dass ich ein großes Stück vorangekommen bin. Ich glaube, so lange kann ich ohnehin nicht mehr bei Ihnen bleiben. Es muss weitergehen und jetzt wissen Sie ja Bescheid: ich saß auf dieser Bank, weil ich es mit siebzehn versprochen habe. Geschworen sogar. Ich war seit fünfzehn Jahren verabredet, also bin ich gekommen. Möglich, dass Sie das albern finden. Aber verrückt?

Sie haben mich gebeten, das Ganze rein rational zu betrachten. Ein Schwur unter Teenagern. Eine schöne Geschichte haben Sie das genannt. Aber eben nicht mehr. Rein rational gesehen, und da habe ich Ihnen ja gleich zugestimmt, kann man den Schwur als romantische Idee abtun. Es ist kein Schwur, wie vor Gericht, haben Sie gesagt und auch da stimme ich Ihnen zu. Ein Schwur vor Gericht ist eine andere Nummer.

Diese Überlegungen sind nicht neu für mich. In den letzten Jahren habe ich mir immer wieder eingeredet, der Schwur, unser Schwur, wäre so völlig unbedeutend, wie Sie nahe legen. Niedlich, aber irrelevant. Ich fühlte mich nicht an ihn gebunden. Noch vor ein paar Monaten hätte ich vehement ausgeschlossen, dass ich nach St.Peter fahren würde. In meinem Terminkalender war dafür kein Platz. Wirklich nicht. Und dann bin ich doch gefahren.

Es hat sich irgendwie richtig angefühlt. Das habe ich gespürt, als ich auf der Bank saß. Aber ich konnte es nicht greifen. Es war so unbestimmt. Wirklich verstanden habe ich es erst, als ich schon hier war. Hier bei Ihnen. Sie selbst haben mich darauf gebracht, als Sie mich auf dieses kleine Zwiegespräch zwischen Herz und Verstand angesprochen haben. Ob ich tatsächlich zwei Stimmen in mir streiten höre?

Ob ich das Gefühl habe, zwei unterschiedliche Identitäten in meinem Innern zu tragen? Ich habe das natürlich verneint. Ich möchte nicht in irgendeinem Bericht lesen, ich sei schizophren. Aber dennoch - und ich kann an dieser Stelle nicht mehr tun, als hoffen, dass Sie mich richtig verstehen - die Schilderung dieser Unterhaltung in meinem Kopf war mehr als ein literarischer Kniff. Diese beiden Stimmen in meinem Innern existieren. Es ist nicht so, dass ich tatsächlich jemanden sprechen höre, aber ich spüre, was sie sagen wollen. Ich hoffe, auch das gilt nicht als verrückt. Kennen Sie das nicht selbst? Den uralten Streit zwischen Verstand und Gefühl? Kopf gegen Herz?

Hier an dem Schreibtisch in Ihrer Klinik habe ich zum ersten Mal bewusst über diesen Kampf nachgedacht. Ich habe festgestellt: bei mir war immer klar, wer dieses Duell gewinnt. In meinem Job ist das unerlässlich. Und auch privat habe ich so jede Menge Ärger vermieden. Mein Verstand arbeitet gut. Er liefert brauchbare, verlässliche Ergebnisse. Er hat mich voran gebracht. Ich habe Abi gemacht, studiert, einen tollen Job angenommen und eine gute Frau gefunden. Weil ich vernünftig war. Weil ich ein vernünftiger Mensch bin.

Aber mein Verstand kann nicht alles erklären. Warum ich in meinem Job nicht glücklich bin, zum Beispiel. Obwohl ich doch so viel Erfolg habe. Warum ich mit Maja nicht glücklich bin. Warum ich sie vielleicht sogar unglücklich mache. Obwohl wir doch so gut zusammen passen. Und eben auch nicht, warum mir diese schöne Geschichte aus Teenagerzeiten noch immer nachhängt. Warum ich sie nicht abschütteln und in das Regal mit den Erinnerungen stellen kann.

Ihr Vorschlag, das alles rein rational zu betrachten, funktioniert nicht. Ich kann den Schwur und meine jugendliche Liebe zu Liv nicht nur mit dem Verstand betrachten, wie alles andere in meinem Leben. Bei der Frage, ob ich hierherkommen soll, hat mein Verstand nur abgewunken und gesagt: „Für mich macht es keinen Sinn, aber anscheinend kapier ich es nicht.“ Mein Herz hat gesagt: „Fahr hin“. Also bin ich gefahren.

Und ich habe verstanden, dass es noch einen ganz einfachen Grund gab, hierher zu fahren. Streng genommen sind es sogar zwei Gründe: Paco und Liv. Ich hatte diesen Schwur nicht alleine abgelegt. Wir hatten ihn einander gegeben. Also musste ich kommen. So einfach ist das.

Nicht, dass ich das immer so klar gesehen hätte. Ganz am Anfang, eigentlich gleich als Paco seinen Vorschlag ausgesprochen hatte, hielt ich den Schwur für eine absurde Idee. Ein witziger, verrückter Vorschlag, der auf eine unfassbar weit entfernt liegende Zukunft zielte. Ob wir uns wirklich in fünfzehn Jahren wiedersehen würden, war nicht so wichtig. Wichtiger war, mit dem Schwur unseren Abschied zu vollenden. Dem Abend etwas Besonderes zu verleihen. Unserer Freundschaft die Krone aufzusetzen. Natürlich gab er mir Hoffnung und Sicherheit, aber ich leistete den Schwur nicht mit Aussicht auf die Zukunft. Ich schwor wegen des Moments.

In den ersten Jahren danach, dachte ich kaum an 2010. Das Datum lag absurd weit entfernt. Je mehr Zeit verging, ohne dass Liv und ich als glückliches Paar aus einer Hütte am See grüßten, desto mehr wuchs meine Dankbarkeit gegenüber Paco. Der Schwur, der Termin, 2010, war immer in meinem Hinterkopf. Mein Rettungsanker eben. Spätestens dann würde sich alles klären.

Aber dann gingen immer mehr Jahre ins Land und die Versammlung am Strand verkam zu einer vagen Erinnerung, einem Kratzen am Hinterkopf in seltenen, besinnlichen Momenten. Irgendwann saß sie nur noch mit angezogenen Beinen auf dem Boden der winzigsten, dunkelsten Kammer meines Gedächtnisses und steckte den Kopf zwischen die Knie.

Aber sie starb nicht. Sie hielt eine Art Winterschlaf. Als 2010 schließlich kam und der Sommer immer näherrückte, kam sie hervor. Schüchtern und vorsichtig hob sie ihr Köpfchen und trug mit leiser Stimme ihr Anliegen vor. Und dann gesellte sich die Neugier zu ihr und stimmte mit ein. Es wäre doch zumindest schön zu wissen, was aus den beiden geworden sei, meinte sie. Ja, stimmte meine Erinnerung zu. Und außerdem hast du's geschworen.

Ich bin also auch deswegen hierher gekommen, weil ich die beiden wiedersehen wollte. Nicht nur Liv - auch Paco. Er war so bewundernswert durchgedreht, so frei, so sehr er selbst, wie ich es bis heute nicht bin. Paco war schon damals so viel weiter als ich. Nehmen Sie nur die Idee mit dem Schwur. Da ist alles drin, was ihn ausmacht: ein wenig Albernheit, ein wenig Romantik, aber vor allem ganz viel Reife. Im Gegensatz zu mir hat er dem bevorstehenden Abschied nicht tatenlos entgegen gebibbert. Er hat etwas getan. Paco war erwachsen genug zu sehen, was passieren würde und romantisch genug, um dem Schicksal ein Schnippchen schlagen zu wollen. Wie Basti war er jemand, an dem ich mich orientieren konnte. Doch während Bastis Pläne nur bis zu Eroberungen in Frankreich oder dem lukrativsten Ferienjob reichten, schien es für Pacos Ideen keine Grenzen zu geben. Guatemala, Revolution, Wiedersehen in fünfzehn Jahren - er dachte weiter als irgendjemand, den ich vor ihm getroffen hatte. Er traute sich, alles für erreichbar zu halten und er gab mir den Glauben daran, dass das auch für mich galt.

Und natürlich wollte ich Liv sehen. Ich denke, Paco wird mir verzeihen, wenn ich das sage: ein ganzes Stück mehr noch als Paco, wollte ich Liv sehen. Ich wollte wissen, was aus ihr geworden ist. Aus ihrem Traum, Künstlerin zu werden. Wissen, ob sie ihren Weg gegangen war. Ob sie es geschafft hatte. Im Gegensatz zu mir. Aber vor allem wollte ich wissen, wie sie aussieht und wie sie riecht und wie es klingt wenn sie spricht und mehr als alles andere, wie es sich anfühlt, in ihrer Nähe zu sein. Ich wollte, dass sie mich ansieht und lächelt und der Schlag meines Herzens so doll in meinen Ohren dröhnt, dass ich nichts anderes mehr wahrnehme. Und dann wollte ich sie fragen, was sie denkt. Was sie empfindet. Für mich.

Sie haben mich gefragt, wieso ich nicht wenigstens versucht hätte, mich Liv zu offenbaren. Damals im Sommer 95. Spätestens am letzten Abend.

Die erste Antwort darauf lautet: meine Gefühle für Liv waren zu stark. Sie lähmten mich. Nie zuvor hatte ich so empfunden. Unsere erste Begegnung wirkte so schicksalshaft. So magisch. Ich war sofort in sie verliebt. Noch bevor ich ein Wort mit ihr gesprochen hatte und mit der Aussicht, sie nie wieder zu sehen. Dann verbrachten wir Tag um Tag miteinander und ich war fest der Überzeugung, dass Liv die Eine für mich war. Die Richtige. Ich entwickelte einen Plan. Der Plan lautete „Warten" und war sicher nicht grandios, aber es war der einzige den ich sah, bei dem wir am Ende eine gemeinsame Zukunft haben könnten.

Die zweite Antwort liegt in meiner Persönlichkeit und in den Geschichten, die ich Ihnen erzählt habe. Nehmen Sie meine Schwärmerei für Katrin Morgenthaler. Nehmen Sie mein Scheitern mit Simone Arndt. Kurz gesagt: ich hatte keine Ahnung von Frauen. Und noch weniger wusste ich, wie ich mit meinen Gefühlen für sie umgehen sollte.

Die dritte und möglicherweise ehrlichste Antwort auf die Frage, warum ich Liv meine Liebe nicht gestanden habe ist: ich weiß es nicht. Bis heute nicht.

Möglich, dass Sie mir jetzt wieder vorhalten, ich suche die Schuld woanders. Aber bessere Antworten habe ich nicht gefunden. Und glauben Sie mir: ich habe mir diese Frage Hunderte von Malen gestellt. Über all die Jahre ist diese eine Frage geblieben. Sie quält mich noch heute. „Warum habe ich es ihr nicht gesagt?" Und weil ich es ihr nie gesagt habe oder wenigstens geschrieben, quälen mich noch weitere Fragen. „Wie hätte sie reagiert? Was hat sie für mich empfunden?"

Ich habe die Gelegenheit, eine Antwort zu bekommen, verpasst. Damals, im Sommer 95. Und seitdem treibt mich die Frage um, ob ich nicht ständig die richtigen Gelegenheiten verpasst habe in meinem Leben. Und wie es hätte verlaufen können, wenn ich sie ergriffen hätte.

1995 - 2010

Verpasste Gelegenheiten

Die erste Gelegenheit, in meinem Leben etwas zu verändern war Frankreich. Das große, verheißungsvolle Schwimmcamp im Land der Liebe. In meiner Vorstellung sollte ich hier den Grundstein legen für meinen Aufstieg in den Schwimm-Olymp. Ganz nebenbei, so hatte ich nach Bastis Erzählungen gehofft, würde ich auch noch jede Menge amourös-abenteurliche Erfahrungen sammeln. So hatte ich es mir ausgemalt. Vor der Summer School. Tatsächlich schaffte ich in der knappen Woche nicht mehr, als mir einen Muskelkater zu holen und meinem besten Freund die Stimmung zu vermiesen.

Ich erlebte alles wie in einem Tunnel. Ich erinnere mich an die Tage am Mittelmeer wie an unscharfe Projektionen eines Filmes, den ich mir zwar angesehen, an dem ich aber sonst nicht weiter beteiligt war. Ich weiß noch, dass ich Basti schon vom Zugfenster aus entdeckt hatte. Er stand da wie der Innbegriff des prallen Lebens: groß, stark, braungebrannt. Mit dem gleichen riesigen Lächeln im Gesicht, das er immer trug wenn sich auch nur die kleinste Gelegenheit für gute Laune bot. Und was bitteschön könnte großartiger sein, als das Wiedersehen mit seinem besten Freund, dem ehemaligen Wasserfloh und amtierenden Mini-Albatross? Als er mich entdeckte, das farblose, kraftlose Gegenstück seiner selbst, verwandelte sich der Stolz in seinem Blick schlagartig in Besorgnis. Das Lächeln erlosch und eine lange Falte zog sich über seine Stirn.

„Petey?“, fragt er fast zögerlich, so als wäre er unsicher, ob ich es auch wirklich sei.

Ich quälte mir ein Lächeln ins Gesicht, aber das überzeugte ihn nicht. Er nahm mich kurz in den Arm und hielt mich

dann vor sich, wie ein Kind, das sich die Jacke mit Eis voll gekleckert hat, und musterte mich.
„Was ist mit deinen Augen?"
Ich versuchte mich an einem weiteren Lächeln.
„Ach das", sagte ich.
„Was?", wollte er wissen.
„Das ist Filzstift", erklärte ich.
„Filzstift?", wiederholte Basti und man hörte das Fragezeichen nicht nur in seiner Stimme, sondern sah es in seinem Blick.
Ich nickte.
Er sah mich weiter mit diesem väterlichen Blick an und sagte.
„Das meine ich nicht."
Wir sahen uns direkt in die Augen.
„Deine Augen sind total geschwollen. Ganz rot." Er machte einen Moment Pause. „Hast du dir bei den Strebern ´ne Allergie eingefangen, oder was?"
Ich löste mich aus seinem Griff und schüttelte wieder den Kopf.
„Das kommt vom Fahrtwind", sagte ich. „Ich habe vielleicht ein bisschen zu lange den Kopf aus dem Fenster gestreckt."
Basti grinste ungläubig.
„Hattet ihr Orkan?".
Obwohl ich es nicht wollte, musste ich lachen. Es war sinnlos, ihm etwas vorzumachen. Die Ausrede mit dem Fahrtwind funktionierte nicht. Schon wieder nicht.

Auch Liv hatte mir das nicht geglaubt. Doch sie hatte nicht weiter nachgefragt. Wir hatten am Bahnhof in Altona gestanden und beide nicht gewusst, was wir sagen sollten. Also hatten wir uns wortlos umarmt, einander ein letztes Mal gedrückt und uns mit einem tiefen Blick und einem angedeuteten Nicken voneinander verabschiedet. Auf der Fahrt zum Flughafen waren die Tränen dann in Sturzbächen geflossen. Aber das war mir egal. Ich ließ sie laufen. Ich hatte durchgehalten, einen halbwegs sauberen Abschied über die Bühne gebracht und hier kannte mich niemand. Erst als eine junge Mutter ihren Kinderwagen samt Neugeborenem für einen Moment allein stehen ließ, um mir ein Taschentuch zu bringen, zog ich in Erwägung, mich allmählich wieder zusammen zu reissen. Leider tränten meine Augen danach noch stärker, denn das Taschentuch war feucht und mit Pflegeöl getränkt, das nach Babypopo roch und ich glaube, das fanden meine Schleimhäute nicht gut.

Auf dem Flug nach Marseille hatte ich mir dann in der Toilette so gut es ging die Augen ausgespült, die Fahrt nach Montpellier fast komplett mit geschlossenen Augen verbracht, aber so sehr ich mich auch bemühte, ich hatte es nicht geschafft, das Brennen in meinen Augen los zu werden.

Ben und alle anderen, die mich am Abend darauf ansprachen, tischte ich die Geschichte von Kleopatra und dem Filzstift auf. Vermutlich sei wohl ein bisschen Farbe ins Auge gelangt, erklärte ich, aber das würde schon verschwinden. Ich erntete wohlwollendes Gelächter und Anerkennung für meinen schauspielerischen Einsatz und die Sache war vergessen.

Am nächsten Morgen schnappte ich mir dann Bürste und Seife und versuchte die dunkle Umrandung meiner Augen ein für alle Mal zu entfernen. Es funktionierte nicht. Etwas von der Farbe blieb und verblasste erst nach und nach. In den Tagen im Schwimmcamp wurde ich bei jedem Blick in den Spiegel an meinen Auftritt erinnert. Und an Liv. Und an den Schwur. Manchmal glaube ich, ich trage die Spuren dieses Filzstiftes bis heute im Gesicht. Als hätte sich seitdem etwas in meinem Blick für immer verdunkelt.

Nach der unvermeidbaren Teilnahme an meiner eigenen Willkommens-Feier am ersten Abend, reduzierte ich meine sozialen Aktivitäten im Camp auf ein Minimum. Ich absolvierte die Trainingseinheiten so gut es eben sein musste, saß zu allen Mahlzeiten pünktlich an meinem Platz und blieb ansonsten für mich. Ich fuhr nicht mit auf die Ausflüge, spielte weder Tischtennis noch Karten und abends verabschiedete ich mich als erster ins Bett. Hätte es nicht ausschließlich Baguette und Erdbeermarmelade zum Frühstück gegeben, hätte ich wohl nicht mal gemerkt, dass ich in Frankreich war.

Am dritten Abend nahm mich Basti dann beiseite. Er wirkte eher sauer, als dass er sich Sorgen machte. Dieses Camp war genau sein Ding. Sein Sehnsuchtsort. Zwei Wochen Sonne auf die er sich das ganze Jahr gefreut hatte. Dieses Mal sollte es noch besser sein, denn schließlich war ich jetzt dabei. Stattdessen versaute ich ihm den Spaß. Das mindeste was ich ihm schuldete war eine Erklärung.

Also erklärte ich. Als ich fertig war, lächelte Basti und legte seinen Arm sanft auf meinen Rücken.

„Du hast Liebeskummer, Petey, das ist alles.“

Ich schüttelte den Kopf. Das war mir zu einfach.

„Nein, Nein“, versuchte ich uns beide zu überzeugen. „Eigentlich ist alles gut.“

Basti sah mich ernst an.

„Doch, Petey. Du hast Liebeskummer. Und zwar eine besonders schwere Form.“

Ich versuchte noch einmal zu widersprechen.

„Ich glaube, ich muss nur Geduld haben. Das wird schon.“

„Du hast den *Ich-hatte-sie-nicht-Liebeskummer*“, fuhr Basti ungerührt fort.
Ich sah ihn fragend an.
„Ein klassischer Fall“, konstatierte Basti. „Du hast sie nicht geküsst, nicht mit ihr geschlafen, gar nichts gemacht. Also kannst du die Geschichte nicht abschließen. Das trägst du ne Weile mit dir rum!“
Ich spürte, wie ich wütend wurde. Was wusste Basti schon von Liv und mir?
„Was soll das denn heißen?“ Ich wurde laut. „Weil ich nicht alle sofort bummse wie du, hab ich jetzt ein Problem, oder was?“
Meinen kleinen Anfall ließ Basti ungerührt an sich abprallen. „So ungefähr“, sagte er. Dann stand er auf und ging. Nach zwei Schritten drehte er sich noch einmal um und fügte hinzu: „Aber deswegen musst du dich noch lange nicht so hängen lassen.“

Wie immer hatte Basti recht, aber das half diesmal nicht. Ich ließ mich hängen. Ich tat, was ich tun musste, aber ich war nicht mit dem Herzen dabei. Die innere Ruhe, die ich beim vertrauten Abschwimmen meiner Bahnen empfand, verwandelte ich nicht in Kraft, sondern ließ sie mit meiner Atemluft verschwenderisch ins Becken gluckern. Bei jedem einzelnen Atemzug dachte ich an Liv. Dabei flatterten meiner Arme unkoordiniert durch die Luft und patschten schwerfällig auf die Wasseroberfläche. Meine Zeiten waren mies und in Bens Augen las ich mit jedem Blick auf die Stoppuhr größere Besorgnis. Bevor ich halbwegs wieder ich selbst war, war die Woche Südfrankreich vorbei. Ich kehrte nach Hause zurück ohne meinen Schwimmstil voran gebracht zu haben oder auch nur irgend etwas interessantes erlebt zu haben und erschreckte meine Mutter mit einem schleppenden Gang und ausgeprägt mieser Laune.

Ich will nicht so weit gehen und behaupten, dass das verpasste Schwimmcamp weitreichende Folgen für mein Leben hatte. Dass ich mit dem nötigen Eifer in dieser Woche den Grundstein für eine Profikarriere gelegt hätte. Aber wer weiß das so genau? In der Rückschau ist diese verpasste Woche zumindest der Anfang vom Ende meiner Zeit als Wasserfloh und Mini-Albatross. Und wer weiß, welche Spitznamen ich mir noch erschwommen hätte?

Das Gefühl, die Welt durch einen grobkörnigen Filter zu sehen, der alles unwirklich erscheinen ließ, hielt noch eine Weile an. Ich ließ mich weiter hängen und kam nicht darauf, dass ich selbst an meiner Lethargie etwas ändern könnt. Und so verpasste ich auch die Gelegenheit das zu tun, wonach ich mich am meisten sehnte.

Zehn Tage nach meiner Rückkehr aus Frankreich lag eine Postkarte von Liv auf dem Frühstückstisch.

„Für dich. Aus Hamburg", sagte meine Mutter. Dabei riss sie die Augen auf, so als wäre es durch und durch außergewöhnlich, das überhaupt irgendjemand in unserer kleinen Stadt Post aus einer solchen Metropole empfing. Und dann auch noch ihr Sohn.

Die Vorderseite der Karte bestand aus einer Zeichnung. St. Peter Ording. Der Leuchtturm. Der Strand. Das Meer. Die Szenerie, die man von der kleinen Bank aus sah. Die Zeichnung von Liv, die Paco und mir so gut gefallen hatte.

Lieber Peter, stand auf der Rückseite. Es gibt am Jungfernstieg einen Foto-Laden, bei dem man sowas machen lassen kann. Es ist natürlich ziemlich klein geworden, aber ich hoffe, es gefällt dir. Hier geht alles drunter und drüber. Meine Mutter hat beschlossen, mich mit dem Auto nach Norwegen zu bringen. So kann ich meine Sachen leichter mitnehmen. Dafür fahren wir morgen schon. Es fühlt sich unwirklich an, aber ich freue mich. Wenn ich in Trondheim ein schönes Theater entdecke, sage ich dir Bescheid. Dann kommst du, ja?

Sie hatte vergessen die Karte zu unterschrieben, aber dafür an ihre neue Adresse gedacht. Das war wichtiger. Ich las den Text dreimal und prägte mir jedes einzelne Wort ein. Das Ende gefiel mir am besten. Hieß das nicht, dass sie mich bei sich haben wollte? Als Schauspieler an einem Theater in derselben Stadt, in der sie lebte? Oder wollte sie mit mir eine Aufführung besuchen? Oder war das nur ein harmloser Scherz?

Was mir nicht gefiel, war der Satz *Dafür fahren wir morgen schon*. Ich sah auf den Poststempel. Sie hatte die Karte gestern abgeschickt. Das bedeutete, jetzt gerade saß sie wahrscheinlich im Auto. Bis gestern war sie noch zu Hause gewesen. Die ganze Woche lang. Ich hatte Ferien. Ich hätte sie besuchen können.

„Was heißt das mit dem Theater?“, riss mich die Stimme meiner Mutter aus meinen Gedanken. Ich sah sie verständnislos an.

„Na, warum sagt dir dein geheimer Kartenschreiber Bescheid, wenn er ein Theater findet?“

„Wieso liest du meine Karten?“, gab ich zurück.

„Es heißt Briefgeheimnis, mein Sohn“, belehrte sie mich „Nicht Postkartengeheimnis.“

„Mein geheimer Kartenschreiber weiß eben, das ich Theater mag“, sagte ich.

Meine Mutter wirkte überrascht.

„So? Und wieso weiß ich nichts davon?“, fragte sie.

Ich zuckte mit den Schultern.

„Du hast nicht gefragt“.

Meine Mutter sah mich forschend an, so als hätte sie soeben einen Fremden in ihrer Küche entdeckt. Dann schüttelte sie entschieden den Kopf.
„Quatsch“, sagte sie. „Du hast dich nie für Theater interessiert.“ Dann ging sie zwei Schritte in Richtung Bad, blieb aber noch einmal stehen und drehte sich zu mir um. Wie zur Versöhnung fügte sie hinzu: „Aber eine schöne Postkarte ist das“.

Am selben Abend klingelte das Telefon und Paco war dran.
„Hast du auch die Karte bekommen?“, fragte er direkt.
Ich bejahte.
„Ich frage mich, ob sie unser Gespräch gehört hat. Bei der Vernissage“, sagte er.
„Ich glaube nicht“, antwortete ich. „Sie wusste einfach, dass uns das Bild gefallen würde.“
„Ja“, hörte ich Paco sagen. „Wahrscheinlich hast du recht. Schließlich ist das unser Platz, nicht wahr?“
„Ja“, sagte ich. „28. Juli 2010. Ich werde da sein.“
Paco lachte. „Also ich lass mir das auch nicht entgehen.“
„Mist, dass sie schon weg ist, oder?“, fuhr er fort.
„Ja“, sagte ich zögerlich. Ich verstand nicht wirklich, was er wollte. Ob Hamburg oder Norwegen. Beides war unendlich weit weg.
„Ich hatte überlegt, dass wir sie besuchen“, erklärte Paco, als ob er genau wüsste, was ich gerade dachte. „Vor ihrer Abreise, weisst du?“
„Ja“, sagte ich. „Das wäre schön gewesen.“
„Na die Gelegenheit haben wir verpasst“, fasste Paco die Situation zusammen.
„Ja“, sagte ich wieder und schluckte.
Wir schwiegen einen Moment.

Dann sagte Paco: „Ich rufe eigentlich nur an, um mich zu verabschieden."
Ich schwieg.
„Ich hau jetzt morgen schon ab", fuhr Paco fort. „Ich fahre zu einem Freund nach Madrid. Ich kann bei ihm wohnen bis mein Flieger geht. Zu Hause hält mich nichts mehr."
„OK", sagte ich. Wir schwiegen einen Moment. Er war jetzt also auch weg. „Dann höre ich erst wieder von dir, wenn du als neuer Präsident von Guatemala vereidigt wirst."
Wieder hörte ich ihn lachen.
„Spätestens dann, Peter. Es sei denn ich brauche dafür länger als 15 Jahre."
Wieder gab es eine kurze Pause.
„Hör zu. Ich hab keine Adresse oder sowas. Ich melde mich, ja?"
„Ist gut", antwortete ich.
„Mach's gut mein Freund", sagte er. Und dann fügte er hinzu. „Mach brav dein Abi."
Ich konnte sein Grinsen durch den Hörer förmlich sehen.
„Lass dich nicht in die Luft sprengen", sagte ich. Dann legte ich auf.

Und das war's. Der Sommer war vorbei. Mein Herz war gebrochen. Meine Schwimmkarriere hatte einen Dämpfer bekommen. Ich fühlte mich, als hätte ich alle Chancen, die mir dieser Sommer in verschwenderischer Fülle geboten hatte, vertan. Das war einfach zu viel für mich; zu viel Sommer.

Ich heftete Livs Postkarte an die Wand über meinem Schreibtisch und kehrte zurück in mein bisheriges Leben. Es nahm mich auf, als wäre ich nie weg gewesen. Niemand in meinem Umfeld hatte die drei Wochen in St. Peter mit mir geteilt. Jeder Versuch zu erklären, was sie mir bedeuteten, erschien aussichtslos. Aber es fragte ohnehin niemand. Veränderungen in meinem Verhalten erklärte Basti mit Liebeskummer und meine Mutter mit Pubertät. Alles normal. Kein Grund zur Sorge. Warum hätte ich ihnen das ausreden sollen? Ich schickte eine Postkarte nach Norwegen und nahm die Erinnerung an den schönsten Sommer meines Lebens an die Hand und führte sie an ein gemütliches Plätzchen in den endlosen Hallen meines Gedächtnisses. Ansonsten verhielt ich mich so, wie es von mir erwartet wurde. Am ersten Schultag nach den Ferien schulterte ich früh morgens meinen Rucksack, fuhr mit dem Rad die alt bekannten Wege entlang und setzte mich auf meinen angestammten Platz. Ich würde brav mein Abi machen. Das war der Plan.

Spielen

Das Schuljahr nahm seinen Lauf und ich bemühte mich, den Anforderungen meines Alltags nachzukommen. Ich ging in die Schule und zum Schwimmtraining, brachte Elfjährigen die richtige Technik beim Delphin bei und ging so oft ich konnte ins Kino. Durch die Schwimmkurse hatte ich ein regelmäßiges Einkommen, dazu noch die Ersparnisse aus dem Sommer, so dass ich meist mehrmals die Woche im Dunkeln saß und mir auf der Leinwand ansah, wie das Leben noch aussehen könnte. Erstaunlicherweise war es ein Film mit Richard Gere, der mir aus dieser Zeit am eindringlichsten in Erinnerung ist. Er hieß *Primal Fear* und handelte von einem jungen Mörder, der wegen offensichtlicher Schizophrenie frei gesprochen wurde. Das Schöne daran war, dass der Junge überhaupt nicht gestört war, es aber schaffte, dass ich, alle andern Zuschauer und sogar sein Anwalt bis zum Schluss davon überzeugt waren, einen völlig Irren vor sich zu haben.

Ich schaffte es immer besser, nicht ständig an Liv zu denken, aber ich war machtlos gegen ihre Augen. Vollkommen unangekündigt konnte es geschehen, dass ich sie direkt vor mir sah. Diese Augen, deren Blick in der Eingangshalle auf mir gelegen hatte. Ich versuchte sie festzuhalten und mir genau einzuprägen, wie die Augen aussahen. Wie sie mich ansahen. Aber sie verschwanden ebenso schnell und ohne Vorwarnung, wie sie kamen.

Ende September kam eine Postkarte aus Norwegen. Liv ging es gut. Die Arbeit war eine *Herausforderung*. Ihre Großmutter eine *Inspiration*. Ob sie ein Theater gefunden hatte, erwähnte sie nicht. Ich schrieb zurück und berichtete über Belanglosigkeiten aus meinem Leben. Von Paco hörte ich nichts. Ich vermisste sie beide, aber je mehr Zeit verging, desto besser gelang es mir, die Sehnsucht zu unterdrücken und stattdessen mit Freude an unseren gemeinsamen Sommer und den Schwur zu denken.

Anfang Januar geschah etwas, von dem ich glaubte, es könne mich voran bringen. Mitten in unserer Stadt, gab es ein Jugendzentrum mit dem spektakulär langweiligen Namen „JUZ“. Es lag kaum hundert Meter von meiner Schule entfernt und dennoch gehörten weder Basti noch ich zu den regelmäßigen Besuchern. In unseren Augen war das JUZ ein Auffangbecken für die ganz fertigen Jugendlichen, für die, die wirklich niemanden mehr hatten. Es zu besuchen, war das Eingeständnis eigenen Scheiterns. Das kam für uns gar nicht in Frage. Aber dann las ich auf der Tafel vor dem Haus, dass das JUZ Schauspieler suchte für die Theatergruppe. Und zwar vor allem *Jungs zwischen 16 und 19*. Ich berichtete Basti davon, um zu erörtern, ob in diesem besonderen Fall, ein Aufsuchen des dubiosen Hauses für mich in Frage käme. Zu meiner Überraschung verstand er nicht mal ansatzweise, wo mein Problem lag.

„Die suchen Jungs zwischen 16 und 19, die schauspielern wollen", referierte er mit überzeugender Sachlichkeit. „Wenn mich meine Mathematik-Künste nicht im Stich lassen, dann kann nicht mal die Tatsache, dass du im Februar volljährig wirst etwas daran ändern, dass das alles auf dich zutrifft." Also ging ich hin.

In meiner nächsten Postkarte nach Norwegen konnte ich Liv dann berichten, dass ich mit meinem Plan Schauspieler zu werden voran kam. Dass ich tatsächlich Teil einer Theatergruppe war. Ich schrieb ihr, dass ich den *Lysander* im *Sommernachtstraum* spielen würde. Einen der *Liebenden*, was mir als Beschreibung sehr gut gefiel. Das Mädchen, das meine Partnerin spielte, gefiel mir ebenfalls sehr gut. Aber davon schrieb ich Liv nichts.

Erstaunlicherweise konnte ich die Tatsache, dass ich dabei war mich zu verlieben, ganz gut von Liv trennen. Grete, so hieß sie, war hier und jetzt. Liv war strahlende Erinnerung, verheißungsvolle Zukunft - und vor allem war sie weit weg. Ich schrieb ihr nichts und hatte kein schlechtes Gewissen. Dass das Leben weiterging, war Teil des Planes. Ich hatte damals im Sommer zwar nicht darüber nachgedacht, dass ich mich möglicherweise verlieben könnte, aber jetzt wo ich dabei war, erschien es mir vollkommen natürlich. Es verstand sich von selbst, dass so etwas geschah. Und es verstand sich von selbst, dass das die Sache zwischen Liv und mir in keiner Weise beeinflusste.

Grete hieß eigentlich Margarete, aber da sie den selben Vornamen trug wie ihre Mutter, war sie für alle einfach nur Grete. Ich habe nie verstanden, warum Eltern ihren Kindern den eigenen Vornamen vererben, nur um sie dann ihr Leben lang mit einer irgendwie verstümmelten Version dieses Namens zu rufen. In Gretes Fall war das für mich aber in Ordnung. Erstens gefiel mir die Kurzfassung viel besser und zweitens waren Gretes Eltern nette Leute. Diese Namensgebung musste ein Ausrutscher gewesen sein. Ein kleiner Unfall im hormonellen Großchaos von Schwangerschaft und Geburt. Das konnte ich verzeihen.

Zwischen Grete und mir funktionierte es von Anfang an. Gleich am ersten Tag der Theatergruppe sollten wir uns in Paaren zusammenfinden, um eine Spiegelübung zu machen. Man stellte sich gegenüber und der eine versuchte genau das zu tun, was ihm der andere vormachte. Nur eben spiegelverkehrt. Ich hatte mir die anderen noch nicht mal wirklich angesehen, da schob Susanne, die Leiterin der Theatergruppe, Grete vor mich hin und sagte. „Ihr zwei hier macht das mal zusammen.“ Also machten wir. Ich grinste mein Gegenüber etwas schief an und sie blickte ziemlich entspannt zurück. Ich war zuerst der Spiegel und Grete fand schnell Gefallen daran, sich ihre langen Haare aus dem Gesicht zu wischen oder zu Zöpfen zu drehen. Da ich meine Haare zu der Zeit raspelkurz trug blieb mir nichts anderes übrig, als ihre Bewegungen mit imaginären Haaren nachzumachen. Als Rache machte ich einen Handstand, als sie an der Reihe war, den Spiegel zu spielen. Natürlich wollte ich sie damit beeindrucken, aber ich hoffte auch, dass sie das nicht nachmachen könnte und ich unseren kleinen Wettbewerb gewinnen würde. Obwohl das Spiel natürlich nicht als Wettkampf gedacht war. Grete verzog keine Miene und schwang sich in einen stabilen Stand, den sie auch dann noch hielt, als mein schiefes Gebilde längst in sich zusammen gebrochen war. Sie lief ein paar Schritte auf den Händen um mich herum und sagte schließlich: „Du erwartest doch nicht, dass ich jetzt ebenso jämmerlich zusammensacke, oder?" Dann kam sie elegant zurück in den Stand, ging in die Hocke und half mir wieder auf die Beine.

An Grete gefielen mir zwei Dinge von Anfang an uneingeschränkt gut. Erstens: sie war nicht so leicht zu beeindrucken. Sie war Leichtathletin und hatte drei Geschwister. Ihre Mutter war als junge Frau polnische Meisterin im Sprint und hatte an den Olympischen Spielen in Montreal teilgenommen. Grete war an Wettkampf gewöhnt. Ein Provinzschwimmer wie ich, trieb ihr keine Begeisterungsröte ins Gesicht. Zweitens: sie fand mich trotzdem toll. Und sie hatte keine Scheu, das zu zeigen. Meinen Handstand begeisterte sie nicht wegen der körperlichen Leistung, die sie für eine Selbstverständlichkeit hielt, sie fand ihn witzig. Oder vielleicht sogar niedlich. Sie mochte was ich tat, einfach weil ich es tat. Ich konnte bei ihr nicht viel falsch machen, einfach weil sie entschlossen hatte, mich zu mögen. Das war neu für mich. Das war gut.

Ohne weiteren Kommentar bestimmte Susanne bereits nach der dritten Probe, dass Grete und ich Hermia und Lysander spielen sollten. Die Liebenden. Ein paar Wochen lang war unsere Zweisamkeit danach ein reines Bühnenphänomen, dann übertrugen wir sie auf die Welt außerhalb des Jugendzentrums.

Es war der Abend meines achtzehnten Geburtstags und ich feierte mit einigen Leuten in der Bar des JUZ. Jetzt wo Basti und ich das Jugendzentrum als akzeptablen Aufenthaltsort angenommen hatten, lag es nur auf der Hand, die Möglichkeiten zu nutzen, die sich uns dort boten. Zu der Bar gab es auch einen Zivi, der mir an dem Abend irgendwann den Schlüssel in die Hand drückte und mir mit breitem Grinsen eine *fantastische Geburtstagsnacht* wünschte. Es hörte sich ein wenig an wie *Hochzeitsnacht* und das Funkeln in seinen Augen machte klar, dass er genau das meinte. Irgendwann waren alle gegangen. Meine Mutter als erste, die zwar darauf bestanden hatte, an dem Abend dabei zu sein, dann aber die meiste Zeit wie unsichtbar in einer Ecke gesessen und sich mit einem gönnerhaftem „Ich lass euch mal“ verabschiedet hatte. Die Leute aus der Theatergruppe gingen als nächstes und irgendwann folgten auch Ben und Katrin mit ihrer Freundin Lisa. Als letzter ging Basti, der seitdem Sommercamp eine Fernbeziehung mit einer Portugiesin führte und sich deswegen den ganzen Abend von einem Mädchen aus der Theatergruppe hatte trösten lassen. Er war so betrunken, dass ich ernsthaft überlegte, ob ich ihn heim bringen müsste. Um mich vom Gegenteil zu überzeugen, stellte er sich mit geschlossenen Augen auf ein Bein und führte problemlos seine beiden Zeigefinger zusammen. Nach diesem *Beweis* seiner vollen Zurechnungsfähigkeit, konnte ich gar nicht anders, als ihn ziehen zu lassen.

Ich hatte kaum die Tür hinter ihm geschlossen, als ich Grete ganz dicht an meinem Rücken spürte. Ich drehte mich um. Wir blickten uns an. Wir lächelten. Wir küssten uns.

Und dieses Mal passte endlich alles. Sie gab nicht zu viel Gas und nicht zu wenig. Vor allem gab sie nicht vor, Erfahrung zu besitzen, die sie nicht hatte. Es war sanft und ein bisschen wild. Wir machten komische Geräusche und mussten lachen und wenn uns etwas besonders gut gefiel, dann sagten wir uns das einfach und machten es gleich nochmal. Nach einer knappen Stunde hatten wir beide das Gefühl, es sei für heute genug. Wir lösten uns voneinander. Ich fuhr sie auf meinem Fahrrad durch die Winternacht. Wir küssten uns in sicherer Entfernung von ihrer Haustür. Ich sah ihr nach. Ich beobachtete ihr Haus bis das Licht in ihrem Zimmer ausging. Ich sog die eiskalte Luft tief in meine Lungen. Ich dachte: *endlich. Endlich erwachsen.*

Heute muss ich über diesen Gedanken lachen. Ehrlich gesagt frage ich mich immer noch, wann ich erwachsen werde. Oder ob es schon geschehen ist, ohne dass ich davon etwas mitbekommen habe. Aber damals sah das anders aus. Ich war volljährig, ich hatte eine Freundin, also war ich erwachsen. Keine weiteren Fragen.

Die Beziehung mit Grete und die Theaterproben hatten zur Folge, dass ich weniger Zeit für andere Dinge hatte. Das erste offensichtliche Opfer dieser Veränderung war meine Schwimmkarriere. Nach dem Rückschlag im Sommer hatte ich im Herbst versucht, wieder anzugreifen, aber jetzt hatte ich mit meiner Zeit einfach besseres zu tun. Ich fehlte immer öfter. Meine Bahnzeiten stagnierten, schließlich wurde ich langsamer und erstaunlicherweise war mir das alles ziemlich egal. Ich liebte das Wasser und die Bewegung darin wie eh und je, aber ich musste nicht mehr unbedingt der schnellste sein. Ben beobachtete das mit wachsender Enttäuschung. Wenn ich mich nicht zusammen nähme, so warnte er mich im April, würde Basti mich bei der Vereinsmeisterschaft in meiner Paradedisziplin schlagen. Es wurde Mai und tatsächlich schlug Basti nach acht Bahnen Delphin fast eine halbe Sekunde vor mir an. Ich hing völlig ausgepumpt an meinem Startblock und versuchte zu ergründen, ob gerade etwas Schlimmes geschehen sei, da kam Basti zu mir rüber getaucht und tat das Beste, was er in dieser Situation tun konnte. Er freute sich wie verrückt. Übermütig hieb er mir seine Pranke auf die Schultern, so dass ich vor Schreck den Griff losließ und für einen Moment unter Wasser tauchte. Als ich wieder hochkam blickte ich in ein riesiges Grinsen und er rief: „Ich hab dich gepackt, Albatros. Diesmal hab ich dich gepackt.“ Am Beckenrand blickte Ben zu uns rüber, als sei jemand, der ihm sehr nahe steht, gerade vor seinen Augen ertrunken.

Basti wusste sehr wohl, dass er seinen Triumph mehr meiner Nachlässigkeit, als eigenem Trainingseifer zu verdanken hatte, aber das kümmerte ihn nicht. Woran auch immer es lag - es war wie es war. Und war es nicht auch eine Qualität, dass er nicht nachgelassen hatte mit dem Training? Dass er sich weiterhin mit ungebremstem Eifer jeden Tag in die Fluten warf? Seine Fernbeziehung mit Vanessa aus Guimarães ließ ihm natürlich jede Menge Zeit dazu, aber er wollte es auch einfach mehr als ich. Also hakte ich eine mögliche Zukunft als Profischwimmer ab, spielte Theater, vertiefte meine Kenntnisse der weiblichen Anatomie und freute mich, einen Freund zu haben, für den es keine Rolle spielte, ob ich mehr oder weniger Zeit für ihn hatte.

Aus Norwegen kam in dieser Zeit immer mal wieder eine Postkarte, die mir den Pulsschlag in die Höhe trieb und die ich so schnell wie möglich beantwortete. Vielleicht bildete ich es mir ein, aber der Ton zwischen Liv und mir wurde distanzierter. Nicht, dass es Streit oder Ärger zwischen uns gegeben hätte. Wir lebten einfach unterschiedliche Leben. Wir entfernten uns voneinander. Sie berichtete begeistert von der *Intensität*, die ihr Leben erfülle. In der Arbeit mit den todkranken Menschen und in ihrer Freizeit, die sie vor allem mit ihrer Großmutter und einer Staffelei zu verbringen schien. Sie schrieb, sie würde noch ein Jahr verlängern. Sie würde bleiben, wo sie war bis zum Sommer 1997. Ich freute mich. Dann hätte ich mein Abi in der Tasche. Für uns beide würde zeitgleich eine neue Phase beginnen.

Von Paco hörte ich in all der Zeit gar nichts. In der Zeitung hatte ich gelesen, dass der Bürgerkrieg in Guatemala offiziell beendet worden war. So wie er es vorausgesagt hatte. Das beruhigte mich. Und ein toter Deutscher wäre doch immer noch eine Meldung wert gewesen, oder?

Achsbruch

Ende Mai fanden die Theateraufführungen statt. Wir spielten fünfmal hintereinander, pausierten zwei Tage und lieferten noch einmal fünf Auftritte ab. Das Licht kam dieses Mal von ganz gewöhnlichen Bühnenscheinwerfern, aber schön waren die Auftritte trotzdem. Nur schade, dachte ich, dass Liv mich nicht sehen konnte. Oder Paco. Ansonsten kam so ziemlich jeder, den ich kannte, um sich das Stück anzusehen. Basti, Ben, Katrin, alle möglichen Mitschüler, viele Lehrer, Schwimmkollegen, sogar meine Schwimmschüler mit ihren Eltern, Gretes Familie und meine Mutter. Natürlich kam sie gleich zur Premiere und sie nahm gerne die Glückwünsche entgegen, die sie hinterher von allen Seiten für ihren Sohn bekam. Aber ich hatte schon an diesem Abend das Gefühl, dass irgendetwas mit ihr nicht stimmt. Dass etwas in ihr arbeitete.

Was es war erfuhr ich Anfang Juni, als ich die letzte Lateinarbeit des Schuljahres mit nach Hause brachte.

Als Zensur prangte oben rechts ein schnörkelloses Oval. Null Punkte. Eine glatte sechs. Die erste meiner gesamten Schullaufbahn. Und ich war nicht mal überrascht. Zwischen all den Proben, Generalproben und Aufführungen hatte ich wenig an die Schule gedacht. Und ich hatte blöderweise vergessen, vor der Arbeit eine Übersetzung des aktuellen Textes zu besorgen und diese rechtzeitig auf dem Klo zu deponieren. Basti war nicht mehr in meinem Kurs und so hatte auch er mich nicht retten können. Und meiner Mutter konnte ich schlecht den wahren Grund für meinen plötzli-

chen Leistungsabfall erklären. Sie war vollkommen außer sich.
„Das zählt alles fürs Abi, Peter", rief sie. „Willst du durchs Abi fallen?".
Ich fand das übertrieben. Meine Noten waren zwar schlechter geworden, aber so dramatisch war es nicht. Dennoch hätte ich nicht grinsen sollen.
„Findest du das witzig?", brüllte meine Mutter. Ihre Stimme klang sehr hoch, so als würde sie nicht genügend Luft bekommen.
Ich schüttelte den Kopf und blickte zu Boden.
„Was ist los mit dir, Peter?", brachte meine Mutter schwer atmend hervor. „Bist du jetzt auch einer von diesen ach-so coolen Halbstarken, denen ihre Zukunft egal ist?"
Wieder schüttelte ich den Kopf. Ich blickte sie an und versuchte es mit dem, was ich auch meiner Lehrerin gesagt hatte.
„Mama. Es ist nur ein Ausrutscher, OK. Ich war nicht bei der Sache."
Meine Mutter sah mich scharf an. „Das ist Blödsinn, Peter. Wenn man nicht bei der Sache ist, dann schreibt man eine vier. Oder von mir aus eine fünf. Aber eine sechs?" Ihre Stimme machte wieder Anstalten zu kippen. „Null Punkte? Gar nichts? Das soll ein Ausrutscher sein?".
Ich sah wieder zu Boden.
„Das ist, das ist…" suchte meiner Mutter nach Worten. „Das ist scheiße", brüllte sie.
Überrascht blickte ich auf. Ich hatte sie noch nie fluchen hören. Ich verstand nicht, wieso sie sich so aufregte. Und es ärgerte mich.
„Ist doch eh egal", sagte ich.
Meine Mutter riss die Augen auf. „Wie bitte?"
Ich blickte auf und sah ihr direkt in die Augen.

„Es ist egal", wiederholte ich so ruhig ich konnte. Dennoch gelang es mir nicht ganz zu verhindern, dass ich wie ein trotziges Kind klang. „Ich will ohnehin nicht studieren. Ich werde Schauspieler."
Den kurzen Moment der Verblüffung, der daraufhin entstand, nutzte ich, um unter Türknallen in meinem Zimmer zu verschwinden.

Kurz darauf hörte ich sie am Küchentisch leise weinen und meine Wut verpuffte ins Nichts. Ich kehrte zurück, legte meinen Arm auf ihren Rücken und flüsterte: „Es tut mir leid. Ich hab's nicht so gemeint."
Sie zeigte keine Reaktion, so als hätte sie mich gar nicht bemerkt. Das letzte Mal hatte ich sie als Kind weinen sehen und ich spürte, wie Panik in mir aufstieg. Also fügte ich schnell hinzu.
„Natürlich mache ich Abi, Mama. Ich werd für Latein ganz viel lernen."
Sie hob den Kopf und wischte sich die Tränen ab. Ihre Verletzlichkeit verschwand in Sekundenbruchteilen. Wie auf Knopfdruck wurde ihr Blick ernst, fast wütend. Beschwörend blickte sie mich an.
„Es gibt nichts wichtigeres, als deine Ausbildung, Peter." Sie machte ein kurze Pause und starrte mich an, als wollte sie mich hypnotisieren. „Vergiss das nie."
Ich nickte, musste schlucken und blickte zu Boden. Ich schaffte es nie, ihrem Blick stand zu halten. Wenn jemand wusste wovon sie sprach, dann meine Mutter.

Meine Mutter war als einzige Tochter einer Kaufmannsfamilie in einem riesigen Landhaus in der Nähe von Münster aufgewachsen. Ihr Vater war immer unterwegs und ihre Mutter immer zu Hause. Die ganze Aufmerksamkeit meiner Großmutter galt der schulischen Leistung ihrer Tochter, der

Reinheit ihrer Kleidung und dem akkuraten Sitz ihrer Frisur. Meine Mutter mühte sich, in all diesen Punkten den Ansprüchen meiner Großmutter zu genügen, doch es gelang ihr nie. Und so genügte ein einziger Fehler im Diktat, ein winziger Fettspritzer auf dem Blusenärmel oder eine zerzauste Stirnlocke, um meine Mutter in Tränen ausbrechen zu lassen. Nicht aus Kalkül. Von meiner Großmutter war wegen ein paar Tränen kein milderes Urteil zu erwarten. Es war die aufrichtige Enttäuschung darüber, wieder einmal versagt zu haben, die sie ständig in ein wimmerndes Bündel verwandelte. „Es waren immer nur Nichtigkeiten", hatte sie gesagt, als sie mir von dieser Zeit erzählt hatte. Sie hatte darüber gelächelt, aber schief und ohne, dass ihre Augen mitgemacht hätten. Ich erschrak über die Verachtung, die sie für ihr kindliches Ich zu empfinden schien. Dann war sie ganz ernst geworden und hatte leise hinzugefügt. „Ich hatte ja keine Ahnung."

Sie dachte dabei wohl an echte Gründe zum Weinen. Nicht an verkleckste Kinderkleidchen oder holprig aufgesagte Frühlingsgedichte. Nicht an Nichtigkeiten. Und ich glaube, dass sie deswegen nur Verachtung übrig hat für die heulende Siebenjährige, die sie einmal war, weil sie die Welt ihrer Kindheit so weit hinter sich gelassen hat.

Irgendwann muss meine Mutter verstanden haben, dass sie, egal was sie tat, niemals dem Idealbild von Tochter nahe kommen würde, das ihre Mutter sich erträumte. Und dass sie ihren Vater nur soweit interessierte, dass er sich von ihr einen ordentlichen Ehemann und damit einen Erben für das Familiengeschäft erhoffte. Also hörte sie auf, sich um Kleidchen und Frisur zu sorgen und ging mit dem ersten Mann mit, der den Vorstellungen ihrer Eltern von einem geeigneten Schwiegersohn vollkommen widersprach - meinem Vater. Einem Einzelgänger. Einem ehemaligen Heimkind. Einem Musiker; langhaarig und vollkommen mittellos.

Nachdem der erste Schock über die plötzlich widerspenstige Tochter verdaut war, versuchten meine Großeltern alles bei einem Abendessen wieder ins Lot zu bringen. Doch mein Vater war ein Mann von Prinzipien. Und eines davon war, es alleine zu schaffen. Etwas aufzubauen nur mit seinem schlauen Kopf, seinem freundlichen Wesen und seinen talentierten Pianistenhänden. Als er sich weigerte, einen Umschlag mit Banknoten von meinem Großvater anzunehmen und sich noch vor der geplanten Zigarre aus dem Staub machte, war das Tischtuch endgültig zerschnitten. Per Anwalt wurde meine Mutter Monate später in Kenntnis gesetzt, dass sie wegen *ungebührlichen und geschäftsschädigenden Verhaltens* vollständig enterbt sei. Bis heute hat sie kein weiteres Wort von ihren Eltern gehört oder gelesen.

Aus jetziger Sicht ist auch das Zerwürfnis mit ihren Eltern für meine Mutter nur eine der Nichtigkeiten. Die Katastrophe, ereignete sich erst im November 1978. Mit gerade mal vierundzwanzig Jahren war meine Mutter plötzlich Witwe. Mit einem Säugling auf dem Schoß, den es galt groß zu ziehen. Ohne Arbeit. Ohne Ausbildung. Und als sich ihre Eltern auch dann nicht bei ihr meldeten, wusste sie, dass sie vollkommen alleine war auf dieser Welt. Und dass der Fleck, der dieses Mal ihr Kleid verdunkelte immer größer werden würde. Und dass er nie wieder verschwand.

In dieser Zeit muss meine Mutter so viel geweint haben, dass sie für den Rest ihres Lebens genug davon hatte. Als sie das hinter sich hatte, drückte sie ihren Rücken durch, teilte die Witwenrente klug ein, nahm die Hilfe von den Frauen aus der Nachbarschaft an und begann uns beiden ein neues Leben aufzubauen. Sie zog aus der schönen neuen Wohnung aus, in der ihr Leben mit meinem Vater hätte spielen sollen und fand eine günstigere Bleibe in einem Hochhaus. Und dann besann sie sich des einzig Sinnvollen, was ihr, neben einem Schrank voller schicker Kleider und einer stets sitzenden Frisur, von der Erziehung meiner Großmutter geblieben war: ihrer guten Schulbildung. Sie schrieb sich an der Universität ein. Nur vier Jahre später war meine Mutter diplomierte Mathematikerin. Sie bekam sofort einen Job als Dozentin. Jetzt konnte das Leben weitergehen.

Ich begreife bis heute nicht, woher die zarte Kaufmannstochter, die so wohl behütet von den Widrigkeiten dieser Welt aufgewachsen war, die Kraft hergenommen hatte, um die Rückschläge ihres Lebens derart bravourös zu meistern. Vielleicht hatte diese Kraft schon immer in ihr geschlummert. Vielleicht musste sie nur endlich gefordert werden. Woher auch immer sie die Energie nahm, der Achsenbruch, der ihre Fahrt durchs Leben so jäh gestoppt hatte, war nicht stark genug gewesen, sie aufzuhalten. Er hatte sie abgeworfen und alles durcheinander gewirbelt, aber letztlich hatte sie den Karren aufgebockt, die Räder abgenommen, die Achse gewechselt, alles frisch geölt, dem Wagen einen neuen Anstrich verpasst, ihn zurück auf die Straße gehievt und war weitergefahren. Und das alles ganz allein und mit einem heulenden, verrotzten Kleinkind unterm Arm.

Ich erinnere mich, dass ich in diesen schweren Jahren oft auf ihrem Schoß saß und sie mich fest an sich drückte. Ich spürte das Zittern, das unkontrolliert durch ihren ganzen Körper lief und wie ihre Tränen in dicken Tropfen in mein Haar fielen und dort von ihrer Hand weggestrubbelt wurden. Aber ich muss schon als Kleinkind die Fähigkeit gehabt haben, in diesen Momenten genau die richtige Grimasse zu ziehen oder etwas wirklich Lustiges zu sagen. Ich schaffte es immer, ihre Tränen zu stoppen. Sie zum Lachen zu bringen. Das war meine Aufgabe.

Pünktlich zu meiner Einschulung, war die Phase von Trauer und Reparaturen vorbei. Lediglich eine gewisse Verhärtung ihres Wesens verbunden mit einer irrationalen Ablehnung von Musik waren meiner Mutter als Narben geblieben. Aber ich verstehe das. Hätte sie sich ihren Gefühlen hingegeben, hätten sie es nicht gepackt. Hätten wir beide es nicht gepackt. So waren die Tränen getrocknet, das Leben neu geordnet und meine Ausbildung konnte beginnen.

An jenem Nachmittag an unserem Küchentisch kam ich mir vor wie ein Idiot. *Ich muss nix mehr lernen, ich werd jetzt Schauspieler.* Nach all dem was geschehen war, nach all dem, was meine Mutter auf sich genommen hatte, knallte ich ihr so einen Kindergartensatz hin? Ich schämte mich. Ich hatte mich hängen lassen. Ich hatte zu viel von St. Peter geträumt; von Norwegen, Mittelamerika und Auftritten im Sonnenlicht. Ich hatte meinen Alltag vernachlässigt und meinen eigenen Plan vergessen. Die sechs in Latein war die logische Folge. Ein erster Schuss vor den Bug.

Es wurde Zeit, sich zusammenzureißen. So wie meine Mutter sich zusammen gerissen hatte. Und sie hatte auch schon eine genaue Vorstellung, wie das für mich in Zukunft aussehen sollte.

Neue Pläne

Susanne nahm meine gestammelte Erklärung hin, ohne eine einzige Nachfrage. Sie zog die Stirn in tiefe Falten und sagte nur. „Schade, Peter. Wirklich schade."

Grete war außer sich. Die Theatergruppe wäre *unsere Heimat*, sagte sie. Unser *Fundament. Die Basis unserer Beziehung.* Ich versuchte sie zu beruhigen und erklärte ihr, dass es ja

nur für das kommende Schuljahr sei. Nur wegen der Vorbereitungen fürs Abitur. Sie sah mich an, als wäre ich bescheuert.
„Und was kommt dann?", schrie sie. „Hast du darüber mal nachgedacht?"
Ich blickte betreten zu Boden und schüttelte den Kopf. „Es tut mir leid", flüsterte ich.
Und das war die Wahrheit. Die Theatergruppe aufzugeben war das ultimative Opfer. Aber meine Mutter verlangte es nun mal. Ein gutes Abitur stand über allem. Und da ich es offensichtlich nicht schaffte, Freundin, Theater, die Reste meiner sportlichen Aktivitäten und Schule ordentlich unter einen Hut zu bringen, hatte ich keinerlei Argumente. Grete stand nicht zur Diskussion. Ein Leben ohne Schwimmen ebenso wenig. Also musste die Theatergruppe dran glauben. Keine Proben. Keine Auftritte. Keine weiteren Schritte durch die Welt des Theaters. Keine Förderung durch Susanne. Eine weitere Gelegenheit, die ich verpasste.

Natürlich erzählte ich Grete nicht, dass ich vor meiner Mutter in die Knie gegangen war. Da konnte ich schon eher ertragen, dass sie mich für übertrieben vernünftig hielt. Dass sie glaubte, ich denke an meine Zukunft. Auch wenn sie das vielleicht noch mehr verletzte, weil es sie ausschloss. Sie war sechzehn. Wenn ich mit der Schule fertig wäre, hätte sie noch zwei Jahre vor sich. Wenn es jemanden gab der verstand, dass das eine ziemlich beschissene Situation war, dann ich.

Doch erstmal hatten wir mindestens noch ein Jahr Zeit. Vielleicht zwei, wenn ich meinen Zivildienst zu Hause leisten würde. Unmittelbar vor uns lagen sechs Wochen Sommerferien. Meine letzten Sommerferien und ich hatte keinerlei Pläne. Zum Schwimmcamp war ich dieses Jahr nicht geladen worden. Meine Zeiten waren zu schlecht. Meine Mutter bestand auch nicht mehr auf meine Anwesenheit im Freibad und so war ich vollkommen frei. Ich wollte nach Norwegen. Aber Grete wollte mit. Das wollte ich nicht. Also schob ich diesen geheimen Plan auf die zweite Hälfte der Ferien und wir machten eine Radtour. Nur Grete und ich und ein Zelt. Unser Ziel waren die Alpen, aber wir kamen nur bis in den Schwarzwald. In der ersten Woche regnete es fast ununterbrochen. Unsere Sachen waren ständig klamm und wir gaben viel zu viel Geld für warme Suppen aus, weil wir keine Lust hatten, ständig im Regen Spaghetti zu kochen. Auf einem Zeltplatz in Titisee-Neustadt fragte uns der Besitzer, ob wir nicht eine Woche bleiben wollten. Der Platz war trotz des Wetters ausgebucht und ihm waren kurzfristig zwei Saisonkräfte ausgefallen. Die Bezahlung war lächerlich, aber dafür gehörten ein eigener Holzbungalow, sowie freie Kost zum Angebot. Außerdem mussten wir immer nur von 16 Uhr bis Mitternacht arbeiten. Wir nahmen an. Ich half in der Küche und kontrollierte ab 22 Uhr die Einhaltung der Ruhezeit auf dem Platz. Grete machte den Service. Die Arbeit war leicht. Dazu hatte sich die Sonne plötzlich daran erinnert, welche Jahreszeit es war und so verging die Woche wie im Flug. Ich fühlte mich so erwachsen wie nie zuvor. Ich hatte das Gefühl, eine wichtige Aufgabe zu erledigen. Eines Nachts stand ich vor unserem Bungalow, blickte über das schlafende Zeltstädtchen um mich und stellte mir vor, nie wieder von hier fort zu gehen. Der Campingplatz war zu *meinem* Platz geworden. Grete war meine Frau und gemeinsam bauten wir uns hier eine Zukunft auf. Nach einer Woche blieben wir eine weitere und danach noch eine. Dann mussten wir zurück. Grete wollte mit ihrer Familie nach Polen. Und ich hatte ja auch noch Pläne.

Als ich braungebrannt und glücklich zweieinhalb Wochen vor Ende der Ferien nach Hause zurückkehrte, wartete eine Postkarte auf mich. Aus den USA. „Von deiner Künstlerin", raunte mir meine Mutter mit einem Blick zu, der irgendwo zwischen Verachtung und Belustigung schwankte. Sie hatte weiterhin alle Postkarten gelesen, die ich nicht vor ihr in die Finger bekommen hatte und mittlerweile verstanden, dass mein geheimer Kartenschreiber weiblich war. Und sie war ganz und gar nicht sicher, was sie davon halten sollte. Jetzt, wo ich „so eine nette Freundin" gefunden hatte.

Die Zeilen von Liv machten einen Strich durch meine weiteren Ferienpläne. Sie war in New York. Mit ihrer Oma. In der *Hauptstadt der Welt*, wie sie begeistert berichtete. Sie verbrachte die Tage in Museen und Ausstellungen, ging auf Parties und Vernissagen und genoss die wuselnden Menschenmassen. Sie fluchte ausgiebig auf die Kombination aus drückender Hitze und gnadenlosen Klimaanlagen, aber mit dieser Ausnahme las ich aus jeder Zeile, nichts als Begeisterung. Zurückkommen würden sie erst Ende September. Die ersten drei Wochen meiner Ferien war sie noch in Norwegen gewesen. Aber in der Zeit hatte ich ja Campingplatz-Besitzer gespielt. Ich legte die Karte zu den anderen in meiner Schreibtischschublade und zuckte mit den Schultern. Es sollte einfach nicht sein. Noch nicht.

Da ich nichts anderes vorhatte, willigte ich in Bastis Vorschlag ein, eine Woche mit ihm das Auto seines Opas auszufahren. Wir hatten mittlerweile beide den Führerschein und ich war dankbar für jede Gelegenheit, Fahrpraxis zu sammeln. In meiner Familie gab es ja leider keinen Opa, der sein Auto als Testwagen zur Verfügung stellte. In meiner Familie gab es überhaupt keinen Opa.

Neben der Aussicht auf unseren eigenen kleinen Road Trip, gab es noch einen anderen Grund für mich, der Reise zuzustimmen. Das Ziel. Basti wollte nach Hamburg. Es gab dort irgendeine ganz besondere Jura-Uni, die er sich angucken wollte und da ich wusste, dass diese Begründung auch dem kritischen Ohr meiner Mutter gefallen würde, erklärte ich kühn, auch ich würde mich sehr für diese Uni interessieren. Im Gegensatz zu meinem plötzlichen Interesse für Theater, zeigte sich meine Mutter darüber kein bisschen verwundert. Sie nickte wissend, so als würde etwas geschehen, mit dem sie schon sehr lange gerechnet hatte und steckte mir mit vor der Abfahrt einen Hundertmark-Schein zu. „Für die Reisekosten", erklärte sie.

Wir wohnten bei einem Onkel von Basti, der glücklicherweise eine Autowerkstatt besaß, so dass der uralte Mercedes pünktlich für die Rückfahrt wieder einsatzfähig war. Auf der Hinfahrt hatte das Monstrum schon kurz hinter Frankfurt angefangen, Unmengen an Dampf aus der Motorhaube zu husten. Am Telefon vermutete der Opa, dass das Auto Geschwindigkeiten über 80 km/h nicht mochte - zumindest konnte er sich nicht daran erinnern, in den letzten Jahrzehnten mal so schnell gefahren zu sein. Er riet uns, die Landstraßen zu nehmen. Da würden wir mehr lernen und mehr sehen. Wir hätten zwar lieber gelernt, wie man mit 200 Sachen einen Porsche überholt, aber letztlich waren wir so wenigstens irgendwann in Hamburg angekommen.

Die Jura-Uni, zu der Basti mich schleppte, war eigentlich eine *Law School,* wie ich bei unserem Besuch lernen musste. Alles sah zwar ganz genauso aus wie in einer Universität, bis hin zu der Tatsache, dass die Räumlichkeiten mehrere Flure in einem Gebäude der Uni einnahmen, aber dennoch, erklärte die Sekretärin, die uns herumführte, sei es etwas völlig anderes. Die Abiturnote zum Beispiel wäre nicht so wichtig. Man müsse einen Test absolvieren. Hier könne also wirklich jeder studieren, der zum Juristen geeignet sei. Und sehr bald würde die ganze *Law School* auch in ein *angemesseneres Gebäude* ziehen. Etwas in ihrem Blick verriet mir, dass die Dame dabei mindestens an ein Rokoko-Schlösschen dachte. Das würde dann auch besser zu den horrenden Studiengebühren passen, die man *leider* für die Ausbildung zahlen musste, dachte ich. Aber die Qualität der Lehre wäre *so exzellent*, dass man quasi mit Antritt des Studiums für immer ausgesorgt hatte. So sprach die Sekretärin. Und so glaubte es Basti. Ich sah am Glänzen in seinen Augen, dass sich eine Idee in seinem Kopf einnistete und er wieder mal etwas gefunden hatte, von dem er restlos begeistert sein konnte.

Nachdem Basti damit seine Lebensplanung für die nächsten vierzig Jahre innerlich abgeschlossen hatte, konnte ich mein Vorhaben in Angriff nehmen. Während er noch davon fabulierte, wie wir beide zuerst die Uni, dann die leidenschaftlich pochenden Herzen aller Studentinnen und am Ende die wichtigsten Posten in den Schaltzentralen der Macht erobern würden, zog ich ihn in die U-Bahn und wir fuhren zu einer Haltestelle, die Borgweg hieß. Erst als wir schon ausgestiegen waren und kurz danach am Rande eines riesigen Parks standen, fragte mich Basti, wo wir seien und was wir hier machten.

„Wir gehen spazieren“, erklärte ich. Dabei fixierte ich die gegenüberliegende Straßenseite, bis ich das richtige Haus gefunden hatte. Es war weit weniger imposant, als ich angenommen hatte. Freistehend zwar, mit Hecke, Vorgarten und eigener Auffahrt, aber ansonsten eher unauffällig. Nicht so, wie ich es von einer Zahnarztvilla erwartet hatte. Die Ziegelmauern waren ziemlich grau und verwaschen und das Dach war so weit nach unten gezogen, dass alles klein und bedrückend wirkte.

An dem Parkweg auf dem wir liefen stand auf Höhe des Hauses eine Bank. Ich setzte mich und Basti ließ sich neben

mich fallen. Er sah mich fragend an. Ich nickte mit dem Kopf in Richtung des Hauses und sagte:
„Hier wohnt sie."
Basti blickte verwirrt zwischen dem Haus und mir hin und her.
„Wer?"
„Liv", murmelte ich.
„Liv?", wiederholte Basti und es klang ganz so, als wollte er gleich fragen, wer das sei. Dann verstand er.
„Liv?", wiederholte er noch einmal. „Ehrlich jetzt? Wir sitzen hier gegenüber von dem Haus deiner Angebeteten?" Er machte eine kurze Pause in der er noch einmal das Haus und dann mich fixierte. „Wie zwei perverse Spanner?"
Ich grinste und nickte wortlos.
Basti gab sich geschlagen und ließ sich nach hinten fallen. Für einige Sekunden saß er wortlos neben mir und starrte, wie ich, auf das Haus. Ich konnte fast hören, wie er im Kopf eins und eins zusammenzählte. Ohne das Haus aus den Augen zu lassen fragte er:
„Deswegen bist du mitgefahren?".
Ich antwortete nicht. Ich grinste.
Nach etwa fünf Minuten wort- und ereignislosem Starren drehte sich Basti zu mir. „Und?", fragte er. „Findest du es spannend?".
Ich grinste wieder.
„Schnauze", murmelte ich.
Ich saß da und versuchte zu ergründen, was ich fühlte. Warum war ich hier? Bastis Worte pöbelten durch meinen Kopf. War das pervers? War ich bescheuert? Besessen von einem Mädchen, mit dem ich kaum Zeit verbracht hatte und die ich nicht vergessen konnte? Ich sah mir das Haus genau an und versuchte mir Details einzuprägen. Eine Tanne stand schüchtern und allein im Vorgarten. Wie lange war die

schon hier? Hatte sie Liv aufwachsen sehen? Der Rasen wucherte wild. Vereinzelt blühten ein paar Blümchen. War das ein Ausdruck des freien, künstlerischen Geistes, in dem Liv aufgezogen worden war? Die Atmosphäre, die eine Künstlerin hervorbrachte? Plötzlich schubste mich Basti an.
„Da kommt jemand raus."
Ich blickte zur Tür und hörte mich selbst erschrocken einatmen. Auf der anderen Straßenseite, keine fünfzehn Meter entfernt, war Liv. Aber das war nicht möglich. Liv war in New York. Oder war sie früher zurückgekommen? Ich konnte ihr Gesicht nicht erkennen, denn sie hatte sich zur Tür umgedreht um abzuschließen, aber ich erkannte ihre Haare, ihren Rücken, das geblümte T-Shirt das sie trug. Das hatte sie auch in St. Peter getragen. Sie war es.
„Ist sie das?", hörte ich Basti fragen. Wie ich konnte er seinen Blick nicht abwenden und mir wurde bewusst, wie absurd diese Szene wirken musste.Eindeutig zwei Perverse, wie wir hier saßen vor ihrem Haus und starrten. Liv blickte hoch, doch sie schien uns noch nicht bemerkt zu haben. Sie ging die paar Meter von der Haustür zur Straße und blieb stehen. Jetzt sah sie direkt zu uns rüber. Sie beschattete ihre Augen mit der Hand und ein leichtes Zucken durchlief ihren Körper. Hatte sie mich erkannt? Oder hatte sie sich nur erschreckt, weil wir immer noch zu ihr hinstarrten? Sie senkte die Hand und zog eine Grimasse. Dann winkte sie uns, rief mit gedehnter Stimme „Guten Tag" über die Straße und ging, offenbar belustigt von unseren verdutzten Gesichtern, gut gelaunt die Straße hinunter. Und an ihrer Grimasse, an ihrem Winken, an ihrer Stimme und an ihrem Gang erkannte ich endlich, dass ich mich getäuscht hatte.
Basti schob seinen Kopf etwa zehn Zentimeter vor meinen und fragte:
„Was war das denn jetzt?"

An seinem Kopf vorbei sah ich dem Mädchen nach, das soeben um die Ecke in Richtung U-Bahnhof verschwand. „Ich glaube", stammelte ich. „Das war ihre Schwester."

Ich war überglücklich. Ich hatte zwar nicht Liv gesehen, aber damit hatte ich ja auch gar nicht gerechnet. Aber Livs Schwester... das war, das war... ich konnte es nicht erklären. Es war einfach ein Beweis, dass es Liv tatsächlich gab. Eine Bestätigung meiner Erinnerung. Eine Bestätigung des letzten Sommers. Und für einen Moment hatte ich sogar geglaubt, ich würde wirklich und wahrhaftig Liv wiedersehen. Das hatte mich im ersten Moment erschreckt, aber die Vorstellung, dass sie da vor mir stand und ich gleich mit ihr reden könnte - das war unbeschreiblich schön.

Basti schüttelte nur den Kopf. Genauso wenig wie ich verstehen konnte, wie diese unscheinbare Uni bei ihm Begeisterungsstürme ausgelöst hatte, verstand er meine Euphorie nach der Begegnung mit Livs Schwester. Aber wir kannten einander gut genug, um uns nicht lange damit aufzuhalten. Wir nahmen die Begeisterung des anderen hin und zogen die gute Laune einfach mit durch unsere Woche. Wir erlebten ausnahmslos fantastische Tage an der Elbe. Am Ende war ich sogar bereit zu glauben, dass Bastis Plan von der Law School gar keine so dumme Idee war.

„Auf *Summer School* folgt *Law School*", feixte er. Und auch wenn dieses Wortspiel sicherlich keine humoristische Glanzleistung meines Freundes war, lachte ich herzhaft darüber.

Erbe

Die Woche in Hamburg hatte zwei bleibende Veränderungen zu Folge. Die erste war: es gab einen Plan für die Zeit nach der Schule. Einen geradezu perfekten Plan, wie ich fand. Ich dachte zwar nicht ernsthaft daran, Jura zu studieren. Aber ich würde mich erstmal bewerben. Wenn ich diesen Test wirklich bestehen sollte und ich irgendwie das Geld für das Studium aufbringen könnte, dann würde ich es eben an dieser *Law School* versuchen. Meine Mutter wäre happy. Ich würde mit Basti in Hamburg leben und dann könnte ich mich immer noch nach einer Schauspielschule umschauen. Und wenn sie mich nicht nehmen würden, wäre es sicher nicht schwer meine Mutter von einem anderen Studium in Hamburg zu überzeugen. Wie auch immer - das Ziel war Hamburg. Und zwar am besten direkt nach dem Abitur. Da unsere Zukunft an der Elbe lag, erschien es Basti nur logisch, dass wir schon unseren Zivildienst in Hamburg leisten würden. Wenn wir das Geld zusammenlegten, würde es sicher für eine kleine gemeinsame Wohnung reichen.

Die zweite Veränderung hing mit der ersten direkt zusammen. Grete war sauer. Wir sahen uns wieder, gaben unseren Körpern Zeit sich zu begrüßen, aber als ich dann von Hamburg erzählte, von der schönen Woche, die wir hatten, von der Zukunft, die ich dort plante, konnte sie sich kein bisschen für mich freuen. Nicht dass ich erwartet hätte, dass sie in lauten Jubel ausbricht. Aber Grete war wirklich richtig sauer. Was ich da oben wolle, fragte sie. Da würde ich doch niemanden kennen. Wieso ich uns ein mögliches weiteres Jahr rauben wolle. Und ob das alles etwas mit einer anderen Frau zu tun hätte. Ich war völlig sprachlos. Wie kam sie auf so eine Frage? Ich stritt vehement ab, aber etwas in der Art wie ich „natürlich nicht“ sagte, gefiel ihr nicht. Wir stritten uns heftig, bis sie irgendwann meinte, ich solle jetzt gehen.

Gretes Verstimmung hielt nicht lange an. Aber ich spürte deutlich, dass sich etwas zwischen uns verändert hatte. Alles war plötzlich viel schwerer. Als hätte uns jemand Blei in die

Schuhe gegossen. Ich spürte es in jedem Gespräch, in jedem Kuss. Während wir in den Wochen als „Campingplatzbesitzer“ ein leichtes und sorgloses Paarleben geführt hatten, lag Hamburg fortan wie eine dunkle Wolke über uns. Wie ein lauerndes Gewitter, das mit einem einzigen Blitzschlag das zarte Bäumchen unserer Beziehung in Flammen setzen und es zu einem rauchenden schwarzen Klumpen verkohlen würde. Und ich war derjenige, der dieses Unwetter heraufbeschworen hatte, der den Sturm ungeduldig erwartete und ihm mit irrer Freude ins Gesicht lachte.

Bevor der Sturm kommen sollte, erwartete mich erstmal noch eine andere Überraschung. Wie schon so oft zuvor, kam sie auch dieses Mal in Gestalt eines Briefes. Wenn ich heute darüber nachdenke fällt mir auf, wie oft wichtige Veränderungen damals völlig unangekündigt in mein Leben purzelten. Eine Stahlschiene, die einen Scheinwerfer tragen soll, gibt plötzlich nach. Eine Tür öffnet sich und jemand kommt rein, von dessen Augen man seinen Blick nicht lösen kann. Ein Brief landet auf dem Küchentisch und man erfährt, dass man irgendwo angenommen wurde oder irgendwo abgelehnt. Oder dass man plötzlich einen Opa hat.

Der Brief, der im Herbst 1996 meine Pläne durcheinander rüttelte kam nicht von Liv, nicht aus Guatemala und auch nicht von irgendeinem Verein, der sich der Förderung der Allerschlausten verschrieben hatte. Er kam vom Kreiswehrersatzamt. Ich war für den Dienst an der Waffe voll tauglich, hieß es. Weiter las ich: aufgrund der Geschichte meines Großvaters sei ich vom Dienst befreit. Man wünsche mir alles Gute.

Ich verstand nicht. Dass es Möglichkeiten gab, sich um Wehr- oder Zivildienst zu drücken, davon hatte ich natürlich gehört. Einige schworen darauf, man müsse sich als Bettnässer outen. Andere rieten, man solle bei der Untersuchung Zucker in den Urin schütten. Allgemein galten auch Zuckungen, Schielen oder vorgespielte Homosexualität als todsichere Methoden, um ausgemustert zu werden. Aber ich hatte nichts davon versucht. Und, wie gesagt, in meiner Familie gab es auch keine Opas. Das musste ein Irrtum sein.

Meine Mutter erklärte mir, dass es keiner war. In dem Schreiben ging es nicht um ihren Vater, wie ich vermutet hatte, den einzigen Großvater von dem ich bis dato schon gehört hatte, sondern um den Vater meines Vaters, Josef Boltenhagen. Bisher hatte mir meine Mutter nie von ihm erzählt. Was einzig und allein daran lag, dass sie so gut wie nichts von ihm wusste, wie sie versicherte. Das Wenige hatte aber ausgereicht, ihn in einem Schreiben an eben jenes Kreiswehrersatzamt zu erwähnen.

Josef Boltenhagen war wegen politischer Aktivitäten von den Nazis in ein Arbeitslager gesteckt worden. Er hatte den Krieg dort überlebt, sich jedoch nie wieder von den Erlebnissen dieser Zeit erholt. Etwa vier Jahre nach Kriegsende starb er in einem Sanatorium, unter ungeklärten Umständen. Mein Vater war wohl zu dem Schluss gekommen, er habe sich das Leben genommen. Aus Rücksicht auf seine Hinterbliebenen, habe man das aber vertuscht. Kurz vor seinem Tod hatte Josef Boltenhagen eine junge Krankenschwester des Hauses zunächst geheiratet und dann geschwängert oder umgekehrt. Für den Sohn, der 1950 geboren wurde, meinen Vater, bedeutete der Umstand, dass sein Erzeuger offiziell als Opfer des Nationalsozialismus galt zumindest eine kleine Erleichterung auf einem Lebensweg, den man zwischen all den Felsen, die auf ihm lagen, kaum erkennen konnte. Er startete nicht nur vaterlos, sondern mit der zusätzlichen Bürde, dass er sich durch eine äußerst komplizierte und ebenso blutige Geburt selbst zum Vollwaisen gemacht hatte. Als kleine Gegenleistung gewährte ihm das Schicksal eine solide Heimerziehung und das Privileg, als Sohn eines Nazi-Opfers niemals Dienst an der Waffe leisten zu müssen. Und weil das als Gegenleistung für ein derart ungnädiges Schicksal reichlich wenig war, durfte er dieses Vorrecht an zwei Generationen seiner männlichen Nachkommen weitergeben. Das schloss mich eindeutig mit ein.

Als meine Mutter die Geschichte von Josef Boltenhagen mit ihrer Märchenerzählerstimme beendet hatte, sah ich sie ebenso überrascht wie verständnislos an.
„Ich habe einen Opa, der von den Nazis verfolgt wurde?", fasste ich zusammen, was ich begriffen hatte.
Meine Mutter nickte euphorisch, als hätte ich gerade gefragt, ob ich den Hauptgewinn in der Lotterie gezogen hätte. Ich war immer noch ratlos.
„Ich versteh das nicht", sagte ich. „War er Kommunist oder sowas?"
Meine Mutter nickte.
„Ja. Also zumindest war er ein politischer Gefangener. Wahrscheinlich war er wohl Kommunist."
Ich brauchte einen Moment, dann fasste ich wieder zusammen.
„Das bedeutet also: weil ein Mann, den ich überhaupt nicht kenne, von dem ich bis heute nie auch nur ein Wort gehört hatte, vor über fünfzig Jahren gefoltert wurde oder sowas, muss ich jetzt nicht zum Bund?"
Meine Mutter nickte und beugte sich vor, um meinen Arm zu tätscheln.
„Nimm es nicht so schwer, Peter. Dein Vater hat es auch erst an seinem achtzehnten Geburtstag erfahren. *Sein einziges Erbe* hat er das genannt."
Jetzt war dieses Erbe also auf mich übergegangen.

„Du wolltest doch ohnehin verweigern“, sagte meine Mutter, immer noch mit dieser nervig fröhlichen Stimme. „Jetzt kannst du früher studieren.“ Und als ob sie genau wüsste, was für mich dabei im Vordergrund stand, setzte sie hinzu: „Früher nach Hamburg.“
Ich nickte. Das war natürlich richtig. Ich konnte früher nach Hamburg.

Blöderweise musste Basti aber sehr wohl zum Staatsdienst antreten. Unser Plan von der gemeinsamen Zivi-Bude war damit dahin. Aber Basti machte sich deswegen keine großen Sorgen. Erstmal gratulierte er mir zu meinem neu gewonnenen Opa. Dann dachte er kurz nach und fügte hinzu: „Ist der Vater deiner Mutter nicht stinkreich? Vielleicht kommt da irgendwann noch ein ganz anderes Erbe vom Himmel gefallen.“ Wir grinsten beide und malten uns aus, wie wir mit dem Geld in einem sonnigen Loft an der Binnen-Alster eine Party nach der anderen schmeißen würden. Dann besann sich Basti auf unser Problem. „Damit ist alles klar“, sagte er knapp. „Ich mach auf jeden Fall meinen Zivi in Hamburg. Du fängst einfach schon an zu studieren. Die Bude mieten wir trotzdem.“ Und grinsend fügte er hinzu, das eine Jahr Vorsprung an der Uni würde er schnell wieder einholen.

Schluss

Mein letztes Schuljahr stand voll im Zeichen von Hamburg. Während viele meine Mitschüler wehmütig durch ihr letztes Jahr gingen und ihre Energie darauf verwendeten, ihrer Schulzeit ein angemessenes Andenken zu bereiten, war ich mit dem Kopf in der Zukunft. Zum ersten Mal im Leben hatte ich ein klares Ziel. Meinen Plan Schauspieler zu werden zählte ich nicht wirklich als solches. Das stand zwar über allem, aber eher in meinem Hinterkopf. Als geheimer Masterplan sozusagen. Aber Hamburg, dieses Ziel war konkret. Also tat ich, was ich tun musste, um es zu erreichen. Ich bemühte mich ausgeschlafen in den Unterricht zu gehen, traf mich nachmittags mit Basti zum Lernen und vor allem stellte ich sicher, dass vor jeder Latein-Arbeit die jeweils aktuelle Übersetzung auf dem Jungs-Klo deponiert war. Es funktionierte. Ich wurde keine Granate wie Basti, der sein Abitur als bester Schüler des gesamten Jahrgangs mit 1,3 abschloss, aber ich schaffte einen von mir für unmöglich gehaltenen Schnitt von 2,3. Fast eine ganze Notenstufe besser als nach der zwölften. Nicht grandios, aber gut genug, um sich für den Aufnahmetest an der *Law School* zu bewerben.

Während ich fleißig meinem nächsten Etappenziel entgegen gehechelt war, hatten Ereignisse die ich nicht beeinflussen konnte schon wieder dafür gesorgt, dass mein Gesamtziel in weitere Ferne gerückt war. Liv hatte im Herbst aus Norwegen geschrieben. Sie hatte angedeutet, ihren Aufenthalt bei ihrer Großmutter möglicherweise früher zu beenden. Sie habe sich in New York an einer Kunstakademie beworben, sei in der letzten Runde und es könne jetzt ganz schnell gehen. Seit Januar war dann klar, dass ich im Sommer zwar möglicherweise in Livs Stadt ziehen, dann aber ein ganzer Ozean zwischen uns liegen würde. Ich gratulierte ihr artig, beschloss an meinen Plänen festzuhalten und richtete mich darauf ein, noch mehr Geduld aufbringen zu müssen. Es war eben ein echter Langzeitplan, den ich da entworfen hatte im Sommer 95.

Ungefähr zu der Zeit in der Liv ihre Zusage für New York erhalten haben musste, machte Grete mit mir Schluss. Schon im Winter hatten wir uns weniger gesehen. Sie war viel mit den Proben zum neuen Stück beschäftigt, ich hing dauernd über den Büchern. Im Dezember hatte ich noch in den tosenden Applaus eingestimmt, der Grete und den anderen Mitgliedern der Theater-Gruppe für ihre Aufführung von *Romeo und Julia* entgegenschlug. Ab Januar spielte Grete dann den Luftgeist *Ariel* in *Der Sturm* und traf sich immer öfter zu Einzelproben mit dem Jungen, der den *Caliban* spielte. Er war ein guter Handballer und ging in Gretes Parallelklasse. Ein stiller Junge mit ernsthaften Augen, der seit seiner Geburt wusste, dass er einst das Landhotel seiner Eltern weiterführen würde.

Grete machte es sich nicht leicht. Sie quälte sich über Monate und die Schwere auf unseren Treffen wurde immer drückender, ohne dass ich verstand, woran das lag. Irgendwann hatte sie sich dann entschieden. Und was erwartete ich denn bitteschön? Ich war in Gedanken längst in Hamburg und das Gerede, dass sie nachkommen könne, niemals mehr als eine hohle Phrase gewesen. Eine Phrase mit der ich das Unvermeidliche nur hinauszögern wollte. Weil ich Schiss hätte, den Tatsachen ins Gesicht zu blicken, schleuderte mir Grete mit Tränen in den Augen entgegen. Und so hatte sie sich eben jetzt entschieden. Für den Jungen, der bei ihr bleiben würde. Gegen den, den es in die Ferne zog.

Ich verstand sie. Wie so oft konnte ich die Beweggründe des anderen besser verstehen, als meine eigenen. Auch wenn es wehtat. Sie hatte mit allem recht. In meinen Zukunftsplänen stand sie nicht an Nummer eins. Insgeheim hatte ich mich dazu längst an eine Andere versprochen. Aber es hatte so verdammt gut getan, Grete in meinem Leben zu haben. Sie hatte mir so viel Selbstbewusstsein gegeben. An Gretes

Seite war ich ein Mann. Der Campingplatz-Mann, der wusste wo er stand. Ein Mann, der seine Aufgabe kannte und sie still und demütig erfüllte. Und dann kam ausgerechnet Shakespeare, mein Shakespeare, mit seinem Sturm und fegte uns hinweg. So sehr mich der Verlust schmerzte, so sehr mir meine Freundin und auch ihr Körper fehlten, so sehr ich die Vorstellung hasste, dass sie mich durch dieses Söhnchen ersetzte, ich konnte dennoch nicht anders, als das Ganze als natürliche Wendung des Schicksals zu akzeptieren. Hart, aber gerecht.

Neustart

Anfang Juni fuhren Basti und ich im Mercedes seines Opas wieder über die Landstraßen nach Hamburg. Wir hatten unsere Bewerbungsunterlagen rechtzeitig abgegeben und jetzt stand das große Auswahlwochenende an. Ein ganzes Wochenende würde es allerdings nur werden, wenn wir nach dem schriftlichen Test am Samstag noch zu den Auserwählten zählten. Die Abiturnote würde zu einem Drittel in den Test mit einfließen. Basti war dementsprechend zuversichtlich. Ich war nervös. Schon als wir uns dem Gebäude näherten, spürte ich meinen Pulsschlag durch den engen Kragen des Hemdes, das mir meine Mutter neu gekauft hatte. Ich sog die Luft tief und langsam in meine Lungen, wie beim Schwimmen und schaffte es, mich ein wenig zu beruhigen. Dann betraten wir den Saal und mein Herz explodierte. Nie zuvor in meinem Leben hatte ich eine derartige Masse an Menschen in einem einzigen Raum gesehen. Nie zuvor hatte ich überhaupt einen so großen Raum gesehen. Mein Puls raste während ich versuchte abzuschätzen, wie viele Köpfe sich in die endlosen Pultreihen dieses Mega-

Hörsaales zwängten. Ich kam auf fünfhundert, sechshundert oder noch mehr und wusste, meine Chancen standen alles andere als gut. Wie viele von denen hatten eine bessere Abinote als ich? Zwei Drittel? Alle? Etwa zweihundert Bewerber würden diese erste Runde überstehen. Soviel wusste ich. War es nicht unendlich anmaßend von mir, sich mit einem Schnitt von 2,3 um die Aufnahme in diesen erlauchten Kreis zu bewerben?

Glücklicherweise blieb mir nicht viel Zeit zum Nachdenken. Basti schubste mich in eine der vorderen Reihen, wo ich tatsächlich meinen Namen auf einem Zettel fand. Dann verschwand er nach oben zu ‚R'. Er saß so weit von mir entfernt, dass ich keine Chance hatte, ihn während des Tests auch nur anzusehen. Ich war auf mich allein gestellt.

Zu meiner Erleichterung hatte der Test wenig mit dem zu tun, was ich aus der Schule kannte. Es gab drei Blöcke und ich konnte mir aussuchen mit welchem ich beginnen wollte. Also nahm ich mir zuerst die zwölfseitige englische Kurzgeschichte vor. Englisch war immer mein bestes Fach gewesen. Je mehr ich las, je mehr ich verstand, desto mehr entspannte ich mich.

Der Text stammte von einem Autor mit spanisch klingendem Namen und handelte von einem Pendler, der morgens extra früh aufstand, am Bahngleis mehrere Züge wegfahren ließ und erst dann einstieg, wenn er so weit vorne stand, dass er sicher einen Sitzplatz ergattern würde. Er war ein junger, kräftiger Mann und so erntete er regelmäßig missbilligende Blicke von älteren Mitreisenden, die gequetscht im Gang standen.

An einem Tag eskalierte die Situation. Eine aufgebrachte Meute verlangte von dem jungen Mann wütend, er solle seinen Sitzplatz freigeben. Er selbst hatte die ganze Zeit kein einziges Wort gesagt und nur angestrengt aus dem Fenster gestarrt. Er fühlte sich im Recht, schließlich war er schon Stunden vor denen aufgestanden, die ihn jetzt beschimpften. Irgendwann wurde er rüde an der Schulter gepackt, jemand spuckte vor ihm auf den Boden und eine Menge zornig entstellter Gesichter verlangte, dass er sofort aufstehe. Dem Mann blieb nichts anders übrig, als nachzugeben. Beim nächsten Stopp, lange vor seiner Zielhaltestelle, erhob er sich und machte sich langsam auf den Weg in Richtung Zugtür. Während er ging wurde es im Wagen auf einmal ganz still. Erschrocken starrten die übrigen Fahrgäste auf das Bein des jungen Mannes, das beim Gehen hinter ihm über den Boden schleifte. Er hinkte deutlich. Und diejenigen, die ihm jetzt ins Gesicht sahen, bemerkten den leicht herabhängenden Mundwinkel und den ausdruckslosen Blick. Hatte er deshalb nicht geantwortet? War er körperlich und geistig, wie sagte man, beeinträchtigt? Der Zug fuhr an und durch die Scheibe sahen die verbliebenen Fahrgäste den jungen Mann in seiner schiefen Haltung auf dem menschenleeren Bahnsteig zurückbleiben: sein krummer Rücken, das abgewinkelte Bein, sein ganzer Anblick eine einzige stumme Anklage. Schon senkten die Passagiere ihre Blicke. Die alte Dame, die sich auf den Platz des Jungen niedergelassen hatte, rutschte unbehaglich auf ihrem Polster hin und her. Niemand sprach ein Wort. Der Zug war fast schon aus dem Bahnhof ausgefahren, als plötzlich der Schrei einer jungen Frau die Stille durchschnitt. Die Menschen blickten erst zu ihr, die eingequetscht zwischen den andern im Gang stand und folgten dann der Richtung, in die ihr Finger wies. Draußen auf dem Bahnsteig, sahen sie etwas, das auf den Wagen zuraste. Es war der junge Mann, der wie verrückt dem Zug hinterherrannte. Seine Bewegungen waren athletisch. Sein Blick war klar. Er holte den Wagen schließlich ein, blieb am Ende des Bahnsteigs stehen und lachte den Wegfahrenden triumphierend hinterher.

Hier endete die Geschichte. Ich blickte von den Blättern auf und erschrak. Über die Lektüre hatte ich fast vergessen, wo ich mich befand. Glücklicherweise hatte ich meine Nervosität dabei gleich mit vergessen.

Ich mochte die Geschichte. Es fiel mir leicht, die Verständnisfragen zu beantworten und ich hatte Spaß daran, mich zum Verhalten des Helden zu positionieren. Ich verteidigte ihn. Ich bewunderte, was er getan hatte. Natürlich räumte ich ein, dass es fragwürdig sei, eine Behinderung vorzutäuschen. Ich gab auch zu, dass man Alten und Kranken einen Sitzplatz anbieten sollte. Aber so wie ich die Geschichte verstanden hatte, war der Sitzplatz am Morgen für den Mann etwas sehr Wichtiges. Er stand extra eine Stunde früher auf, nur um in der Warteschlange am Bahnsteig nach vorne zu rutschen. Er beschrieb seitenlang, wie sehr er den Ausblick auf die Landschaft von seinem Platz aus genoss. Der Mob, der sich gegen ihn zusammen gerottet hatte, wollte ihm etwas nehmen, das ihm lieb war. Da fand ich seine kleine Rache vollkommen gerechtfertigt. Und lustig.

Als zweites nahm ich mir den IQ-Test vor. Der hieß zwar nicht offiziell so, aber letztlich tauchten diese Art von Fragen regelmäßig in irgendwelchen Wissenszeitschriften unter dieser Überschrift auf. *Welches Bild passt nicht dazu? Wie lautet die Fortsetzung dieser Reihe?* Sowas. Es war ein Multiple-Choice-Test, wie bei der Führerscheinprüfung. Der Unterschied war: kreuzte man hier etwas falsches an, gab es Minuspunkte. Wenn man sich also nicht hundertprozentig sicher war, war es besser gar nichts anzukreuzen. Die meisten Fragen versetzten mich in ahnungsloses Staunen und ich überlegte ernsthaft, ob es vielleicht wirklich das Beste wäre, überhaupt nichts anzukreuzen. Jetzt war der Moment gekommen, dachte ich. Der Moment, in dem ich frontal an die Mauer prallen würde, die Genies von Kleinhirnen trennte. Aber dann dachte ich an die Summer School und wie normal die ganzen kleinen Genies dort letzten Endes waren. Also versuchte ich es. Ich begann mir die möglichen Antworten anzusehen und überlegte, welches die wahrscheinlichste wäre. Dann überprüfte ich meinen Antwortkandidaten und es machte Sinn. So hangelte ich mich von einer Frage zu nächsten und je mehr ich begriff, dass die Auswahl der Antworten entscheidend bei der Lösung der Aufgaben half, desto besser kam ich voran.

Dennoch verbrauchte ich für diesen Teil sehr viel zeit. Für die letzte Aufgabe, einen Essay zur Frage der Geschwindigkeitsregelung auf deutschen Autobahnen, hatte ich nur noch eine knappe Stunde. Ich dachte an die Karre von Bastis Opa und wie gerne ich die Freizügigkeit auf unseren Autobahnen mal ausgenutzt hätte und traute mich auch, davon zu erzählen. Letzten Endes positionierte ich mich aber doch für eine allgemeine Geschwindigkeitsbegrenzung. Überall 130 war zwar nicht so geil, aber eben vernünftig. So ähnlich lautete dann auch mein Fazit.

Im Gang vor dem Hörsaal fand ich Basti wieder. Wir fielen uns wortlos in die Arme und schleppten uns ins Freie. Um uns herum war alles voller ausgelaugter Teenager, die sich teils mit leeren, teils mit grimmigen Blicken vom Ort der Schlacht entfernten. Jetzt konnten wir nur noch abwarten. Wir folgten der Masse in die Mensa, die heute nur für uns geöffnet hatte und ich kam zum ersten Mal in den Genuss von Schnitzel *a la Milanesa,* einem Stück Fleisch in einer auffällig langweiligen Ei-Panade, über das eine vollkommen geschmacksneutrale Tomatensoße gekippt wurde. Dazu gab es weich gekochte Spaghetti. Ein Essen, wie von einem andern Stern. Es schmeckte nach Kantine und Großstadt und Massenabfertigung - und ich liebte es. Die ganze Aufregung, die ganze Angst, die ich vor dieser Prüfung angesammelt hatte war weg und irgendwie schien sich das in merkwürdiger Art und Weise auf meine Geschmacksrezeptoren und auf meinen Appetit auszuwirken. Als ich meinen Teller verputzt hatte, nahm ich mir Bastis vor. Er hatte kaum etwas gegessen und behauptete, er habe kein gutes Gefühl. Aber das hatte ich in meiner Schulzeit von ihm, dem Klassenbesten, schon so oft gehört, dass ich wenig auf diese Einschätzung gab.

Wir brachten den Nachmittag in einem Park rum, aßen Eis und schworen uns, wir würden das Ergebnis hinnehmen, egal wie es käme. Ich war erstaunlicherweise überhaupt nicht mehr aufgeregt. Sollte ich es nicht gepackt haben, würde ich mich gleich nebenan an der Uni für etwas anderes einschreiben. Englisch auf Lehramt oder sowas. Sollte ich heute durchgekommen sein, würden wir es auch morgen packen. Da waren wir uns sicher. Vorträge halten, Geschichten erzählen - das konnten wir. Wenn Sie uns wirklich aufnähmen, dann würde ich direkt im Herbst mit dem Studium anfangen. Basti dürfte wegen seines Zivildienstes auch erst ein Jahr später anfangen. So oder so - unsere Zukunft hieß Hamburg.

Und dann packte ich es tatsächlich. Ab siebzehn Uhr konnte man sich in die Schlange vorm Sekretariat anstellen, um die Ergebnisse des Tests zu erfahren. Gegen Vorlage des Personalausweises bekam man einen Umschlag in die Hand, in dem jeder Bewerber in knappen Sätzen über sein unverrückbares Schicksal informiert wurde. Noch im Flur sah ich einen blassen Jungen, dem dicke Tränen über die Wangen liefen und auf den geöffneten Briefumschlag in seinen

Händen tropften. In der Eingangshalle gab es einen wahren Sturm auf dieTelefonzellen, in die manche traurig flüsterten und andere hinein zu singen schienen. Ein Hüne mit ausrasiertem Nacken sprang mit einem großen Satz aus dem Sekretariat. Er ballte die Faust und rief immer wieder „YES. YES. YES", so als hätte er gerade den entscheidenden Dreier in einem Basketballspiel versenkt. So als gäbe es die wimmernden Unglücklichen um ihn herum gar nicht, die bei jedem seiner YES-Rufe unter Schmerzen zusammenzuckten. Ich sah ihnen an, dass sie dachten, was ich auch dachte. *Wenn dieses Vieh es gepackt hat, kann es doch nicht so schwierig gewesen sein?*

Basti und ich öffneten unsere Umschläge gleichzeitig. Ich las etwas von *Gesamtnote 1,4* und den entscheidenden Satz: *laden wir Sie zum mündlichen Teil des Auswahlverfahrens am morgigen Sonntag ein.* Meine Mundwinkel schossen in die Höhe. Ich konnte es kaum glauben. 1,4. Das war das Maximum. Das Beste, was ich mit meinem Abischnitt erreichen konnte. Zum Spaß hatte ich mir das vorher ausgerechnet. 1,4. Das bedeutete, dass ich in allen drei Teilen des Auswahlverfahrens die Bestnote kassiert hatte. Bei meinem englischen Text konnte ich mir das noch vorstellen. Zumindest wenn der Korrektor ähnliche Sympathien für den Helden hatte wie ich. Beim Ankreuzen musste ich an den kniffligen Stellen einfach Glück gehabt haben. Aber dieser Text über die Autobahn, in den ich den Wagen von Bastis Opa eingebaut hatte? Es war einfach unfassbar. Ich meine, eigentlich war es mir ja nicht so wichtig, aber dafür fühlte es sich verdammt gut an.

„Ich bin weiter", stammelte ich, denn mir fiel wieder ein, dass Basti sicher wissen wollte, was auf meinem Zettel stand. Ich ließ meinen Brief sinken und war bereit, Bastis

Strahlen mit voller Kraft zu erwidern. Aber Basti strahlte gar nicht.

„Was?“, fragte ich. Mehr konnte ich nicht sagen und auch Basti schien das sprechen schwer zu fallen. Meine Mundwinkel rasten mit doppelter Geschwindigkeit wieder nach unten.

„Bist du…?“, setzte ich noch einmal an.

Er zuckte kraftlos mit den Schultern und hielt mir sein Schreiben hin.

„Warteliste“, sagte er. „Platz drei.“

Ich riss ihm den Zettel aus der Hand und versuchte zu verstehen, was da stand. Ich kapierte es nicht.

„Das heißt ich bin raus“, sagte Basti nüchtern.

Ich schüttelte den Kopf und hielt Basti das Schreiben hin.

„Hier steht, du sollst morgen um 8:00 Uhr da sein. So wie ich auch.“

„Ja“, bestätigte Basti. „Aber ich steh nur auf der Warteliste. Platz drei. Ich komme nur weiter, wenn bis morgen noch drei der Leute absagen, die eine Zusage bekommen haben.“

Ich blickte ihn verständnislos an.

„Warum sollte denn jemand jetzt wieder absagen?“

„Eben“, sagte Basti und nickte traurig.

Der Abend verging unendlich langsam. Wir saßen in der Küche von Bastis Onkel und konnten nicht aufhören über den Test zu sprechen. Ich konnte mich nicht freuen. Ich war es doch gar nicht, der auf diese Jura-Elite-Uni wollte. Das war Bastis Traum. Ich war nur mitgegangen. Nachdem wir eine Weile lang still in unsere Bierflaschen geatmet hatten, bot ich Basti an, auf meinen Platz zu verzichten, damit er aufrücken würde. Er lehnte ab. Es gab keine Chance, ihn zu überzeugen. Außerdem wäre er dann auch nur auf Platz zwei der Warteliste. Es gab also keine Garantie, dass mein

Opfer ihm etwas bringen würde. Als ich irgendwann verkündete, dass ich am nächsten Tag einfach nicht erscheinen würde, weil ich keine Lust auf diese Uni hätte ohne ihn, wurde er fast sauer. Ich solle kein Idiot sein, sagte er. Ich hätte es verdient. Ich wäre auf den Punkt voll da gewesen und hätte *abgeliefert*. Er selbst hätte eben nicht *geliefert*.

Mir ging diese Lieferkacke gehörig gegen den Strich.

„Es war einfach Glück, Basti", sagte ich. „Ich hab mindestens fünf Kreuzchen gemacht ohne zu wissen warum. So viel Glück kann man gar nicht haben."

Basti überzeugte das nicht.

„Das war ein Teil, Pete. Einer von dreien. Ich glaube beim Ankreuzen hab ich auch kaum Fehler gemacht. Aber der Rest. Was sollte diese Geschichte mit diesem Penner, der seinen Platz nicht hergibt? Ich hab einfach nicht verstanden, was die von mir wollen."

Ich musste schmunzeln.

„Ich eigentlich auch nicht", sagte ich.

Basti schmunzelte jetzt auch. Und dann sah er mich an und sagte: „Es ist gut so, Peter. Genau so sollte es sein. Vielleicht komme ich morgen noch rein und das Ganze war nur eine Warnung. Weil wir Pläne gemacht haben, ohne wirklich alle Möglichkeiten durchzudenken. Oder ich komme eben nicht rein. Und auch dann ist das für irgendwas gut. Ich muss ja eh erst meinen Zivi machen." Er machte eine Pause um einen Schluck aus seiner Bierflasche zu nehmen. Dann setzte er ab und sah mir lange schweigend in die Augen. Er war ganz bei sich selbst und ich spürte, dass er jedes Wort genau so meinte, wie er es gesagt hatte. In diesem kleinen Monolog lag viel von dem, was Basti war, was sein ganzes Wesen, seine Größe ausmachte. Er hatte diese unglaubliche Kraft zu leben. Er nahm es, wie es kam. Er hatte längst seinen Frieden mit der neuen Lage gemacht. Wieder mal war er mir

Lichtjahre voraus. Ich war angenommen worden und er wahrscheinlich nicht und dennoch war er es, der mich tröstete. Der mir die Situation erklärte. Der die uralte Zauberformel murmelte, alles sei gut.
Irgendwann sagte ich: „Vielleicht kannst du dich einfach nächstes Jahr nochmal bewerben?"
Basti schüttelte den Kopf.
„Nur ein Versuch, Petey. Es gibt nur einen Versuch. Morgen oder Nie."
Ich konnte nicht verhindern, dass meine Mundwinkel erneut gen Boden sackten. Ich fürchtete, dass mir gleich die Tränen kämen. Als ich aufsah schenkte Basti mir ein aufmunterndes Lächeln.
„Scheiß drauf, Pete", sagte er. „Noch ist gar nichts passiert. Auch für dich nicht. Erstmal musst du die Chance morgen nutzen." Er machte eine kurze Pause und fügte hinzu. „Mach es wie bei den JuFos. Oder warte…noch besser: Mach ihnen die Kleopatra-Show."
Ich grinste.
„Die hast du doch gar nicht gesehen", gab ich zurück.
Basti lachte.
„Aber ich hab gesehen, wie du hinterher aussahst. Und ich kann sicher sagen: da wäre ich gerne dabei gewesen."

Tennissocken

Ich machte nicht die Kleopatra-Show. Aber ich war gut. Ich spürte während des gesamten Vormittages, das mir überall Wohlwollen und Anerkennung entgegenschlug. Vielleicht half es, dass ich tatsächlich auch verkleidet war, wie auf einer Bühne. Für den mündlichen Teil der Bewerbung bestand Anzugpflicht. Ich trug einen dunkelblauen Zweiteiler, den meine Mutter extra für diesen Tag von ihrer Freundin Vera geliehen hatte. Er gehörte Veras Mann, der ungefähr meine Proportionen besaß. Aber eben nur ungefähr. Ich war ein gutes Stück zu breit für das Jackett und hatte Angst, mit einer falschen Bewegung des Arms die Nähte aufzureißen. Das hatte zu Folge, dass ich den ganzen Tag eher wenig gestikulierte. Aber vielleicht war auch das ein Vorteil, denn zappelig und nervös wirkte ich so bestimmt nicht. Trotz aller Planung hatte ich außerdem leider vergessen, mir dunkle Socken einzupacken. Zwischen dunkelblauem Hosenbein und schwarzen Schuhen blitzten daher ein paar Tennissocken hervor. Das war mit Sicherheit kein Vorteil, aber ich schaffte es, diesen Fauxpas nach kurzer Zeit zu vergessen.

Aber Basti konnte ich nicht vergessen. Ich dachte pausenlos an ihn. Wir waren kurz vor acht gemeinsam im Sekretariat erschienen. Ich war direkt zu einem Seminarraum weitergeschickt worden. Basti musste im Sekretariat auf dem mittleren von fünf Stühlen Platz nehmen. Zum Abschied hatte er mich angegrinst und demonstrativ zuversichtlich den Daumen nach oben gezeigt. Dennoch wirkte er ziemlich verloren auf mich. Auf diesem dämlichen Stuhl. In dieser dämlichen Situation. Am liebsten hätte ich ihn geschnappt und wäre mit ihm raus in den Sommertag vorm Fenster spaziert. Ich brauchte diesen ganzen Auswahlwahnsinn nicht. Aber dafür war es jetzt zu spät. Ich ging an meine Aufgabe und ließ Basti zurück. Und während des gesamten Vormittags hatte ich keine Möglichkeit zu erfahren, ob er doch noch nachgerückt war oder nicht.

Ob es wegen der Verkleidung war oder weil ich ständig an Basti dachte - die Stunden dieser entscheidenden mündlichen Prüfung zogen wie eine absurde Show an mir vorbei. Eben wie eine Theateraufführung. Ich spielte meine Rolle.

Ich spielte sie gut. Aber die ganze Situation fühlte sich nicht real an. Es war ein Spiel verkleideter Teenager - mehr nicht.

Als ersten Beitrag referierte ich kurz über das Delphinschwimmen. Man sollte etwas wählen, zu dem man einen persönlichen Bezug hatte. Ich erklärte die Technik, besondere Schwierigkeiten und erwähnte launig, dass Delphin neben allen andern Vorteilen, vor allem auch gut aussah und sich hervorragend zum Angeben eignete. Dafür erntete ich ein paar zarte Lacher. Anschließend diskutierten die drei anderen Prüflinge meiner Vierergruppe über das Thema und ich moderierte das Ganze. Später wurden dann die Rollen getauscht.

Danach standen Einzelgespräche an, zuerst bei einer Frau, dann bei einem Mann. Die Frau war unglaublich nett und interessierte sich für alles, was ich in meiner Freizeit so tat. Außer Schwimmen, Schwimmunterricht geben und ins Kino gehen war das eigentlich nicht so viel, aber ich erfand noch ein bisschen was dazu. Dass ich mit Freunden einen Schallplatten-Klub gegründet hätte, weil ich zu Hause keine Musik hören durfte. Wovon ja zumindest das letzte nicht gelogen war. Dass ich mehrmals die Woche Theater spielte im JUZ, was ja wenigstens letztes Jahr mal so war. Ich ging aus diesem Gespräch mit dem überraschenden Gefühl, ein wirklich interessanter Mensch zu sein.

Der Mann war zäher. Er fragte gleich als erstes nach meiner Abiturnote und *was da schief gegangen sei.* Ich war nicht wirklich auf sowas vorbereitet und redete mich mit zeitraubenden Verpflichtungen und meiner verantwortungsvollen Rolle als einziger Sohn einer alleinerziehenden Mutter heraus. *Wo mein Vater denn sei,* war die nächste Frage. *Tot,* sagte ich. Der Mann wechselte das Thema. Von da an interessierte er sich mehr für meine Erfolge bei den Jungen Forschern und wie es in der Summer School gewesen sei. Er war auf einmal ganz mild und betonte wie außergewöhnlich gut meine Test-Resultate vom Vortag seien. Und dass *Unterricht nach Schema* F, wie er an diesen *staatlichen Schulen* angeboten würde, eben nicht für jeden etwas sei. Ich ging aus diesem Gespräch mit dem überraschenden Gefühl, nicht nur ein interessanter Mensch, sondern auch noch ein verkanntes Genie zu sein.

Danach folgte eine Art Stresstest, bei dem ich fünf Minuten Zeit bekam vor Publikum zu schildern, an was ich als Leiter der Unimensa täglich alles denken musste. Ich hatte keine Ahnung, aber ich plapperte einfach drauf los. Ich erinnere mich, dass ich mit *saubere Klos* anfing. Und als ich dafür allgemeines Gelächter erntete erklärte ich, ich fände das wichtig. Das Klo sei das Aushängeschild eines jeden Restaurants. Der Diskussionsleiter lächelte milde und wies daraufhin, dass es ja um eine Mensa ging. Aber dazu fielen mir dann zum Glück auch noch andere Dinge ein.

Nach all dem individuellen Geteste sah das Programm noch die Lösung einer Gruppenaufgabe vor. Die alten Vierer-Teams wurden wieder zusammen gestellt und wir mussten gemeinsam eine Strategie entwickeln, wie wir aus einem verschlossenen Raum kommen könnten. Ein großer gut aussehender Junge riss sofort die Rolle des Wortführers an sich. Für mich war das Okay, aber ein Mädchen, das offenbar nicht daran gewöhnt war Befehle zu empfangen, fing sofort eine Diskussion mit ihm an. Während die beiden stritten, begannen das andere Mädchen und ich, eine Lösung zu entwickeln. Als sich unser Alphatier letztlich durchgesetzt hatte verteilte er nach unserem Plan die Rollen, wir legten los und das Problem war gelöst. Der Leiter bedankte sich bei uns und wir wurden entlassen. Die Prüfung war beendet.

Ich verließ den Seminarraum in der Gewissheit, dass ich es gepackt hatte. Ich war so sicher, dass ich Mühe hatte, ein Grinsen zu unterdrücken, das sich unbedingt in mein Gesicht schleichen wollte. Auf keinen Fall wollte ich überheblich wirken. Aber gut fühlte ich mich schon.

Als ich Basti vor dem Gebäude auf der Wiese sitzen sah, löste sich jedes Hochgefühl in Bruchteilen von Sekunden auf. Er blickte mich nur an und ich sah, dass es nicht geklappt hatte.

„Durftest du noch rein?", fragte ich dennoch.

Er schüttelte den Kopf. „Der erste der nicht nachrückte. Nummer eins und Nummer zwei haben's gepackt."

Mein Mund stand offen.

„Ist nicht wahr?"

Basti zuckte die Schultern und lächelte.

„Doch. Ist wahr. Es gab genau zwei Nachrücker."

In meinem Bauch fing es an zu rumoren. Ein Gedanke schnipste schmerzhaft an meine Großhirnrinde. *Wenn ich verzichtet hätte, wäre Basti reingekommen. Wenn ich verzichtet hätte.*

Basti reichte mir die Hand und ich half ihm auf die Beine.

„Egal", sagte er. „Wie war's bei dir?"

Ich brauchte einen Moment um die Frage zu verstehen.

„Bei mir?" Ich antwortete wie ferngesteuert: „Super." Basti grinste. Ich nicht. Ich blickte zur Seite und sagte kaum hörbar: „Die nehmen mich."

Basti zögerte einen Moment. Dann sagte er: „Ehrlich jetzt? Das weißt du doch noch gar nicht."

„Doch", sagte ich tonlos. Ich fühlte mich elend. Und das obwohl es vielleicht das erste Mal war, dass ich etwas sicher wusste, bevor Basti es kapiert hatte.

Vorwärts

Die nächsten Wochen waren schwierig. Basti freute sich für mich und ich glaubte ihm. Er sagte, er sei stolz auf mich. Es sei eben, wie es sei. Doch er zog sich zurück. Es begann schon auf der Rückfahrt von Hamburg. Wir redeten kaum. Wir fuhren, sahen auf die Straße und hörten dem Radio zu. Wochenlang hatten wir uns gegenseitig darin übertroffen, dem anderen zu erzählen, was in unserer Bude in Hamburg alles passieren würde, aber jetzt schwiegen wir. Er hatte keine Lust, von seinen Ziviplänen zu erzählen. Ich hatte keine Lust, vor Basti von meinem künftigen Studentenleben zu fabulieren.

Nach unserer Rückkehr steckte er all seine Energie in die Vorbereitungen unserer Abifeier und abends war er immer schon verabredet. Jedes Mal erklärte er mir wortreich wo und mit wem und warum, damit ich verstünde, dass es wirklich einfach nicht anders ging. Ich verstand. Aber dass er sich überhaupt genötigt fühlte, sich zu erklären, zeigte mir, dass etwas anders war. Er brauchte Zeit. Er brauchte Abstand. Von mir. Das fühlte sich nicht gut an. Schließlich standen wir kurz davor, zusammen eine Wohnung zu beziehen. Wir würden unsere Sachen packen und die miefige Kleinstadt, an die wir unsere Jugend verschwendet hatten, hinter uns lassen. Gemeinsam. Basti und Peter. *Der Große und der Kleine.* Auch wenn uns längst niemand mehr so nannte.

Ich verstand Basti. Natürlich. Aber ich fragte mich, ob er dieses gemeinsame Abenteuer jetzt überhaupt noch wollte. Und mehr noch - ich fragte mich, ob ich selbst das alles wollte. Die *Law School* war doch seine Idee. Sein Plan. Nicht meiner. Und er sollte jetzt mit ansehen, wie ich erlebte, was ihm versagt blieb? Während er Tag für Tag faltige Hintern waschen ging? Das konnte nicht gut gehen.

Verstärkt wurde dieses mulmige Gefühl durch die Euphorie meiner Mutter. Sie war außer sich vor Freude. Sie platzte vor Stolz auf ihren genialen Sohn. Ich glaube, sie erzählte jedem den sie traf von dem großen Los, das ich gezogen hatte. Wenn ich dabei war, schaffte sie es, Bastis Unglück nicht zu erwähnen. Aus den Nachfragen ihrer Freunde und Bekannten konnte ich aber heraushören, dass Bastis Absage elementarer Bestandteil ihrer Erzählung war. Es war, als ob ich ihre Worte hören konnte. *Obwohl mein Peter doch einen viel schlechteren Abischnitt hat. Obwohl es gar nicht mein Peter war, der unbedingt da hin wollte.* Wahrscheinlich sagte sie auch: *Aber er hat halt geliefert, mein Peter. Er hat geliefert.* Mir wurde schlecht, wenn ich es mir vorstellte.

Die Frage, wie ich meinen teuren Studienplatz überhaupt finanzieren sollte, beschäftigte sie keine drei Sekunden.
„Hier steht, du kannst einen Kredit beantragen“, las sie aus den Unterlagen vor, die aus Hamburg gekommen waren.
„Wenn du dann einen Job hast, zahlst du alles zurück.“
Mein Einwand, ich bräuchte ja auch noch Geld zum Leben und es wäre vielleicht nicht so toll, mit Schulden ins Arbeitsleben zu starten, wischte sie mit einem Lächeln vom Tisch.
„Quatsch. Wir nehmen den Kredit. Ich kann dir monatlich 800 Mark zahlen. Das reicht.“
Ich hob abwehrend die Hände und erklärte ritterlich, dass ich mich selbstverständlich selbst finanzieren würde. Meine Mutter schüttelte nur den Kopf und sagte wieder: „Quatsch. Du brauchst deine Kraft fürs Studium.“ Dann fragte sie: „Oder denkst du ich bin nicht vorbereitet?“ Ihre Augen blitzten spöttisch. „Ich spare seit deiner Geburt für deine Ausbildung.“

Als sie mein ungläubiges Staunen sah, lachte sie über das ganze Gesicht.
„Ich wusste, dass du mal studieren würdest." Sie kam mit einem schnellen Schritt auf mich zu und drückte sich an meine Brust. Für einen Moment standen wir in stiller Umarmung da. Sie atmete einmal tief durch. Dann sagte sie: „Ich hab's immer gewusst."

Es gab keinen Weg zurück. Die *Law School* und ich - das war ausgemachte Sache. Niemals hätte meine Mutter mir einen Rückzieher verziehen. Weil Basti so beschäftigt war, bot sie sogar an, mit mir nach einer Wohnung zu suchen. Ich war erstaunt, wie schnell man die Reise nach Hamburg mit dem Zug hinter sich brachte. Und ich war erstaunt, wie wertvoll meine Mutter bei der Wohnungssuche war. Am zweiten Vormittag besichtigten wir eine kleine Bude in der Nähe des Hauptbahnhofs. Das Haus und die Straßen waren ziemlich heruntergekommen, aber die Wohnung war ideal. Zwei kleine Zimmer, eine kleine Küche, ein noch kleineres Bad und ein winziger Flur für 400 Mark Kaltmiete. Meine Mutter verpflichtete den überrumpelten Vermieter dazu, uns eine neue Warmwassertherme zu installieren, versprach im Gegenzug, das wir uns selbst um das Streichen der Wände kümmern würden und legte ohne mit der Wimper zu zucken die geforderte Mietkaution in bar auf den Tisch. Anschließend brachte sie den Mann sogar dazu, uns zum Kaffee einzuladen, damit wir in Ruhe gemeinsam den Vertrag studieren konnten. Meine Mutter stellte ein paar kritische Nachfragen, die den Vermieter zum Stottern brachten, wir strichen zwei Sätze und ich unterschrieb.

Auf der Heimfahrt kramte ich das Papier immer wieder hervor und blickte ungläubig auf die Adresse, die meine neue Heimat werden sollte. Es hatte etwas Surreales meinen

Namen, schwarz auf weiß, neben einem Hamburger Straßennamen zu lesen. Aber es half mir zu begreifen, dass es damit endgültig entschieden war. Ob ich wollte oder nicht. Es geschah. Mit oder ohne Basti.

Aber als ich ihm schließlich mit zittrigen Händen den Mietvertrag hinhielt, kehrte das vertraute Grinsen endlich in sein Gesicht zurück.

„Großartig", sagte er und zeigte mir seinerseits ein Schreiben. Von der Hamburger Feuerwehr. Sie nahmen ihn als Sanitäter. Inklusive dreimonatiger Ausbildung.

„Großartig", sagte auch ich. Und endlich grinsten wir wieder gemeinsam.

St. Peter-Ording, Freitag, 13. August 2010

Nun bin ich seit genau zwei Wochen hier. Der Sommer vor meinem Fenster dreht immer mehr das Thermostat auf. Ich beschränke meine Spaziergänge mittlerweile auf den späten Abend. Morgens ginge vielleicht auch, aber morgens schlafe ich meist. Das wissen Sie ja. Schließlich musste ich mir das genehmigen lassen. Und was soll ich sagen? Das ist gut. Neu und gut.

Bei diesen Temperaturen fühlt sich mein Aufenthalt immer mehr an, wie Eingesperrt sein. Und auch wenn die heißen Tage vielleicht bald vorüber sind, ich glaube, ich muss langsam hier raus. Noch wartet das Leben da draußen auf meine Rückkehr. Allzu lange habe ich wohl nicht mehr Zeit. Drei, vier Wochen, das wird man mir durchgehen lassen.

Aber ich habe mittlerweile auch das Gefühl, meine Aufgabe hier fast erledigt zu haben. Das Wesentliche habe ich erzählt. Die wichtigste Phase in meinem Leben kennen Sie nun. Zwischen sechzehn und neunzehn sind die Dinge geschehen, die alles weitere bestimmt haben. Die Weichen wurden gestellt. Die Maschine wurde ins Gleis gesetzt. Seitdem bin ich einfach nur ausgerollt.

Ich will damit sagen: in den Jahren danach lief alles reibungslos. Mit der Uni und mit dem Job und natürlich auch mit Maja. Alles so wie es sein sollte. Ein Junge aus der Provinz macht sein Abi, studiert in einer großen Stadt an einer tollen Uni und wird ein erfolgreicher Anwalt. Die Frauen finden ihn mittlerweile auch ganz gut, er sucht sich eine Partnerin fürs Leben und verdient mehr Geld, als er ausgeben kann. Die Beschreibung eines glücklichen Lebensweges auf dem wir einen ebenso glücklichen Menschen erwarten können. Aber dann sehen wir uns den Kerl an und entdecken: einen Zweifler. Einen Grübler. Vor allem: einen, der ganz offenbar unglücklich ist, trotz des geraden Weges und des schönen Jobs und der tollen Frau. Und das alles nur, weil er mit siebzehn dachte, sein Weg würde ihn woanders hinführen? Weil er von einem anderen Job geträumt hat und von einer anderen

Frau? Weil er - in „pubertärer Gefühlsduselei", wie Sie es genannt haben - etwas geschworen hat, was er nicht eingehalten hat? „Sei's drum", haben Sie gesagt. Das Leben sei nun mal eine Aneinanderreihung verpasster Gelegenheiten. Das wäre alles „ganz normal". In anderen Worten - ich solle mich nicht so anstellen.

Jetzt frage ich mich natürlich, ob es so einfach sein kann. Kann es „normal" sein, dass man sich nicht groß darum kümmert, was man mit seinem Leben anfängt? Dass man halt einfach macht, was so anfällt? Dass man verleugnet, wer man mit siebzehn war, weil das Leben halt so ist? Erst jetzt, in den zweieinhalb Wochen bei Ihnen, habe ich kapiert, dass genau das mein Problem ist. Dass ich immer nur durch die nächste offene Tür gegangen bin. Einfach immer weiter. Ohne stehen zu bleiben. Ohne mich mal umzusehen. Ohne mich daran zu erinnern, wo ich hergekommen bin. Und wo ich hin wollte.

Vielleicht habe ich Sie ja auch falsch verstanden, aber für mich klingt Ihr Lösungsansatz für mein Dilemma nach: kümmer' dich nicht drum. Mach einfach weiter. Ist doch alles gar nicht so schlimm.

Aber es ist eben doch schlimm. Ich bin Jahre und Jahre und Jahre in die falsche Richtung gerannt. Ich habe so getan als wäre ich jemand, der ich nicht bin. Ich habe immer nur Rollen gespielt. Anwalt, Partner, Sohn. Wie kann das nicht schlimm sein?

Ich muss zugeben, es entbehrt nicht einer gewissen Ironie, dass ich mit siebzehn ausgerechnet in einem Leben als Schauspieler einen Ausweg aus meinem Schauspiel-Leben gesehen habe. Aber es macht auch Sinn. Wenn ich mein Talent zum Rollenspielen auf die Bühne gebannt hätte, wäre mein eigenes Leben vielleicht nicht zu einem Theaterstück verkommen. Irgendwann war ich einfach zu tief drin. Andere Figuren sind in dem Stück aufgetaucht, ohne dass sie wussten, dass wir spielen. Viele sind einfach wieder ausgestiegen, aber manche nicht. Für Maja war das nie ein Spiel. Sie hat an mich geglaubt. An ihren Freund. An ihren Partner. An den Anwalt. Und mit einem haben Sie recht, wenn ich jetzt aussteige, wenn ich „die Brocken hinwerfe", wie Sie es formu-

liert haben, dann verletze ich Sie so sehr, dass es nicht wieder gut zu machen ist. Das ist eine Gewissheit, die mich quält.

Letzten Endes läuft es also auf das hinaus, was Sie mir die ganze Zeit schon sagen. Ich muss mich entscheiden. Ich selbst muss wissen, wohin ich gehe. Ob ich wegen dieses „Teenie-Schwures" noch mehr Chaos anrichten will. Oder ob ich mich wieder einkriege.

Um wenigstens etwas Klarheit zu schaffen: hier bleiben will ich nicht. Das muss ein Ende haben. Ich habe Ihnen von Anfang an gesagt: ich bin nicht verrückt. Also kann hier auch nicht mein Platz sein. Vielleicht liegt es auch daran, dass ich heute seit genau 14 Tagen bei Ihnen bin. Das fühlt sich an wie eine Frist, in der man zu einer Entscheidung kommen kann. Aber ich glaube, ich brauche noch ein wenig Zeit. Und dann werde ich Sie verlassen. Wohin auch immer.

Hamburg

Nach dem Beginn meiner Studienzeit in Hamburg, lief das meiste wie von selbst. Das mit Basti zum Beispiel. Er und ich in Hamburg - das konnte nicht gutgehen. Wir bemühten uns und es gab gerade in den ersten Wochen auch einige schöne Momente, aber alles an unserem Zusammenleben war auf ein einziges großes Scheitern angelegt. Ich war Student. Er war Zivi. Ich saß in der Bibliothek. Er fuhr mit Blaulicht durch die Stadt. Ich klagte über all die Gesetze und Paragrafen und Prüfungen, die um mich herum schwirrten. Er schwieg über all das Blut und die Tränen und die Toten, zwischen denen er sich durchkämpfte. Er wollte nichts von meinem Uni-Zeug wissen und erzählte nichts von seinem Sanitäter-Leben. Wir lebten endlich in einer Wohnung und doch zum ersten Mal in verschiedenen Welten. Zum Glück kannten wir uns gut genug, um uns deswegen nicht ständig zu streiten. Wir ließen uns in Ruhe. Aber dann gingen wir auseinander.

Nach den 13 Monaten Zivildienst schrieb Basti sich für Medizin ein. In Heidelberg. Das sei einfach die beste Uni, sagte er. Außerdem hatte Ingrid, seine schwedische Freundin, einen Studienplatz in Mannheim. Nach Hause war es nicht weit und so konnte er auch bei der Landesschwimmstaffel mitmachen, die Ben trainierte. Ich verstand ihn. Insgeheim war ich sogar ein wenig froh, sein Schweigen nicht mehr ertragen zu müssen, wenn ich von der Law School erzählte. Oder sein bemühtes Lächeln über eine meiner Anekdoten vom „A" und „dem B", mit denen ich mich in meinen Fallbeispielen rumschlagen musste. Jedes Mal hörte ich diese Stimme in meinem Kopf. *Wenn ich verzichtet hätte.* Und auch wenn Basti mir kein einziges Mal einen Vorwurf machte, ich wurde mein schlechtes Gewissen nicht los. Eine

Trennung war die einzige Möglichkeit unsere Freundschaft zu retten. Das hab ich damals natürlich nicht kapiert. Aber ich bin mir sicher, dass Basti es wusste. Und dass das der Hauptgrund für ihn war, fort zu gehen. Zumindest war von Ingrid schon kurz danach keine Rede mehr.

Basti ist ein hervorragender Arzt geworden. Die ganze Retterei schien ihm so gut gefallen zu haben, dass er Anästhesist wurde. Aber statt bei OPs die Dosierung der Narkose zu überwachen, flog er lieber mit dem Rettungshubschrauber zu den übelsten Verkehrsunfällen, die man sich ausmalen kann. Aber so wirklich wollte ich mir das nicht ausmalen und von sich aus erzählte Basti nie davon. Zumindest schien er gut damit klar zu kommen. Er fand seinen Job spannend und sinnvoll und auch wenn ich nicht mit ihm tauschen wollte, beneidete ich ihn immer darum, etwas gefunden zu haben, dem er mit Leidenschaft nachgehen konnte. Irgendwann ist ihm das Gehetze zwischen Hubschrauber, Notarztwagen und Krankenhaus dann aber wohl doch zu viel geworden. Er besann sich auf seine anderen beiden Leidenschaften: das Wasser und die Frauen. Und als sich ihm beides zusammen bot, hängte er sein wildes Junggesellenleben an den Nagel und flog seiner aktuellen Freundin in ihre Heimat hinterher. Adelaïde stammt aus La Réunion. Natürlich eine Französin, habe ich damals gedacht. Sie hat eine Tauschschule auf der Insel und Basti hilft ihr, wo er kann. Außerdem gibt er Schwimmkurse und arbeitet ehrenamtlich weiter als Arzt. Einen Hubschrauber hat er zwar nicht mehr, aber dafür ist ein ganzes Dorf in ihn verliebt und zu seiner wöchentlichen Sprechstunde kommen Menschen vom anderen Ende der Insel. Das letzte Mal haben wir uns bei seiner Hochzeit gesehen.

Es war ein wunderschönes Fest in einem kleinen Dorf am Strand mit genau fünf deutschen und etwa fünfhundert einheimischen Gästen. Irgendwann nachts stahlen Basti und ich uns weg von der tanzwütigen Menge und setzten uns auf einen Baumstamm am Strand. Ich weiß noch, dass wir darüber feixten, dass ausgerechnet Basti, ein Junge aus einem Hochhaus einer deutschen Kleinstadt, jetzt hier im Indischen Ozean saß und Inselbewohnern das Schwimmen beibrachte. Basti lachte laut und mit einer Stimme, die mir dunkler und erwachsener vorkam als je zuvor. Er hatte sein Gute-Laune-Gesicht aufgesetzt und als ich ihn ansah, wurde mir klar, dass Basti schlicht und einfach die Gabe besaß, glücklich zu sein. Ob hier oder dort, ob mit diesem Mädchen oder jenem, ob als Jurist, Mediziner oder Schwimmlehrer. Und auch wenn ich in diesem Moment ein wenig von der alten Verzweiflung spürte, nicht selbst über dieses Talent zu verfügen, freute ich mich für ihn - und über ihn. Er blickte mich mit einem spöttischen Grinsen an, als lese er meine Gedanken. Dann legte er seinen Arm um meine Schultern und wir schauten gemeinsam raus aufs Meer. Später gingen wir in unseren Maßanzügen schwimmen, kehrten klitschnass zur Festgesellschaft zurück und tanzten bis die Sonne aufging.
Ich versprach, wieder zu kommen. Das war vor vier Jahren.

Auch wie die Sache mit der Law School gelaufen ist, war im Grunde vorgezeichnet. Wie ich es befürchtet hatte, war ich hoffnungslos schlecht vorbereitet für ein Jura-Studium. Im Unterschied zu den meisten meiner Kommilitonen, kam ich aus keiner dieser Jura-Familien, in der die gescheitelten Buben von Kindesbeinen an auf eine Anwaltskarriere getrimmt werden. Möglicherweise lag darin zwar mein Erfolg beim Auswahltest, aber danach half es mir nicht viel. In den ersten Monaten meines Studiums kam ich mir vor wie ein Außerirdischer. Ich verstand nichts von der Welt, in die ich mich vorgewagt hatte. Ich hatte keine Ahnung von Paragraphen, von Zivilrecht, Strafrecht, öffentlichem Recht, von kleinen Kanzleien und großen Gerichtssälen. Und so reduzierte sich die Law School für mich, noch mehr als für alle anderen ihrer Studenten, auf einen einzigen Ort: die Bibliothek. Gefühlt verbrachte ich Jahre meines Lebens nur mit lesen und suchen und wieder lesen und weitersuchen.

Während die Summer School wildes Chaos war, das von kreativen Geistern erobert werden wollte, war die Law School ein perfekt organisierter Betrieb, bei dem es auf die richtige Arbeitseinstellung ankam. Das hier war eindeutig der Ernstfall, vor dem ich mich immer gefürchtet hatte. Und Scheitern war keine Option. Ich wollte mir das Glück, das ich am Tag des Auswahlverfahrens hatte, im Nachhinein verdienen. Ich wollte mich als würdig erweisen. Ich studierte Fallbeispiel über Fallbeispiel und fand zwischen meinen einschüchternd wirkenden Mitstudenten ein oder zwei, die mich bei der Eroberung des unbekannten Territoriums unterstützten. Und ganz allmählich begann ich diesen merkwürdigen Jura-Planeten etwas besser zu verstehen.

Trotz meiner ersten zarten Erfolge, war ich nach Ende des ersten Trimesters kurz davor, alles hinzuschmeißen. Ich absolvierte ein Pflichtpraktikum bei einer internationalen Großkanzlei und bekam meine Unzulänglichkeit jeden Arbeitstag aufs Neue vorgeführt. Weil ich bei der Bewerbung mit meinen Sprachkenntnissen gepunktet hatte, bekam ich gleich am ersten Tag einen ganzen Stapel Verträge einer britischen Schiffsfondsgesellschaft vorgelegt, die ich überprüfen sollte. Nach der ersten Woche hatte ich noch nicht mal begriffen, was eine britische Schiffsfondsgesellschaft überhaupt so trieb. In der zweiten Woche wurden mir die Unterlagen kommentarlos weggenommen und ich bekam die Aufgabe jeden Morgen von sechs bis acht Uhr eine Zusammenfassung der wichtigsten Nachrichten aus Politik und Wirtschaft auf maximal zwei DIN A4 Seiten zu schreiben. Das war zwar nützlich für die anderen Anwälte, brachte mir aber eher wenig neue Fertigkeiten ein.

Dass ich in den zwei freien Wochen danach nicht mit dem Rucksack auf dem Rücken nach Amerika floh, um Liv und mein Glück als Schauspieler zu suchen, lag einzig und allein an einem Gespräch mit meiner Mutter. Sie ließ mich ein paar Tage in Ruhe, ging mit mir in unser Kino und ignorierte mein ramponiertes Selbstbewusstsein völlig. Als ich dann die ersten zaghaften Andeutungen machte, mit der Law School vielleicht doch die falsche Wahl getroffen zu haben, wollte sie nichts davon hören. Sie hielt einen kleinen Monolog, in dem sie mich, auch mit Verweis auf meinen besten Freund Basti und dessen großes Unglück, daran erinnerte, wie privilegiert und vom Schicksal begünstigt ich doch sei. Sinngemäß sagte sie so etwas wie, wenn ich nicht als jämmerlichster Pappkasper der Weltgeschichte gelten wolle, der beim ersten lauen Lüftchen wie knitteriges Laub zu Boden fiel, würde ich nicht nur jegliche Sympathien bei meiner mich finanziell durchschleppenden Mutter in den Wind schießen, sondern gleichzeitig das Andenken meines von den Nazis gequälten und in den Wahnsinn getriebenen Großvaters und meines von der Materialermüdung in der Blüte seines Lebens erschlagenen Vaters unauswaschbar besudeln.

Ich glaube sie sagte sogar wortwörtlich genau das. Ich wusste nichts darauf zu erwidern. Also fuhr ich wieder nach Hamburg.

Ich schrieb einen kurzen Brief auf dünnes Papier und berichtet nach New York, ich würde jetzt erstmal Jura studieren, was total interessant sei. Meine Schauspiel-Pläne kämen dann danach dran. So hätte ich eine solide Ausbildung und würde nicht ganz so hart auf dem Boden der Realität aufschlagen, sollte ich es mit meiner Schauspielkunst nicht zu Ansehen und Wohlstand schaffen. Ich bemühte mich, alles so klingen zu lassen, als würde ich es wirklich so meinen. Ich weiß nicht, ob es mir gelang. Einen Besuch in den Vereinigten Staaten kündigte ich für die Zeit an, in der es an der Uni etwas weniger stressig würde.

Aber es wurde nicht weniger stressig. Die Law School sorgte mit ständig neuen Fallbeispielen, immer neuen Teildisziplinen und den über allem thronenden Klausurwochen dafür, dass meine Betriebstemperatur stets angenehm mollig blieb. Die ständigen Geschichten vom „A" dem „B" und manchmal noch dem „C" begannen mein Leben zu dominieren. *Der A erwirbt von dem B eine einmalige alte Münzsammlung. Der B geht zum Zeitpunkt des Verkaufs davon aus, dass diese keinen hohen Wert besitzt. Als er das Gegenteil feststellt, fordert er die Sammlung zurück. Der A weigert sich.* Tja und nun? Da saß ich in der Bibliothek zwischen lauter Gesetzesschriften und wollte den A und den B am liebsten am Kragen packen und sie mit den Köpfen zusammenschlagen. Sollten sie ihr beschissene Münzsammlung doch beim nächsten Döner-Grill durch den Spielautomaten jagen.

Fragen Sie mich nicht wie - aber es wurde besser. Je öfter ich zwischen dem A und dem B Frieden stiftete, je länger ich mich mit den Gesetzbüchern auseinander setzte, desto routinierter wurde ich. Das Studium erfüllte seinen Zweck. Es machte aus mir einen Juristen. Aber so richtig überzeugt, dass das etwas Gutes war, war ich auch dann noch nicht, als ich nach dreieinhalb Jahren Studium in den Stand eines Bachelors erhoben und von der Freien und Hansestadt Hamburg zum ersten Staatsexamen zugelassen wurde.

Basti war in der Zwischenzeit längst in Heidelberg. Sein Zimmer bewohnte ein Vierzigjähriger, der mit seiner Familie in Berlin lebte, meist nur an drei Tagen die Woche zu Hause war und mit dem ich in den Jahren unseres Zusammenlebens nicht mehr als zehn Sätze wechselte.

Der einzig erwähnenswerte Ort, den ich in diesen Jahren regelmäßig außerhalb von Wohnung und Uni aufsuchte, war das Schwimmbad. Jeden Dienstag, Donnerstag und Samstagmorgen zog ich ein paar Bahnen. Ohne Stoppuhr. Jeden Montag und Mittwoch betreute ich zwei Stunden lang eine Gruppe Vierzehnjährige, die mit absurdem Eifer zu meinen Füßen durchs Wasser pflügten. Am Wochenende arbeitete ich manchmal auf Wettkämpfen. Das war's. Also klar, ich war schon auch manchmal im Kino, saß in Kneipen rum und ging sogar ein paarmal tanzen. Mehr als alles andere aber, war ich Student. Vollzeit plus Wochenende.

Trotz meiner relativ spärlichen Freizeitaktivitäten traf ich oft auch auf Mädchen, die sich für mich interessierten. Mittlerweile verstand ich auch einigermaßen wieso. Ich hatte die 1,88 Meter meines Vaters erreicht, ohne sie zu übertreffen, die Pickel waren verschwunden und mein Gesicht war soweit nachgewachsen, dass die einst so deutliche heraussstehenden Ecken und Kanten, sich mittlerweile zu einem einigermaßen harmonischen Gesamteindruck zusammengefügt hatten. Kurz gesagt war ich einigermaßen groß, einigermaßen kräftig und einigermaßen gut aussehend. Was ich so tat war offensichtlich ausreichend, um von manchen Menschen als interessant angesehen zu werden, auch wenn es mir selbst eher eintönig vorkam. Ohne es wirklich mitbekommen zu haben, war ich zu einem vollwertigen Teilnehmer auf dem bunt um mich herum explodierenden Beziehungsjahrmarkt geworden. Dass sich ein Mädchen für mich interessierte, war für mich meist Grund genug, sie mit nach Hause zu nehmen und zu versuchen mich auch für sie zu interessieren. Aber das gelang mir nie wirklich. Wir verbrachten ein paar schöne Stunden, Tage oder Wochen miteinander, bis wir uns gegenseitig anödeten und jeder seines Weges ging. Ich lernte viele nette, hübsche, intelligente Frauen kennen, aber keine von ihnen schaffte es, mich wirklich zu berühren. Meistens hatte ich irgendeine Kurzzeit-Freundin oder jemanden, mit dem ich regelmäßig schlief, aber ich führte nie eine Beziehung. Bevor es ernst werden konnte, machte ich Schluss. Ich war sicher, die Frauen würden mich ohnehin verlassen, sobald sie mich besser kannten. So wie Grete. Das brauchte ich nicht nochmal. Ich wusste, früher oder später kämen wir an den Punkt, an dem klar wurde, dass mein Herz niemanden rein ließ. Weil die Bude eben jemand anderem gehörte. Und mir war es lieber, wenn ich es war, der bestimmte, wann dieser Punkt erreicht war.

Aus dieser Zeit stammt der letzte Brief von Liv. Natürlich fing die ganze Sache mit den E-Mails damals so langsam an und ich hatte seit 1999 auch eine Adresse für elektronische Post, aber diesen Sprung haben wir nie geschafft. Wir schrieben Briefe und Karten. Und irgendwann hörten wir damit auf. Oder Liv hörte auf und ich wusste nicht mehr, wohin ich meine Briefe schicken sollte.

Im Februar 2000 war Liv immer noch Studentin der Parsons School of Design in Manhattan. Sie gratulierte mir zum Geburtstag und freute sich darüber, dass wir unsere Freundschaft ins neue Jahrtausend gerettet hätten. Sie schrieb sogar, dass sie kaum glauben könnte, dass unser Sommer schon viereinhalb Jahre zurück liege. Von Paco hatte sie, wie ich, keine Zeile bekommen. Sie schrieb, dass sie auch nicht damit rechne, schließlich wäre der Schwur ja auf seinem Mist gewachsen und er würde bestimmt einfach 2010 auf der Bank hocken und grinsen. Aber wir beide, sie und ich, wir sollten uns endlich mal sehen. Das hat sie wirklich geschrieben. In ihrem letzten Brief an mich. Ich kann ihn Ihnen zeigen, wenn sie wollen, denn ich hab ihn mitgebracht. Für das Treffen.

Liv hat außerdem geschrieben, dass sie ihrem Professor für den Frühling nach Kalifornien folgen wollte. Nach Westen. Wie man das anscheinend seit jeher so macht, in diesem riesigen Land. Und irgendwo dort im Westen muss irgendwas passiert sein. Danach kamen jedenfalls keine Briefe mehr und ich habe seitdem nicht das Geringste über sie herausgefunden. Erst dachte ich, sie würde schon schreiben, wenn sie erst mal wieder zurück wäre. Im Herbst kam der erste meiner Briefe ungeöffnet zurück. Die Anschrift in New York gab es nicht mehr. Also wartete ich ab. Meine Adresse hatte sich nicht geändert. Ich war hier. Als ich bis Februar nichts von ihr hörte, begann ich mir Sorgen zu machen. Was, wenn sie einen Unfall gehabt hätte? Oder unheilbar erkrankt war und mich nicht mit ihren Sorgen belasten wollte? Irgendetwas musste geschehen sein. Etwas, dass so wichtig war, dass es erklären konnte, warum sie nicht mehr schrieb.

Ich fuhr zum Borgweg und suchte das Haus mit den Ziegelsteinen und der Hecke. Ich fand es ohne Probleme und wusste sofort, dass ich zu spät gekommen war. Die Steine leuchteten in frischem Rot. Die Hecke war gestutzt. Im Vorgarten lag Plastikspielzeug. Eine junge Frau saß in einem Gartenstuhl und beobachtet ein Kleinkind dabei, wie es immer wieder zwei, drei Schritte vorwärts tappste und dann mit großem Jauchzen auf der eigenen Windel landete. Sie erschrak, als ich so plötzlich auftauchte. Aber als sie sah, dass mir selbst der Schrecken im Gesicht stand, schenkte sie mir ein zaghaftes Lächeln und fragte, ob sie mir helfen könne. Ob sie etwas von den Vorbesitzern wüsste, fragte ich, einem Zahnarzt und seiner Frau. Sie schüttelte den Kopf. Sie hätten das Haus über einen Makler erstanden. Der hätte wohl etwas davon gesagt, die Vorbesitzer seien ausgewandert. Eine Familie Becker oder so. Beck, korrigierte ich. Sie nickte. Wohin wusste sich nicht. Nach Amerika dachte ich. Das Kind fing an zu weinen. Ich verabschiedete mich.

Also wartete ich weiter. Bitte stellen Sie sich das nicht allzu wörtlich vor. Es war nicht so, dass ich jeden Morgen den Briefträger abfing oder in Agonie verfiel. Dafür hatte ich viel zu viel zu tun. Aber manchmal, kurz bevor ich den Briefkastenschlüssel umdrehte, hielt ich für einen Moment inne, schloss die Augen und stellte mir vor, in wenigen Sekunden einen Brief von Liv in den Händen zu halten. Sie hätte ein paar Monate mit totalem Gedächtnisverlust im Krankenhaus gelegen. Und als die Putzfrau im Gang leise Swing low, sweet chariot gesungen hätte, wäre plötzlich mein Bild in ihr aufgestiegen und sie hätte sich wieder an alles erinnert. Oder zumindest hätte sie schreiben können, dass sie beim Umzug nach Kalifornien ihr Adressbuch verlegt hätte. Oder sowas.

In diesen Jahren wurde das Warten zum prägenden Faktor in meinem Leben. Auch wenn man das von außen sicher nicht merken konnte. Wenn Sie mir an der Uni begegnet wären, hätten Sie mich für einen sehr fleißigen Studenten gehalten. So wie die wenigen Menschen, die mich etwas kannten, hätten Sie vermutet, ein ausgeprägtes Interesse für die Rechtswissenschaften würde mich leiten. Sie hätten sich über den Eifer gefreut, mit dem ich mich in eine Sache stürzte, die ganz offensichtliche meine Begeisterung entfacht hatte.

In Wahrheit wusste ich einfach nichts Besseres mit mir anzufangen. So lange ich keinerlei Information darüber besaß, was mit Liv los war - wo sie war, was sie tat, wann wir uns vielleicht wiedersehen würden - so lange fehlte mir das Ziel. Denn irgendwie tat ich das alles doch für sie und für den Schwur. Ich erledigte, was zu erledigen war. Abi, Studium und dann war doch endlich sie dran.

In dieser Zeit begann ich immer öfter mir vorzustellen, wie es sein würde. Mit dem Examen in der Tasche würde ich ihr nach New York folgen. Ich ignorierte dabei, dass sie dort ganz offensichtlich nicht mehr war. In meinen Träumen war sie zurückgekehrt. Ich würde hinfliegen und mich einfach in irgendeiner winzigen Bude einmieten. So ein überhitztes Dachzimmer direkt neben der Hochbahn. Ich würde es an allen Theater- und Schauspielschulen versuchen und wenn das nicht klappen sollte, für einen Teller Suppe an irgendwelchen Bühnen spielen. Oder auf der Straße. Und dann würden wir uns irgendwo in dieser unfassbar riesigen Stadt über den Weg laufen. Vielleicht würde ich auf einem Plakat für eine Ausstellung ihren Namen lesen. Oder sie meinen auf einem Theater. Irgendwie, irgendwo in einer Menschenmasse würde ich plötzlich ihren Blick auf mir spüren. Wie damals. Und ich würde mich zu ihr hindrehen. Wie damals. Und sie würde lächeln und ich würde nicken und wir würden uns irgendwohin setzen und uns alles erzählen.

Immer öfter ertappte ich mich dabei, wie ich mir solche Szenen vorstellte. Das war schön. Und es war schmerzhaft. Denn es waren nur Träumereien. Ich ließ nicht zu, dass das meinen Alltag beeinflusste. Ich tat weiter, was ich tat und wartete darauf, von Liv zu hören. Das Warten dominierte meine Träume und es lähmte mein Herz - aber ansonsten funktionierte ich.

Nur im Schwimmunterricht kam es manchmal vor, dass ich die Beherrschung verlor und einen schwächelnden Teenager mit all zu viel Wut in der Stimme zu noch mehr Bahnen verdonnerte. Meist hatte ich mich nach wenigen Sekunden wieder im Griff. Manchmal entschuldigte ich mich dann mit einem schiefen Grinsen für meinen Ausbruch. Manchmal nicht. Schüler, Eltern und Kollegen nahmen meine wachsende Reizbarkeit vielleicht zur Kenntnis, aber es sprach mich nie jemand darauf an. Wahrscheinlich hielten sie das Ganze für einen Teil meines pädagogischen Konzepts. Sportler mussten ja ab und zu mal etwas härter angefasst werden, damit sie diesen inneren Dingsbums überwinden. Das wusste man.

Der einzige, dem ich nicht weiß machen konnte, ich sei ein glücklicher, kleiner Jurastudent, war ich selbst. Aber auch für mich hatte ich eine Erklärung. Ich rechtfertigte alles mit dem Warten. Ich würde jetzt erstmal geduldig weitermachen und wenn dann endlich ein Brief von Liv käme, dann könnte ich ja neu entscheiden. Doch es kam kein Brief. Nicht aus den USA und nicht von anderswo und sowieso keiner aus Guatemala und gar nichts. Keine Nachricht. Kein Wort. Bis zu jenem Abend, an dem mich der Hase im Treppenhaus abgefangen hatte.

28.7.2010 Komm.
Ein Datum. Ein Imperativ.
Mehr nicht.
Mehr als genug.

Richard Gere

Im Sommer 2001 absolvierte ich mein erstes Staatsexamen, bekam einen Referendariatsplatz in Hamburg, arbeitete anschließend in verschiedenen Anwaltsbüros, der Bezirksverwaltung, bei Gericht und landete Ende 2002 bei einer Kanzlei.

Lang Jansen Beerenboom saßen eigentlich in Köln, hatten aber auch ein Büro direkt an der Elbe, in dem Ludger Beerenboom arbeitete. Er war ein greisenhafter Mann von riesigem Körperbau, sein Leben lang Strafverteidiger und er mochte mich von Anfang an. Das war auch deswegen außergewöhnlich, weil ich trotz meiner Bemühungen, kein besonders guter Jurist geworden war. Mein erstes Staatsexamen hatte ich mit gerade mal sieben Punkten abgeschlossen. Das war zwar nicht wirklich schlecht, aber eben auch nicht gut. Vor allem war es keine Prädikatsnote. Bei der Vielzahl an Juristen die es gab, hatte ich, trotz des guten Rufes meiner Schule, damit nicht die besten Jobaussichten. Auch ich selbst war der Meinung, kein besonders begabter Jurist zu sein. Mir war das alles viel zu viel Schreibarbeit. Tage und Wochen verbrachte ich damit, Sachverhalte in fiktiven oder echten Fällen darzustellen und schlüssige Argumentationslinien zu finden. Ständig suchte ich nach Urteilen und Paragraphen und Vergleichsfällen. Wenn ich etwas fand, was so richtig gut passte, war das zwar ein tolles Gefühl, aber das kam so selten vor. Meistens war Jura eine unendlich langsame, mühevolle Arbeit.

Aber Beerenboom wollte mich trotzdem. Er sah meine Begabung woanders. Heute glaube ich, er glaubte damals irgendetwas von seinem jüngeren Ich in mir erkannt zu haben. „Sie gehören vor Gericht“, sagte er mir von Anfang an. Oder zumindest wurde das später seine Erzählung. Er habe mich reinkommen sehen, zwei Sätze mit mir gewechselt und dann mit dem Zeigefinger auf meine Brust getippt und in gespielt drohendem Unterton gesagt: „Ich bringe Sie vor Gericht.“ Und nach einer Kunstpause hatte er mit breitem Lächeln angefügt: „Denn da gehören Sie hin, junger Mann.“

Und er hatte recht. Ich brauchte eine Weile, bis ich das kapierte, aber er hatte recht. Ich hatte im Praktikum bereits mehrere mündliche Verhandlungen beobachtet und tatsächlich fand ich den Auftritt vor Richter, Staatsanwalt und Publikum den spannendsten Teil des Juristenlebens. Das war zumindest ein bisschen so, wie man den Staranwalt aus Hollywoodfilmen kannte. Wie Richard Gere in Primal Fear.

Allerdings hatten mich diese Besuche auch ernüchtert. Zum einen war der mündliche Teil der Verhandlung immer nur vergleichsweise kurz und zum anderen führte sich kaum jemand so auf, wie man es auf dem Bildschirm sah. Keine pathetischen Plädoyers bei denen am Ende alle Anwesenden Tränen in den Augen hatten und der mutmaßliche Mörder gleich selbst für seine Inhaftierung votierte. Keine überraschend aufgerufenen Zeugen, keine unerwarteten Wendungen, keine Show. Die meisten Anwälte waren in ihrem ganzen Auftreten vor allem eines: sachlich.

Aber es gab auch Ausnahmen. Provinzanwälte, die in schief sitzenden Anzügen ein wenig Hollywood-Glanz versprühen wollten. Effekt heischende, aufgeblasene Lackaffen. Parodien eines ganzen Berufsstand. Niemand nahm sie ernst.

Und dann gab es noch Leute wie Ludger Beerenboom. Anwälte, die das Spiel mit dem Pathos nicht überzogen. Charismatische Figuren, die dem Publikum den Atem stocken ließen, wenn sie mitten in ihrer Rede in plötzliches Schweigen verfielen und ihren Gegenüber nur mit dem Blick bearbeiteten. Anwälte, bei denen der Anzug saß. Und so einer, sagte mir Beerenboom bei unserem ersten Treffen auf den Kopf zu, so einer sei ich auch.

Also nahm er mich mit zu seinen Verhandlungen. Es war beeindruckend. Beerenboom verwandelte jeden seiner Vorträge in eine kleine Show. Er gab sich cool oder aufbrausend. Er tigerte im Gerichtssaal hin und her und er zauberte Zeugen erst in letzter Minute aus dem Hut. Ich fand ihn witzig. Ich fand ihn toll. Es ehrte mich, dass er mir eine solche Rolle auch zutraute. Aber ich begriff ich nicht, was das alles bringen sollte? Zumindest noch nicht. Trotz all seiner Eleganz, trotz seiner perfekten Auftritte, schien Beerenboom damit weder Richter noch Staatsanwälte zu beeindrucken. Ich sah sie mit den Augen rollen oder verächtlich Grinsen. Die Richard-Gere-Nummer beeindruckte hier niemanden. Das waren Juristen. Sie hielten sich an Paragraphen, Beweise und schlüssig geführte Argumentationen. Auf diesem Feld galt es zu überzeugen und nur hier konnte man den Sieg davon tragen.

Aber ich irrte mich. Und das begriff ich, als ich bemerkte wie sehr Beerenboom Angeklagte, Zeugen und Zuschauer in seinen Bann schlug. Immer wieder gab es Beifall oder Zwischenrufe während er sprach. Das hatte ich bei niemand anderem so erlebt. Beerenboom provozierte Emotionen. Er bewegte die Leute. Nach der Verhandlung wurde er regelmäßig von einer kleinen Menschentraube umhüllt, von denen alle irgendwas von ihm wollten. Die Gerichtsreporter liebten ihn. Er lieferte große Sätze, die sich wunderbar in Schlagzeilen verwandeln ließen. Und da begriff ich, dass es vor Gericht noch um etwas anderes ging, als die bloße Auslegung des Rechts. Dass es ein zweites Spielfeld gab, auf dem die Beteiligten miteinander wetteiferten. Und dass nicht Beerenboom der Doofe war, weil er eine solche Show abzog, sondern dass all die nüchternen Juristen in ihrer Überheblichkeit gar nicht kapierten, dass hier noch ein anderes Spiel gespielt wurde.

Beerenboom gab den Richard Gere nicht für die Juristen, sondern für alle anderen im Saal. Für die Opis in den hinteren Bänken des Publikums, die sich fragten, ob sie in ihrem Streit mit dem Nachbarn nicht auch mal einen Anwalt bräuchten. Für die Geschäftsfrauen in ihren Kostümen, die schon lange darüber nachdachten, den Konkurrenten zu verklagen. Und vor allem für die Angeklagten. Die Scheckbetrüger, Unterhaltspreller, Drogendealer, Menschenschmuggler, Vergewaltiger, Mörder und all ihre halb- oder vollkriminellen Angehörigen. Kurz: für die Kunden. Auch wenn man sie natürlich Klienten oder Mandanten nannte - da klang das geschäftsmäßige der Beziehung nicht so unangenehm deutlich durch.

Beerenboom war zweifelsohne ein guter, gewissenhafter Jurist. Aber das waren viele andere auch. Zusätzlich zu seinen juristischen Fähigkeiten hatte er allerdings begriffen, dass die Leute Richard Gere liebten. Oder Tom Cruise in *Eine Frage der Ehre.* Oder Denzel Washington in *Philadelphia.* Dass sich ihre Vorstellung davon, wie ein Anwalt aufzutreten hatte, an Hollywood-Schauspielern in Nadelstreifenanzügen orientierte und nicht an einer drögen Gerichtsordnung. Dass es also die Aufgabe eines guten Anwalts war, nicht nur das Gericht mit Argumenten zu überzeugen, sondern das Publikum mit Emotionen. Darin war Beerenboom der Beste. Und als ich das begriffen hatte, fand ich die Idee ihm nachzueifern, mehr als verlockend.

Wie Beerenboom mir an der Art meines Ganges oder der Form meines Unterkiefers oder dem Blitzen meiner Augen angesehen hatte - seine Erzählungen über das genaue Erkennungsmerkmal variierten ständig - schien ich tatsächlich Talent zum Strafverteidiger zu haben. Die Idee gefiel mir. Das Spiel mit dem Publikum gefiel mir. Einen neuen Plan zu haben gefiel mir. Ich brachte also auch mein zweites Staatsexamen hinter mich, war im Sommer 2004 offiziell Volljurist und hatte das verlockende Angebot, bei Lang Jensen Beerenboom in Köln als Anwalt anzufangen.

Eigentlich hatte ich mir ja vorgenommen jetzt endlich einen Versuch an der Schauspielschule zu wagen. Ich hatte

Abi gemacht. Ganz brav, wie ich es versprochen hatte. Ich hatte sogar das unvorstellbar riesige Jura-Gebirge durchquert und ebenso brav beide Staatsexamina abgelegt. Meine Mutter war glücklich. Ihre Opfer hatten sich gelohnt. Ich hatte es zu was gebracht. Ich hatte geliefert. Wäre es jetzt nicht OK, wenn ich zu meinem ursprünglichen Plan zurückzukehren würde? Zumindest probeweise?

Meine Mutter lachte nur, als ich sie vorsichtig in diese Gedanken einweihte. Noch hätte ich es zu gar nichts gebracht, erinnerte sie mich. Und der Job in Köln sei eine Riesenchance. Ein Sprungbrett - gerade angesichts meiner mäßigen Noten. Damit hatte sie natürlich recht. Und schließlich, fügte sie an, könne ich ja auch vor Gericht meine schauspielerischen Neigungen ausleben. So als kleiner Richard Gere. Und damit hatte sie natürlich auch recht. Wobei ich gerne jemand cooleres gewesen wäre.

Ich wog die Argumente gegeneinander ab, wie ich es in Studium und Beruf täglich tat. Auf der einen Seite diese Idee, die ich als siebzehnjähriger hatte. Der Schwur, den ich vor zwei Menschen geleistet hatte, von denen ich nichts mehr wusste. Nicht mal, ob sie überhaupt noch lebten. Auf der anderen Seite Köln. Ein neues Kapitel. Ein Job, den ich mit den bestmöglichen Voraussetzungen antrat. Eine Aufgabe, für die Beerenboom mich persönlich ausgewählt hatte. Etwas, wofür ich seiner Meinung nach eine ganze Menge Talent mitbrachte. Und dazu ein Einstiegsgehalt mit dem ich den Bildungskredit schon in ein bis zwei Jahren komplett zurückzahlen könnte. Ich wäre zum ersten Mal im Leben finanziell unabhängig. Ich könnte sogar meine Mutter unterstützen. Sie könnte in eine schönere Wohnung ziehen. Dann müsste auch sie endlich zufrieden sein.

Es war nicht schwer zu einem Urteil zu kommen. Es gab einfach nichts, was gegen Köln sprach. Wenn ich gewusst hätte, dass Liv irgendwo da draußen auf mich wartete, dann hätte ich wohl endlich meinen Rucksack geschnürt. Aber ich wusste nichts. Ich tröstete mich damit, dass ich ja immer noch aufbrechen könnte, sollte irgendwann ein Brief aus Übersee eintreffen. Und wenn ich merken sollte, dass das mit Köln alles nicht klappte, könnte ich ja zurück nach Hamburg. Oder mich dann irgendwo an der Schauspielschule bewerben. Das lief ja nicht weg. Also sagte ich zu.

Köln

Köln war von Anfang an gut zu mir. Ich zog in eine Erdgeschosswohnung, die aus einem einzigen großen Zimmer und einem kleinen Bad bestand. Das genügte mir. Die Vermieterin wohnte mit Mann und Hund gleich nebenan und war ein echtes Goldstück. Sie stellte mir regelmäßig ein Stück ihres selbst gebackenen Kuchens vor die Tür und steckte mir ihren Stadt-Anzeiger nachmittags in den Briefkasten, so dass ich ihn abends lesen konnte. Als Gegenleistung musste ich lediglich ab und zu ihren Erzählungen vom Urlaub, vom Skat spielen und von ihren Kindern lauschen. Aber dieses fast schon tägliche Ritual im Hausflur oder auf dem Gehweg ließ ich gern über mich ergehen. Sie kam immer recht schnell zum Punkt und ließ jede ihrer Geschichten mit einer Pointe oder witzig gemeinten Bemerkung enden und nutzte ihr schallendes Gelächter dazu, sich mit einem Nicken zu verabschieden und in ihrer Wohnung zu verschwinden.

In meinem Viertel gab es gleich drei verschiedene Bäcker, einen Metzger, ein Café mit einer glänzenden italienischen Espressomaschine und drei Kneipen. Bis auf die Espressomaschine erinnerte mich das alles ziemlich an meine Heimat. Sieben Jahre zuvor hatte ich dem gefühlten Kleinstadtmief zwar mit Kusshand den Laufpass gegeben, aber dass ich jetzt wieder ein wenig davon um mich hatte, gefiel mir; alles eine Frage des Timings.

Die Arbeit in der Kanzlei erinnerte mich ohnehin jeden Tag daran, dass ich nicht mehr in der Provinz lebte. Ich hatte ein eigenes Büro mit unverputzten Backsteinwänden, einem Panoramafenster und einer Glasfront nach innen, vor die sich per Knopfdruck ein Vorhang schob, wann immer mir der Sinn nach Privatsphäre stand. Mein Büro war das drittgrößte, nach den beiden von Dr. Lang und Dr. Jansen. Das war wohl schlicht dem Zufall geschuldet, aber ich nahm es dennoch als verheißungsvolles Zeichen. Auch die Art wie mich Dr. Lang von Anfang an „den kleinen B" nannte, klang in meinen Ohren gut. Ich störte mich nicht an dem kleinen - ich hörte das ‚B'. Natürlich war das einfach der Anfangsbuchstabe meines Nachnamen, aber es war eben auch derselbe wie der meines Lehrmeisters, des von allen verehrten Beerenboom, der in Hamburg mittlerweile in Rente gegangen war und als dessen legitimen Nachfolger mich alle sahen.

Wenn ich die Reaktionen meiner Kollegen und meine ständig wachsende Zahl an Mandanten richtig interpretiere, dann habe ich in den letzten sechs Jahren die mir zugedachte Rolle wohl zur allgemeinen Zufriedenheit erfüllt. Das wichtigste Startkapital gab mir Dr. Lang in meiner ersten Woche mit an die Hand. Er stellte mich seiner Frau Beate vor und die schleppte mich zu einem Schneider, der mir nach ihren farblichen Vorgaben zehn unterschiedliche Kombinationen aus Anzug, Hemd, Krawatte, Gürtel und Schuhen zusammenstellte. Jeden einzelnen dieser Anzüge trage ich heute noch.

Außerdem merkte Dr. Lang schnell, dass ich zwar durchaus in der Lage war, die mir zugedachte Rolle im Gerichtssaal auszufüllen, bei der Vorbereitung meiner Verhandlung aber eher etwas mehr Unterstützung gebrauchen konnte als üblich. So hatte ich neben einer Sekretärin auch immer mindestens einen weiteren Anwalt und zwei Referendare oder Praktikanten, dic mir zuarbeiteten. Es funktionierte großartig. Dazu hatte ich gleich im ersten Jahr das Glück, einen Fall zu betreuen, der für jede Menge mediale Aufmerksamkeit sorgte.

Ein Mann war bei seiner Arbeit im Büro eingeschlafen, vom Schreibtisch gefallen und hatte sich die Nase gebrochen. Man hatte ihn rausgeworfen - dagegen klagte er. Als Dr. Lang mir von dem Fall erzählte habe ich - Verzeihung - erstmal laut gelacht. Denn der Typ war ausgerechnet Beamter. Er trug den mir bis heute in Erinnerung gebliebenen, wohlklingenden Namen Walter Rutz und arbeitete als Sachbearbeiter im Bezirksjugendamt Nippes. Ich kann den Namen hier nennen, da er ohnehin sofort in der Zeitung veröffentlicht wurde. Innerhalb kürzester Zeit schaffte Rutz es, sich zum Hassobjekt des gesamten Boulevards zu machen. Die meisten Zeitungen nannten ihn die „Rutz-Nase“. Sie empörten sich, dass Rutz an seinem Arbeitsplatz schlief, anstatt sich um das Gemeinwohl zu kümmern. Er wurde zum Prototyp des faulen Beamten, der kassierte ohne Leistung zu bringen. Wie von Zauberhand tauchten dann auch noch Strandfotos aus Rutz' jährlichem Portugal-Urlaub auf, die seine enormen Verwertungsfähigkeiten einheimischer Alkoholika durch eine stattliche Anzahl leerer Glasgebinde im Bildhintergrund, eindrucksvoll belegten. Und dann war die Rutz-Nase auch noch so rutzfrech sich gegen die Suspendierung, die sein Arbeitgeber ausgesprochen hatte, vor

Gericht zu wehren. Die Journalisten übertrafen sich in allerlei sinnfreien Verballhornungen von Rutz' Namen.

Der Verlauf des Verfahrens trug dazu bei, dass Rutz noch weitere unangenehme Bezeichnungen an den Kopf geworfen wurden. Tatsächlich empfand auch ich Rutz von Anfang an, als eher schwierigen Typen. Optisch bediente er sämtliche Klischees des Pils trinkenden Vorzeige-Teutonen: Bierbauch, Schnauzer, ungepflegte Fingernägel. Dazu hatte er etwas hartnäckiges und rechthaberisches, so dass der Arbeitsalltag mit ihm sicherlich kein Zuckerschlecken war.

Von seinen und optischen charakterlichem Mängeln abgesehen hatte er aber vor allem einen Haufen gute Argumente. Und das war es, was für mich zählte. Dass er tatsächlich eingeschlafen war, räumte er sofort ein, so dass wir uns nicht damit aufhalten mussten, etwaige Mängel im Nachweis dieser Unfallursache zu ermitteln. Er sei, sagte er, seinen Vorgesetzten schon lange ein Dorn im Auge. Die wollten ihn weghaben und er hätte ihnen blöderweise jetzt einen Anlass geliefert. Grund für sein Einschlafen sei aber nicht seine angebliche Pflichtvergessenheit, sondern eine ständige Überarbeitung.

Ich sah mir die Unterlagen an, die er in einem Pappkarton mitgebracht hatte. Seit vier Jahren lag Rutz im Streit mit seiner Behörde. Er hatte über die letzten zwei Jahre ein lückenloses Arbeitstagebuch geführt, in dem er nicht nur seine Arbeitszeiten - im Schnitt fast 48 statt der vereinbarten 38 Stunden pro Woche - sondern auch den Schriftverkehr mit der Behörde genau dokumentiert hatte. Immer wieder hatte er schriftlich auf die untragbare Situation hingewiesen. Immer wieder war er hingehalten worden. Eigenmächtiges Fernbleiben vom Dienst hatte ihm bereits zwei Abmahnungen eingebracht, das Einschlafen war die Dritte.

Mit den Unterlagen brauchte ich bei Gericht keine zehn Minuten, um den Fall komplett zu drehen. Die Suspendierung und sämtliche Abmahnungen wurden für nichtig erklärt. Außerdem - und erst an diesem Punkt sprangen auch die überregionalen Medien auf die Story an - folgte das Gericht meiner Argumentation, bei dem Sturz handele es sich um einen Arbeitsunfall, da Rutz nur in Folge seiner massiven nachweislichen Überarbeitung eingeschlafen war. Die gesetzliche Unfallkasse musste sämtliche Folgekosten tragen, inklusive eines kosmetischen Eingriffs an der viel geschmähten Rutz-Nase.

Am Abend nach der Verhandlung lud Dr. Lang mich und die Familie unseres Mandanten zum Essen ein. Rutz war von seinem Erfolg so überwältigt, dass er mich mehrfach am Abend umarmte und immer wieder in Lachanfälle über den Arbeitsunfall ausbrach. Dr. Lang grinste mich wissend an. Die ganze Situation erinnerte mich stark an den Abend nach unserem ersten Erfolg bei den Jungen Forschern. Ich zuckte entschuldigend die Schultern und sagte zu meinem Chef: „Durch die ganzen Unterlagen war die Sachlage eindeutig."

Dr. Lang hob sein Glas und prostete mir zu. Er beugte sich zu mir vor und sprach so leise, dass Rutz es nicht hören konnte.

„Aber wie sie es gemacht haben, mein lieber Boltenhagen. Fantastisch. Die Keule kam erst ganz zum Schluss. Die Reporter hatten gerade erst verdaut, dass Rutz doch nicht der Böse war. Und dann liefern sie so einen Hammer, auf den sie wieder anspringen können. Ich sehe schon die Schlagzeilen: Gericht bestätigt: wenn Beamte einschlafen ist das ein Arbeitsunfall." Er lachte laut auf und schlug mir auf die Schulter. „Oder…", fing er wieder an „Steuerzahler blechen für die neue Rutz-Nase." Wieder waberte eine Welle überdrehter Fröhlichkeit durch seinen Körper. Und tatsächlich lauteten die meisten Schlagzeilen am nächsten Tag so, wie es Dr. Lang prophezeit hatte. Oder zumindest so ähnlich.

Ich hoffe, Sie kriegen jetzt kein falsches Bild von mir oder meinem Berufsstand. Ich hatte keinerlei Interesse daran, öffentliche Gelder an Querulanten zu verschwenden. Mir ging es um Gerechtigkeit. Auch wenn die Geschichte absurd klingt, der eigentliche Skandal bei diesem Fall waren die Zustände in dem Bezirksamt und nicht die öffentlich bezahlte neue Nase. Unsere Arbeit hatte ein gerechtes Urteil zu Folge. Und - zugegeben- mein Auftritt hatte uns viel Erwähnung in Presse und Fernsehen beschert und damit einen ganzen Haufen neuer Klienten - und so funktionierte eben das Geschäft.

Rutz war für mich ein Glücksfall. Auch weil es letzten Endes um eine Bagatelle ging. Später hatte ich es meist mit schwerwiegenderen Themen zu tun. Dass ich bei diesem Job auch Partei ergreifen musste für potenzielle Schwerverbrecher, störte mich nicht. Aber ich verteidigte nie jemanden gegen die Fakten. Wenn ich wusste, mein Mandant hatte getötet, habe ich nie versucht, ihn raus zu pauken. Aber ich wollte zumindest dafür sorgen, dass die Motive ans Licht kamen. Dass ein Täter für das verurteilt wurde, was er wirklich getan hatte.

In den sechs Jahren, die ich diesen Job ausübe, war kein einziger Schwerverbrecher dabei, kein einziger Mörder, kein einziger Vergewaltiger, bei dem es sich nicht gelohnt hat, zumindest den Versuch zu unternehmen, die Motive zu verstehen. Nicht rechtfertigen. Nicht entschuldigen. Meistens muss man sich als Verteidiger eines Straftäters genau diese Vorwürfe anhören. Wieso man diesen Abschaum noch verteidige? Eben darum. Um zu verstehen. Um Muster zu finden. Um vielleicht irgendwann eine Entwicklung zu erkennen, bevor sie zum Verbrechen führt. Dass ist dann zwar nicht mehr die Aufgabe des Anwalts, aber wichtig ist es eben doch. Finde ich.

Erstverwertung

Mein neues Leben als Maßanzug tragender Kölner Anwalt unterschied sich vor allem in drei Punkten von meiner Studentenzeit. Erstens: ich gab keinen Schwimmunterricht mehr. Das lag zum Teil daran, dass ich natürlich noch weniger Zeit hatte, aber vor allem galt zweitens: ich verdiente einen Haufen Geld und war auf die 20 Euro pro Doppelstunde nicht mehr angewiesen. Der Geldsegen machte einiges in meinem Leben einfacher und führte direkt zur dritten Veränderung. Ohne weiteres Zutun verwandelte ich mich von einem halbwegs interessanten Studenten, der sorglos von einer Affäre zur nächsten geflattert war, in einen Premium-Junggesellen im besten Alter, der alles mitbrachte, um für eine seriöse Langzeitbeziehung in Betracht zu kommen.

Die Erste, die das begriffen hatte, war Beate Lang, die Frau meines Chefs. Nach etwa drei Monaten in Köln lud sie mich zum Abendessen in die Villa der beiden ein. Ich freute mich über das, was ich zunächst als Geste der Anerkennung verstand. Als mir statt des Gastgebers oder seiner Frau eine etwa Zwanzigjährige im Abendkleid die Tür öffnete, ahnte ich bereits, dass es hier eher nicht um die Würdigung meiner beruflichen Leistung ging. Es schien vielmehr so, als wolle Beate sich die Erstverwertungsrechte am neuen Stern in der Kanzlei ihres Mannes sichern. Kandidatin Nummer eins war gleich die eigene Tochter, Jessica. Natürlich Jura-Studentin. Natürlich Hamburg. Und natürlich ziemlich attraktiv.

Das war insofern überraschend weil Dr. Lang Statur und Gesicht eines gutmütigen Zwerges besaß und auch Beate trotz ihrer beeindruckenden Größe eher unscheinbar daherkam. Jessica war ganz zufällig gerade zu Hause und wohl ebenso zufällig in ihr Designerkleid gestolpert. Sie gab sich alle Mühe charmant zu sein und sich mit mir über Hamburg auszutauschen. Aber sie konnte nicht überspielen, dass all die Zufälle nicht auf ihren Mist gewachsen waren und sie eigentlich lieber ohne Designerkleid in den Kneipen im Schanzenviertel saß. Das offensichtliche Unbehagen mit dem sie ihre Rolle spielte, bereitet ihre Mutter zwar Sorge, aber ich fand es sympathisch. Und das fand dann auch die Mutter wieder gut. Wir führten ein angenehmes Gespräch und wäre Jessica nicht die Tochter der Langs gewesen und hätte Beate uns nicht so aufeinander gehetzt, wären wir möglicherweise noch irgendwohin weiter gezogen, wo es wirklich nett geworden wäre. Aber so war beim Kaffee vor dem Kamin Schluss. Schließlich hatte ich meinen Stolz. Und Jessica ihren.

Beate nahm es schwer. Die Planspiele in ihren Gedanken waren eindeutig schon bis zu Traualtar und Enkel hüten im Ferienhaus auf Lanzarote fortgeschritten. Aber sie war hart im Nehmen und sie war offenbar bereit zu teilen. Beim nächsten Anlauf stellte sie es geschickter an. Wir trafen uns in einem Restaurant, die auserwählte Kandidatin war „nur“ die Tochter einer Freundin, trug entspannte Kleidung und Beate inszenierte noch vor dem Dessert einen plötzlichen Aufbruch. Migräne - was sollte man machen? Kandidatin Nummer zwei und ich, natürlich war auch sie Jurastudentin, saßen also plötzlich allein bei Kerzenlicht zusammen. Wir zogen weiter in eine Bar, ich brachte sie nach Hause, aber ich war nüchtern genug, ihr Kaffee-Angebot abzulehnen.

Dabei hatte ich so etwas bis dahin noch nie abgelehnt. Ich wollte einfach nicht, dass Beate ihren Willen bekam.

Und dann bekam sie ihn doch. Und ich merkte es nicht einmal.

Es geschah auf dem Sommerfest der Kanzlei am Ende meines ersten Jahres in Köln. Die vergangenen zwölf Monate waren beruflich ein einziger Erfolg. Das sah ich nicht zuletzt beim Blick auf mein Konto. Ich hatte bereits jetzt alles Geld zurückgezahlt, das meine Mutter mir in sieben Jahren Studium überwiesen hatte. Zu meiner Überraschung hatte sie es angenommen. Ich hatte eigentlich erwartet, sie würde den Kopf schütteln und sagen, sie sei keine Bank und das Geld kein Kredit. Seitdem ich den Job hatte, hatte sie sich verändert. Sie war leichter geworden. Unkomplizierter. Fröhlicher.

Meine Mutter war von Beginn an auffallend gut damit zurechtgekommen, dass ihr einziger Sohn aus dem Haus und sie ihrer Mutterrolle beraubt worden war. Was sollte sie da Trübsal blasen? Sie hatte den Job, sie hatte Schach und sie hatte ihre Freundinnen. Und für alles hatte sie nach meinem Auszug mehr Zeit. Sie hatte einfach ihr Leben weitergelebt und dafür gesorgt, dass die Überweisungen regelmäßig auf meinem Konto eingingen.

Als ich jetzt plötzlich Geld verdiente, schien ihr mit einem Mal aufzugehen, dass sie ihre Aufgabe erledigt hatte. Die Last, die sie sich nach dem Tod meines Vaters, allein auf ihre schmalen Schultern gelegt hatte, war verschwunden. Sie war erwachsen geworden, von ihrem Rücken gehüpft und marschierte plötzlich mit starken Beinen neben ihr her. Und warum sollte zur Abwechslung jetzt nicht auch mal meine Mutter sich ein wenig tragen lassen? Also nahm sie das Geld mit einem kleinen ungläubigen Lächeln an, sagte der Uni für ein Jahr Lebewohl und verschwand zum Wandern in den Alpen. Da sei sie, ich konnte es kaum glauben, nämlich noch nie gewesen. Der Zug brauchte keine vier Stunden bis nach Basel, wo sie ihre Tour begann. Sie hatte vor, die Berge erstmal im Sommer zu testen und wollte alles andere auf sich zukommen lassen. Ich freute mich unbändig für sie.

Dennoch ging es mir nach diesem ersten Jahr in Köln alles andere als gut. Weder meine Tagträume von Liv noch die Wutanfälle waren verschwunden. Im Gegenteil - bei meinen Praktikanten war ich wegen meiner Ausbrüche mittlerweile gefürchtet. An manchen Tagen reichte es aus, dass ein Hemd schief in einer Hose steckte und ich explodierte in einem teils unverständlichen Wortschwall aus Beschimpfungen und Verwünschungen. Alle wussten zwar, dass ich das irgendwie nicht ganz so ernst meinte und mich meist später dafür entschuldigte, aber dennoch wollte niemand gerne Opfer meiner Tiraden werden. Die Angst meiner Untergebenen trug absurderweise dazu bei, dass ich von meinen Chefs noch mehr Anerkennung erfuhr. Es gab mir etwas Spleeniges. Ein klein wenig Wahnsinn, der in ihren Augen die Kehrseite meiner Genialität war - und damit ihr ultimativer Beweis. Aber ich selbst mochte es nicht. Ich mochte immer weniger an meinem Anwalts-Ich.

Ich arbeitete viel zu viel. Ich ging kaum noch aus. Wenn, dann ins Kino und das eigentlich immer allein. Ich redete mir ein, so könne man der Story am besten folgen. Ich finde auch tatsächlich, dass man zum Filmgucken niemanden braucht. Aber zum drüber reden. Und dafür hatte ich niemanden. Ich hatte nur den Job. Abends besaß ich weder Kraft noch Lust, mich in eine Bar zu schleppen. Die Menschen, die ich während der Arbeitszeit traf, behandelten mich mit der professionellen Distanz, die ich vorlebte und meine einzige wirkliche Freizeitaktivität war Schwimmen.

Aber haben Sie zwischen vierzig Bahnen Kraul und vierzig Bahnen Delphin schon mal jemanden kennen gelernt?

Das Sommerfest war eine der seltenen Gelegenheiten für mich, mit Menschen entspannt ins Gespräch zu kommen. Natürlich bestand auch hier das Problem, dass mich die meisten Anwesenden aus Büro und Gerichtssaal kannten und daher wie eine zickige Filmdiva behandelten. Zum Glück traf ich aber auch mal Menschen, die mich gar nicht kannten. Oder zumindest einen. Oder wenigstens glaubte ich das.

Ich holte mir gerade eine Flasche Bier, als ich feststellte, dass eine der Kellnerinnen nicht nur auffällig gut aussah, sondern auch auffällig wenig arbeitete. Sie lächelte mich an, also lächelte ich zurück. Sie nahm sich ein Bier aus dem Kühlschrank und fragte mich, ob ich es für sie öffnen könnte. Ich wunderte mich nicht nur darüber, dass sie während der Arbeit Bier trank, sondern auch darüber, dass sie keinen Öffner zur Hand hatte. Schließlich war Kapselheben Teil ihres Jobs. Ich glaube nicht, dass ich schon so angetrunken war, dass das als Ausrede zählt, jedenfalls sprach ich sie wenig charmant, direkt auf eben jenen Misstand an. Anstatt zu erröten oder entschuldigend zu stammeln, wie ich es erwartet hätte, verzog sie nur kurz das Gesicht und fragte: „Was soll das sein, Kapselheben? Gewichtheben für Frauen?"
Ihre Angriffslust erwischte mich unvorbereitet und ich bemühte mich zu erklären, wobei ich mit der Hand die Geste des Flaschenöffnens simulierte.
„Nein. Ich meine… Flasche öffnen. Das Ding heißt doch auch Kapselheber." Ich lächelte und wartete darauf, dass sie es mir gleichtat. Als sie nicht reagierte fügte ich an. „Deswegen Kapselheben, verstehen Sie?"

Sie setzte ein genervtes Gesicht auf und wendete sich an Henning Jansen, der sich ebenfalls gerade ein Bier aus dem Kühlschrank nahm.
„Tschuldige. Kannst du vielleicht kurz meine Flasche auf machen?"
Jansen blickte überrascht von der Dame über die ihm dargebotene Flasche zu mir und ich rechnete mit einer süffisanten Bemerkung zu der Tatsache, dass man ihn geduzt hatte. Das hatte er in meiner Gegenwart noch niemandem durchgehen lassen. Aber er sagte nur: „Klar", öffnete die Bierflasche und die beiden verschwanden in unterschiedliche Richtungen.

Ich blickte der Kellnerin verdutzt nach und kehrte zurück zu meiner Sitzgruppe auf der Terrasse. Ich bildete mir ein, dass die Frau, die gerade das Wort führte, etwas leiser wurde als ich zurückkehrte und dass die Stimmung in dem kleinen Kreis durch meine Anwesenheit einen leichten Dämpfer erhielt. Aber vielleicht war ich mittlerweile auch hypersensibel geworden. Vielleicht beachtete mich ausnahmsweise mal gar niemand. Die Vorstellung gefiel mir. Ich lehnte mich in meiner Couch zurück, setzte ein übertrieben fröhliches Grinsen auf und zeigte durch ausgiebiges Lachen an den Stellen, die mir als die richtigen erschienen, dass von meiner Seite aus heute keinerlei Gefahr drohte.

Einige Flaschen Bier später, sah ich die Kellnerin wieder. Sie fläzte allein in einem Sessel herum und trank tatsächlich schon wieder irgendwas Alkoholisches. Oder immer noch. Ich fragte mich kurz, ob ich irgendeinem Irrtum aufsaß, doch sie trug eindeutig das gleiche Polo-Shirt, wie alle anderen Mitarbeiter von Slow Food Catering. Nur dass sie eindeutig nicht arbeitete. Also verließ ich meine Runde, ging zu ihr hin und ließ mich energisch in den Sessel neben sie fal-

len. Sie grinste als sie mich kommen sah. Und sie lachte kurz auf, als ich wuchtig in meinem Sitzmöbel landete.
„Das mit dem Kapselheben sollte ein Scherz sein“, sagte ich merkwürdigerweise. Dabei klang meine Stimme so vorwurfsvoll, dass ich selbst darüber erschrak. Aber mein Gegenüber erschrak nicht. Sie nahm einen tiefen Schluck aus ihrem Bier und blickte mich herausfordernd über den Flaschenboden hinweg an. Als sie abgesetzt hatte sagte sie.
„Das habe ich mir tatsächlich schon gedacht.“ Wieder dieses Lächeln. Selbstsicher. Überheblich. Eingebildet. Ich ging zum Angriff über.
„Wieso sitzen Sie eigentlich hier rum und trinken Bier und lassen Ihre Kollegen ganz alleine schuften?“
Wieder verschaffte sie sich Zeit durch einen tiefen Schluck. Dann grinste sie.
„Ich bin der Liebling vom Chef.“
Ich guckte sie einen Moment verdutzt an. Dann lächelte ich auch und sagte: „Das kann ich mir vorstellen.“
Das schien sie nicht besonders originell zu finden. Sie stellte ihre Flasche ab und stand auf.
„Das sollte eigentlich auch nur ein Scherz sein“, sagte sie und imitierte dabei meinen Tonfall perfekt. Dann fügte sie, wie zu sich selbst, hinzu: „Ich geh dann mal nach meinen armen Kollegen gucken“ und verschwand im Innern.

Ich blieb allein zurück in meinem Sessel und gab mich der Verwirrung hin. Wieso war mir plötzlich so heiß? Waren da eben nicht noch Wolken am Himmel gewesen? Und was war bloß mit dieser eigenartigen Kellnerin los? Wieso duzte die jeden? War die high? Oder betrunken? Oder ich? Ich begriff nicht viel, aber noch während ich sie durch die Terrassentür verschwinden sah wurde mir klar, dass ich unbedingt wollte, dass sie mich mochte. Dass wir uns kennenlernten. Und außerdem bemerkte ich mit überraschender Klarheit, dass ich unbedingt mit ihr ins Bett wollte.

Ich habe wohl schon erwähnt, dass mich seit Teenager-Tagen ein eher ausgeprägtes Interesse am anderen Geschlecht begleitete. Dabei unterschied ich von Anfang an zwischen zwei Typen. Wenn ich eine Frau traf waren meine ersten Empfindungen entweder romantischer Natur oder ich war scharf auf sie.

Ich gebe zu, dass letzteres deutlich häufiger der Fall war. Zum ersten Mal ist mir das wohl bei Katrin Morgentaler passiert. Ohne dass ich mir damals schon eingestehen konnte, was los war. Das kam erst als Student.

Hin und wieder traf ich auf Frauen, denen es umgekehrt genau so ging. Wir landeten im Bett, wir hatten eine gute Zeit und das war's. Von diesen Frauen liefen mir nicht so viele über den Weg. Leider waren sie auch oft kaum zu unterscheiden von einer weiteren Gruppe, deren Interesse zwar nicht in erster Linie meinem Körper galt, die aber trotzdem mit mir ins Bett gingen. Das wurde meist kompliziert.

Während ich mit Desinteresse, Zurückweisungen oder dramatischen Ausbrüchen dieser körperlichen Gruppe im Laufe der Jahre immer besser zurechtkam, blieb die romantische Gruppe kompliziert. Und natürlich waren es genau diese Frauen, nach denen ich mich sehnte.

Liv war die Königin dieser Gruppe. Meine Gefühle für sie waren frei von jeglichen Gedanken an verschwitzte Paarungsakte auf abgewetzten Ledersofas. Mir fällt keine bessere Formulierung ein, als zu sagen: meine Liebe zu ihr war rein und unschuldig - so wie ich selbst mit siebzehn Jahren.

Dann gab es in dieser Gruppe noch Grete. Meine einzige echte Freundin. Meine Partnerin, mit der ich ausprobiert habe, was eine Paarbeziehung so ausmacht, inklusive Trennung. Das war schmerzhaft. Aber vor allem war es fantastisch.

Zu dieser kleinen Gruppe zähle ich außerdem noch eine Handvoll Mädchen, in die ich mich verliebt hatte, ohne dass daraus etwas wurde. Meist hatten sie schon einen Freund und wollten sich wegen mir von ihm nicht trennen. Diese Schwärmereien hielten oft nur wenige Tage oder Wochen an und gipfelten maximal in wildem Geknutsche, aber ich behielt sie sehr viel schmerzhafter in Erinnerung als manch andere Frau, mit der ich geschlafen hatte.

Diese Kellnerin konnte ich keiner Gruppe zuordnen. Von ihr wollte ich von Anfang an beides. Sex und zwar bitte jetzt sofort. Und gleichzeitig entspanntes Kennenlernen, um zu sehen, ob das nicht passen könnte. Mir war klar, dass es relativ schwierig werden würde, beides hinzukriegen. Ich beobachtete sie über die Räume hinweg und stellte mir vor wie es wäre, ihr das dunkle Poloshirt über die schlanken, gebräunten Arme zu streifen und ihren Rücken zu berühren. Aber ich traute mich nicht, länger als einen Moment zu ihr zu sehen, denn ich wollte ich auf keinen Fall, dass sie merkte, wie scharf ich auf sie war. Nicht, dass sie mich für einen notgeilen Idioten hielt. Nicht, dass sie mich dann völlig links liegen ließ. Wobei sie das, genau genommen, ja bereits tat.

Ich blickte hin und wieder verstohlen zu ihr rüber. Immer war sie mit irgendjemandem im Gespräch. Sie redete. Und lachte. Und trank. Und sie arbeitete den ganzen Abend über rein gar nichts.

Irgendwann weit nach Mitternacht packten die Servicekräfte das Buffet zusammen, räumten einen Großteil der Gläser und das Geschirr weg und ließen uns mit einem gut gefüllten Kühlschrank allein. Zu meiner Überraschung kehrte meine Kellnerin nach einer Weile als einzige jedoch wieder zurück. Sie unterhielt sich angeregt mit Dr. Lang und ich bildete mir ein, dass sie jetzt doch ein oder zweimal zu mir rüber sah. Ich kapierte es nicht. Irgendetwas war mit dieser Frau anders. In jeglicher Hinsicht.

Glücklicherweise zählte zu ihren Besonderheiten auch die Gabe, einen ersten negativen Eindruck spontan zu vergessen. Ebenso konsequent wie sie mich bisher ignoriert hatte, widmete sie mir plötzlich ihre volle Aufmerksamkeit. Sie kam quer durch den Raum auf mich zu, strich mir zur Begrüßung wie beiläufig über den Arm und schenkte mir ein blendendes Lächeln.

„Mein Kapselheber ist also auch noch da."

Mein Herz tat einen kleinen Hüpfer und ich glaube, ich prustete leicht in meine Bierflasche. Einen Moment lang lächelten wir uns schweigend an. Dann fragte ich: „Feierabend?"

Sie nickte. „Ja. Feierabend."

Ich zog spöttisch die Augenbrauen hoch. „War es sehr anstrengend?"

Sie zwang ihre Mundwinkel wieder nach unten, aber in ihren Augen blitzte nach wie vor der Spott.

„Es war Okay", sagte sie. „Eine Anwaltsparty, eben."

Wieder musste ich lachen.

„Und das bedeutet?"

Sie zuckte mit den Schultern und gab sich betont gleichgültig.

„Viel Champagner. Viel Mousse au Chocolat. Ein paar dämliche Scherze und ein paar anzügliche Blicke. Nichts Besonderes."

Ich grinste sie an.

„Hab ich auch anzüglich geguckt?"

Sie lächelte.

„Du? Nein. Du bist der mit den dämlichen Scherzen.“ Dabei öffnete sie eine imaginäre Flasche und ich brach in lautes Lachen aus. Sie betrachtete mich dabei schmunzelnd von der Seite.

Als ich Luft holte, fragte sie: „Bist du auch Anwalt?“

„Ich?“, fragte ich mit gespielter Empörung. „Nein. Ich bin der Schlagzeuger von der Metal-Band, die vorhin gespielt hat.“ Ich zeigte hinter mich, als wäre dort eine Bühne.

Sie zog die Stirn in Falten und sagte: „Ich hab dich gar nicht spielen hören.“

Ich lachte.

„Ich hab dich auch nicht kellnern sehen.“

Sie lachte auch. Dann wurde sie ernst.

„Moment“, sagte sie. Sie holte von irgendwo eine Handtasche hervor, entnahm ihr ein Portemonnaie, zog ein Kärtchen heraus und legte es vor mich hin.

„Ich bin ja auch keine Kellnerin“, sagte sie.

Auf der Karte prangte der gleiche Schriftzug wie auf ihrem Shirt. Slow Food Catering. Sie tippte auf die Zeile darunter.

Ich las laut vor. „Inhaberin Maja Naumann.“

Sie tippte sich mit dem Finger auf die Brust und grinste. Dann wiederholte sie übertrieben langsam: „Ich. Maja. Du verstehen?“

Ich verstand. Und ich schämte mich ein wenig, dass ich diese Möglichkeit überhaupt nicht in Erwägung gezogen hatte. Aber ich lachte.

„Ich verstehen. Du Maja.“

Sie nickte.

„Du Chef. Deswegen nix arbeiten.“

Sie lachte. „Ganz genau. Chef niemals arbeiten.“

Dann zeigte sie auf mich. „Und du?“

Ich bemühte mich das Spiel weiter zu führen und antwortete ebenso langsam.

„Ich immer arbeiten."
Sie guckte auf einmal ganz mitleidig.
„Dann du nix Chef."
Ich setzte ein verzweifeltes Gesicht auf und antwortete unter Kopfschütteln: „Nein. Ich nix Chef."
Dann zeigte ich auf meine Brust und sagte: „Ich nur Peter."
„Nur Peter?", fragte sie immer noch mit diesem traurigen Blick.
Ich nickte wortlos. Maja nahm ihre Bierflasche und stieß lächelnd mit mir an.
„Prost, nur Peter."
Und dann sah ich sie an und ich bemerkte, dass sie sehr schöne dunkle Augen hatte, dass sie einen sehr schönen großen Mund hatte und dass dieser Mund zusammen mit ihrem ganzen Gesicht lächelte.

Ich schaffte es an diesem Abend also tatsächlich, dass die merkwürdige Kellnerin mich mochte. Damit hatte ich nicht unbedingt gerechnet. Und ich schaffte noch viel mehr womit ich nicht unbedingt gerechnet hatte.
Als ich irgendwann bemerkte, es sei doch langsam an der Zeit aufzubrechen, man könne ja auch noch weiterziehen, erwiderte Maja: „Nein. Nicht weiterziehen."
Meine Schultern zuckten wie von selbst, als hätten sie sowas schon erwartet. Dennoch fragte ich: „Nicht?"
Maja schüttelte mit geschlossenen Augen den Kopf. Sie hatte ihn auf der Sofalehne abgelegt und wiederholte leise murmelnd: „Nein."
Ich betrachtete sie ausgiebig und spürte ein leichtes, aber sehr echtes Gefühl des Bedauerns in mir aufsteigen. Ich wünschte, alles könnte wenigstens dieses eine Mal einfach sein. Vor allem wünschte ich, wir wären allein. In diesem Moment öffnete sie die Augen und blickte mich direkt an.

Als sie dann „Komm mit“ flüsterte und mir ihre Hand hinhielt, war ich sicher, dass sie meine Gedanken gelesen hatte.

Maja zog mich an der Hand die langen Flure der Kanzlei entlang auf eine offen stehende Bürotür zu. Als sie hindurchgehen wollte blieb ich stehen. Sie blickte mich irritiert an. Ich deutete mit dem Kopf auf eine andere Tür. Sie ging ein paar Schritte in die Richtung und drehte sich wieder fragend um. „Dieses Büro hat eine Glaswand“, flüsterte sie. Ich nickte und schob sie weiter. Von Innen schloss ich ab und drückte auf einen Knopf. Leise summend fuhr die Jalousie vor.

Unsere erste gemeinsame Nacht war nicht nur deswegen so unglaublich, weil wir direkt miteinander schliefen. Oder was soll's. In diesem Fall kann ich es nicht anders sagen: Wir vögelten besoffen auf meinem Schreibtisch. Es war einzigartig, weil alles daran gut war. Alles. Die wilden Küsse in allen Winkeln des Raumes. Das gegenseitige Entkleiden. Der Sex. Die Stille hinterher. Das gemeinsame Kichern. Das Einschlafen auf der Couch. Wieder Kichern, als die Putzkräfte im Flur auftauchten. Die gemeinsame Flucht zu mir nach Hause. Wieder Einschlafen. Das Aufwachen. Das Frühstück und alles, was danach kam.

Ich weiß nicht, ob sie in ihrem Leben mal mit jemandem gleich in der ersten Nacht Sex hatten, aber ich versichere ihnen: so ist das normalerweise nicht. Oder zumindest war es das bei mir nie.

Mit Maja war alles von Anfang an anders. Unkompliziert. Irgendwie war sie zwei Personen gleichzeitig. Die eine wollte mit mir vögeln. Weil es ihr Genuss bereitete und weil sie meinen Körper als angemessenes Gegenstück zu ihrer Lust begriff. Die andere Maja tangierte das glücklicherweise nicht groß. Sie empfand keine Beklommenheit, keine Scham, keinerlei Irritation über ihr körperliches Bedürfnis und war witzig und charmant und interessant.

Wir wurden sofort ein Paar. Ohne dass ich das vor diesem Abend gewusst hatte, war Maja genau das, was in meinem Leben gefehlt hatte. Eine Gefährtin. Im Bett, im Alltag, im Leben.

Deswegen war es mir auch ziemlich egal, dass Beate Lang es als ihr Verdienst verbuchte, dass wir zusammen gefunden hatten. Wobei es mich schon gefreut hätte, wenn sie nicht jedem im Büro erzählt hätte, dass sie Slow Food Catering nicht nur wegen der ausgezeichneten Speisen ausgewählt hätte. Sie kenne das Bienchen ja schon seit sie ganz klein sei und wisse, das sei eine super Frau. Ein wenig eigensinnig vielleicht, aber sonst: super.

Mit dem Eigensinn meinte sie den Umstand, dass Maja ihr Medizin-Studium abgebrochen, das Erbe ihres Großvaters genommen und eine Catering-Firma gegründet hatte. Zum großen Unmut ihrer Mutter, die mit Dr. Lang befreundet war. Ob sie auch mit Beate Lang befreundet war, weiß ich nicht. Jedenfalls schien sich die Frau meines Chefs nicht groß darum zu scheren, dass Maja einer Tätigkeit nachging, die von ihresgleichen als nicht standesgemäß empfunden wurde. Sie nutzte die erste Gelegenheit die sich bot, das junge Catering-Unternehmen zu unterstützen und buchte sie für das Sommerfest.

Ich fand das sehr nett von ihr. Aber als ich das einmal erwähnte lachte Maja nur verächtlich.

„Das hat die doch nicht gemacht um mich zu unterstützen“, sagte sie.

Ich blickte sie verwundert an. „Warum sonst?“, fragte ich. „Warst du so günstig?“.

„Quatsch.“ Sie lachte kurz. „Sie erzählt es doch überall rum. Wegen dir.“

Ich war immer noch ratlos.
„Du glaubst also wirklich, dass sie von Anfang an dachte: das Bienchen wär was für den Boltenhagen?“
Maja nickte. „Na klar. Die ist eine Kupplerin. Das läuft hier wie im Mittelalter.“
Meine rechte Augenbraue schob sich nach unten und meldete Zweifel an.
„Und was hat sie davon? Schickt dein Vater einen Goldschatz?“
Maja lächelte bitter.
„Das kann schon sein. Oder Beate bekommt eine neue Hüfte gratis.“
Ich sah Maja kopfschüttelnd an.
„Jetzt mal wirklich. Das meinst du nicht ernst. Wer hat was davon, dass wir zusammen sind? Außer uns beiden.“ Ich ging einen Schritt auf Maja zu und legte meine Hand auf ihre Schulter. „Beate mag mich einfach. Sie hat gedacht, das passt mit uns.“ Ich lächelte. „Und sie hatte doch recht.“
Maja lächelte zurück und nickte dabei. Dann bekam ihr Blick etwas trotziges. „Aber sie hat dich vor allem deshalb ausgesucht, weil meine Eltern hoffen, dass ich so zur Vernunft komme.“
Als sie sah, dass ich immer noch nicht verstand, fügte sie hinzu.
„Na, du bist Anwalt. Auch noch bei Lang. Ein anständiger Mann. Eine gute Partie. Du bringst den nötigen Status. Da ist es nicht so wichtig, dass ich als Köchin auf Selbstverwirklichungstrip bin, verstehst du?“
Ich dachte nach. So hatte ich das noch nicht betrachtet. Vielleicht hatte Maja recht. Sie kannte diese Welt besser als ich.
„Ich bin also nur das Opfer in einer von langer Hand eingefädelten Kuppelei?“, fragte ich mit dramatischer Stimme?

Maja grinste. Sie tätschelte mir mit gespielter Anerkennung die Schulter.
„Endlich hast du's kapiert, Kapselheber."
Ich musste einen weiteren Moment darüber nachdenken. Es fühlte sich tatsächlich irgendwie ungut an. Aber eigentlich war es mir auch egal. Nur eines wollte ich noch wissen.
„Beate hat dir also schon vorher von mir erzählt?"
Maja nickte und blickte schuldbewusst zu Boden. Dann hob sie den Blick und ergänzte: „Sie hat nicht erzählt. Sie hat geschwärmt. Du wärst ja so eine gute Partie. Völlig übertrieben. Aber sollte ich deswegen den Job ablehnen?"
Ich zuckte mit den Schultern.
„Quatsch", beantwortete Maja ihre Frage selbst. „das hättest du auch nicht gemacht."
Ich blickte sie an. Ihr Blick hatte ein kampflustiges Funkeln bekommen. Ich musste lächeln.
„Aber als du mich und mein schönes großes Büro gesehen hast, fandest du auch, ich sei eine gute Partie?"
Wieder sagte Maja: „Quatsch." Und mit gespielter Unschuld fügte sie grinsend hinzu: „Ich dachte doch, du wärst ein dreckiger, kleiner Schlagzeuger."

Maja

Ich glaube nicht, dass es so etwas gibt, wie das ideale Paar. Das klingt so nach problemfreiem Miteinander. In meiner Vorstellung von Beziehung rangiert das irgendwo zwischen doof-naiv und langweilig. Aber klar gibt es Menschen, bei denen es irgendwie passt. Eine ganze Weile lang war ich überzeugt, dass es mit Maja und mir auch so sei. Mittlerweile bin ich unsicher. Vielleicht hat bei uns auch nur das Timing gestimmt. Ich hatte gerade die Liste meiner Lebensaufgaben abgearbeitet. Maja hatte rebelliert und sich ausprobiert. Jetzt waren wir beide mit dem Gröbsten fertig und hatten Zeit für was Neues. Und Lust.

Natürlich arbeitete ich nach wie vor viel, aber Maja trat an den Wochenenden kürzer und so fanden wir genügend Zeit füreinander. Wir frühstückten jeden Morgen zusammen. Wir sahen uns am Abend und manchmal überraschten wir uns mit spontanen Kurzbesuchen mitten am Tag. Wir gingen von Anfang an gerne und viel essen und ab und zu auch mal zum tanzen in einen Club. Kino war leider nicht so ihr Ding. Ich saß also weiterhin meistens allein im Dunkeln. Aber Maja ließ sich gerne hinterher alles erzählen, fragte nach und gab sich alle Mühe mir zu zeigen, dass sie meine Leidenschaft ernst nahm. Auch wenn sie sie nicht teilte.

An den Wochenenden fuhren wir oft zusammen weg. Ich zeigte Maja die Pfalz und sie zeigte mir Nordsee und Mittelmeer, an deren Stränden sie die schönsten Wochen ihrer Kindheit verbracht hatte. Mit Maja machte ich zum ersten Mal in meinem Leben Wellness-Urlaub und verstand, dass es Wege gab, das viele Geld, das man für Jobs wie meinen bekam, schnell und angenehm wieder loszuwerden.

Etwa einmal im Monat besuchten wir gemeinsam meine Mutter. Einmal machten wir sogar mit ihr Urlaub in dem Schweizer Alpendorf, in das sie sich mittlerweile jede Semesterferien einquartierte. Maja und meine Mutter kamen von der ersten Begegnung an erstaunlich gut miteinander klar. Ehrlich gesagt, hatte ich damit nicht unbedingt gerechnet. Vielleicht liegt es daran, dass sie beide in einem reichen Haus aufgewachsen sind. Auch wenn sie sehr unterschiedliche Wege genommen haben, verbindet sie die Ansicht, dass ein gut gefülltes Bankkonto zwar nicht alles ist im Leben - aber doch zumindest die Grundlage für alles weitere.

Oder sie mögen sich einfach wegen mir. Weil sie mich beide lieben. Das ist meine Lieblings-Erklärung.

Immer wieder ertappe ich mich aber bei dem Gedanken, dass ihr gutes Verständnis an der Funktion liegt, die sie einnehmen. Früher hat meine Mutter die Geschicke in meinem Leben gelenkt - heute macht das Maja. Die eine hat die andere in einer Art freundlichen Übernahme ersetzt. Durch die junge konnte sich die alte endlich zurück ziehen. Der Laden läuft weiter. Das ist eher nicht meine Lieblings-Erklärung.

Egal, wie ich das heute sehe - Maja und ich hatten in unseren fünf gemeinsamen Jahren sehr viele gute Tage. In der Rückschau war das erste Jahr vielleicht das schönste. Aber ist das erste Jahr nicht immer das schönste? Dann sind wir in die Dachgeschosswohnung im Belgischen Viertel gezogen und als die erste Begeisterung über das gemeinsame Heim verflogen war, begann der Alltag so langsam seine Fallstricke über unseren Weg zu spannen.

Majas Kerngeschäft fand am Wochenende statt. Da war es wichtig, dass sie als Inhaberin auch mal persönlich vor Ort war. Ich bekam zwar immer mehr Mitarbeiter, die meine steigenden Fallzahlen bearbeiteten, aber als leitender Anwalt musste ich am Ende doch für alles gerade stehen - also saß ich immer öfter bis spätabends am Schreibtisch.

In den ersten Jahren lachten wir darüber. Die wenige Zeit die wir hatten, nutzten wir umso intensiver. Nach wie vor verwendeten wir einen großen Teil unserer Zweisamkeit darauf, unsere Körper zu erkunden. Und auch wenn das bis heute sicher etwas weniger geworden ist, ist ein erfülltes Sexleben das Fundament unserer Beziehung. Ich weiß nicht, ob bei Ihnen als Psychologin da gleich die Alarmsirenen aufheulen. Ich weiß schon: Vertrauen, Nähe, gemeinsame Lebensentwürfe gelten als wichtigere Säulen. Geistig ineinander aufgehen gibt mehr Punkte, als körperlich. Möglich, dass da etwas dran ist, aber unser Pfund ist nun mal das Verständnis im Bett. Und nach allem, was ich aus anderen Beziehungen höre traue ich mich zu sagen: so schlecht ist das nicht.

Das erste Mal richtig ins Schleudern kamen Maja und ich vor etwa anderthalb Jahren, als ihr Geschäft pleite ging. Sie war immer mehr auf Bio-Produkte umgestiegen und hatte sich dabei nicht genügend um die Zahlen gekümmert. Ich wollte ihr das fehlende Geld einfach geben. Und als ich verstand, dass sie auf Leute, die ihr Geld, aber kein Verständnis, schenken wollten noch nie besonders gut zu sprechen war, wollte ich es ihr zumindest leihen. Aber da war es schon zu spät. Sie wolle keine Almosen, hatte sie gesagt. Sie hatte nicht mal gebrüllt oder sich großartig aufgeregt. Sie hatte einfach eine Anzeige auf einer Business-Plattform geschaltet und den gesamten Laden an den ersten Interessenten verkauft. So musste sie wenigstens niemanden rausschmeißen. Sollten sie auf einer Party in Köln mal von Slow Food Catering versorgt werden, dann denken sie an Maja. Der ganze Laden und auch das Bio-Konzept ist auf ihrem Mist gewachsen. Und auch die schwarzen Polo-Shirts. Die tragen die Mitarbeiter heute noch.

Das schwierigste für Maja war es, diese Niederlage ihren Eltern zu erklären. Sie waren kurz davor gewesen ihren Frieden mit dieser Unternehmer-Tochter zu machen. Schließlich schien sie doch erfolgreich zu sein. Als sie dann sahen, dass dem doch nicht so war, fühlten sie sich in all ihren früheren Urteilen bestätigt. Das Kind hätte etwas ordentliches lernen sollen. Sehenden Auges sei sie in ihr Verderben gerannt. Alleine wegen all des Unsinns, den ich mir von ihrem Vater anhören musste, hätte ich mir gewünscht, dass Maja mein blödes Geld angenommen und den Laden auf solide Füße gesetzt hätte. Aber - und ich war wahrscheinlich der letzte, der das begriff - sie wollte einfach nicht mehr. Die Sache mit dem Catering hatte eine Weile Spaß gemacht, aber es hatte sie nie erfüllt. Jetzt wollte sie etwas anderes. Und als sie erst für sich erkannt und dann laut ausgesprochen hatte, was dieses andere war, gerieten wir zum zweiten Mal ins Schleudern.

Es war letztes Jahr im Sommer. Ich erinnere mich, dass es unerträglich heiß war unter unserem Dach. Wir lagen völlig erschöpft und schweißnass nebeneinander auf dem Bett, auf dem wir uns Minuten zuvor gierig geliebt hatten und Maja sagte einen Satz, bei dem ich im Kino die Augen gerollt hätte. Viel zu klischeehaft. Viel zu unrealistisch. So was sagt im echten Leben einfach niemand. Dachte ich.

„Was hältst du davon, wenn ich aufhöre die Pille zu nehmen?“ Peng. Der Satz platzte aus ihrem Mund und stieg zischend auf zu der heißen Luft unter der Dachschräge. Ich starrte ihn erschrocken an. Niemand sprach. Niemand atmete.

Als ich es nach einer ganzen Weile schaffte zu fragen: „Was?“, kam es mir so vor, als sei ich rhetorisch wieder auf dem Level meines eigenen sechzehnjährigen Ich angekommen.

Maja schnaubte ärgerlich.

„Du hast genau verstanden, was ich gesagt habe.“ Sie rollte sich aus meinem Arm und drehte sich auf die Seite. Dann murmelte sie: „Aber danke. Das genügt mir als Antwort.“

Ich wollte mich erklären. Ich war kurz davor zu beschwören, ich hätte sie wirklich nicht verstanden. Aber das hätte nichts besser gemacht. Wir beide wussten, dass ich sie verstanden hatte.

Ich schwieg auch dann noch, als sie aufstand und im Bad verschwand. Als ich schließlich hinterherkam saß sie auf der Toilette und stierte mit glasigen Augen in die Ecke.
„Willst du wirklich ein Kind?“, fragte ich. Und es klang so als fragte ich, ob sie sich tatsächlich einen eitrigen Ausschlag im Gesicht wünsche.
Maja schüttelte nur stumm den Kopf. Aber als ich ins Schlafzimmer zurückkehrte hing der Satz immer noch an seinem Platz unterm Dach. Und ich verstand, dass er so schnell nicht wieder verschwinden würde.

Ich halte mich nicht für den klassischen Freiheit & Abenteuer-Typen, der auf seinem Hengst in den Sonnenuntergang flieht, sobald sein Saloon-Mädchen Anstalten macht, das Seiden-Negligé gegen einen Still-BH zu tauschen. Ich weiß sehr gut, dass man vor Tatsachen nicht weglaufen kann. Nicht vor einem toten Vater. Nicht vor zwei Jahren Altersunterschied. Nicht vor einer Chance und schon gar nicht vor einem Kind. Und genau deswegen wollte ich diese Tatsache nicht schaffen. Und will es auch immer noch nicht.

Maja hat gesagt, ich sei feige, weil die Tatsachen doch längst geschaffen wären. Wir würden uns lieben, das sei eine Tatsache. Und aus Liebe entstünden nun mal Kinder. Das sei auch eine Tatsache. Was hätte ich ihr daraufhin sagen sollen? Dass ich sie vielleicht ja doch gar nicht liebte? Das konnte ich nicht. Und ich wusste auch gar nicht, ob das stimmte.

Stattdessen sagte ich, Empfängnisverhütung sei im 21. Jahrhundert auch eine Tatsache. Und ich sagte, Kinder entstünden schon lange nicht mehr so einfach aus Liebe, sondern würden geplant und das wolle ich nicht.

Maja lachte mich aus. Ich würde doch genau so planen. Ich würde planen, keine Kinder zu kriegen. Und sie müsse die ganzen Hormone schlucken und ihren Körper ruinieren.

Ich entgegnete, das habe sie in den letzten zehn bis zwölf Jahren ja auch problemlos gemacht.

Sie schrie, dass es damit eben jetzt vorbei sei.

Ich schrie zurück, sie wolle das Kind nur, weil sie mit ihrem Leben gerade nichts Besseres anzufangen wüsste.

Sie brüllte vor Zorn.

Wir stritten. Wir stritten wirklich. Ich stritt. Ich gab nicht nach, wie sonst immer. Ich wollte kein Kind nur ihr zu Liebe. Ich wollte mich nicht zum Vaterwerden überreden lassen. Auch wenn ich wenig über Väter oder Vater-sein weiß, ich weiß, dass „überredet-werden" kein guter Start sein kann.

Maja setzte die Pille trotzdem ab. Dagegen konnte ich schwer etwas tun. Das mit den Hormonen war zweifellos ein gutes Argument. Aber hätte ich deswegen Schluss machen sollen? Ich gebe zu, dass ich darüber nachgedacht habe. Nicht, weil ich nicht verstand, dass sie die Pille nicht mehr nehmen wollte. Sondern weil sie mich zu einer Entscheidung zwang. Nimm mich mit Kind oder gar nicht. Wenn das so war, war ich für gar nicht. Aber nach zwei schlimmen Wochen verstand ich, dass die Entscheidung nur hieß: nimm mich ohne Pille oder gar nicht. Zumindest fürs erste. Also besorgte ich Kondome.

Zum Streit kam es trotzdem immer wieder. Einmal wollte mich Maja überreden, wir könnten auch ohne. Ich wurde sauer. Sie erklärte mit Unschuldsmiene, es sei ungefährlich. Sie hätte ihre Tage noch gar nicht wieder bekommen. Ich wurde so sauer, dass ich mich anzog, die Wohnung verließ und zwei Stunden lang ziellos durch die Stadt lief.

In den folgenden Wochen hatten wir einfach gar keinen Sex mehr. Stattdessen stritten und heulten wir täglich, aber ich gab nicht nach. Ein wenig war ich selbst darüber verblüfft. Maja hingegen machte meine Sturheit so wütend, dass wir uns nur deswegen noch ein paar Wochen länger stritten. Schließlich erreichten wir einen Waffenstillstand. Und waren beide erleichtert endlich wieder die vertrauten körperlichen Rituale vollziehen zu können. Die Pille war Vergangenheit. Aber ansonsten sah es zu meiner Verblüffung tatsächlich so aus, dass sie in den wichtigsten Punkten nachgab. Sie akzeptierte, dass ich noch nicht so weit war. Sie akzeptierte die Kondome. Und sie akzeptierte meine Forderung, sie solle sich eine Beschäftigung suchen.

Also schrieb Maja sich an der Uni ein. Lehramt. Grundschule. Das habe sie schon immer interessiert, sagte sie. Ich war skeptisch. Vor allem, als ich erlebte, wie Beate Lang auf die Nachricht reagierte.

„Der ideale Job für eine junge Mutter", sagte sie mit einem Lächeln bei dem ich mich fast mit meinem Bürokaffee ertränkt hätte.

Maja ließ keinerlei Einwände gelten. Das sei ein toller, Sinn stiftender Beruf. Sie wolle das wirklich. Außerdem hätte sie über meine Worte nachgedacht und ich hätte recht damit, dass ein Kind nicht das einzig Bedeutsame in ihrem Leben sein sollte.

Ich blieb skeptisch und bin es bis heute. Aber sie hängt sich tatsächlich rein. Ich weiß gar nicht, ob sie sich jemals länger mit ihr unterhalten haben, aber diese Lehrernummer ist ihr wirklich ernst. So wie ihr die Sache mit dem Kind immer noch ernst ist. Aber ihre Tage hat sie immer noch nicht bekommen.

Und damit sind wir in der Gegenwart angekommen. Bei dem Menschen, der tägliche vor ihnen sitzt. Oder vielleicht eher bei dem, der vor gut drei Wochen auf der Bank gesessen hat. Am ersten Tag. Als ich sie abends auf ihrem Weg nach Hause gegrüßt habe. Und wir beide noch nicht wussten, dass wir uns näher miteinander beschäftigen würden. Und ich noch nicht wusste, wie dieses Treffen laufen würde. Diese Verabredung, die ich vor fünfzehn Jahren getroffen habe. Als ich noch nicht mal wusste, dass ich mal Anwalt werden würde. Dass ich eine Freundin haben würde, der ich nicht geben konnte, was sie sich am meisten wünschte. Als ich noch jung war. Und hoffnungslos verliebt.

Sommer 2010

Trotz

Seit unserem großen Streit herrschte zwischen Maja und mir eine Art friedliche Anspannung. Wir gingen vorsichtig miteinander um, aber es brodelte unter der Oberfläche. Man konnte nur noch nicht sagen, ob es sich verziehen oder ausbrechen würde.

Von außen betrachtet war alles prima. Wir hatten zwar weniger, aber ausnahmslos fantastischen Sex. Maja war mit noch größerem Eifer bei der Sache als sonst. Ich vermute, dass sie hoffte, die Natur würde früher oder später Fakten schaffen und ich dann schon zur Vernunft kommen. Also achtete ich besonders darauf, mich nicht überrumpeln zu lassen. Maja unternahm zwar keine weiteren Versuche, mich zu überreden, aber der Blick, mit dem sie mich jedes Mal strafte, wenn ich ein Kondom hervorzauberte, war in seiner Botschaft mindestens ebenso klar. Sie hatte noch längst nicht aufgegeben.

Wir schafften es dennoch, das Thema weitgehend aus unserem Alltag rauszuhalten. Das gelang auch deshalb, weil wir uns immer seltener sahen. Maja studierte. Ich arbeitete. Maja ging zum Sport. Ich arbeitete. Maja begann wieder zu kellnern. Ich arbeitete. Wir hatten zwar beide genug Geld, aber Maja sagte, sie wolle ein normales Studentenleben führen. Es reiche ihr schon, dass sie älter sei als alle anderen. Sie wolle kein kompletter Alien sein und außerdem könne sie beim Kellnern am besten abschalten. Ich hatte keine Einwände. Wie gesagt - ich arbeitete.

Wenn Sie in den letzten Wochen und Monaten mal Zeitung gelesen haben, dann haben Sie von Stanley Lebrecht gelesen. Die Geschichte ist überall. Auch hier oben an der Nordsee. Vielleicht sagt Ihnen *Stanley* nichts, weil in der

Presse immer nur vom *Sohn von Volker Lebrecht und Marilyn Grey* geschrieben wird. Meistens heißt er eigentlich nur: *der kleine Lebrecht.* Jetzt haben Sie ein Bild vor sich, stimmt's? Wie er als Vierjähriger bei Lebrechts Weihnachtsfilm unterm Baum gesungen hat? Der kleine Lebrecht mit seinem goldblonden Haar und dieser Engelsstimme. Ein paar Jahre lang konnte man sich ständig Bilder von ihm anschauen, wenn man beim Friseur Zeit totschlagen musste. Dann wurde es still. Dann kamen diese Geschichten von schlechten Freunden und schlechten Tabletten und jetzt im März dann die große Story. *Horror-Crash - Freundin vom kleinen Lebrecht tot.* Das sagt Ihnen was, oder? Dann wissen Sie auch, dass das Mädchen erst sechzehn war. Dass Lebrecht gefahren ist. Dass er keinen Führerschein hatte, weil er erst im Januar mit 1,4 Promille erwischt worden war. Dass er mit 110 Sachen über die Kölner Ringe gerast ist, bevor er die Kontrolle verloren hat. Dass er direkt an dem Tag, an dem er mit nichts als einem gebrochenen Arm aus dem Krankenhaus kam, verhaftet wurde. Dass er vor Gericht steht. Wegen fahrlässiger Tötung. Das kam sogar im Fernsehen. Wenn Sie den Fall nur ein wenig verfolgt haben, haben Sie vielleicht sogar mitbekommen, dass die Verhandlung gegen ihn unterbrochen werden musste. Aus einem kuriosen Grund. Sein Anwalt war bereits am zweiten Tag der Verhandlung plötzlich nicht mehr zum Prozess erschienen. Weg. Verschwunden. Keiner wusste wieso oder wohin.

Ich hatte also die Ehre und das Vergnügen, den kleinen Lebrecht zu verteidigen. Zumindest haben wir das alle am Anfang so empfunden, als Volker Lebrecht bei uns in der Kanzlei auftauchte. Dr. Lang war seit Jahren sein Anwalt. Für seinen Sohn wollte er unbedingt mich. Ich sei jünger, das passe besser, hatte er gesagt. Außerdem hatte er mich schon ein paar mal im Fernsehen gesehen. Ich muss ihm gefallen haben und das schmeichelte mir. Ich empfand es als kurzes, ironisches Augenzwinkern des Schicksals. Kein Schauspieler geworden und doch vom wichtigsten Regisseur des Landes ausgewählt - ein kleiner, süßer Triumph. Und für die Kanzlei ein weiterer Hauptgewinn. Rechtlich gesehen war alles offen. Wir würden auf Freispruch gehen. Die Anklage auf fahrlässige Tötung. Oder - wir wussten es damals wirklich noch nicht - sogar auf Mord. Dazu ein prominenter Angeklagter. Alle Spotlights waren auf uns gerichtet.

Aber der Fall war ein Scheiß. Entschuldigen Sie meine Ausdrucksweise, aber so war es. Alles, was ich über die Familie erfuhr, alles was ich über den kleinen Lebrecht erfuhr und jede Sekunde, die ich mit ihm verbrachte, führten bei mir zu dem dringenden Wunsch den hinterhältigen, schmierigen Jammerlappen für sehr lange Zeit wegzusperren. Und bei aller Professionalität, die ich aufzubringen im Stande bin, ist das durchaus keine ideale Voraussetzung für eine erfolgreiche Verteidigung.

Wobei ich nicht denke, dass der kleine Lebrecht oder sein Vater etwas von meiner Abneigung merkten. Dazu mache ich das schon zu lange. Aber ich selbst, ich merkte was. Ich merkte, dass ich diesen Fall nicht wollte. Ich wollte den kleinen Lebrecht nicht in die Freiheit, sondern in die Gummizelle schicken. Erst zum kalten Entzug. Dann in die geschlossene Abteilung. Dann für ein paar Jahre zum Arbeiten in die kongolesischen Goldminen aus denen der Schmuck stammt, den seine Mutter so gerne trägt. Gut, letzteres war mehr so ein Wunsch ans Universum. Ernsthaft in Erwägung gezogen habe ich das nicht. Aber der Fall war klar: der kleine Lebrecht war ein junger, psychisch kranker Mensch, der sich seit Jahren darin ausprobierte, jede Schwachsinns-Idee, die in seinem bekifften Oberstübchen aufblitzte, rücksichtslos in die Tat umzusetzen. Bisher war das den Menschen in seinem Umfeld bestenfalls egal gewesen und so hatte er immer weiter gemacht und folgerichtig dann eben irgendwann ein ziemliche Sauerei angerichtet. Überraschenderweise hatte man in der Unfallnacht aber keinerlei Alkohol in seinem Blut festgestellt. Ein Gutachter kam außerdem zu dem Schluss, dass der Wagen in der fatalen Kurve mit höchstens 60 km/h unterwegs war. Und das toxikologische Gutachten war verschwunden. In der Nacht im Krankenhaus war irgendetwas schief gegangen. Eine zweite, spätere Untersuchung konnte zwar regelmäßigen Konsum von THC und Kokain nachweisen, aber ob in der Unfallnacht eine unangemessen hohe Menge von Giftstoffen in seinem Blut war, blieb unklar. Das war unsere Chance. Die Aussagen sämtlicher Zeugen standen gegen uns, aber hier könnten wir ansetzen. Nur fand ich das keine wirklich gute Idee. Freispruch war so ziemlich genau das, was dieser Junge am wenigsten brauchte.

Das sagte ich auch Dr. Lang. Er gab mir ohne Umschweife recht. Aber er wollte trotzdem, dass ich auf Freispruch plädiere. Wegen Volker Lebrecht. Wegen der Kameras.

Wir besprachen die Schwachpunkte in der Anklage und ich stimmte zu. Wegen Dr. Lang. Wegen der Karriere.

Wenn der Fall erstmal vorbei wäre - ganz egal, wie er ausgehen sollte - würde ich Partner werden. Das war ausgemacht. *Lang Jansen Berenboom* würde *Lang Jensen Boltenhagen.* Wegen des Logos, das aus den Initialen bestand, hatte man Beerenboom weiter im Namen geführt. Aber jetzt - Boltenhagen - wie praktisch, das Logo könnte bleiben.

Ich wollte es professionell durchziehen. So wie bisher immer. Aber der Fall beschäftigte mich mehr als andere. Ich schlief schlecht. Was ich im Büro sonst mit einem Lächeln in einer halben Stunde erledigte, kostete mich Ewigkeiten.

Dr. Lang merkte das und wurde aktiv. Er wollte ständig mit mir über den Fall reden. Alle anderen Dinge wurden von mir fern gehalten. Abends lud er mich zum Essen ein und ich konnte mich glücklich schätzen, wenn Beate mal mitkam so wie am 30. Juni und wir statt über den kleinen Lebrecht, über ihre ausbleibenden Enkel und meine ausbleibenden Kinder redeten.

Was mich an dem Fall am meisten störte, war etwas, von dem Dr. Lang nichts ahnen und es auch nicht kontrollieren konnte. Das Datum. Der Richter hatte die Eröffnung der Hauptverhandlung auf den 26.7. festgelegt. Als zweiten Verhandlungstag schlug er den 28.7. vor und ich sagte zu, ohne groß darüber nachzudenken. Dann stutzte ich für einen Moment, weil mich etwas an dem, was der Richter soeben gesagt hatte, störte. Ich hörte Pacos Stimme in meinem Ohr: *28 kann man durch 7 teilen - das kann man sich besser merken.* Der Richter musste meine Irritation bemerkt haben, denn er fragte, ob ich Einwände hätte. Mein Assistent blickte mich überrascht von der Seite an. Sogar der kleine Lebrecht schreckte kurz aus seiner Dämmerwelt auf und sah zu mir. Aber ich schüttelte nur kurz den Kopf und sagte - vielleicht etwas schneller als notwendig - : „Neinallesgut.“ Dann atmete ich tief durch, setzte mein breitestes Lächeln auf und ergänzte: „Keine Einwände.“

Damit ist es entschieden, dachte ich. Und nochmal: *Damit ist es entschieden. Du kannst nicht weg am 28.7....Konnte damals ja keiner ahnen, dass du ausgerechnet an dem Tag so einen wichtigen Termin haben würdest....das werden sie verstehen....wenn überhaupt jemand kommt...*

Und ich glaubte es auch. Damit war es also entschieden. Der Gerichtstermin war die Münze, die ich mich selbst nicht zu werfen getraut hatte. Also hatte es jemand anders getan. Und jetzt war sie gefallen. Der Richter hatte gerichtet und den Schwur damit hochoffiziell zu Kinderkram erklärt.

Wäre natürlich witzig gewesen, die beiden zu treffen, dachte ich… *aber das Leben ist kein Wunschkonzert…ich kenne die ja auch gar nicht mehr….und wahrscheinlich sehen sie es genauso….wahrscheinlich wäre eh keiner gekommen….wenn sie überhaupt noch leben…*

Ein paar Tage lang redete ich mir ein, die Münze sei gefallen. Ich beschwor mich selbst. Ich war kurz davor, mir zu glauben. Dann geschah etwas unerwartetes.

Dann öffnete ich am 30. Juni, nach diesem komischen Abend mit Beate Lang, den Briefkasten und da lag dieser Zettel in diesem Umschlag ohne Absender. Ich wusste zwar noch nicht, wer mir den Zettel geschickt hatte, aber ich wusste: ich war nicht der einzige, der an den Schwur dachte. Ich wurde erwartet.

Das änderte alles.

Allerdings verstand ich noch nicht genau, was sich änderte und warum. War die Münze wieder in der Luft? Müsste ich jetzt nochmal über alles nachdenken und neu entscheiden? Doch bevor ich überhaupt Gelegenheit hatte, meinen analytischen Verstand darauf anzusetzen, Klarheit in meinem Kopf herzustellen, purzelte mir der Hase vor die Füße. Ich sah den Horror in seinem Gesicht sah und glaubte, in meine eigene aufgescheuchte Seele zu blicken. Über seine Sorgen, vergaß ich den Zettel in meiner Hand. Und vielleicht konnte ich genau deswegen zu einer Entscheidung kommen. Gerade als sich mein Gehirn mit der Lösung dieses Terminproblems befassen wollte, wurde es zu einer anderen Situation gerufen. Und während meine volle Aufmerksamkeit der Verzweiflung meines Nachbarn galt, löste sich das Problem heimlich, still und leise von alleine. Ich begriff nichts davon. Aber heute weiß ich: als mir der Hase beim Abschied orakelhaft zuraunte, ich solle gehen, lag die Münze längst auf der anderen Seite. Die Sache hatte sich ohne mein Zutun entschieden.

Mich überrascht das ja auch, aber ich glaube, es war so etwas wie Trotz. Eine kindliche oder von mir aus sogar kindische Reaktion, die mir eigentlich völlig fremd ist. Bei einer vernünftigen Analyse der Situation, hätte ich mir selbst bestimmt keinen Trotz gestattet. Aber so. Dieser Termin ausgerechnet an dem Datum, das seit fünfzehn Jahren in meinem Kopf rumspukte und von dem ich jetzt wusste, dass auch die anderen es nicht vergessen hatten - das machte mich sauer. Ich hatte auf einmal das Gefühl, dass sich jemand über mich lustig machte. Als würde mir das Leben oder das Schicksal oder wer auch immer eine lange Nase ziehen, die Zunge rausstrecken und zurufen: *Ätsch! Alles schon entschieden!* Das konnte doch nicht ewig so weiter gehen. Würde immer irgendwer oder irgendwas bestimmen, was in meinem Leben geschehen sollte - nur nicht ich? Und dann auch noch wegen so einem Scheiß-Fall, den ich gar nicht wollte. Das durfte nicht sein. Ich wollte das einfach nicht mehr mitmachen. Am liebsten wollte ich mit dem Fuß aufstampfen, den Sandkasten kaputt machen und nach Hause gehen.

Ich hab das bisher nur angedeutet, weil ich Angst hatte, sie könnten es gegen mich verwenden. Nachdem ich Ihnen mittlerweile so viel über mich erzählt habe hoffe ich, Sie können es einordnen. In den Tagen und Wochen danach, also vor gerade mal fünf bis sechs Wochen, wurde es mit meinen Ausbrüchen so schlimm wie nie zuvor. Ob im Büro, zu Hause oder - und das war wirklich bedenklich - sogar beim Schwimmen, ich ging ständig an die Decke. Maja hatte am Abend das Brot auf dem Tisch stehen lassen, so dass es trocken geworden war - ich feuerte es wütend in die Ecke. Die Praktikantin brachte mir den falschen Ordner - ich brüllte sie an und nannte sie eine entweder unfähige oder einfach nur blinde, dumme Ziege. Ein Opa wagte es auf der Sportbahn gemächlich Brust zu schwimmen, ich herrschte ihn an, er solle sich in die Rentnerecke verziehen. Das war eklig. Ich war eklig. Und sobald ich mich wieder unter Kontrolle hatte, war es mir unangenehm. Aber ich konnte es nicht abstellen. Etwas in mir drin musste sich Luft verschaffen. Etwas kleines, verkümmertes, das eindeutig zu wenig Aufmerksamkeit bekommen hatte. Ich hatte einen kleinen trotzigen Plärrer in mir entdeckt und ich konnte ihn nicht daran hindern, immer öfter unkontrolliert auszubrechen.

Zum ersten Mal hatte ich das in Hamburg erlebt. Ich hatte es auf den Stress vorm ersten Staatsexamen geschoben und nicht weiter beachtet. Beim zweiten Staatsexamen war es wiedergekommen, aber richtig auffällig war es erst in Köln geworden. Als ich Maja kennengelernt hatte, waren die Jähzorn-Attacken dann verschwunden. Ich hatte also angenommen, meine Wutausbrüche wären Ausdruck einer tief im Innern empfundenen Einsamkeit gewesen, die mir Majas Auftauchen überhaupt erst bewusst gemacht und praktischerweise gleichzeitig kuriert hatte.

Aber das war nicht von Dauer. Ausgerechnet in unserem ersten längeren gemeinsamen Urlaub kam es wieder. Ich hatte eine zweiwöchige Wanderung durch die Pyrenäen geplant, anschließend Erholung in einem abgelegenen nordspanischen Küstenstädtchen. Maja fand das zwar *niedlich*, aber sie wollte dann doch lieber in ein Sporthotel auf Lanzarote. Also flogen wir nach Lanzarote. Das Hotel war wirklich toll, das Essen großartig, die Ausstattung ließ keine Wünsche übrig und die Mitarbeiter waren ehrlich freundlich. Aber ich war trotzdem missmutig. Irgendwas grummelte in mir. Und als dann eine Kellnerin am Pool ein wenig eiskalten Erdbeer-Daiquiri auf meine Brust tropfen ließ, schlug ich der Frau ansatzlos das Tablett aus der Hand. Einfach so. Ich spürte das kalte klebrige Zeug auf meiner Haut und Zack. Ich verstand überhaupt nicht richtig, was geschah. Ich sah die Gläser wie in Zeitlupe durch die Luft fliegen und erschrak von dem Geräusch, das sie machten, als sie beim Aufprall in Hunderte scharfkantige Glassplitter zerplatzten. Einer riss eine blutende Wunde in den fetten Zeh einer fetten Frau und ich beobachtete fasziniert, wie sich ihr schnell fließendes Blut mit dem Rot des zähflüssigen Daiquiri vermischte. Die Kellnerin sah mich fassungslos an, aber ehe sie etwas sagen konnte, begann die Dicke zu schreien. Sofort kam ein Bademeister herbei gelaufen und beugte sich über sie. Überall streckten die eben noch entspannt vor sich hin dämmernden Poolgäste ihre Köpfe in die Höhe, um nichts von dem Drama zu verpassen, dass sich direkt vor ihren Augen entspann. Maja begann laut über die Kellnerin zu schimpfen und ein oder zwei Umstehende fielen mit ein. Aus den Augenwinkeln sah ich sie abwehrend die Hände heben. Was sie dann sagte oder tat weiß ich nicht. Ich sprang mit einem schnellen Satz in den Pool und verschwand. Ich tauchte lange. Ich hörte das Herz in meiner Brust rasen, das Blut in meinen Ohren rauschen und ich war immer noch außer Stand zu verstehen, was gerade genau geschehen war. Was ich getan hatte.

Als mich Maja in unserem Zimmer auf die Szene ansprach, konnte ich es immer noch nicht erklären. Ich behauptete, es wäre alles nur ein unglücklicher Zufall gewesen. Irgendwie beim Aufstehen hätte ich die Kellnerin möglicherweise berührt. Aber ich hätte gar nicht wirklich gemerkt, was los gewesen sei. Sonst wäre ich doch nicht einfach verschwunden.

Maja sah mir in die Augen, als könnte sie durch sie hindurch blicken und direkt aus meinem Hirn lesen, was wirklich geschehen war. Aber was hätte sie dort schon lesen sollen? Ich verstand es ja selbst nicht. Irgendwann schüttelte sie nur stumm den Kopf und wendete sich von mir ab. Für die nächsten zwei Tage klebte eine kleine dunkle Wolke über unserem Urlaubsglück. Dann hatte sie den Vorfall vergessen.

Ich habe nie wieder irgendwas oder gar irgendwen geschlagen, aber nach dieser Aktion war der Korken aus der Flasche. Flüche, Gebrüll, Beschimpfungen konnten nun frei aus mir herausfließen. Am Anfang fand ich das extrem beunruhigend. Die Ausbrüche kamen zwar selten, aber es gab, anders als am Pool, meist überhaupt keine erkennbare Ursache. Ich brüllte einfach so und wenn Maja das mitbekam, sah sie mich an, als wäre ich wahnsinnig. Irgendwann bemerkte ich, dass es mir half, wenn ich mich über Nichtigkeiten echauffierte. Also verlagerte ich das Wirkungsgebiet meines Wahnsinns auf das Büro, wählte als Adressaten immer nur Untergebene und hatte das Ganze dadurch weitgehend im Griff. Auch wenn mir die erschrockenen Praktikantinnen natürlich immer wieder leid taten.

Aber - wie gesagt - im Juli wurde es schlimmer. Ich war einfach ständig so wütend. Weil mir keine Lösung einfiel. Weil ich nichts tun konnte, um alle zufrieden zu stellen. Maja hatte mich gebeten, eine Auszeit vom Job zu nehmen, damit wir beide mal wieder Zeit füreinander hatten. Ein kluger Vorschlag, aber das ging wegen des Prozesses natürlich nicht. Dr. Lang hatte angeregt, ich könne mal für ein paar Wochen in sein Haus in der Eifel ziehen, da würde mich nichts ablenken. Eine schöne Idee, aber wie hätte ich das Maja erklären sollen? Und zu allem Überfluss war meine

Entscheidung, am 28.7. allen die lange Nase zu zeigen und ans Meer zu fahren, längst gefallen - nur hatte ich das selbst immer noch nicht kapiert.

Und so ließ ich die unfassbar heißen Juli-Tage an mir vorüberziehen, ohne irgendeinen vernünftigen Plan zu fassen. Ich fühlte mich wie ein Schiff ohne Ruder. Der 28. Juli war der Eisberg, auf den ich zutrieb. Er kam näher und näher und ich sah ihn immer höher vor mir aufwachsen. Sein Schatten verdunkelte längst meine Tage, doch ich tat so, als wäre alles wie immer. Als hätte ich alles im Griff. Aber wenn ich nachts schlaflos an die Dachschräge starrte, überkam mich immer öfter das Gefühl, irgendetwas oder irgendjemand grinse spöttisch aus der flirrenden Dunkelheit auf mich herab und ich meinte eine feine Stimme zu hören, die mechanisch einen Countdown runterzählte. *Noch drei Tage bis zum Aufprall. Noch zwei. Noch einer…*

3 Buchstaben

Mittwoch der 28. Juli 2010 war in jeder Hinsicht ein außergewöhnlicher Tag. Verzeihen Sie mir diese plumpe Parallele in der Formulierung, aber welche andere Chance hätte der arme Tag auch haben sollen? Nach der Vorgeschichte, nach den Erwartungen, die ich an ihn gehängt habe.

Als ich morgens um 6:00 Uhr ein erstes, argwöhnisches Auge auf ihn warf, war ich überrascht, wie gewöhnlich dieser große Tag daher kam. Nicht Aufregung oder Vorfreude hatten mich aus dem Bett getrieben, sondern die Verlässlichkeit meines batteriebetriebenen Funkweckers. Maja wälzte sich wie jeden Morgen auf die Seite und machte mir mit grunzenden Lauten den Unterschied zwischen meiner Anwalts- und ihrer Studentenwelt klar. Die Hitze unter unserem Dach war kaum zu ertragen. Meine Blase trieb mich in die Toilette. Alles wie immer.

Erst in der Küche wartet neben der Müsli-Schale die erste kleine Besonderheit des Tages. Auf einem quadratischen kleinen Zettel standen in großen Buchstaben die Worte *VIEL GLÜCK*. Darunter hatte Maja ein Herzchen gemalt.

Ich setzte mich auf meinen Stuhl, nahm den Zettel in die Hand und mit einem Mal standen mir Tränen in den Augen. Wieder so ein Ausbruch, den ich nicht hatte kommen sehen. Wir hatten viel gestritten wegen des Verfahrens. Und wegen dem, was mein Job *mit mir mache*. Dieser Zettel, die beiden kurzen Worte und das Herzchen, waren ein Friedensangebot. Ein Zeichen, dass Maja hinter mir stand, auch wenn sie nicht von dem begeistert war, was ich tat. Das rührte mich.

Aber es machte mich vor allem traurig. Ich las *VIEL GLÜCK* und für einen Moment glaubte ich, Majas Wunsch gelte nicht der Verhandlung, sondern meinem Treffen. Aber davon wusste sie ja gar nichts. Ich hatte niemals auch nur Andeutungen gemacht. Es war mir so aussichtslos erschienen, zu erklären, was der Schwur für mich bedeutete, dass ich es gar nicht erst versucht hatte. Und jetzt saß ich dort am Küchentisch und trauerte der Gelegenheit nach, Maja eingeweiht zu haben. Vielleicht hätte sie mir ja auch für das Treffen in St. Peter *VIEL GLÜCK* gewünscht. Vielleicht hätte sie mich verstanden.

Noch während ich mir die Tränen von der Wange wischte, bemerkte ich wieder diesen kleinen trotzigen Kerl in meiner Brust. Er erinnerte mich daran, wie oft ich mich in den letzten Wochen und Monaten über Maja geärgert hatte. Ich hörte seine grimmige Stimme fragen: *Warum kommt sie gerade jetzt mit Kindern? Warum drängt sie dich so? Als ob du mit diesem kiffenden Psychopathen nicht schon genug zu tun hast. Immer nur*

Druck. Noch mehr und noch mehr, ohne dass sie einmal versucht hätte zu verstehen, was mit dir los ist.

Ich nickte sinnlos in die leere Küche und mein Gesicht bekam einen Ausdruck, der mindestens ebenso grimmig war, wie die Stimme in mir. Ich hatte sie mit einer Freundin telefonieren gehört. *Er ist so ein Schisser* hatte sie gesagt. So einfach war das für sie. Ich war ein Schisser, der sich vor der Verantwortung drückte. Der sich hinter seinem Job versteckte. Dabei ging es um etwas ganz anderes.

In diesem Moment verflog der letzte Zweifel in mir. Ich konnte nicht einfach so weiter machen, als wäre alles prima. Der Morgen hatte mit seinem Wecker-Klingeln und all den gewohnten Abläufen einen letzten zaghaften Versuch unternommen, mich in einen ganz ‚normalen' Tag zu locken, aber er war gescheitert. Diese kleine handgeschriebene Nachricht erinnerte mich daran, was für ein absolut außergewöhnlicher Tag heute war. Heute war DER Tag. Ich blickte auf den Kalender an der Wand und sah das Feld, dass ich in den letzten Wochen immer wieder heimlich aus den Augenwinkeln angesehen hatte. Ich hielt den Atem an und hörte ein Flüstern. *Heute ist das Treffen. Nicht in fünfzehn Jahren. Nicht in vier Wochen. Heute.*

Also schlang ich mein Müsli herunter, packte Geld, Kreditkarten und Reisezahnbürste ein, ließ meine Arbeitstasche in der Ecke stehen, ging durchs Treppenhaus, an der Wohnung des Hasen vorbei auf die Straße und lenkte meine Schritte durch die Fußgängerzone in Richtung Bahnhof.

Der Zug fuhr gerade erst über die Hohenzollernbrücke, als mein Handy zum ersten Mal klingelte. Ich stellte auf lautlos und ließ es brummen. Ohne dass ich es wollte hatte ich gesehen, wer es war. Manninger. Mein blasser, pflichtbewusster Assistent. Er war nur ein Jahr jünger als ich, hatte die

Paragraphen sämtlicher Gesetzbücher im Kopf und durfte dennoch nicht mal leise darauf hoffen, nach dem Prozess fest angestellt zu werden. Er war einfach zu unauffällig. Es bereitete mir stille Freude, seinen Anruf zu ignorieren.

Er versuchte es noch acht Mal, dann rief Dr. Lang an. Ich konnte mir vorstellen, wie das abgelaufen war. Lang hatte Manninger sicher eine ganze Weile gar nicht zugehört. *Wo sollte der Boltenhagen schon sein? Ist sicher gleich hier. Was regt sich dieser Bursche in dem schlecht sitzenden Anzug so auf? Wer ist das überhaupt?* Irgendwann musste Dr. Lang dann zu dem Schluss gekommen sein, Manninger sei selbst zum Telefonieren zu dämlich. Dr. Lang brauchte dann genau drei Versuche um zu kapieren, dass ich nicht rangehen würde. Dann blieb mein Handy eine Weile lang still. Schließlich rief Maja an. Ich sah auf die Uhr: 7:53h. Dr. Lang musste sie geweckt haben. Sie machte sich sicherlich Sorgen. Ich wartete ihren Anruf ab und begann eine SMS zu tippen. Ich löschte alles wieder und fing neu an. Diese Prozedur wiederholte ich dreimal. Dann schrieb ich: *Alles gut*, schickte die Nachricht ab und schaltete mein Handy aus.

Der ältere Herr, der mir gegenüber saß bedachte mich mit einem zustimmenden Lächeln und verschwand wieder hinter seinem Rätselheft. „Dänisches Wort für Leben?“, fragte er ins Abteil. Als ich nicht antwortete streckte er den Kopf wieder hervor. „Mit drei Buchstaben.“ Ich zuckte mit den Schultern. „Tut mir leid“, sagte ich. Dann dachte ich kurz nach und sagte: „Aber ich kenne jemanden der das weiß.“ Der Alte sah mich verständnislos an. „Ist der denn hier?“. Ich grinste und zuckte wieder mit den Schultern. „Nee.“ Und nochmal: „Tut mir leid.“ Der Alte bedachte mich mit einem Stirnrunzeln und schob sich wieder hinter das Heft. „Na das werden wir schon rauskriegen“, murmelte er vor sich hin. Aber in dieses *wir* schloss er mich nicht mehr mit ein. Ich war durchgefallen. Er sprach während der ganzen Fahrt kein Wort mehr und stieg in Hannover grußlos aus dem Zug.

Bis Hamburg war ich unglaublich aufgeregt wegen dem, was ich in Köln angerichtet hatte. In Bielefeld dachte ich: *jetzt glauben sie bestimmt noch, dass ich gleich auftauche.* In Hannover: *jetzt nicht mehr.* Und als ich in Hamburg aus dem Zug stieg, war ich sicher, dass der Richter das Verfahren bereits vertagt hatte und alle Welt wusste, dass ich verschwunden war.

Ich stand auf dem Bahnsteig und atmete tief durch, so als hätte ich gerade einen längeren Waldlauf hinter mich gebracht. Ich überlegte, dass es vielleicht schön wäre ein wenig über den Kiez zu laufen, bevor ich weiterfuhr. Irgendwo einen Kaffee zu trinken oder vielleicht sogar ein Bier. Schließlich fuhren die Züge nach Norden hier alle Stunde ab. Ich war lange nicht mehr in Hamburg gewesen und die Aussicht, die alten Wege zu gehen und die vertraute Luft zu atmen, zupfte mich lockend am Ärmel. Vielleicht würde ich sogar Liv schon hier treffen, dachte ich. Wenn sie kommen würde, dann wäre sie jetzt bestimmt auch irgendwo hier. Vielleicht sogar auf dem Bahnhof. An der Stelle, wo wir uns das letzte Mal gesehen hatten. Mit einem Mal war ich fast sicher, dass es genau so sein musste. Ich begann, mich aufgeregt in alle Richtungen umzusehen, entdeckte aber kein einziges vertrautes Gesicht. Dabei fiel mir ein, dass wir eigentlich keine genaue Uhrzeit ausgemacht hatten. Nur den Tag. Vielleicht war sie schon in St. Peter. Vielleicht saß sie schon auf der Bank. Ich korrigierte mich. Vielleicht saßen *die beiden* schon dort, Liv und Paco. Aber Nein. Wenn ich mir das Treffen vorgestellt hatte, dann war es immer Abend gewesen. So wie 1995. Ich war sicher, dass die beiden das auch so verstanden hatten. Ich hatte noch Zeit. Ich könnte meiner alten Heimat ganz entspannt einen Besuch abstatten und dann weiterfahren.

Ich überlegte, wo ich hingehen würde. Zu meiner alten Wohnung? In die Uni? Zu dem Haus, in dem Livs Familie mal gewohnt hatte? Ich wusste ja, dass sie dort nicht mehr wohnte, aber irgendwie fand ich das verlockend. Vielleicht wollte Liv sich den Ort auch ansehen und wir würden uns dort treffen. Auf der Bank, von der aus Basti und ich Livs Schwester angestarrt hatten. Das wäre witzig.

Ich wollte schon in Richtung U-Bahn gehen, aber etwas hielt mich zurück. Das Gefühl, dass mich jemand beobachtete. Dabei wusste ich, dass das Quatsch war. Ich stand noch immer auf dem Bahnsteig an dem ich angekommen war. Der Zug war längst ins Depot gefahren und kein neuer in Sicht. Hier war niemand, der mich beobachtete. Dennoch fühlte ich mich unbehaglich. Ganz in meiner Nähe saß ein Mann undefinierbaren Alters und las Zeitung. Er blickte zu mir, dann in die Zeitung und wieder zu mir. Ich stellte mir vor, dass er überlegte, ob er mich kenne und plötzlich wusste ich, was dieses Gefühl war, das sich meiner bemächtigt hatte. Ich hatte Angst. Angst, dass mich tatsächlich jemand erkannte. Dass irgendjemand mit dem Finger auf mich zeigen und laut ausrufen würde: *Da isser, der Anwalt. Der Boltenhagen, der abgehauen ist. Läuft hier einfach in Hamburg rum und grinst frech.*

Natürlich war auch das Quatsch. Der einzige, dem ich jetzt hier besser nicht begegnen sollte war der alte Berenboom. Aber der lag wahrscheinlich gerade an Deck seiner Yacht irgendwo vor einer griechischen Insel. Und selbst wenn ich ihm begegnen sollte - ich könnte einfach weiterlaufen. Besser zu Fuß als er war ich allemal. Obwohl mir das alles klar war, konnte ich meine Angst nicht abschütteln. Ich hatte das

Gefühl, nicht nur dieser Zeitungsleser, sondern schlichtweg jeder würde mir ansehen, dass mit mir irgendwas nicht stimmt. Dass ich mindestens dieser *Schisser* war, als den mich Maja bezeichnet hatte. Oder eben, dass ich der Anwalt vom kleinen Lebrecht war. Der, der sich einfach *verpisst* hatte. Konnte das wirklich schon jemand wissen? Suchte mich vielleicht sogar die Polizei, weil man von einem Verbrechen ausgehen musste? Ich hatte Maja doch geschrieben. *Alles gut.* Aber würde das reichen?

Je mehr ich nachdachte, desto klarer schälte sich ein Gedanke heraus: ich musste hier weg. Weg von den vielen Menschen. Weg von Hamburg. Einfach weiter. Und tatsächlich: als die Regionalbahn die große Stadt abgeschüttelt hatte und fröhlich durch die flache Landschaft in Richtung Husum zuckelte, legte sich meine Angst. Ich war zwar immer noch unruhig und aufgeregt, aber nun endlich wegen dem, was auf mich zukam.

Meist ist es ja so, dass Orte oder Distanzen in der Erinnerung wachsen. Wenn ich nur an meinen Schulweg in der Grundschule denke: die tägliche Erklimmung dieser steil in die Höhe schießenden Straße, auf deren Gipfel das wuchtige Schulgebäude thronte, wähnte ich lange Zeit in einer Reihe mit halsbrecherischen Leistungen, wie der Arktisquerung oder der Erstbegehung der Eiger-Nordwand. Die Aufgabe war gewaltig, aber ich unerschrocken und mit meinem Salamibrot in der Dose und dem Trinkpäckchen Vanillemilch für den langen Aufstieg gut gerüstet. Als ich dann als Teenager mal mit dem Fahrrad zur Turnhalle meiner alten Schule musste, nach einer Minute leichten Tretens den Anstieg hinter mich gebracht hatte und mit Schwung vor dem grauen Flachbau ausrollte, war ich irritiert, enttäuscht und fast schon beleidigt. Das sollte mein Todeshügel gewesen sein? Wegen dem ich an müden Tagen meine Mutter tränenreich angebettelt hatte, sie möge mich ausnahmsweise heute mit dem Auto *rauf* bringen? Es tat wirklich weh, die ganze Mickrigkeit meiner Kinderwelt so deutlich zu spüren. Die Realität war nur eine farblose Miniatur-Ausgabe meiner blühenden Erinnerung.

Mit St. Peter-Ording war es genau umgekehrt. Der Ort meiner Erinnerung war ein gemütlich-verschlafenes Fischerdorf, dass sich träge an den schützenden Deich kuschelte und nicht viel mehr bot als die bescheidene Kulisse des Schauspiels, das der Sommer 95 für mich aufgeführt hatte. Der Ort an dem ich ankam, war ein schrill-bunter Tourismus-Hotspot, in dem sich ein Restaurant an das nächste reihte und Gummibärchen-Fachverkäufer mit Sonnenbrillenproduzenten lautstark um die Vormachtstellung am Absatzmarkt rangen. Möglicherweise hatten mich die Jahre in einen Nostalgiker verwandelt, der die Vergangenheit verklärte, aber als ich den Bahnhof einmal hinter mir gelassen hatte, erkannte ich nichts wieder. Nichts. Darauf war ich nicht vorbereitet.

In Ermangelung eines anderen Orientierungspunktes, hielt ich nach dem alt vertrauten Leuchtturm aus, aber auch den wollte ich nicht entdecken. Ich wusste zwar, dass das Haus *Süderoogsand* ein ganzes Stück südlich des Ortskerns gelegen hatte, aber so weit entfernt konnte das ja wohl nicht sein. Ein Taxifahrer half mir weiter. Von dem Haus hatte er noch nie gehört. *Süderoogsand* selbst kannte er, versicherte mir aber mit spöttischem Grinsen, dass ich die Kosten für die Umrüstung auf Amphibienfahrzeug tragen müsste, sollte ich darauf bestehen in seinem Taxi auf diesen Sandhaufen in der Nordsee zu fahren. Wenigstens zum Leuchtturm wollte er mich bringen. *Für nen Zehner.* Ich lehnte ab. Soviel hatte ich in den wenigen Sätzen unseres Gesprächs verstanden.

Ich hatte so eine Ahnung, dass ich die Strecke durchaus auch zu Fuß bewältigen könnte. Zehn Euro bei ihm hieß wahrscheinlich fünf Euro bei allen andern. Jetzt wo ich wusste, dass es ihn gab, würde ich den Turm schon finden. Außerdem hatte ich es nicht eilig.

Im Zentrum des kleinstädtischen Wahnsinns, dort wo die Restaurantmeile auf die Strandpromenade traf, kaufte ich mir ein Fischbrötchen, setzte mich auf einen leeren Blumenkübel und blickte aufs Meer. Es war erstaunlich weit weg. Ein schüchternes, schmales Glänzen, das man hinter dem breiten Sandstreifen davor leicht übersehen konnte. Zumal da hinten auch noch diese berühmten Pfahlbauten im Weg standen. An die konnte ich mich erinnern. Aber ich war mir fast sicher, dass es die riesige Holzbrücke, die dort hin führte, damals noch nicht gegeben hatte. Aber wie wären wir sonst über diese Salzwiesen gekommen? Oder waren wir von der Seite gekommen? Durchs Watt?

Es irritierte mich, dass ich mich so schlecht an den Ort erinnern konnte. In den letzten fünfzehn Jahren hatte ich eine fast liebevolle Beziehung zu ihm aufgebaut. *St. Peter-Ording*. Das war mein Ort. Ein Synonym für Sehnsucht. Nirgendwo war ich glücklicher gewesen. Nirgendwo war ich so sehr ich selbst gewesen. Und jetzt musste ich feststellen, dass ich diesen Ort nicht mal richtig kannte. Wie konnte ich überhaupt sicher sein, dass ich nicht auch alles, was hier geschehen war, in falscher Erinnerung behalten hatte?

Ich musste an eine Freundin von Maja denken, die letztes Jahr hier Urlaub gemacht und der ich von St. Peter vorgeschwärmt hatte. Sie muss gedacht haben, ich wäre an einem anderen Ort gewesen. Warum war ich niemals danach hierher gefahren? Einfach mal nachgucken, wie es aussieht. Die Erinnerung absichern. Den Ort mit anderen Augen sehen. Ich hatte in fünfzehn Jahren nicht einmal an diese Möglichkeit gedacht. In diesem Moment, inmitten all der fröhlichen Urlauber, mit meinem Fischbrötchen, das ich mir vor allem aus Verpflichtung gegenüber vermeintlich regionaler Essgewohnheiten gekauft hatte, kam mir das völlig absurd vor. Fast schon dämlich.

Eine Stunde später sah alles anders aus. Ich hatte den Lockrufen der Gastronomieszene nachgegeben, mir bei einem Italiener den Bauch vollgeschlagen und war jetzt mit einer Getränke-Tüte auf dem Weg in Richtung Treffpunkt. Mit jedem Schritt, den ich dem Leuchtturm näher kam, meinte ich den Schlag meines Herzens deutlicher zu hören. Dazu klirrten die Flaschen in meinem Beutel leise aneinander und die langsam niedersinkende Sonne tauchte die Reetdächer der Einfamilienhäuser in ein behagliches Licht. Jetzt verstand ich vollkommen, warum ich nicht früher hierhergekommen war. Mein Unterbewusstsein hatte mir diese Schönheit für den großen Tag aufgespart. Vom Meer her wehte ein kühler Wind, alle Menschen, die ich sah, schienen friedlich und zufrieden und alles in diesem Moment war so feierlich, wie es niemals hätte sein können, wenn mir diese Gegend vertrauter gewesen wäre. Ich atmete tief und ruhig. Köln, Maja, mein Leben - all das war so weit weg, als würde es gar nicht existieren. *All das hier*, dachte ich, *all das hat fünfzehn Jahre auf dich gewartet.*

Ich kam um eine Ecke und stand plötzlich wenige Meter vor *Haus Süderoogsand*. Es war buchstäblich aus dem Nichts aufgetaucht, baute sich vor mir auf und schien mich grinsend anzusehen. *Stimmt*, dachte ich. *So sah das aus.* Ich lies meinem Blick über das Gebäude wandern. Von außen sah die Eingangshalle noch genauso aus wie früher. Nur das Schild über der Tür war neu. *Käthi-Wegner-Haus* stand da.

Therapiezentrum für Kinder und Jugendliche. Eine groß gewachsene ältere Frau mit Kurzhaarfrisur trat gerade durch die Tür ins Freie und zündete sich eine Zigarette an. Sie musterte mich. Dann lächelte sie mich an.
„Suchen Sie etwas?“, fragte sie.
„Nein. Also ja“, sagte ich schnell. Ich ging einen Schritt auf sie zu. „Ich hab hier früher mal einen Sommer verbracht. Als es noch *Süderoogsand* hieß. “
Sie nickte und musterte mich interessiert.
„Waren Sie bei der Sommerschule?“
Ich musste lächeln.
„Ja. Genau. Bei der *Summer School*“, sagte ich. Erklärend schob ich hinterher: „Meine Mutter hatte mir gesagt, dass sei keine echte Schule, sondern eben eine *school*.“ Ich setzten einen gespielt ernsten Blick auf. „Sonst wäre ich gar nicht erst gekommen.“
Die Frau lachte.
„Das verstehe ich. Im Sommer in die Schule gehen, klingt nicht so verlockend. Besonders wenn man jung ist.“
„Nein. Wirklich nicht“, stimmte ich ihr zu. Ich lachte und sie sah mich amüsiert an. Nach diesem stummen Tag tat es gut, zu sprechen. Und dann auch noch mit jemandem, der die *Summer School* kannte. Dazu hatte ich fünfzehn Jahre lang keine Gelegenheit gehabt.
Die Frau zog die Augenbrauen etwas in die Höhe, so dass sich ihr Gesicht zu einer kleinen Grimasse verzog und fragte: „Und?“
„Was meinen Sie?“, fragte ich.
„Na, war es wie Schule?“.
Wieder musste ich lachen. „Nein. Also: doch. Klar. Es gab Klassen. Aber die hießen nicht so. Das waren *Kurse*.“ Sie lachte laut. „Und die Lehrer hießen Dozenten.“ Sie nahm einen tiefen Zug von ihrer Zigarette und grinste.

„Aber es war schön", sagte ich nach einer Weile. „Viel schöner als Schule. Die Themen waren spannend. Wir haben Theater gespielt. Es war Sommer." Sie nickte verstehend. „Und wir waren am Meer", fügte ich hinzu.
Sie zwinkerte mir zu und sagte: „Und Sie waren jung."
Ich musste grinsen und nickte und sagte: „Ja. Das stimmt. Das ist jetzt fünfzehn Jahre her."
Sie lächelte wieder und sagte leise: „Sie sind ja immer noch jung."
Ich nickte still.
Dann nahm sie einen weiteren tiefen Zug, schnippte die Zigarette weg, strich sich den Rock glatt, streckte ihren Rücken durch und sagte: „Und ich bin alt und muss zurück an die Arbeit und es hat mich gefreut, Sie kennen zu lernen." Dabei streckte Sie mir ihre Hand entgegen. Ich ergriff sie.
„Mich auch. Und Sie wirken kein bisschen alt auf mich."
Wieder grinste sie.
„Oh doch. Glauben Sie mir: ich bin alt", sagte sie bestimmt. Dann setzte sie hinzu: „Und das ist auch gut so. Man will ja schließlich vorwärts kommen im Leben, nicht wahr?"
Ich nickte lächelnd und sie wendete sich ab. Als sie den Türgriff schon in der Hand hatte, drehte sie sich nochmal um und fragte. „Wollen Sie eigentlich mal einen Blick reinwerfen?"
Ich zögerte kurz, dann schüttelte ich den Kopf.
„Wie Sie meinen", sagte sie und zog die Tür auf. Kurz bevor sie verschwand fragte ich noch: „Was ist das? Das Käthi-Wegner-Haus?".
Sie bliebt stehen und drehte sich noch einmal zu mir um.
„Es ist eine Kurhklinik für Kinder und Jugendliche mit Lungenproblemen. Die meisten sind nur ein paar Wochen im Jahr hier." Sie lächelte wieder und fügte hinzu: „So wie Sie früher."

Ich nickte und sagte: „Danke“. Sie hielt immer noch die Tür geöffnet und sah mich einladend an.
Ich hob abwehrend die Hand. „Nein Danke. Das ist nett von Ihnen. Jetzt nicht. Vielleicht komm ich später wieder.“
Damit schien sie zufrieden und verschwand im Inneren. Die Tür schlug zu und ich war wieder alleine. Vielleicht würde ich ja wirklich später wieder kommen. Erstmal hatte ich etwas zu erledigen.

Wiedersehen

Die letzten fünfhundert Meter bis zur Bank waren wie eine Zeitreise. An diesen Weg erinnerte ich mich ganz genau. Nichts hatte sich geändert. Nur das ehemalige *Haus Süderoogsand* sah bei näherem Betrachten dann doch etwas anders aus. Es gab zwei neue Seitenflügel, der Hof war überdacht und das gesamte Gelände umzäunt. Dort wo der Zaun endete begann der alte Trampelpfad zum Meer. Ich schloss die Augen und war wieder siebzehn. Hier war Paco mit seiner Armeetasche vor uns im Wäldchen verschwunden. Wie damals folgte ich ihm mit schnellen Schritten. Die kurze Abkühlung zwischen den dichten Kiefern tat gut. Dann endete der Wald, der schwarze Asphalt des Deiches stieg vor mir an und nur ein paar Meter weiter rechts ragte der Leuchtturm in den Himmel. In meiner Erinnerung hatte er seine Farbe verloren, aber als ich jetzt die dunkelroten Backsteine sah und die matt-grüne Patina des Kupferdaches, wusste ich, dass er schon immer ganz genau so ausgesehen hatte. Mit einem Grinsen musste ich mir eingestehen, dass er deutlich kleiner war, als ich erwartet hatte.

Mit wenigen Schritten war ich auf dem Deich und an der Tür des Leuchtturms. Auf der Bank daneben saß jemand und las. Eine Frau. Auf unserer Bank. Ich vergaß kurz zu atmen, doch ich erkannte schnell, dass es nicht Liv war. Die Frau hatte kurze graue Haare und als sie von ihrer Lektüre hochblickte sah ich, dass sie weit über sechzig sein musste. Was immer das Leben mit Liv angestellt haben mochte - so alt konnte sie unmöglich aussehen.

Auf der anderen Seite der Eingangstür gab es drei neue Bänke, die sich an die Außenwand des Turmes lehnten. Da ich die Frau nicht stören und mich auch nicht unterhalten wollte, setzte ich mich auf eine dieser Bänke. Ich stellte die Tüte zwischen meine Füße und sah mich um. Die Szenerie vor mir war ein Musterbeispiel an bescheidener Schönheit. Der Himmel war völlig wolkenlos. Die Sonne stand tief. Das Meer hatte sich weit nach hinten verkrochen. Bewegungslos schien es darauf zu warten, den Feuerball in sich aufzunehmen und den Abend der Dunkelheit preiszugeben. Noch funkelte und glitzerte es überall im Watt. Horden von Vögeln waren damit beschäftigt im Matsch herumzuhüpfen und nach Essbarem zu picken. Auf dem kleinen Streifen Strand, saßen Menschen in Grüppchen zusammen und warteten auf den Sonnenuntergang. Zwischen ihnen und meiner Position lag ein breites Wiesenband. Ich formte mit meinen Händen einen Rahmen und kniff ein Auge zu, um das räumliche Sehen auszuschalten. Die Perspektive war nicht richtig, weil ich auf der falschen Seite des Leuchtturms saß, aber ansonsten sah alles genau so aus, wie auf der Postkarte von Liv, die zu Hause über meinem Schreibtisch hing. In Köln. Welten entfernt.

Als die Sonne verschwunden war, ging auch die Frau. Ich sah ihr nach bis das Wäldchen sie verschluckt hatte, dann nahm ich ihren Platz ein. Unseren Platz. Jetzt stimmte auch die Perspektive. Jetzt könnten die anderen kommen.

Ich sah mich um, doch weit und breit war niemand zu sehen. Ich überlegte, ob ich mir ein Bier aufmachen sollte, solange es noch halbwegs kühl war, aber ich entschied mich dagegen. Ich würde warten.

Ich lehnte mich zurück und nickte einer Fahrradfahrerin zu, die an mir vorbeifuhr. Sie trug eine weiße Hose wie jemand, der im Krankenhaus oder einer Praxis arbeitete. Erinnern Sie sich? Sie trugen diese große Armbanduhr mit den leuchtenden Zeigern und ich meinte zu erkennen, dass es ziemlich genau 22 Uhr war. Ich erschrak. Nur noch zwei Stunden. Dem 28. Juli 2010, diesem bedeutungsschweren 28. Juli 2010, blieben nur noch zwei Stunden. Dann war er für immer Geschichte. Die ersten 22 Stunden hatte der Tag einfach so verstreichen lassen. Sicher nicht ereignislos, aber doch ohne sein Versprechen zu erfüllen. Oder waren die beiden schon hier gewesen? Hatten sie vielleicht gestern Abend schon hier gesessen, um den 28. Juli 2010 gemeinsam zu begrüßen und waren längst wieder weg? Weil sie dachten, ich käme nicht mehr? Ich bemerkte ein Taubheitsgefühl, das sich von den Zehenspitzen über die Wade in meinen rechten Oberschenkel hochzog und änderte meine Sitzposition. Sofort kehrte das Blut in mein Bein zurück. Nein. Das konnte nicht sein. Wenn sie hier gewesen wären, hätten sie auf mich gewartet. Mindestens bis Mitternacht. Sie waren nicht hier, also würden sie noch kommen. Ich müsste nur noch ein bisschen weiter warten.

Ich gebe zu, dass ich spätestens in diesem Moment Zweifel bekam. Die Vorstellung an diesem bestimmten Datum auf dieser Bank zu sitzen hatte für mich immer etwas Romantisches und Tröstendes gehabt. Wirklich dort zu sein war etwas ganz anderes. Es fühlte sich mit einem Mal ziemlich unsinnig an. Was zur Hölle wollte ich hier? War es nicht völlig unwahrscheinlich, dass die anderen kommen würden?

Möglicherweise hatten sie den Schwur sogar vergessen. Oder sie erinnerten sich daran, aber nicht mehr an das genaue Datum. Oder - und das fand ich sehr viel wahrscheinlicher, aber nicht eben beruhigend - sie wussten zwar noch ganz genau, was wir ausgemacht hatten, wollten aber nicht kommen. Allein schon weil sie nicht wussten, was die anderen taten. Wie beim *Gefangenendilemma*. Das ist so ein mathematisches Gedankenspiel, mit dem wir uns im Studium beschäftigt hatten. Meine Mutter könnte Stunden lang darüber referieren.

Zwei Verdächtige werden getrennt voneinander verhört. Die Tat kann nicht bewiesen werden, also brauchen die Ermittler ein Geständnis. Das *Dilemma* dabei ist: keiner weiß, was der andere tut. Bei einem Geständnis droht eine mittelschwere Strafe. Wer schweigt muss damit rechnen, dass der andere aussagt. In diesem Fall fällt die eigene Strafe viel höher aus. Nur wenn beide schweigen gehen sie mit einer milden Strafe aus der Sache raus. Die beste Lösung wäre also eigentlich: schweigen. Die rationale Lösung - und die weitaus wahrscheinlichere - ist: beide sagen aus, um sich die schlimmere Strafe zu ersparen. War das nicht sogar wissenschaftlich erwiesen? Und bedeutete das nicht, dass keiner der anderen kommen würde? Weil das Risiko zu groß war, enttäuscht zu werden?

Ich stutzte. Oder bedeutete es, dass alle kämen? Ich war schließlich auch hier. Meine Gedanken purzelten wild durcheinander. Was hatte ich mir jetzt gerade genau bewiesen? Ich musste die Augen schließen, damit mir nicht schlecht würde. Ich konzentrierte mich auf meine Atmung: tief ein und schön langsam aus. Wie beim Schwimmen. Ich ließ die Luft gleichmäßig aus mir heraus strömen und stellte mir vor, sie würde als Bläschen aufsteigen, die an der Spitze des Leuchtturms zerplatzten. Es funktionierte. Ich wurde ruhig. Ich wurde klar. Ich spürte: egal, ob die beiden kommen würden oder nicht - es war gut, dass ich hier war. Vollkommen verrückt, aber es fühlte sich richtig an. Ich musste hier sein. Wenigstens diesen Teil des Schwurs hatte ich erfüllt. Hier saß ich, wie versprochen. Ich saß auf dieser verdammten Bank auf dem Deich und atmete gleichmäßig ein und aus. Ein. Und wieder aus.

„Also machst du jetzt Yoga, oder was?"
Eine Stimme sprach aus unmittelbarer Nähe zu mir. Eine echte Stimme. Sie kam definitiv nicht aus meinem Kopf. Mein erster Impuls war es, die Augen aufzureißen, aber ich schaffte es, ihn zu unterdrücken. So vergingen zwei, drei Sekunden, in denen ich aufmerksam in das dunkle Grau hinter meinen Lidern lauschte. Nichts weiter. Aber ich spürte, dass jemand neben mir saß. Ganz langsam nickte ich und brummte beim Ausatmen leise „Ommmmmmm". Dann sprengte ein Grinsen mein Gesicht und ich riss die Augen endlich auf. Neben mir saß ein Mann. Er hatte einen schwarzen Vollbart, sonnengebräunte Haut und trotz seiner Kurzhaarfrisur erkannte man, dass er eigentlich ein wilder Lockenkopf war. Er grinste ebenso wie ich. Ohne ein weiteres Wort zu sprechen, standen wir beide auf und fielen uns in die Arme.

Es war ein klein wenig merkwürdig so am Deich zu stehen. Für Außenstehende müssen wir ausgesehen haben wie ein Paar. Ich schützend über den mehr als einen Kopf kleineren Paco gebeugt. Seine Hände um meine Hüften. Aber natürlich waren wir keine Liebenden, wir waren... ja... was waren wir eigentlich? Freunde? Eigentlich kannte ich Paco doch gar nicht mehr. Dieser Körper in meinen Armen war mir fremd, der Geruch ungewohnt, die Stimme nur eine leise Erinnerung. Und dennoch schien ein riesiger, leuchtender Schwall Glück aus seinem Körper, über die Arme, in mich hinein zu fließen. Da gab es nichts Nachzudenken. Das war Paco. Paco aus St. Peter-Ording. Wir kannten uns vielleicht nicht gerade gut, aber klar waren wir Freunde.

Wir hielten uns für einen Moment auf Abstand und betrachteten einander. Paco sah gut aus. Viel besser als mit neunzehn. Der dunkle, dichte Vollbart verlieh seinem Gesicht eine Ernsthaftigkeit, die ihn klug und erwachsen aussehen ließ. Ein paar zarte Fältchen um die Augen trugen das ihrige zu diesem Eindruck bei. Auch die kurzen Haare wirkten seriös. Dazu blitzten an den Schläfen und im Bart erste silberne Härchen auf. Unter dieser Maske steckte deutlich erkennbar der alte Paco. Die schmalen Lippen, die stets bereit schienen, sich zu einem spöttischen Grinsen zu formen. Die Adlernase. Die lachenden Augen. Ihn so dicht vor mir zu sehen, trieb mir ein riesiges Lächeln ins Gesicht. Ich umarmte ihn ein zweites Mal.

Scheinbar empört protestierte er: „Also wenn ich mich nur deshalb nicht in die Luft sprengen lasse sollte, damit du mich jetzt erdrückst, dann hätte ich das gerne vorher gewusst."

Ich ließ von ihm ab und grinste.

„Das weißt du noch?"

„Na hör mal", sagte er. „Das war das letzte, was du zu mir gesagt hast. Hab ich immer gerne dran gedacht, wenn ich durch den Dschungel gelaufen bin und es irgendwo plötzlich ‚Klick' gemacht hat. Wenn ich meinen Puls wieder unter Kontrolle hatte, hab ich mir immer vorgestellt, dass Du und Liv im selben Moment in einem Café an der Alster sitzen und Portwein schlürfen."

Ich lächelte gequält.

„Haben wir nicht getan, ehrlich."

Er grinste.
Ich schob hinterher: „Und wie ich sehe, bist du heil aus dem Dschungel rausgekommen."
Paco hielt beide Hände in die Höhe und streckte seine Finger aus. „Absolut. Alles dran. Ich habe kein Stück von mir hergegeben."
Ich lachte und schlug ihm auf die Schultern.
„Sehr gut." Dann fiel mir etwas ein. „Warte mal." Ich setzte mich und griff in die Tüte, die vor der Bank stand. Mit großer Geste zauberte ich die Flasche Portwein hervor, die ich am Nachmittag im Dorf erstanden hatte.
„Wenn du es schon erwähnst: Portwein würden wir nie ohne dich trinken."
Paco lachte und setzte sich neben mich. Dabei ließ er eine Tasche von seiner Schulter gleiten und öffnete sie. „Moment mal. Das ist eigentlich mein Job", sagte er. Dabei holte er ebenfalls eine Flasche Portwein hervor. Wir grinsten uns an.
„Toll, dass du daran gedacht hast", sagte ich.
„Na klar", grinste er. „Aber warte…" Er kramte erneut in seiner Tasche. „Ich wette, das hast du nicht dabei." Es klirrte leise und Paco stellte zwei Gläser auf die Bank. „Wir können ja wohl schlecht aus der Flasche trinken, oder?"
Ich nickte zustimmend. „Völlig ausgeschlossen." Dann steckte ich meinen Portwein zurück in die Tüte. Er hatte natürlich recht. Gläser hatte ich keine. Still lächelnd schenkte Paco uns ein. Dann hob er sein Glas in die Höhe und sah mich erwartungsvoll an. Ich zögerte.
„Sollen wir nicht noch auf Liv warten?", fragte ich.
Für einen kurzen Moment hatte ich den Eindruck, dass sich in Pacos Gesicht etwas veränderte. Nur für den Bruchteil einer Sekunde schien das Leuchten in seinen Augen zu er-

matten. Aber vielleicht bildete ich mir das auch nur ein. Als ich mich vergewissern wollte, strahlte er wie zuvor.
„Jetzt sind wir beide hier und jetzt stoßen wir beide auch an“, sagte er bestimmt. Mit einem unsicheren Lächeln fügte er hinzu. „Und mit Liv stoßen wir an, wenn Liv dabei ist.“ Dann hob er das Glas. Er hatte sich wieder gefangen. Übermütig rief er: „Und ansonsten stoßen wir einfach an, wann immer wir wollen. Haben schließlich lange genug drauf gewartet.“
Was gab es da noch zu sagen? Paco hatte offenbar nichts von seiner Fähigkeit eingebüßt, im richtigen Moment, das Richtige zu sagen. Mit einem riesigen simultanen Lächeln, dass all das Gelächle der letzten Minuten nochmal übertraf, stießen wir an und leerten unsere Gläser in einem einzigen Zug.

So wie sie begann, so setzte sich unser Zusammenkunft fort: in der ersten halben Stunde kamen wir aus dem Lächeln und Lachen und Staunen gar nicht mehr heraus. Wir redeten vor allem von unseren Erinnerungen an den Sommer 95. Von St. Peter und wie sich hier alles verändert hätte. Allerdings behauptete Paco der Ortskern habe schon immer so ausgesehen. Wie ein frisch verliebter Teenie musste ich ihn dabei dauernd ansehen. Und ihm ging es umgekehrt genauso. Ich sähe aus wie eine Comicfigur, sagte er. Als hätte man mein siebzehnjähriges Gesicht in einen Erwachsenen hineingemeißelt. Genau so sah er für mich auch aus.

Paco trug an der linken Hand einen kleinen goldenen Ring. Er wurde ganz ernst, als ich ihn darauf ansprach.
„Sie heißt Marie“, sagte er mit sanfter Stimme. „Wir haben uns in Guatemala kennen gelernt.“
„Bei der Guerilla?“, fragte ich interessiert.

Paco verzog das Gesicht zu einer Grimasse. „Nein, beim Schnitzel essen."

Ich lachte laut auf. „Wirklich?".

Paco zuckte die Schultern. „Ja. Wirklich." Er machte eine kurze Pause. „Es gibt da so einen Touristenort. Da hat ein Österreicher ein Schnitzel-Restaurant aufgemacht. Richtig mit Bratkartoffeln und allem. Der Laden ist eine absolute Sensation. Allerdings vor allem bei den Touristen. Marie war die einzige, die noch mehr gegessen hat als ich. Dadurch sind wir ins Gespräch gekommen. Ich hab an ihrem Akzent sofort erkannt, dass sie Deutsche ist. Aber ich hab mir nichts anmerken lassen." Er machte eine kleine Pause um zu kichern. „Sie hat zwei Stunden lang in stockendem Spanisch versucht mir zu erklären, wie schön sie meine Heimat fände. Irgendwann hat sie gesagt, wie sehr sie sich freue, dass der Krieg in meinem Land vorbei sei. Da konnte ich dann nicht mehr und hab auf Deutsch geantwortet: *Das Kriegsende bei uns liegt jetzt aber auch schon über fünfzig Jahre zurück*. Die hat vielleicht ein Gesicht gemacht." Wieder unterbrach er sich, um zu lachen. „Sie war richtig sauer, hat mich ein *blödes Arschloch* genannt und ist einfach abgehauen." Er machte eine kleine Pause um uns mehr Portwein einzuschenken. Ich nutzte die Gelegenheit, um den Deich entlang zu blicken. Paco bemerkte meinen Blick.

„Was ist?"

„Ich dachte, da hinten kommt jemand."

Er drehte sich um und blickte in die Dunkelheit.

„Ich sehe niemanden."

„Nein." Ich schüttelte den Kopf. „Hab mich wohl getäuscht."

Paco lächelte mich an. Und wieder hatte ich den Eindruck in seinem Blick läge eine leichter Anflug von Sorge.

„Na, jedenfalls bin ich ihr hinterher, hab mich tausendmal entschuldigt", nahm er seine Erzählung wieder auf. „Ich musste ihr hoch und heilig schwören, dass ich wirklich auch ein echter Guatemalteke sei. Erst als ich ihr ein Lied auf spanisch vorgesungen habe, hat sie mir geglaubt."

Ich lächelte.

„Das ist schön." Ich hob mein Glas. „Ein schöner Anfang."

Paco stieß schnell mit mir an.

„Absolut. Und letzten Donnerstag sind wir zum zweiten Mal Eltern geworden." Wieder dieses riesige Grinsen. Dazu wölbte sich seine Brust vor Stolz und er schien ein paar Zentimeter zu wachsen.

Ich gratulierte euphorisch. Ich hatte mir alles Mögliche für Paco vorgestellt, aber nicht, dass er Kinder hätte. Aber wieso auch nicht? Er war vierunddreißig. In dem Alter hatte man Kinder.

Wie sich herausstellte hatte Paco nach seinem Sohn Pedro - der nach dem Großvater und nicht nach mir benannt worden war, wie er mir unter weiterem Gelächter versicherte - nun auch eine Tochter mit Namen *Mariella*.

„Das war vielleicht ein Stress, sag ich ich dir", erklärte Paco. „Rate mal, wann der eigentliche Geburtstermin war?"

Ich schüttelte den Kopf. „Ist nicht dein Ernst?".

Paco nickte. „Doch. Ich dachte ich spinne, als Marie mir das erzählt hat. 28.7.2010. Ich hab erstmal gesagt: *da kann ich nicht*. Du hättest mal das Gesicht meiner Frau sehen sollen."

Wir lachten beide.

„Ich glaube das wird sie noch an dem Tag erzählen, an dem Mariella heiratet. *Dein Vater hatte für deine Geburt eigentlich gar keine Zeit.*"

Paco zauberte ein Päckchen Zigaretten hervor und bot mir eine an. Ich war nie Raucher. Aber zu besonderen Gelegenheiten, im Sommer, wenn ich entspannt war, rauchte ich

gerne. Es versetzte mich in einen kleinen, feierlichen Rausch. Also griff ich zu. Paco zündete meine Zigarette an und ich blickte dem Rauch, der aus meinen Lungen entwich, auf seinem Weg in den Nachthimmel nach.
„Hast du's ihr erzählt?", fragte ich.
Paco sah mich fragend an. „Was erzählt? Wem?"
„Na Marie. Warum du zur Geburt deiner Tochter nicht kannst."
Paco nickte verblüfft. „Ja, natürlich. Meinst du, sie hätte mich sonst gehen lassen? Mariella ist nicht mal eine Woche alt. Wobei…." Er unterbrach sich kurz und kramte sein Handy raus und sah, dass es kur nach Mitternacht war. „… jetzt schon." Er grinste und fuhr fort. „Wir haben ja dazu noch den Großen. Da hab ich schon einen wirklich guten Grund gebraucht, damit sie mich weglässt."
Ich nickte verstehend, so als wüsste ich genau, was er meinte. Als wäre es mir genauso gegangen.
„Deswegen bin ich auch so spät. Und ich musste versprechen, dass ich morgen wieder da bin, um ihn vom Kindergarten abzuholen." Er hob entschuldigend die Arme. „Die Freuden das Vaterseins, verstehst du?"
Wieder nickte ich.
„Dann lebt ihr nicht in Guatemala, nehme ich an?"
Paco pfiff verächtlich durch die Zähne.
„In Guatemala? Nein. Haben wir mal. Wir sind jetzt seit fast fünf Jahren wieder hier. Wir haben ein Häuschen in Greifswald. Marie kommt aus der Ecke."
Ich nickte noch einmal. Und ich lächelte. Aber etwas in mir begann zu rumoren. Etwas irritierte mich. Ich blickte Paco kritisch an, aber in seinem Gesicht las ich nichts als bloße Freude.
„Und der Schwur?", fragte ich zögerlich.
Paco blickte mich fragend an.

„Was ist mit dem Schwur? Ich bin doch hier? Das Kind ist ja doch rechtzeitig raus geflutscht.“ Er grinste wieder.
„Nein. Das meine ich nicht“, beharrte ich. Ich sprach ein wenig lauter als notwendig.
„Was ist mit Guatemala? Was ist mit deiner Revolution?“, rief ich.
Einen Moment lang blickte mich Paco fragend an. Dann ließ er wieder Luft durch die Zähne pfeifen.
„Ach das meinst du.“ Er nahm einen letzten Zug seiner Zigarette, ließ sie fallen und drückte sie mit dem Schuh aus. Dann sah er mir lange ins Gesicht.
„Ich erzähl es dir“, sagte er schließlich.

Paco hatte seine Ankündigung wahr gemacht und war noch im September 1995 nach Guatemala geflogen. Sein Cousin holte ihn am Flughafen von Guatemala-Stadt ab und karrte ihn auf einem Pick-Up in das Dorf, in dem die Familie lebte. Von dort aus brachen die beiden am nächsten Tag auf, in den Dschungel und schlossen sich einer Gruppe anderer Männer an. Sie schliefen in Hängematten unter freiem Himmel, ernährten sich von Yucca, Reis, Konserven und allem, was ihnen die Bauern der Umgebung gaben und wechselten jeden Tag das Camp.
„Am Anfang war alles genau so, wie ich es mir ausgemalt hatte“, erzählte Paco. „Wir waren eine Untergruppe der URNG. Gerade mal sechzehn Mann. Eine echte Guerilla-Einheit. Im Untergrund. Mit geheimen Zeichen und Vogelrufen, um einander zu warnen. Wie beim Che.“

Ziemlich schnell wurde Paco allerdings klar, dass seine Truppe kein besonderes Ziel hatte. Man bewegte sich von hier nach dort und weiter. Immer wieder kam es vor, dass sie an Stellen kampierten, an denen sie bereits Wochen zuvor ihre Matten in die Bäume gehängt hatten.

„Sie sagten uns, wir sollten uns bereithalten, falls wir gebraucht würden. Ich bekam eine Waffe. Ein altes russisches Gewehr und wir schossen auf Bananen, um zu üben."

Im November gab es Wahlen, die die Revolutionäre erstmal abwarten wollten. Im Januar wurde Álvaro Arzú Präsident. Nicht unbedingt der Liebling der Rebellen, aber besser als der Kandidat der FRG. Arzú nahm sofort Verhandlungen mit der Führung der URNG auf und im Dezember kam es zu einer Einigung. Nach 36 Jahren war der Bürgerkrieg plötzlich zu Ende.

„Das war echt schräg, sag ich dir. Ich wusste ehrlich gesagt nicht so richtig, ob ich mich freuen sollte oder nicht. Über ein Jahr lang war ich planlos durch den Dschungel gerannt ohne das irgendwas passiert wäre und dann war alles vorbei."

Auch Pacos Kameraden waren uneins darüber, wie es jetzt weiter gehen sollte. Viele wollten den Kampf nicht aufgeben. Doch die Mehrheit der Menschen im Land hatte den Frieden lange herbei gesehnt. Paco hatte nichts von den Massakern erlebt, mit denen Teile der indigenen Bevölkerung abgeschlachtet worden waren. Er war in keinem der Dörfer gewesen, die aus der Luft bombardiert worden waren. Die Menschen hatten einfach nur genug von diesem Wahnsinn. Sie wollten Ruhe.

„Ein paar von uns sind im Dschungel geblieben. Mein Cousin auch. Er wollte sich bereithalten für den Kampf. Ich bin in die Zivilisation zurückgekehrt. Mitten rein nach Guatemala-Stadt. Einen krasseren Gegensatz zum Leben im Urwald kannst du dir nicht vorstellen."

Paco hatte ein Bankkonto, auf dem immer noch genug Geld lag, um in Guatemala eine ganze Zeit lang sorglos zu leben, aber er suchte eine Aufgabe. Er wollte helfen, das neue Guatemala aufzubauen. So wie er es sich immer erträumt hatte. In dieser Phase standen plötzlich seine Eltern vor der Tür.

„Über meinen Onkel haben sie immer gewusst, dass es mir gut geht. Nur nicht, wo ich bin. Als ich aus dem Dschungel zurückgekommen bin, haben sie sich sofort in den Flieger gesetzt. Sogar mein Vater."

Das Wiedersehen war herzlich und tränenreich und in den folgenden Wochen bemühte sich vor allem Pacos Vater einiges von dem zu kitten, was in den letzten zwanzig Jahren zwischen den beiden zerbrochen war. Mit zurück nach Deutschland wollte Paco dennoch nicht.

„Ich lernte einen Typen kennen, der für das Ministerium für Kultur arbeitete. Weißt du, es gibt in Guatemala einen Haufen Maya-Ruinen und schöne alte Städte aus der Kolonialzeit, die den Bürgerkrieg nicht ganz unbeschadet überstanden haben. Dafür hat das Ministerium Leute gesucht, die den Tourismus wieder ankurbeln. Am besten mehrsprachig. Ich war der ideale Kandidat."

Paco wurde nach Antigua Guatemala geschickt, der früheren Hauptstadt. Am Anfang half er dabei Baustellen einzurichten und Fassaden zu reinigen. Als alles so weit hergerichtet war, sollte er dafür sorgen, dass die Touristen kämen. Also schrieb er Broschüren und Flugblätter, schickte sie über das Netzwerk seines Vaters an Reisebüros in der ganzen Welt. Dazu schrieb er Zeitungsartikel, von denen einer sogar in *National Geographic* abgedruckt wurde.

„Die Ammies waren unsere wichtigste Zielgruppe. Mit dem Flieger brauchen die keine vier Stunden bis zu uns. Aber das war schwierig für mich. Die Ammies waren der Feind. Die hatten uns den ganzen Wahnsinn doch erst eingebrockt. Irgendwie tröstete mich aber die Vorstellung, dass sie jetzt mit dem Geld, das sie in ihrem Urlaub ausgaben, das Land wieder aufbauen würden."

Tatsächlich erholte sich der Tourismus in Antigua relativ schnell. Cafés und Bars schossen aus dem Boden und die vielen verlassenen Werkstätten verwandelten sich in Sprachschulen, in denen junge Leute aus der ganzen Welt eifrig Spanisch lernten. Oder es wenigstens versuchten und dabei ihr Geld für Essen, Unterkunft und Reisen ausgaben. Um das Geschäft weiter anzukurbeln reiste Paco sogar einige Male in die USA.

„Mit meinem deutschen Pass, hatte ich damals überhaupt keine Probleme, ein Visum zu bekommen. Das dauerte sogar bei meinem Chef länger. Das waren tolle Reisen." Er hielt kurz inne und sah mich an. „Da habe ich ja auch Liv getroffen."

An dieser Stelle der Erzählung verschluckte ich mich an meinem Bier.

„Du hast was?", fragte ich. Mein Herz tat einen so lauten Schlag, dass ich sicher war, Paco könnte es hören. „Du hast Liv getroffen?", wiederholte ich das, was ich begriffen hatte.

Paco sah mich verblüfft an.

„Ja. Hat sie dir das nie erzählt?", fragte er.

„Nein", rief ich. „Wie denn? Ich..." Ich hielt inne, denn ich merkte, dass ich viel zu laut sprach. Fast flüsternd fuhr ich fort: „Ich hab seit zehn Jahren nichts von ihr gehört."

Paco sah jetzt ernsthaft betroffen aus. „Das wusste ich nicht", versicherte er. „Das hätte ich nie gedacht. Ich dachte, ihr wärt in Kontakt."

Ich schüttelte stumm den Kopf. Ich stand kurz davor loszuheulen, aber das kam mir unangebracht dramatisch vor.

„Ich hoffe so sehr...", flüsterte ich. Dann sah ich Paco an und lächelte entschuldigend. „Versteh das nicht falsch Paco. Ich freue mich unglaublich, dass du hier bist. Aber ich hoffe so sehr, dass sie noch kommt."

Paco nickte stumm. Er lächelte dabei, aber er sah mit einem Mal traurig aus.
Ein Gedanke schoss mir durch den Kopf. „Weißt du was von ihr? Weißt du, ob sie kommt?"
Er schüttelte stumm den Kopf, aber irgendetwas stimmte nicht mit ihm. Irgendetwas wusste er. Ein zweiter Gedanke blitzte auf. Etwas, das ich mich seit vier Wochen fragte. Auch wenn ich glaubte, die Antwort zu kennen.
„Hast du mir diesen Brief geschrieben?", fragte ich. „Diese Erinnerung? *28.7.2010 - Komm*?"
Paco wurde verlegen. Er nickte zaghaft, fast schon ängstlich.
„Warum hast du nicht deinen Namen drunter geschrieben? Warum keinen Absender? Warum anonym?" Ich schrie jetzt fast. Ich feuerte die Fragen auf ihn ab und jede einzelne schien sein Unbehagen zu vergrößern.
„Ich…", begann er. „Ich wollte einfach nur sicher gehen, dass du kommst. Ich wollte, dass es spannend bleibt."
„Du wolltest, dass ich denke, die Nachricht sei von Liv, stimmt's?" Ich donnerte ihm den Satz entgegen, als hätte ich ihn soeben eines Kapitalverbrechens überführt.
Zu meiner Überraschung nickte Paco einfach. „Ja. Ich wollte, dass du es zumindest für möglich hältst, dass sie kommt." Er machte eine Pause. „Ich hatte so eine Ahnung, dass dir das wichtig wäre." Er lächelte mild und fuhr fort. „Wichtiger als ich."
„Warte mal", unterbrach ich ihn. In meinem Innern spürte ich ein Vibrieren und ich konnte nicht verhindern, dass mein rechtes Bein heftig zu zittern begann. Durch das Rauschen meines Blutes hindurch hörte ich mich selbst fragen: „Dass ich *es für möglich halte*?" Ich musste noch einmal Luft holen bevor ich mich traute, meine Frage zu formulieren: „Ist es denn nicht möglich, dass sie kommt?"
Paco starrte mich fragend an. Er schien völlig verwirrt.

„Na, ist ihr was passiert? Ist sie tot?", hörte ich mich rufen. Das wäre eine Erklärung, dachte ich. Warum sie sich gar nicht mehr gemeldet hat. Schon öfter hatte ich daran gedacht, den Gedanken aber immer wieder verworfen. Was, wenn sie eines der zahllosen Unfallopfer war, von denen man immer las? Das war doch nicht unwahrscheinlich. Aber das durfte einfach nicht sein.

„Nein, Nein, Nein" hörte ich Paco rufen. Er schüttelte energisch den Kopf und hob abwehrend die Hände. „Was denkst du denn? Sie ist nicht tot. Also zumindest weiß ich nichts davon. Nein. Ich hab auch seit Jahren nichts von ihr gehört."

Ich war noch nicht bereit, ihm zu glauben. „Warum sagst du dann, du wolltest, *dass ich es für möglich halte*? Kommt sie nicht? Weißt du, dass sie nicht kommt?"

Paco packte mich mit beiden Händen an den Schultern. „Nein. Peter. Ich weiß gar nichts. Jetzt beruhig' dich mal."

Ich blickte ihm aus wenigen Zentimetern in die Augen. Ich sah, dass er mir etwas verheimlichte. Er konnte mich nicht täuschen. Sein Gesicht wurde plötzlich ernst. Er blickte kurz zu Boden, dann sah er mich wieder an.

„Ich weiß nichts von ihr." Er machte eine kleine Pause und holte tief Luft. Dann fuhr er fort: „Aber ich glaube nicht, dass Liv heute kommt".

Ich schob seine Arme weg und wandte mich von ihm ab. *Das kann nicht stimmen,* dachte ich. Reflexartig suchten meine Augen den Deich ab. Niemand war zu sehen. Ich blickte in Richtung Meer, um zu sehen ob sich aus dem Halbdunkel vielleicht jemand auf uns zu bewegte. Nichts. Ich drehte mich wieder zu Paco und ich wusste, dass er mir meine Verzweiflung ansah. Sein Blick lag ruhig auf mir.

„Ist sie dir noch immer so wichtig?", fragte er.

Ich drehte mich wieder weg. Ich nickte. Ich atmete schwer aus. Wie ein getroffener Boxer. Wie ein trauriger kleiner Junge.
„Ich weiß, das ist dämlich“, begann ich zu murmeln. Es war eher ein Wimmern, das aus meiner Brust zu kommen schien. „Ich weiß das.“ Ich schniefte und sah den Tropfen nach, die zwischen meinen Beinen auf die Erde fielen. „Aber ich denke seit fünfzehn Jahren an sie.“ Mit dem rechten Handballen massierte ich meine Schläfen. „Ich krieg sie nicht raus“, stieß ich hervor. Dann drehte ich mich zu Paco und ließ die Tränen offen über die Wangen laufen. „Alles wegen diesem dämlichen Schwur.“
Paco rückte an mich heran und legte einen Arm um meine Schultern. Er war über einen Kopf kleiner als ich, aber er hielt mich, wie ein großer Bruder.
„Das wollte ich nicht, Peter. Wirklich nicht. Dieser Schwur sollte etwas Schönes sein. Etwas, auf das wir uns freuen.“
Ich versuchte mich an einem schiefen Lächeln.
„Das ist er doch auch.“ Ich dachte kurz nach. „Oder das war er immer. Es ist nur…“ ich zögerte.
Paco sagte nichts. Er wartete.
Ich sah ihm direkt in die Augen und was ich jetzt sagen würde, kam mir auf einmal so albern vor, dass ich trotz meiner Traurigkeit grinsen musste. „Ich hab mir damals heimlich geschworen, dass ich Liv heiraten würde“.
Paco nickte. Er blieb ernst. Er sah besorgt aus.
„Ehrlich?“
Ich nickte.
„Das ist ziemlich niedlich“, sagte er.
Ich nickte wieder und musste lachen.
„Ja“, sagte ich. „Aber ich hab das ernst gemeint.“
Jetzt nickte Paco. „Ich weiß.“ Und nach einer kleinen Pause fügte er an: „Ich sehe es.“

Ich stand auf, ging ein paar Schritte in Richtung Meer und atmete tief ein. Dieses kleine Geständnis hatte mich stärker mitgenommen, als ich erwartet hatte. Paco ließ mich machen. Dafür war ich dankbar. *Erstaunlich*, dachte ich. *Wie gut es tut, mit jemandem darüber zu reden.* Ich stockte kurz und korrigierte mich. *Mit Paco darüber zu reden.* Ja. Es war wirklich erstaunlich, wie leicht das mit ihm ging. Obwohl wir uns fünfzehn Jahre nicht gesehen hatten.

Ohne klares Ziel blickte ich mich um. Noch immer stand keine einzige Wolke am Himmel. Sterne und Mond tauchten alles in ein absurd klares Licht. Ich suchte den Horizont nach einem Schiff ab, aber es schien niemand unterwegs zu sein. Das Meer war näher gekommen, döste aber nach wie vor friedlich vor sich hin. Alles wirkte genauso verschlafen wie am Abend. So als wollte mir sogar meine Umgebung zuraunen: *Reg dich ab, hier passiert heute eh nix mehr.*

Ich drehte mich um und sah den Deich und den Leuchtturm und die Bank von der Paco zu mir rüber blickte. Es war genau die Szenerie, die ich mir immer ausgemalt hatte. Genau so sollte es sein. Deswegen war ich gekommen. Dafür hatte ich alles stehen und liegen lassen. Nur Liv fehlte.

Ich rekapitulierte, was ich gehört hatte. Paco glaubte nicht, dass sie noch kommen würde. Er schien sich seiner Sache ziemlich sicher. Das beunruhigte mich. Mein Bein begann wieder zu zittern und ich bemerkte einen bitteren Geschmack im Mund. War das das Bier? Oder der Portwein? Oder das Wissen darum, dass Paco recht hatte?

Ich versuchte ihn aus der Entfernung zu studieren. Seine Gesichtszüge lagen im Schatten seines Kopfes. Seine Pose wirkte ruhig und entspannt. Er hatte sich auf der Bank zurückgelehnt, die Beine übereinander geschlagen und beobachtete mich. Wie ein Opa im Zoo, der in aller Ruhe wartet, bis der Enkel sich die Affen angesehen hat. Er hatte Zeit.

Der Kleine sollte mal in Ruhe gucken. Würde schon zurückkommen.

In diesem Moment spürte ich echte Freude darüber, dass er da war. Er war ein kleiner Kerl, aber jemand, der voranging. Jemand, dem ich vertrauen konnte. Gleichzeitig ärgerte ich mich auch über ihn. Woher wollte Paco das überhaupt wissen? Hatte er nicht gesagt, er *glaubte,* dass Liv nicht käme. *Wieso* glaubte er das? Konnte er sich nicht genauso gut irren? Natürlich konnte er sich irren. Schließlich hatte er auch gesagt, er *wisse gar nichts.* Ich atmete ein weiteres Mal tief durch und bemerkte, wie ich ruhiger wurde.

Mit wenigen Schritten war ich wieder bei der Bank. Ich setzte mich und blickte Paco erwartungsvoll an. „Erzähl weiter."

Wahnsinn

Im Frühjahr 2005 wurde Paco zum letzten Mal auf eine Reise in die USA geschickt. Marie war schwanger. Trotz ihrer Liebe zu Mittelamerika hatten die beiden beschlossen, das Kind in Deutschland auf die Welt zu bringen.

„Ich weiß, das klingt aus meinem Mund besonders übel", erklärte Paco, „aber ich wollte, dass das Kind in stabilen Verhältnissen aufwächst. In der Nähe der Großeltern." Er sah richtig niedergeschlagen aus, dabei erschien mir sein Wunsch durchaus nachvollziehbar.

„Ich hab' oft an den Schwur gedacht in dieser Zeit", erklärte er. „An den Paco, der ich mit neunzehn war. Ich wusste, der neunzehnjährige Paco hätte mich verachtet. Er hätte mich einen Feigling genannt. Und ich verstehe ihn." Paco lächelte mich mild an, als sei ich derjenige, dem sein Verständnis galt.

„Aber schließlich war ich nicht mehr neunzehn, sondern neunundzwanzig. Die Dinge hatten sich geändert. Ich hatte es versucht. Ich war nach Guatemala gegangen, um die Revolution zu unterstützen. Ich finde, damit habe ich den Schwur erfüllt."

Ich nickte, aber er achtete gar nicht darauf. Er schien diese Bestätigung nicht zu brauchen.

„Es war so frustrierend zu sehen, was in Guatemala geschah. Das Geld, das ins Land kam, floss auf die Konten der Reichen, der Mächtigen und der Ausländer. Die Leute die nichts hatten, bekamen auch weiter nichts. Es war einfach nur krank. Über die Hälfte der Bars, die in Antigua neu aufmachten, gehörte Amerikanern. Ein großer Batzen des Geldes, das zu uns floss, floss einfach wieder zurück. Der Rest wanderte in die Fincas und Luxuskarossen von regionalen Fürsten und kleinen Königen. Das alte Spiel eben."

Paco machte eine Pause, um sich eine neue Zigarette anzuzünden.

„Als wir das langsam alle kapiert hatten, war es für die Revolution zu spät. Die Leute, die in den Neunzigern noch kämpfen wollten, verkauften jetzt Coca Cola oder Pepsi an den Busbahnhöfen. Für Schießübungen hatte ohnehin keiner mehr Zeit, weil im Fernsehen Baywatch lief. Mein Cousin war inzwischen Bürgermeister. Ich wurde Vater. Wie gesagt, die Dinge hatten sich geändert."

Er unterbrach seine Erzählung und sah mich einen Moment lang an, als warte er auf eine Reaktion. Ich verstand nicht, was er von mir wollte. Die Dinge hatten sich geändert. Klar. Aber was war jetzt mit Liv? Ich lächelte und nickte unbestimmt vor mich hin. Paco grinste spöttisch und seine nächsten Worte machten mir klar, dass er genau wusste, wo ich in Gedanken war.

„2005 bin ich nach Los Angeles geflogen. In der Nähe des Flughafens gibt es ein Viertel, in dem ziemlich viele Latinos wohnen, Inglewood heißt das. Dazu leben dort auch ziemlich viele Schwarze und eine ganze Menge Weiße, die den Anschluss an die Glitzerwelt im Norden der Stadt verpasst haben. Ich war da vorher schon zweimal."

Paco erzählte, dass das guatemaltekische Kulturministerium ein Austauschprogramm ins Leben gerufen hatte, mit dem vor allem junge Leute ins Land geholt werden sollten, die Spanisch lernen wollten. Viele US-Amerikaner hatten immer noch Bedenken wegen der Sicherheit und das Ganze lief nicht gerade gut. Pacos Job war es, Schulen und Universitäten zu besuchen, auf Kulturveranstaltungen zu sprechen und allen zu erklären, dass es in Antigua Guatemala nicht nur preiswerten Einzelunterricht, Sonne, Kultur und eiskalte Coca Cola gab, sondern dass die Stadt bestens vom rauen Umland abgeschirmt war. Eine *Oase aus Ruhe und Kultur*, wie er grinsend erzählte.

„In Inglewood", fuhr Paco fort, „gibt es so eine riesige Mehrzweckhalle. *The Forum* heißt das. Es sieht tatsächlich irgendwie römisch aus. Nicht wie ein Forum, aber eben mit riesigen Säulen. So, wie die Ammies sich ein Bau auf dem alten Kontinent vorstellen." Er pfiff wieder verächtlich durch die Zähne und ich lächelte gequält. Mein Bein fing an aufgeregt zu wippen und ich musste all meine Willenskraft aufbringen, um es zur Ruhe zu zwingen.

„Als ich die ersten Male in Inglewood war, gab es immer noch Basketball oder Eishockey in der Halle. Die Leute haben erzählt, die Lakers hätten früher dort gespielt. Als ich 2005 da war, gehörte das ganze Ding einer Kirche. Eine von diesen Läden, die es nur bei den Ammies gibt. Geld ohne Ende, aber den Leuten immer schön Selbstkasteiung und Verzicht predigen. Glücklicherweise hatten die aber auch ein

großes Interesse an den gläubigen Latinos und allem, was mit Lateinamerika zu tun hatte." Paco machte schon wieder eine Pause. Er zog an seiner Zigarette und betrachtete lächelnd mein Bein, das wieder angefangen hatte zu wippen.
„Und da drin habe ich sie gesehen". Dazu blitzten seine Augen, als hätte er soeben einen unwiderstehlichen Zaubertrick aufgeführt. Dann schwieg er einen Moment lang und wartete auf meine Reaktion.
Ich kam nicht ganz mit. „Wie *gesehen*? Wen? Liv? In Los Angeles? In einer römischen Halle? Einfach so?"
Paco nickte. Er lächelte still, so als könnte er die Magie dieser Begegnung selbst nicht begreifen.
„Einfach so. Völlig unvorbereitet. Ein Zufall."

Mein Mund klappte auf und ich brauchte einen Moment, mich in den Griff zu kriegen. Ich konnte nicht glauben, was ich hörte. Ich wurde misstrauisch. „Ein Zufall? Fast zehn Jahre nachdem wir hier am Strand saßen, siehst du sie am anderen Ende der Welt wieder. Das kann doch kein Zufall gewesen sein?"
Es klang wie eine Anklage, aber Paco fühlte sich kein bisschen angegriffen. Er lächelte einfach weiter und zuckte mit den Schultern.
„Nenn es wie Du willst. *Zufall. Schicksal.* Auf jeden Fall waren wir beide vollkommen verblüfft. Ich war zu einer Ausstellungseröffnung eingeladen und Liv…"
„Liv war die Künstlerin?", unterbrach ich ihn. Und meine Stimme verriet wie absurd mir diese Vorstellung vorkam.
Paco schüttelte den Kopf. „Nicht ganz, Nein. Sie war Teil des Kunstwerkes." Ich verstand überhaupt nichts mehr, aber Paco war geduldig mit mir. „Der Künstler war ein Puertoricaner aus dem Viertel", erklärte er mir. „Ein Teil der Ausstellungseröffnung, das *main event* sozusagen, war eine Performance. Dazu hatte sich dieser Typ ein eigenes Publikum

gemietet, das in einem abgetrennten Bereich stand, zu bestimmten Momenten klatschte und alles dafür tat, um mit uns und dem Künstler zu interagieren. Sie riefen Fragen durcheinander, schubsten sich und beleidigten alles und jeden. Es war echt schräg."
„Und da war Liv dabei?", fragte ich wie ein begriffsstutziges Kind, das endlich Hoffnung hatte, zufällig einen Strohhalm Erkenntnis gegriffen zu haben.
Zu meiner Erleichterung nickte Paco diesmal.
„Ja. Da war Liv dabei."

Ich blickte ihn immer noch entgeistert an, aber sein Lächeln war so offen, sein Blick so klar und voll eigenem echtem Entzücken, dass er mich überzeugte. Ich ließ mich in der Bank zurückfallen und blickte in Richtung Meer. Ich atmete ganz bewusst und gleichmäßig und erklärte mir alles selbst noch einmal. Ich dachte nach. 2005. Zu der Zeit hatte ich in Köln gerade meine ersten Auftritte als Anwalt. Die *Rutz*-Nase. Ich forschte in den Tiefen meiner Erinnerung. Hatte es nicht vielleicht einen Moment gegeben, in dem mich eine undefinierbare Ahnung überkommen hatte? Ein Glücksgefühl, das ich nicht hatte zuordnen können? Eine plötzliche Traurigkeit? Ich schüttelte stumm den Kopf und verspürte eine leichte Enttäuschung. Irgendwie hätte ich erwartet, dass ich von der Begegnung der beiden etwas mitbekommen hätte. Aber da war nichts. Ich stöhnte enttäuscht auf.
„Hmm?", fragte Paco.
Ich sah ihn an. „Wahnsinn", sagte ich.
„Ja." Er nickte. „Ganz schön irre."

Paco bot mir eine Zigarette an und ich griff zu. Er gab mir Feuer, ich zog und atmete achtlos ins Nichts. Dann erzählte er weiter.

„Das Absurdeste war, dass sie mir zwar gleich auffiel, ich sie aber nicht erkannt habe. Ich dachte sowas wie, *Wow, die ist aber scharf...*“ Er unterbrach sich kurz und sah mich an. „Oder *die sieht interessant aus* oder sowas. Aber ich begriff nicht, wen ich da ansah. Irgendwas in meinem Kopf war verschlossen. So als wäre die Erinnerung an Liv in einem anderen Raum meines Gedächtnisses. Irgendwo, wo ich gerade nicht hin konnte.“ Wieder hielt er inne und sah mich an. „Verstehst du was ich meine?“

Ich nickte. Und grinsend schob ich hinterher: „Und es ist völlig OK wenn du sie scharf fandest. Sie war schon immer scharf.“

Paco sah mich etwas verblüfft an. Dann nickte er.

„Keine Einwände, euer Ehren.“

Jetzt war es wieder an mir, verblüfft zu sein. Konnte diese Formulierung Zufall sein? Paco zwinkerte mir zu.

„Na jedenfalls hab ich immer wieder zu ihr hingesehen. Und immer hat sie mich angelächelt. Wobei - sie hat nicht gelächelt, sie hat gestrahlt wie eine Hobbysonne.“

Ich musste lachen. „Was bitte ist eine Hobbysonne?“

„Na was weiß ich. Eine Sonne, die nicht die echte Sonne ist. Eine kleine Freizeit-Hobby-Sonne, sozusagen.“ Ich nickte.

„Irgendwann hab ich es dann einfach kapiert. Es war als hätte jemand einen Schleier von meinen Augen genommen oder das Licht angeknipst oder so. Wahrscheinlich war es Liv selbst, die so viel gestrahlt hatte, dass ich es schließlich auch sehen musste. Das war Liv. Keine zehn Schritte von mir entfernt. Sie stand mit etwa zwanzig anderen Menschen in einem abgetrennten Bereich von etwa fünf mal fünf Metern und lächelte zu mir rüber. Ich habe mich geschüttelt und die Augen zugekniffen, aber sie war immer noch da. Sie machte eine kleine Geste mit den Händen, so als hätte sie sich gerade selbst auf diese improvisierte Bühne gezaubert.

Ich grinste und formte mit den Lippen ihren Namen. *Liv?* fragte ich tonlos in den Raum. *Paco?* antwortete sie stumm. Es war unglaublich."

Paco lachte und ich strahlte zurück. Was für ein Glück. Für einen Moment fühlte es sich fast so an, als hätte ich dort gestanden. Als hätten Livs Lippen nicht *Paco?* sondern *Peter?* gefragt.

„Wir mussten die ganze verdammte Performance abwarten. Der offizielle Teil war längst beendet. Es gab Cola und Burritos, eine kubanische Band spielte, alle liefen locker durch den Raum und unterhielten sich, nur das Miet-Publikum hatte noch nicht frei. Sie blieben in ihrem Karree. In einem Abstand von etwa einem Meter versammelten sich interessierte Zuschauer um sie, die aus der Gruppe mit Fragen bombardiert, angepöbelt oder ausgepfiffen wurden. Es war ein solches Spektakel - wir hatten keine Chance, uns zu unterhalten. Außerdem nahm Liv ihre Rolle sehr ernst. Sie spielte eine Art Tourette-Tick, zuckte ständig mit dem Kopf und rief den Leuten dabei *Fuck you, FUCK you* zu. Es klang wie *Fakju, Fakju.* So wie *der böse Deutsche* oder *der Russe* in Hollywoodfilmen. Die Leute liebten es."

Wieder lachten wir beide.

„Ich ließ also sämtlich Gespräche geduldig über mich ergehen und wartete auf das Ende der Aufführung." Paco grinste wieder. „Eigentlich klar, dass das nicht klappen konnte." Er sah mich an. „Verdammte Künstler."

„Wieso?", fragte ich.

Paco lachte. „ Hör zu", forderte er mich überflüssigerweise auf. „Irgendwann trat ein Mann durch den Kreis der Umstehenden. Er war in eine geflickte Decke gehüllt und sah aus wie ein Landstreicher. Als das Miet-Publikum ihn bemerkte, verstummten alle mit einem Schlag und starrten ihn an. Der Landstreicher stand völlig unbeweglich da und wartete bis im gesamten Raum vollkommene Stille herrschte und die Aufmerksamkeit aller Anwesenden ihm allein gehörte. Ich stand in diesem Moment gut zehn Meter entfernt und hatte der Szene den Rücken gekehrt und dennoch bemerkte auch ich den Mann. Das Schweigen, das von ihm ausging war magnetisch. Es schien uns alle anzuziehen. Als es vollkommen still war, stieß der Mann einen spitzen Schrei aus, der so durchgehend war, dass viele der Umstehenden erschrocken zusammenzuckten. Während die Schallwellen seines Urschreis durch den Raum jagten, glitt langsam die Flickendecke herunter. Darunter war er vollkommen nackt. Er bot einen absolut verstörenden Anblick: ein altes, nacktes, spindeldürres Männchen mit einem filzigen Pelz auf der Brust und einem grau-weißen Knäuel Schamhaare zwischen den Beinen, aus dem sein Geschlecht wie ein langer dürrer Finger, sehnig heraus baumelte. Und er schrie und schrie und schrie. Viele der eben noch amüsiert blickenden Zuschauer stöhnten laut auf vor Schreck. Die echten Zuschauer meine ich. Das Miet-Publikum tat einen kollektiven Hüpfer und rannte als ein einziger großer Organismus aus dem Raum. Wie ein durchgedrehter Exorzist rannte der Nackte hinterher, trieb die mittlerweile hysterisch kreischenden Künstler durch den Raum und verschwand schließlich hinter ihnen durch die geöffneten Eingangstüren in der Dunkelheit der Nacht. Wieder gab es einen Moment absoluter Stille, dann brachen alle im Saal in begeisterten Applaus aus." Paco lachte. „Ich glaube, die meisten waren vor allem erleichtert, dass der Irre weg war."

Ich blickte den lachenden Paco an und wieder konnte ich nichts anderes sagen als: „Wahnsinn." Dann fiel mir ein, was mich bei diesem Teil der Erzählung von Anfang an beunruhigt hatte. Ich konnte nicht verhindern, dass ich erschrocken die Augenbrauen hochzog.

„Und Liv?“, fragte ich.
„Liv?“, fragte Paco. „Die war weg. Aufgelöst in der Nacht.“ Er grinste. „Weggescheucht vom nackten Mann.“

Er lachte abermals. Das beruhigte mich. Er würde nicht lachen, wenn das das Ende der Geschichte wäre. Oder war das ein bitteres Lachen? Wieder so ein „So-ist-das-Leben-Lachen“? Paco bemerkte, dass ich die Sorge nicht aus meinem Gesicht bekam.
„Ich hab eine ganze Weile gewartet, dass Liv zurück kommt. Aber sie kam nicht. Keiner der Künstler kam. Das Programm war zu Ende und irgendwann gingen alle nach Hause. Ich schlief bei einem Kollegen, der mich auch an diesem Abend begleitet hatte. Er wartete am Ausgang auf mich, aber ich konnte unmöglich einfach mit ihm fahren und mich ins Bett legen. Also sagte ich, ich käme mit dem Taxi nach. Ich hätte eine alte Freundin getroffen. Er grinste anzüglich und zog alleine ab.

Dann stand ich vor dieser riesigen Halle rum. In einem Viertel, das ich nicht unbedingt gut kannte. Einem Viertel, in dem man nachts nicht alleine unterwegs sein sollte. Ich wollte mich gerade vom sicheren *Forum* entfernen, als sie lässig auf mich zu geschlendert kam. Sie war noch ein paar Meter von mir entfernt, als sie überdreht rief: *Franciso Féderico Daniél Dingsbumms? Bist du das wirklich?* Wir fielen uns in die Arme und lachten laut und lange. Wir lachten und lachten und ich sag dir, Peter, es hat mindestens nochmal zehn Minuten gedauert, bis ich wirklich geglaubt habe, dass sie es ist.“

Ich nickte. Ich freute mich beim Gedanken an dieses Wiedersehen. Erneut konnte ich es nicht verhindern, dass es mich durchschüttelte und ich wünschte, ich wäre in dieser Szene der gewesen, dem Liv zufällig über den Weg gelaufen wäre. Der, dem sie jauchzend in die Arme gefallen wäre.

Der, dessen Namen sie gerufen hätte. Tief aus meinem Bauch drückte sich eine schwere Traurigkeit nach oben und breitete sich überall in meinem Brustkorb aus. Ich atmete tief ein, so als könne ich sie mit meinen gefüllten Lungenflügeln zur Seite schieben. Das war so ziemlich genau die Szene, die ich mir für heute ausgemalt hatte. Für mich und Liv. Wieder atmete ich schwer. *Wer weiß*, hörte ich die Stimme in mir sagen, *vielleicht kommt sie ja noch.*

„Liv hatte ein Fahrrad", hörte ich Paco weiter erzählen. „Allein daran konnte man merken, dass die Deutsche ist. Niemand in L.A. hat ein Fahrrad. Sie setzte mich auf den Gepäckträger und wir fuhren zu ihr. Ich wollte natürlich selbst fahren, aber Liv meinte, ich kenne mich nicht aus und so schwer wirke ich nicht auf sie. Sie entschuldigte sich, dass sie einfach so verschwunden sei, aber dass sei Teil der Abmachung gewesen. Sie hatten dem Künstler hoch und heilig versprechen müssen, einfach nach Hause zu fahren. Der Eindruck ihres Verschwindens sollte vollkommen sein. Also hatte Liv sich versteckt und gewartet, bis ich alleine war. Ich lachte, um zu zeigen, wie absurd ich das fand, aber Liv blieb ernst. *Das ist wichtig*, sagte sie. *Das hätte den gesamten Effekt kaputt gemacht.*" Paco lachte auch mich an, als er davon erzählte. Aber auch ich blieb ernst.

„Also ist sie tatsächlich Künstlerin", sagte ich.

Paco nickte. „Ja. Sie ist eine richtige, vollkommene Künstlerin", sagte er. „Einhundert Prozent." Nach einer kleinen Pause fügte er hinzu: „Aber das war doch klar, oder?"

Ich nickte. „Ja. Schon. Aber ich wusste es eben nicht genau." Ich lächelte. „Dann hat wenigstens sie den Schwur erfüllt."

Paco protestierte.

„Hey. Ich habe den Schwur auch erfüllt. Ich bin nach Guatemala. Ich hab es versucht. Ernsthaft." Er trug immer noch einen spöttischen Zug um die Mundwinkel, aber ich spürte, dass ihm das ernst war. „Und vor allem bin ich heute hier“, sagte er. Und dann sah er mich an, als hätte er mich gerade entdeckt. „Und - hey - du bist auch hier, Peter. Auch du hast den Schwur erfüllt.“

Ich lächelte schief und schüttelte den Kopf.

„Nein Paco. Ich nicht. Ich hab den Schwur bestimmt nicht erfüllt. Ich glaube, niemand hat den Schwur so sehr betrogen wie ich.“

Paco schüttelte energisch den Kopf und runzelte die Augenbrauen, so als könne er nicht glauben, was er da hörte.

„Doch“, beharrte ich. „Ich hab nicht mal richtig versucht, Schauspieler zu werden. Ein halbes Jahr hab ich bei so einer Theatergruppe mitgemacht. Das war's.“ Paco sah mich verständnislos an.

„Dann hab ich Abi gemacht und dann hab ich diesen Platz an dieser ach-so-tollen Uni bekommen und danach einen Job und dann waren plötzlich die fünfzehn Jahre um und hier sitze ich.“

Paco sah mich immer noch so an, als hätte er einen besonders schweren Fall von Geistesgestörtheit vor sich.

„Und Liv hab ich auch nicht geheiratet. Irgendwann hat sie nicht mehr geschrieben und ich hab sie nicht mal gesucht.“

Ich versuchte ein Lächeln um zu unterstreichen wie albern ich mein eigene Geschichte fand, aber es gelang mir nicht wirklich. Paco war jetzt wieder ganz großer Bruder und geduldiger Opi. Behutsam legte er seine Hand auf meinen Oberarm.

„Peter“, sagte er sanft. „So ist das eben. So ist das Leben. Aber du bist hier. Hier auf der Bank. So wie wir es geschworen haben.“

Ich schob seine Hand weg.

„Nein so ist das Leben eben nicht. Dass ich hier bin zählt gar nichts. Ich hab den Schwur verraten. Und ihr beide…“ Ich dachte über die richtige Formulierung nach. „Du hast es wenigstens versucht. Du hast es versucht. Und Liv hat es geschafft. Und ich habe nichts.“
Ich stierte auf einen Punkt zwischen meinen Füßen und tat mir selbst unendlich leid. Dann fügte ich hinzu. „Und ich bin nur hier, weil ich mein eigenes beschissenes Juristenleben nicht mehr ertrage.“
Paco sagte nichts. Er sah mich von der Seite an und legte wieder vorsichtig seine Hand auf meinen Arm.
„Das ist Schwachsinn, Peter.“ Wieder schüttelte ich ihn ab.
„Ich weiß, was du machst Peter“, fuhr Paco fort. „Ich hab über dich gelesen und ich hab dich ein paarmal im Fernsehen gesehen.“ Er machte eine Pause. „Du bist ein großartiger Anwalt, Peter. Du hast viel erreicht in den fünfzehn Jahren.“
Ich versuchte zu lächeln. Es war rührend, dass er mich trösten wollte. Aber er schien nicht zu begreifen.
„Das ist nett, Paco“, sagte ich. „Aber ich glaube, du weißt nicht so wirklich viel über mich.“
Er zog seinen Arm zurück.
„Natürlich nicht. Nein.“ Er atmete geräuschvoll aus und es klang, als ob er langsam genervt von mir wäre. Nach einer kurzen Pause fragte er: „Wieviel Zeit haben wir miteinander verbracht, Peter? Drei Wochen? Vor fünfzehn Jahren? Ich kann überhaupt nicht viel über dich wissen.“
Ich nickte. Ich sah ihn an. Ich lächelte. Paco blieb ernst.
„Aber ich kenne dich trotzdem, Peter. Das war nicht nichts, vor fünfzehn Jahren. Das war etwas Besonderes.“
Wieder nickte ich.

„Es ist mir ganz egal, ob du Schauspieler bist oder Anwalt." Er unterbrach sich um mit einem Lächeln zu fragen: „Ist das nicht ohnehin dasselbe?"
Ich schmunzelte und nickte abermals.
„Du bist hier. Ich bin hier." Paco legte mir den Arm auf die Schultern und blickte in die Ferne. Seine Stimme bekam einen feierlichen Klang. „Wir sind hier, um das Band zwischen uns zu ehren. Den Schwur. Und aus Respekt vor diesem großen Abenteuer, das Leben heißt."
„Nicht um Abzurechnen", sagte ich.
Paco schüttelte mich grinsend. „Ganz genau. Nicht um Abzurechnen. Wir ziehen höchstens eine Zwischenbilanz."
Ich musste lachen. Dann wurde ich wieder ernst.
„Aber warum ist Liv nicht hier?", fragte ich und meine Stimme klang so sehr nach verwöhntem Kind, das nicht einsehen will, dass es kein Eis mehr gibt, dass ich mir selbst unangenehm wurde. Paco schien das nicht zu stören. Ihm wurde ich nicht unangenehm.
„Ich denke, es war ihr zu weit. Zu teuer", beantwortete er meine Frage.
„Von Kalifornien?", fragte ich.
Paco nickte.
„Lebt sie immer noch dort?"
Paco zuckte mit den Schultern.
„Ich weiß es nicht. Aber ich glaube es."
Ich schwieg.
„Weißt Du", sagte Paco nach einer Weile. „Sie ist zwar wirklich Künstlerin geworden. Aber ich glaube, ihr geht es damit ganz schön beschissen."

Sofort begann mein Herz aufs heftigste zu pumpen. „Was?", fragte ich erschrocken. „Wie meinst du das?"
Pacos Blick war ernst geworden.

„Ich glaube sie sitzt in Kalifornien und hat keinen blassen Schimmer, wie sie dort wieder rauskommt." Er machte eine Pause. „Zumindest war das mein Eindruck bei unserem Treffen vor fünf Jahren."

Jeykab

„Liv wohnte in einer aberwitzig riesigen Wohnung", nahm Paco seine Erzählung wieder auf. „Zumindest waren das die höchsten Decken, die ich jemals gesehen habe. Ich hab aber dann ziemlich schnell kapiert, warum bei ihr alles so groß war."

Er machte wieder eine seiner Pausen. Mittlerweile hatte ich mich daran gewöhnt. Paco schien eine gewisse Freude an der Inszenierung zu haben. Vielleicht wäre er kein schlechter Anwalt geworden.

„Das war eine alte Fabrikhalle", erlöste er mich aus meiner Unwissenheit. „In Livs Zuhause wurden früher irgendwelche Flugzeugteile montiert. Es war wirklich riesig." Sein Blick wurde ernst. „Aber es war auch ganz schön voll. Eine dieser Hallen war mit mobilen Wänden vollgestellt. Wie in einem Großraumbüro. Nur dass die Leute hinter diesen Raumtrennern nicht arbeiteten, sondern schliefen, aßen, sich liebten, aufs Klo gingen. Als wir ankamen hatte ich den Eindruck, dass all das genau in dem Moment tatsächlich geschah. Die volle Packung Leben." Er schüttelte den Kopf, als stünde er immer noch im Bann dieser Wohnhalle.

„Liv führte mich in einen Bereich, der durch eine massive Holzwand abgetrennt war. Offensichtlich eine Art Küche oder Bar. Es gab ein paar Tische, an denen Leute saßen, die sich unterhielten. Sie blickten kurz auf, als wir kamen und nickten Liv zu. Sie bat mich zu warten, verschwand und kehrte nach wenigen Momenten zu mir zurück. Sie lächelte zufrieden.

Ich fragte sie, was los sei. Sie blickte mich einen Moment an, so als überlege sie, was sie antworten solle. *Jacob*, sagte sie dann. *Ich hab nur nachgesehen, ob er schläft.* Ich verstand nicht. *Mein Sohn*, sagte sie. Ich war völlig verblüfft, sag ich Dir."

Ich nickte mit offenem Mund. Diese Verblüffung konnte ich definitiv nachempfinden. *Sie hat einen Sohn*, hörte ich mich denken.

„Ich hab sie dann als erstes gefragt, wer auf Jacob aufgepasst hat, als sie im Forum war", fuhr Paco fort. „Hab gar nicht groß drüber nachgedacht. Aber das war keine gute Frage." Paco lächelte mich entschuldigend an.

„Ihr Sohn könne ganz gut alleine schlafen, hat sie gesagt. Als sie gemerkt hat, dass sie vielleicht ein wenig schroff war hat sie die Augen geschlossen und gesagt: *Der macht einfach die Augen zu und bewegt sich nicht. Stundenlang.* Wir haben beide gelacht. Aber ein bisschen leichtsinnig fand ich das schon. Jacob war damals erst vier."

Ich begann zu rechnen. Meine letzte Nachricht von ihr stammte aus dem Jahr 2000. Da gab es ihn also noch nicht. Vielleicht war sie schon schwanger.

„Sie hat sich dann auch gleich wieder entspannt. Hat mir erklärt, dass sie den Jungen allein erziehe. Der Vater sei ein Vollidiot und lebe in New York. Sie hätten keinen Kontakt."

Ich dachte kurz nach. „Ihr Professor", sagte ich.

„Was?", fragte Paco.

„Sie hat mir 2000 geschrieben, sie gehe mit ihrem Professor nach Kalifornien." Ich zuckte mit den Schultern und lächelte schief. „Ich dachte, zum Studieren."

Paco grinste.

„Sie hat mir nichts weiter zu Jacobs Vater erzählt. Sie meinte nur, hier würden alle ganz gut aufeinander aufpassen. Sie sei zwar Jacobs *Mom*, aber er hätte eine ganze Fabrikhalle voller *Moms&Dads*, die ihn großzogen. Es war schräg, sie mit einem amerikanischen Akzent zu hören. Sie sagte *Moms&Dads* und *Jeykab* statt *Jakob*. Ich glaube, sie hatte schon lange nicht mehr Deutsch gesprochen."

Ich nickte. Ich konnte sie vor mir sehen, wie auf einem Foto. In dieser Fabrikhalle. Die Wände unverputzt. Das Licht weich und warm. Sie auf dem Boden mit dem Kind auf dem Schoss, den Blick direkt in die Kamera gerichtet. Die Haare leicht zerzaust, ein selbstbewusstes Lächeln um die Mundwinkel und in ihren Augen ein Strahlen, das alles in leuchtendes Blau tauchte. Ich lächelte. Da war sie also. So lebte sie.

„Sie muss alle Bande nach Deutschland gekappt haben", fuhr Paco fort. „Ich hab sie gefragt, wann sie das letzte Mal zu Hause war, aber sie hat nur gesagt, sie sei hier zu Hause. Später hat sie mir erzählt, ihre Mutter sei gestorben und der Vater neu verheiratet."

„Und ihre Schwestern?", fragte ich.

Paco zuckte mit den Schultern. „Hat sie nicht erwähnt. Nur ihre Großmutter. Die wollte sie unbedingt besuchen. Dann käme sie auch nach Deutschland, hat sie gesagt." Er machte ein Pause und sah mich an. „Sie wollte dir schreiben."

„Hat sie nicht", rief ich. Und etwas leiser wiederholte ich. „Ich hab wirklich seit zehn Jahren nichts mehr von ihr gehört."

Paco runzelte die Stirn.

„Komisch", sagte er. „Ich hatte den Eindruck, das war nicht nur dahingesagt. Ich dachte wirklich, sie hätte dir geschrieben."

Ich zuckte mit den Schultern und sagte nochmal. „Hat sie nicht." Ich dachte nach. *Oder hatte ich irgendwas übersehen? Lag in der Wohnung meiner Mutter seit Jahren ein Brief von Liv?*

„Vielleicht ist sie ja doch nicht zu ihrer Großmutter“, unterbrach Paco meine Gedanken. „Oder noch nicht.“
Er sah mich wieder mit diesem besorgten Blick an.
„Weisst du ich glaube wirklich, eine Reise ist vielleicht einfach daran gescheitert, dass sie kein Geld hat.“
„Meinst du wirklich? Ihre Familie hatte doch Kohle, oder?“
„Ja.“ Paco nickte. „Glaub schon. Ihr Vater ist Zahnarzt, oder?“
Ich nickte.
„Aber ich glaube, sie hat wirklich keinen Kontakt mehr zu ihrer Familie. Erinnerst du dich, was sie beim Schwur noch gesagt hat?“
„Dass sie Künstlerin werden wolle?“, antwortete ich, ohne zu begreifen worauf er hinaus wollte.
Paco nickte. „Und dass sie davon ihren Lebensunterhalt bezahlen wolle, oder sowas.“
„Stimmt“, sagte ich. „*Die Miete zahlen*, hat sie gesagt.“
„Genau.“ Paco lächelte. „Ich hatte das nicht weiter beachtet, aber seit unserem Treffen muss ich immer wieder daran denken. Ich glaube es ist ihr unheimlich wichtig, alles selbst zu stemmen. Sie hat gesagt, sie wolle kein *Zahnarzt-Töchterchen* sein, das *ein wenig male*. Sie will Künstlerin sein. Ohne Netz und doppelten Boden, verstehst du?“
Ich nickte. Keine Kompromisse. Das passte zu Liv.
„Und du meinst, das klappt nicht so?“
„Doch, doch. Das klappt. Ich hab einige ihrer Sachen gesehen. Sie hat mir Plakate gezeigt von ihren Ausstellungen. Sie kommt über die Runden. Aber auch nur, weil sie fast mietfrei in dieser Halle wohnt und alle möglichen Jobs annimmt.“
„Das hat sie erzählt?“, fragte ich.
Paco nickte. „Damals lief es wohl gerade ganz gut. Sie machte vor allem Kunst-Zeugs. Auch wenn so eine Perfor-

mance wie an dem Abend wohl nicht besonders viel einbringt. Aber es muss wohl auch Zeiten gegeben haben, da hat sie ihre Tage und Nächte im Diner verbracht und Kaffee ausgeschenkt."
„Und der Vater zahlt nichts?", fragte ich.
Paco zuckte mit den Schultern.
„Sie hat wirklich gar nichts über ihn erzählt." Nach einer Pause fügte er hinzu. „Und ich hab auch nicht gefragt."
Ich nickte wieder. „Keine Kompromisse." Ich seufzte. „Krass."
„Ja", sagte Paco. „Krass. Und vor allem schade, dass sie nicht hier ist."
Ich nickte stumm. Das war wirklich schade. Langsam begann ich mich damit abzufinden, dass Liv nicht kommen würde.
„Was noch?", fragte ich.
„Was an dem Abend noch passiert ist?"
„Ja. Worüber habt ihr geredet?"
Ein feines Lächeln umspielte Pacos Lippen. „Über alles", sagte er. „Vor allem was in unseren Leben so passiert ist. Sie wollte alles von *der Revolution* wissen." Paco lachte. „Sie hat das mit einer totalen Ernsthaftigkeit gesagt. *Wie ist die Revolution verlaufen? Was hat die Revolution bewirkt?* Ein bisschen wie ich früher." Der Gedanke an sein neunzehnjähriges Ich zauberte einen feinen Schleier in Pacos Blick. „Wir haben die ganze Nacht geredet. Bis die Sonne aufging und irgendwann ihr Sohn im Schlafanzug vor uns stand."
„Jacob?", fragte ich.
„Ja, Jacob." Paco schien ihn in Gedanken vor sich zu sehen und mein Herz krampfte sich vor Neid zusammen. Wie gerne hätte ich Livs Sohn gesehen. Jacob.

„Er ist ein außergewöhnlicher kleiner Kerl. Sehr ruhig. Sehr offen. Sehr selbständig. Du hast gleich gesehen: diese ganze Fabrikhalle, das war sein Reich, seine Welt, verstehst du?"
Ich nickte.
„Spricht er deutsch?", fragte ich.
Paco schüttelte den Kopf. „Kaum. Aber er hat ein Kinderbuch, das er komplett auf Deutsch aufsagen kann. Das ist so lustig. *Wo die wilden Kerle wohnen.* Am liebsten hat er den letzten Satz gesagt *Und es war noch warm.* Er hat wirklich *warm* gesagt. Nicht englisch *worm.* Das war so witzig."
„Ist das nicht eigentlich ein englisches Buch?", fragte ich.
Paco zuckte mit den Schultern. „Kann sein. Weiß nicht. Liv hatte nur die deutsche Fassung. Es ist wohl das erste Buch, das sie ihm je vorgelesen hat. Noch bevor er sprechen konnte. Er wollte immer nur, dass sie es auf Deutsch vorliest. Liv ist sich nichtmal sicher, ob er versteht, worum es geht. Er will nicht, dass sie es übersetzt. Er will nur, dass sie es vorliest. Als er gehört hat, dass ich aus Deutschland komme, hat er es sofort geholt und ich musste vorlesen. Er stand dabei ganz still vor mir und fixierte meinen Mund. Manchmal hab ich eine Pause gemacht und ihn angesehen. Er schien angestrengt, aber offenbar zufrieden mit meinem Vortrag. Er hat immer nur genickt und gesagt *go on, go on.* Als ich fertig war hat er gestrahlt. Und dann hat er mit feierlicher Stimme wiederholt: *und es war noch warm.* Liv und ich haben geschrien vor Lachen."
Ich lachte. Und ich hatte plötzlich Tränen in den Augen. *Was für ein Glück*, dachte ich. *Was für ein Glück, dass er diesen kleinen Kerl sehen durfte.*
Paco sah mich wieder mit dieser Mischung aus Freude und Sorge an.
„Alles klar?", fragte er.

„Ja, ja“, sagte ich schnell. „Mann. Ich freue mich nur. Ich freue mich für dich, dass du sie getroffen hast. Und ihren Sohn. Weißt du?“
Paco nickte. „Klar.“
Er lächelte. Ich lächelte durch meinen Tränenschleier zurück.
„Und dann bist du wieder gefahren?“, fragte ich um das Gespräch von meinen Tränen weg zu lenken.
„Am Morgen dann, ja. Mein Flieger ging am Nachmittag. Ich musste los.“
„Und seitdem hast du nichts von ihr gehört?“
Paco schüttelte den Kopf.
„Wir haben überlegt, ob wir Adressen austauschen. Aber wir waren ja kurz davor, zurück nach Deutschland zu gehen. Ich hatte noch gar keine Adresse. Also sagte ich: *wir sehen uns in fünf Jahren.*“
„Und was hat sie gesagt?“, platzte ich dazwischen.
Pacos Blick wurde sorgenvoller.
„Sie hat genickt. Das weiß ich noch. Aber sie hat gesagt. *Ich weiß nicht, Paco. Ich weiß nicht, ob ich das packe.*“
„Das hat sie gesagt?“, rief ich.
Paco nickte.
„Und du?“, rief ich wieder. Paco rang sich ein kleines Lächeln ab und zuckte mit den Schultern.
„Nichts. Ich hab sie umarmt und gesagt: *versuch es.*“ Er sah mich an, als hätte er mir damit endlich die traurige Wahrheit gesagt. „Sie hat es einfach nicht geschafft, Peter.“
Ich nickte.
Betont beiläufig schob er nach: „Sie hat gesagt, ich soll dich grüßen, wenn du kommst“.
„Was?“, fragte ich, obwohl ich ihn gut verstanden hatte. Wieder spürte ich Tränen aufsteigen.

Paco versuchte die Beiläufigkeit aufrechtzuhalten. Er lehnte sich in der Bank zurück und sah mich nicht an.„Oh nur, dass ich dich grüßen soll. Und sie würde an uns denken“.
Ich atmete schwer. Das war eindeutig. Sie würde an uns denken, hieß, sie würde nicht kommen. Sie saß jetzt gerade irgendwo in L.A. in einer Fabrikhalle und dachte an uns. Die Vorstellung machte mich wahnsinnig. Aber sie hatte auch etwas Tröstliches. Sie dachte an uns. Sie dachte an mich.
„Hat sie sonst noch was über mich gesagt?“, fragte ich.
Paco zuckte. Nur ganz leicht, aber ich hatte es bemerkt. Und Paco hatte bemerkt, dass ich es bemerkt hatte. Er zog die Stirn in Falten.
„Willst du das wirklich wissen?“, fragte er.
Ich verstand nicht. Wieso sollte ich es nicht wissen wollen? Gab es irgendeine Wahrheit, die er mir ersparen wollte?
„Klar“, gab ich zurück.
Paco atmete tief durch. „Okay, Peter. Ich weiß nicht, ob das gut für dich ist, aber ich will ehrlich zu dir sein.“
Ich nickte mechanisch. *Was?* dachte ich *Was kommt jetzt?*
Paco blickte mir direkt in die Augen. „Genau genommen hat sie eigentlich dauernd nach dir gefragt.“
Was? dachte ich wieder.
„Ob ich wüsste, was du machst. Ob wir uns gesehen hätten. Ob du noch studieren würdest.“ Er schlug sich hilflos auf die Oberschenkel, so als müsste er all diese Fragen genau jetzt noch mal beantworten. „Und als ich ihr dazu nichts berichten konnte, hat sie ständig von St. Peter erzählt. Ob ich noch wüsste, wie du am Strand gesungen hast? Ob ich mich an deine verrückte Dozentin erinnere und wie begeistert du von ihr warst? Ob ich mich an deine Kleopatra erinnere? An dein Filzstiftauge?“
„Echt?“, sagte ich.
„Ja, echt“, sagte Paco knapp.

Ich kniff die Augen zusammen. Ich versuchte einen klaren Gedanken zu fassen, aber in mir hatte sich ein Dröhnen erhoben, dass ich schon sehr lange nicht mehr vernommen hatte. Mein Herz schlug laut und stark. Das Blut rauschte in wilder Fahrt durch meine Adern und ich musste die Augen ganz schließen und mich nur auf mich konzentrieren, um nicht die Besinnung zu verlieren.
„Ich will mich nicht in dein Leben mischen, Peter“, hörte ich Paco irgendwo in der Ferne sagen. „Und ob du Schauspieler bist oder Anwalt ist mir wirklich egal.“ Er machte eine Pause so als wäge er ab, ob er weitersprechen sollte. Dann hörte ich ihn sagen: „Aber den anderen Teil deines Schwurs. Den hättest du erfüllen sollen.“
„Was?“, hörte ich mich selbst und meine Stimme war erschrocken, dünn und piepsig.
„Mann Peter.“ Paco wurde jetzt lauter. „Ich dachte immer, ihr kommt zusammen. Als ich euch das erste Mal gesehen habe, in dieser Eingangshalle.“ Er drehte sich um und zeigte mit dem Finger in Richtung Wäldchen. „Da hinten. Da hab ich schon gedacht ihr seid zusammen. Aber das konnte ja schlecht sein. Wir waren ja alle erst am Abend vorher angekommen.“ Er sah mich fast wütend an. Dann wurde sein Blick sanfter. „Ich wollte mich da wirklich nicht reindrängen“, sagte er plötzlich. „Aber das hat alles so gepasst zwischen uns dreien.“ Er machte eine Pause. „Manchmal habe ich mich gefragt, ob ich schuld bin. Ob ich euch gestört habe.“
Seine Worte rissen mich aus meinem Dämmerzustand und ich schüttelte den Kopf.
„Du? Nein. Quatsch. Ich…“, sagte ich. Wieder so ein Spruch für ein T-Shirt. „Du kannst doch nichts dafür. Ich war so froh, dass du da warst.“ Jetzt legte ich meine Hand auf seinen Arm. „Und Liv auch.“

Paco sah immer noch besorgt aus. „Aber vielleicht wärt ihr ohne mich zusammen gekommen."
Ich wollte protestieren, doch ich brachte kein Wort mehr heraus. Paco denkt, wir gehören zusammen, dachte ich. Er hat geglaubt wir würden ein Paar werden. Neben mir hörte ich ihn seufzen.
„Ach Teenie-Kram, oder?", sagte Paco. Ich sah ihn an.
Er lächelte.
„Was man mit neunzehn eben so denkt und fühlt. Oder mit siebzehn", sagte er.
Ich dachte nach.
„Weißt du", sagte ich nach einer Weile. „Das war ein ganz schönes Ding für mich damals." Und als er mich fragend ansah ergänzte ich: „Dass ich erst siebzehn war und Liv achtzehn und du neunzehn. Und ihr beide mit der Schule fertig." Ich schwieg einen Moment. „Ich hab einfach keine Chance gesehen."
Paco nickte. „Das hab ich gemerkt." Und fast schon wütend setzte er hinzu: „Du hast nichts unternommen. Gar nichts."
Ich sah ihn an und in meinem Kopf ging ganz langsam eine Tür auf. Geräuschlos und in Zeitlupe. Sie öffnete sich und ließ mich etwas sehen, was bis dahin vor mir verborgen war.
„Deswegen der Schwur", sagte ich.
Paco grinste traurig. „Nicht nur." Dann nickte er. „Aber ja. Vor allem deswegen. Ich wollte sicherstellen, dass ihr euch wiederseht. Unbedingt. Ich wollte auf keinen Fall schuld sein, dass ihr euch verpasst."
Wir schwiegen beide. Ich seufzte.
„Aber wir haben uns verpasst", sagte ich.
„Ja", seufzte Paco. „Ihr habt euch verpasst."

Watte

Diese Nacht am Strand hat mir viel gegeben. Viele Antworten. Viele Einsichten. Mehr, als ich erwarten konnte. Aber nicht Liv.

Die ganze Nacht war ein Wunder. Zwei Männer, die sich zuletzt als Teenager gesehen haben, sitzen am Meer und reden. Und trinken. Und rauchen und lachen und heulen. Zwei Freunde. Aber nicht drei.

Nachdem mir Paco eröffnet hatte, wie er die Sache zwischen Liv und mir damals empfunden hatte, versank der Rest der Nacht in einem immer dichter werdenden Nebel. Ich nahm alle Geräusche nur noch dumpf wahr. Als hätte ich einen riesigen Kopfhörer auf den Ohren oder wäre komplett in Watte gepackt worden. Ich vernahm Pacos Worte, hörte den Klang seiner Stimme aber nicht mehr. Das ständige Dröhnen in meinem Innern tauchte die Geräusche der Außenwelt in einen klebrigen Klangbrei, entfernte den Geschmack aus dem Portwein, den Geruch aus der Seeluft und die Farbe aus dem Meer. Meine eigene Stimme hallte grotesk laut in meinem Kopf. An Pacos Blick erkannte ich jedoch, dass sie nach außen kaum mehr, als ein Flüstern war. Er hörte meine Geschichte als ein gleichmäßiges, anhaltendes Wispern. Hörte mich murmelnd den geraden Lebensweg nachzeichnen, der mich dorthin gebracht hatte, wo ich heute war. In der Dachwohnung im Brüsseler Viertel. Ein schlafloser Anwalt unter einer hämischen Dachschräge.

Aber auch, wenn er sich konzentrieren musste, um überhaupt etwas zu verstehen: Paco staunte und Paco lachte und Paco nahm Anteil an dem, was ich berichtete. Er gratulierte mir zu meiner Karriere. Sie sei *außergewöhnlich*. Ich lächelte müde. Paco war in den Dschungel gegangen, um eine bessere Zukunft in seinem Vaterland aufzubauen, war gescheitert, hatte sich mit seinem Vater versöhnt, eine Familie gegründet, arbeitete mittlerweile als Gesamtschullehrer, um junge Menschen auf das Leben vorzubereiten. Das fand ich außergewöhnlich.

Ich erzählte ihm auch von meinem unangekündigten Aufbruch. Er machte mir keine Vorwürfe. Er schien nur überrascht. Bei dem Gedanken an den wartenden Gerichtssaal mit dem kleinen Lebrecht und seinem berühmten Vater schaffte er es sogar, mich mit seinem grunzenden Lachen anzustecken. Als ich Maja erwähnte und die Probleme, die wir hatten, wurde er still. Irgendwann hatte ich ihm alles erzählt.

Als die Sonne aufging war Pacos Portweinflasche leer. Er sah auf die Uhr und sagte: „Mein Zug geht bald. Lass uns was frühstücken gehen."

Ich fragte nach, wann dieses bald sei und uns wurde klar, dass wir ziemlich genau jetzt gehen müssten, wenn wir wenigstens noch eine Tasse Kaffee zusammen trinken wollten. Ich sah auf den Strand. Auf das Meer. Auf den Horizont über dem sich die Sonne langsam in die Höhe schob und ich wusste: ich konnte nirgendwo hingehen.

Nicht weil ich betrunken war. Natürlich war ich betrunken. Aber vor allem war ich noch nicht bereit, diesen Ort zu verlassen. Die Bank. Den Deich. Den Strand. Das Watt. Das Meer.

Ich kann mich nicht daran erinnern, etwas gesagt zu haben, aber ich weiß noch, dass Paco mich fragte, *worauf* ich denn warten wolle. Daraufhin habe ich mit den Schultern gezuckt. Paco, der schon aufgestanden war, setzte sich wieder neben mich. Ich hörte ihn ganz nah an meinem Ohr. Seine großer-Bruder-Stimme flüsterte: „Sie kommt nicht mehr, Peter. Sie kommt nicht." Und nach einer kleinen Pause: „Sie kann nicht."

Ich nickte. Daran erinnere ich mich genau. Ich sagte, ich wolle dennoch warten. Paco fragte, wann mein Zug nach Hause ginge und ich sagte, ich hätte noch Zeit. Er blickte mich lange forschend von der Seite an. Ich lächelte unbeholfen. Er nickte. Ich bin mir sicher, er wusste, dass es keinen Zug für mich gab. Dann saßen wir eine ganze Weile schweigend nebeneinander. Irgendwann schrieb er seine Adresse auf einen Zettel, steckte ihn mir in die Hosentasche und stand auf. Dieser Moment ist mir absolut klar in Erinnerung geblieben. Der Moment des Abschieds. Wir umarmten uns lange. Obwohl ich der weit größere und schwerere von uns beiden bin, fühlte es sich so an, als läge ich in seinem Arm. Als halte mich Paco. Als stütze er mich. Er kam mit seinem Mund ganz nah an mein Ohr und wiederholte flüsternd, was er schon in der Nacht gesagt hatte.

„Du hast den Schwur erfüllt, Peter. Du hast ihn erfüllt." Fragen Sie mich nicht warum oder schieben sie es auf Alkohol und Übermüdung, aber mir stiegen schon wieder die Tränen in die Augen. Während sie langsam auf Pacos Schulter tropften und in den Stoff seines T-Shirt drangen, sprach er mit sanfter Stimme weiter: „Es ist vorbei, Peter. Der Schwur ist nicht mehr wichtig. Du hast ihn erfüllt." Ich musste lächeln. Ich wusste, dass er recht hatte. Aber ich weinte nicht deswegen. Nicht aus Erleichterung oder aus Rührung. Nicht wegen des Schwures. Aus Verzweiflung. Aus Angst. Ich war vollkommen ratlos. Was sollte ich tun? Wie würde es weiter gehen? Was jetzt?

Ich versprach Paco, mich bei ihm zu melden und ihn zu besuchen. Und ich meinte es. Er war schon die ersten Meter gegangen, als er sich nochmal herumdrehte. Er hatte wieder dieses schelmische Grinsen im Gesicht, mit dem ich ihn immer sehe, wenn ich an ihn denke. Seine Augen blitzten

und er rief: „Lass dich nicht in die Luft sprengen!“ Ich lachte. Er lachte. Und dann war er weg.
Ich blickte ihm einen Moment lang nach und atmete frische Morgenluft in meine Lungen. Dann setzte ich mich wieder.

Wissen Sie das noch? Sie können nicht wissen, dass Paco gerade erst verschwunden war, aber kurz danach kamen Sie vorbei. Auf ihrem Fahrrad. Ich weiß es, weil sie sehr langsam an der Bank vorbei fuhren. Ich denke, Sie haben mich angesehen. Ich habe auf Ihre Uhr gestarrt. Diese absurd große Armbanduhr. *Wer trägt so etwas?*, habe ich mich gefragt. *Wer unterwirft sich freiwillig mit solcher Leidenschaft dem Diktat der Zeit?* Blödsinn, natürlich. Ich war nicht bei mir. Als Anwalt wäre ich ohne meine Armbanduhr völlig verloren. Sehen Sie mir diesen Gedanken bitte nach.

Und dann saß ich auf der Bank. Am Anfang habe ich mich manchmal noch umgesehen, wie ein zufälliger Besucher. Ich dachte: *schau dir nochmal alles gut an. Das ist deine Bank.* Aber mehr geschah nicht. Ich war einfach nicht in der Lage, Abschied zu nehmen. Von dem Bild, das ich sah. Vom Meer. Vom Deich. Von unserer Bank. *Das war's jetzt?* dachte ich. *Das soll es gewesen sein? Der Schwur war nicht mehr wichtig?* Natürlich hatte Paco recht. Es war verblüffend simpel. Die Zeit war abgelaufen. Der Schwur war Vergangenheit - ob erfüllt oder nicht. Also war er nicht mehr wichtig. *Und jetzt?* dachte ich immer wieder. *Was mache ich jetzt?*

Weiter kam ich nicht. Ich war nicht in der Lage, meine Situation zu durchdenken. Ich konnte die Karten nicht vor mir auf den Tisch legen und verschiedene Szenarien durchspielen. Es ging nicht. Ich sah das Meer und den Strand und den Deich und ich dachte mit einer Klarheit, die mich selbst überraschte: *Wenn ich hier weggehen soll, muss ich wissen wohin.*

Aber ich wusste nicht wohin. Ich war stecken geblieben. Ich war eine Schallplatte, die hing. Ich kam nicht weiter. Ich saß da und in mir drin dröhnte die Frage: *Und jetzt? Und jetzt? Und jetzt?* Endlos.

Also blieb ich sitzen. Einmal war ich noch pinkeln, dann habe ich mich gar nicht mehr bewegt. Ich glaube, dass manchmal jemand neben mir saß, aber ich weiß es nicht genau. Der dicke, weiche Wattebausch um mich herum wuchs immer weiter und nahm mich komplett in sich auf. Ich war eingehüllt in meiner Gedankenwelt. Die Platte kreischte ihre Frage mit nicht enden wollender Hartnäckigkeit in den Hohlraum hinter meiner Stirn und ich saß und saß und saß. Ich nahm kaum noch etwas von meiner Umwelt wahr und hatte das Gefühl dadurch auch nicht mehr wahrgenommen zu werden. Wie ein Kind, das sich die Augen zuhält um unsichtbar zu sein. Aber ich war nicht unsichtbar. Sie haben mich gesehen.

Wenn wir das jetzt gemeinsam rekapitulieren, relativieren sich die *drei Tage auf der Bank*. Drei Tage, 72 Stunden auf der Bank - wie soll das gehen? Das wäre wirklich verrückt. Da stimme ich Ihnen zu.
Ich muss ungefähr die Hälfte dieser Zeit auf der Bank verbracht haben. Aber ja - ich saß *an* drei aufeinanderfolgenden Tagen dort. Und ich verstehe, dass Ihnen das aufgefallen ist. Am 28. haben Sie mich abends gesehen. Natürlich konnten Sie nicht wissen, dass ich gerade erst gekommen war. Jetzt wissen Sie es. Dann haben Sie mich am Morgen des 29. gesehen und sie konnten auch nicht wissen, dass ich die Nacht mit einem Freund verbracht habe. Mit Paco, den ich fünfzehn Jahre lang nicht gesehen hatte. Da ist eine Nacht auf der Bank nicht viel, finde ich. Dann kamen sie am Abend

wieder und ich gebe zu, dass ich für diesen Tag keine besonders gute Erklärung parat habe. Nur, dass ich völlig fertig war. Körperlich am Ende. Zu viel Alkohol. Zu wenig Schlaf. Und mental... na sagen wir, ein wenig abgedriftet. Ich war verwirrt und ich war aufgewühlt und ich musste nachdenken. Dass ich dann auch in der Nacht noch sitzen geblieben bin, das ist schon etwas merkwürdig. Das gebe ich zu. Insgesamt kommen wir also auf gut 36 Stunden. Das ist ungewöhnlich, ja. Aber war ich nicht auch in einer ungewöhnlichen Situation? Ich hatte mein Leben Hals über Kopf verlassen um jemanden zu treffen, der nicht gekommen war. Das bedeutete doch etwas. Das sagte doch eine Menge über mich, oder? Nur *was?* Auch damit war ich beschäftigt, als Sie am Freitagmorgen mit Ihren Kollegen und der Trage kamen.

Wann der Regen eingesetzt hatte, weiß ich nicht mehr. Es war definitiv keine epische Sturzflut wie 1995. Eher ein feiner Regen. So als wäre die Luft ganz langsam immer feuchter geworden, bis man die Tropfen plötzlich auf der Haut spürt und merkt, dass sie eigentlich vom Himmel fallen.

Ich hab Sie gleich erkannt. *Die Frau mit der Uhr.* Ich wusste, Sie sind in Ordnung. Also bin ich mitgegangen. Aber Sie haben mir all diese Fragen gestellt. Wie ich heiße? Wo ich wohne? Ob ich Sie HÖ-REN könne? Das hat mich alles nicht interessiert. Wie ich bereits gesagt habe: ich hätte Ihnen antworten können. Ich wollte nicht. Mir war egal, wohin wir gingen. Ehrlich gesagt, ich war einfach froh, von dieser Bank weg zu kommen.

Und dann hatten Sie diese Idee. Die Idee mit dem Schreiben. Sie haben all Ihre Fragen gestellt. Ich habe nichts gesagt und Sie haben mir wortlos den Block rüber geschoben. Und den Stift. Sie haben mich lange angesehen. Als sie sicher waren, dass ich Ihnen zuhöre haben Sie gesagt: „Schreiben Sie's auf". Und ich habe genickt. Und habe angefangen. Und jetzt bin ich fertig.

St. Peter-Ording, Donnerstag 19. August 2010

Ich weiß, was Sie jetzt denken. Dass das kein Zufall ist. Exakt drei Wochen bin ich heute hier und genau an diesem Tag liegt mein letzter Brief auf Ihrem Schreibtisch. Mein letzter Kommentar. Und natürlich haben Sie recht. Drei Wochen St. Peter-Ording. Damit war ich eben so lange hier wie 1995. 21 Tage damals. 21 Tage heute. Zweimal drei Wochen. Zwei Sommer. Ich mag sowas. Ich finde, das passt.

Mir ist das selbst erst irgendwann im Laufe der letzten Woche aufgefallen. Ich habe ja Tag und Nacht nur noch geschrieben. Geschrieben und geschrieben. Und da habe ich gedacht. „Hetz dich nicht so. Wenn du schreibst wie ein Irrer, halten Sie dich auch für einen Irren." Also habe ich es so eingerichtet, dass mein Bericht genau gestern fertig wurde. So dass ich heute verschwinden kann.

Wenn Sie diese Zeilen lesen bin ich also schon weg. Falls Sie es noch nicht bemerkt haben, sehen Sie ruhig nach. Ich habe sogar aufgeräumt. Das Bett ist abgezogen. Die Blumen liegen draußen in der Tonne. Sonst hatte ich nichts.

Wenn Sie ins Besprechungszimmer gehen, wo die Akten liegen, werden Sie feststellen, dass ich noch etwas mitgenommen habe. Ich weiß, dass das nicht legal ist. Ich weiß auch, dass mein Bericht bei Ihnen in guten Händen war. Aber schließlich ist es meine Geschichte. Ich brauche sie noch. Für mich. Vielleicht für Maja. Wer weiß wofür? Und ich konnte bisher keine Kopie machen. Ich verspreche Ihnen, dass ich eine anfertige und Ihnen das Original wieder zusende. Ich möchte nicht, dass Sie Schwierigkeiten bekommen.

Ich bin zuversichtlich, dass Sie mein unangekündigter Aufbruch nicht in Verzweiflung stürzt. Auch das schien mir passend. Ich bin plötzlich aus der Welt der Gesunden hier herein gestolpert und ebenso plötzlich bin ich wieder raus. Ich brauche kein Abschlussgespräch, wie Sie angeboten haben. Ich bin nicht „austherapiert". Ich bin nicht ge-

heilt, denn ich war nicht krank. Ich bin einfach wieder weg. Zurück im Leben.

Ich mache mir nichts vor. Ich habe es von Anfang an eingeräumt. Ja, ich war in einer kritischen Situation. Definitiv. Ich war blockiert. Ich war verwirrt. In meinem Kopf war einiges durcheinander. Das musste ich ordnen. Dafür habe ich diese drei Wochen gebraucht. Die Zeit. Den Schutz der Klinikwände. Ihren Rat.

Vor allem war ich fest davon überzeugt, für mich gäbe es kein Zurück. Nach dieser Nummer? Nach dem Abgang? Wie sollte ich den Menschen gegenübertreten, die ich so getäuscht hatte? Was sollte ich Maja sagen? Was Dr. Lang? Was meiner Mutter? Ich hatte sie alle, alle enttäuscht. Getäuscht.

Sie haben mich vom Gegenteil überzeugt. Sie haben mir den Weg gezeigt. Mit einem einzigen Wort. „Burnout". Ich weiß, ich habe mich sehr aufgeregt, als Sie damit anfingen. Sie würden meine Situation mit einer Modeerkrankung banalisieren, habe ich gesagt. Aber sie haben nur still gelächelt. Und ich habe begriffen, welche ungeheuren Möglichkeiten in diesem kleinen Wörtchen schlummern. „Burnout". Das ist wie „Mein Vater ist tot." *Eine Zauberformel. Eine, von der nur wir beide wissen. Ich sage „Burnout" und keiner wird fragen, wo zur Hölle ich die letzten Wochen gesteckt habe. Alle werden verständnisvoll nicken. Sie werden mir die Arme entgegenstrecken und mich wieder in ihrem Kreis aufnehmen. Burnout ist der Rückfahrtschein in mein altes Leben.*

Ich gebe zu, das klingt jetzt alles leichter und lustiger als es sich für mich angefühlt hat. Aber ist das nicht ein gutes Zeichen? Als ich hier ankam, war gar nichts leicht, nichts lustig. Ich habe ja nicht mal mit Ihnen gesprochen. Sie haben das einen „temporären Mutismus" genannt und das gefällt mir. Was für ein tolles Wort. Ich hatte es vorher noch nie gehört, aber es hat sich mir sofort erschlossen. Ich kenne na-

türlich diese Taste mit der man den Fernseher stummschaltet. Das war die Taste, die ich am meisten gehasst und am meisten gebraucht habe. Manchmal habe ich stundenlang Musikvideos ohne Ton geguckt. Mit einem Buch auf den Knien und meiner Mutter in der Küche über ihren Korrekturen. Ich hätte schon gerne die Musik dazu gehört, aber meist kannte ich die Songs und habe im Kopf mitgesungen, während sich die Sänger in schrillen Bildern verrenkt haben. Viele der Videos haben sich dadurch für immer in mein Gedächtnis eingebrannt. Die Bilder waren intensiver, weil nichts meine Aufmerksamkeit ablenkte. So ähnlich muss mir das auch auf der Bank gegangen sein. Nur umgekehrt. Meine Aufmerksamkeit war so auf mein Inneres gerichtet, dass ich den Ton vergessen habe. Ich versichere Ihnen, bei mir hat niemand die „mute"-Taste gedrückt. Ich hab den Ton einfach selbst abgedreht. Ich glaube, das war notwendig. Um mich selbst wieder zu hören.

Jetzt hatte ich also meine Auszeit und ich danke Ihnen dafür. Das Schreiben hat mir geholfen, mich selbst aus der Distanz zu betrachten. So als wäre ich die Hauptfigur in einer Erzählung oder einem Roman. Ich finde schon, dass das alles in Sinn ergibt, was diese Hauptfigur so tut und denkt. Nur - und das ist wohl dem Zauberwerk der Schreiberei zu verdanken - habe ich mir als Leser plötzlich eine ganz neue Frage gestellt. Ist dieser Schwur wirklich so wichtig, dass ich meine gesamte Existenz an ihm messe? Mir ist klar geworden, dass ich immer vorausgesetzt habe, dass das, was ich mir mit siebzehn gewünscht habe, auch richtig für mich ist. Dass es gut für mich ist. Ich habe das nie hinterfragt. Und gemessen an diesem Anspruch habe ich in den letzten fünfzehn Jahren ziemlich versagt. Ob bewusst oder unbewusst - irgendwie habe ich immer darauf gewartet, mit dem eigentlichen Leben, mit dem „richtigen" Leben zu beginnen. Schauspieler zu werden. Liv zu heiraten. Dabei habe ich nicht erkannt, dass ich das „richtige Leben" vielleicht schon längst lebe. Als Anwalt. Mit Maja.

Sie haben gesagt, das Leben sei eine Aneinanderreihung verpasster Gelegenheiten. Ich habe Ihnen gegrollt, weil Sie meine Probleme mit so einem Kalenderspruch beiseite wischen wollten. Aber vielleicht hatten sie recht. Die fünfzehn Jahre sind vorüber. Ich bin kein Schauspieler. Paco hat keine Revolution angeführt. Liv und ich haben uns verpasst. Die Zeit ist um. Aber was soll's? Der Schwur ist Vergangenheit. Ob ich ihn erfüllt habe oder nicht - er zählt nicht mehr. So ist das Leben.

Nachtrag

Livingston, Donnerstag 9. September 2010

Liebe Frau Dr. Ingwersen,

jetzt habe ich Sie doch überrascht, oder? Seien Sie ehrlich: dieses Päckchen haben Sie nicht erwartet. Haben Sie meinen Namen vielleicht sogar schon vergessen? Und dann diese exotischen Briefmarken. So was kriegen Sie sicher nicht alle Tage. Ich habe den Umschlag hier schon fix und fertig neben mir. Die Vorstellung, dass das Federkleid dieses hübschen Vogels auf der Marke wegen mir von einem groben Poststempel besudelt wird, betrübt mich. Aber dieses Opfer werde ich bringen. Ich muss nur noch diese Zeilen an Sie fertig schreiben und dazu stecken. Das ist jetzt aber bestimmt das letzte, was Sie von mir lesen. Das Nachwort für den Bericht sozusagen. Ich hoffe inständig, dass es mir gelungen ist, Sie zu überraschen.

Der Ort sagt Ihnen nichts, oder? Ich denke mal, er ist nach diesem Forscher benannt. Allerdings weiß ich das nicht. Mir gefällt der Gedanke, Ihnen wieder aus einem Ort zu schreiben, der nach einem Menschen benannt wurde. Erst der heilige Peter, jetzt dieser ganz weltliche Schotte. Ansonsten ist alles anders.

Ich bin natürlich hier wegen Paco. Er hat mir Livingston beschrieben als einen Ort, der aus der Zeit gefallen sei. Ein karibisch verpenntes Küstendörfchen am äußersten Rande eines hektischen und überhitzten Landes. Seines Landes. Und er hatte recht. Ich genieße die Unaufgeregtheit dieses Ortes. Aber ich bin nur hier, weil ich jemanden gesucht habe. Narciso Gonzalez Gonzalez. Ein toller Name, oder? Der heißt wirklich so. Zumindest steht das auf seinem Klingelschild. Wir haben gestern bei ihm zu Hause Bier getrunken. Seine Frau hat Hühnchen gekocht. Er hat Gitarre gespielt und seine Tochter hat gesungen. Ein toller Abend.

Heute habe ich lange geschlafen. Draußen regnet es wie verrückt und ich nutze diesen gebrauchten Tag, um Ihnen endlich zu schreiben. Um Ihnen zu erklären, wie es weitergegangen ist. Um das Ende zu erzählen.

Ich will es kurz machen. Ich habe es versucht, aber es ging nicht. Es lag nicht an Ihrem Trick. Der hat tadellos funktioniert. Vor allem im Büro. Ich solle mir noch ein paar Wochen nehmen, hieß es. Dr. Lang betreute den Fall. Manninger assistierte ihm. Niemand brauchte mich. Dass sie den kleinen Lebrecht rauspauken, wird immer unwahrscheinlicher. Dass ich Partner werde auch. Aber das ist nicht mehr wichtig.

Natürlich hat auch Maja sich von der Diagnose beeindrucken lassen. Sie war rücksichtsvoll. Ihre eigene Verunsicherung und ihren verletzten Stolz hat sie völlig zurückgestellt. Sie bewegte sich auf Zehenspitzen durch die Wohnung, ließ mich lange schlafen und kochte ständig Tee. Bei all dem sah sie mich so traurig an, als sei sie allein an meinem Zusammenbruch schuld. Sie und ihr Kinderwunsch. Sie marterte sich. Schalt sich, dass sie sich zurückgezogen hatte, als ich sie in St. Peter nicht empfangen wollte. Dabei hätte ich sie in dieser schweren Phase sicher so sehr gebraucht. Das war zwar definitiv falsch, aber es rührte mich. Und ich begann mich zu schämen.

Ich würde Ihnen gerne erzählen, dass ich das Theater beendet habe, weil ich es nicht mehr ertragen habe, Maja etwas vorzumachen. So sehr ich Ihnen für die Idee mit dem Burnout danke - mir wurde sehr schnell klar, dass das falsch war. Maja musste endlich wissen, um was es hier ging. Wenigstens sie. Aber ich kenne mich mittlerweile gut genug um zu wissen: ich hätte das auch weiter durchgezogen. Diese Rolle zu spielen, war für mich nicht neu. Bisher war ich der Anwalt - jetzt war ich der überlastete Anwalt, der vor dem Druck in die Knie gegangen war und dessen zarte Seele ganz allmählich neue Kraft gewann. Ein

Mann, der Hoffnung schöpfte und bereit war, die losen Enden seines Lebens wieder aufzunehmen.

Dass ich ihr schließlich alles erzählt habe, liegt an zwei Menschen. Einer dieser beiden ist der Hase. Mein scheinbar verrückter Nachbar, der ständig zuckt und springt und niemals still steht. Ich habe in den letzten Tagen viel über ihn nachgedacht und ich möchte, dass Sie verstehen, warum mir dieser Mensch so wichtig ist.

Als ich, nach den drei Wochen bei Ihnen, nach Hause kam, war der Hase verschwunden. In den ersten Tagen fiel mir das gar nicht auf. Schließlich fragte ich Maja. „Im Elisabeth", war ihre knappe Antwort. „Irgendein Unfall." Ich nickte und bemühte mich um eine demonstrativ gelassene Reaktion. Noch am gleichen Tag fuhr ich hin.

Der Hase lag mit einem stattlichen Gips an rechtem Bein und rechtem Arm in einem Bett. Er war wach und so wie es in seinem Zimmer roch, hatte er gerade geraucht. Er grinste, als er mich sah. Er zeigte mit dem gesunden Arm auf seine ramponierte rechte Hälfte und sagte: „Müll".

Ich verstand das zunächst als makabren Witz auf eigene Kosten, aber er erklärte mir, dass es tatsächlich der Wagen der Müllabfuhr war, der ihn angefahren hatte. Ich setzte mich zu ihm und für einige Zeit bedauerten wir gemeinsam sein Pech. In seinem Bett lag er vollkommen ruhig. Nicht einmal seine Wimpern zuckten. Er zündete sich seine halb aufgerauchte Zigarette an, ohne mir eine anzubieten und sagte schließlich: „War klar, dass passieren würde." Er blies den Rauch ungeniert in einer großen Wolke in den weißen Raum und wiederholte: „War klar. Hab ich gewusst."

Ich nickte verstehend. Ich war positiv überrascht, über diese Haltung. So reflektiert. So selbstkritisch.

„Ja", sagte ich. „Dein Gehüpfe ist manchmal schon gefährlich."

Er sah mich überrascht an und musste husten. Er wollte etwas sagen und hustete nur noch doller. Er beugte sich vornüber, soweit er eben konnte, hustete mit beängstigender Heftigkeit und wurde schließlich

durch ein lautes finales Würgen von seinem Krampf erlöst. Schwer atmend sah er mich durch wässrige Augen an. Die Tür flog auf.
„Sind Sie verrückt?“, hörte ich eine Stimme in meinem Rücken. „Sie können hier doch nicht rauchen!“
Die Stimme gehörte zu einer Krankenschwester, die zwar das Aussehen und die Statur einer Sechzigjährigen hatte, deren Stimme und Angriffslust jedoch in jedem Kasernenhof für erhöhte Gefechtsbereitschaft gesorgt hätte.
„Ich…“, stammelte ich nur.
„Hab ich nicht“, sagte der Hase um einiges eloquenter als ich.
Damit hatte die Schwester ihr Opfer bestimmt, packte mich ohne weitere Fragen am Kragen und beförderte mich mit erstaunlicher Kraft zunächst auf die Füße, dann aus dem Zimmer.
„ Das ist hier ein Krankenhaus“, schimpfte sie dabei. „Wie soll der Herr Sinanovic denn so gesund werden? Na das gibt eine Anzeige.“
Bevor ich in den Flur befördert wurde, konnte ich noch einen Blick auf den Hasen werfen. Er gestikulierte wild mit den Armen. Anstatt den Irrtum aufzuklären, rief er erneut: „Hab ich nicht.“
Die Krankenschwester, ließ von mir ab und machte eine beruhigende Geste in seine Richtung. „Ich weiß, Herr Sinanovic. Alles gut. Ich kläre das.“
Unvorsichtigerweise wendete sie sich dabei von mir ab und machte einen Schritt auf das Bett zu.
„Ruhen sie sich aus“, hörte ich sie sagen. Da war ich aber schon losgerannt. Und während ich an erschrockenen Patienten vorbei sprintete, wie ein Dieb auf der Flucht, fragte ich mich, warum der Hase mich derart in die Pfanne hauen sollte. Ihm wäre doch nicht viel geschehen. Ein rauchender Patient, na und? Stattdessen brachte er mich in diese Situation. Aber als ich schließlich in großen Sprüngen das Treppenhaus herunter hastete wurde mir klar: der Hase hatte nicht der Schwester geantwortet. Er hatte mit mir gesprochen. „Hab ich nicht“. Er meinte nicht „geraucht“. Er meinte „gehüpft“. „Hab ich nicht gehüpft.“ Er war nicht gehüpft. Er war nicht wegen seines Ticks ange-

fahren worden. Sondern einfach so. Oder sogar weil er nicht gehüpft war. Ich rannte fast eine Schwangere um und sprang durch die offene Automatiktür ins Freie. Aber ich blieb nicht stehen. Ich rannte und rannte, bis ich nichts mehr vom Krankenhaus sehen konnte. Wieso war der Hase nicht gehüpft? Wieso war er angefahren worden?

Ich schilderte Maja am Abend mein Erlebnis. Sie rügte mich, dass ich in meinem Zustand einen Krankenbesuch unternommen hatte. Aber sie konnte mir weiterhelfen. Offenbar hatte der Hase seine Therapie erfolgreich fortgesetzt. „Er hat wirklich tolle Fortschritte gemacht. Du hättest ihn sehen sollen. Er bewegte sich ganz normal."
„Wie du und ich?", fragte ich nach.
Maja nickte. „Ein bisschen langsamer vielleicht", fügte sie hinzu. „Er wirkte immer sehr konzentriert. So als brauche er seine gesamte Energie, um das Zucken zu unterdrücken."
Ich nickte.
„Er muss wohl einen Rückfall gehabt haben", sagte Maja schließlich. „Das ist wirklich bitter."
Ich nickte wieder. Ich dachte nach. Konnte das Zufall sein? Der Hase wurde geheilt und hatte kurz darauf einen Unfall. Aber nicht trotz seiner Heilung, wie alle Welt vermutete, sondern deswegen.

Ich erzähle Ihnen das deshalb, weil es mir vorkam, als wäre ich in einer ganz ähnlichen Situation. Der Hase hatte sein Zucken verloren - ich hatte den Schwur verloren.

Ohne das Zucken war der Hase nicht mehr der Hase, sondern nur noch Mensur Sinanovic. So, wie er sein sollte. Gesund. Normal. Aber nicht so, wie er war. Und ich? War ich ohne den Schwur noch ich selbst?

An dieser Stelle schlug mein Herz mit voller Macht auf die Pauke. Es war fast wie ein Tusch. Eine Bestätigung. Als hätte es die ganze Zeit gewartet, dass ich endlich auf diesen Gedanken käme. Und der eine Gedanke führte zu weiteren. Wie wichtig war dieser Schwur wirklich? Natürlich war die Zeit abgelaufen. Natürlich gab es den

Schwur nicht mehr. Daran konnte ich nichts ändern. Aber hatte ich nicht vielleicht doch noch eine Wahl? Und wichtiger: blieb mir nicht das eigentliche Ziel? Unwillkürlich setzte meine Atmung für einen klitzekleinen Moment aus, als mir klar wurde, was dieses Ziel war: das Wiedersehen mit Liv.
Ich stand vom Tisch auf und blickte aus dem Fenster über das Dächermeer des belgischen Viertels. Ich versuchte zusammenzufassen. Der Hase hatte dafür bezahlt, dass er versucht hatte jemand zu sein, der er nicht war. Würde mir das genauso gehen? Würde ich dafür bezahlen, wenn ich mein Ziel einfach wegschmiss?
Ich blickte grimmig vor mich hin. Ich war mir sicher, dass es ganz genau so war. Ich hatte mein Ziel viel zu leichtfertig aufgegeben. Ich hatte gedacht, es wäre nicht mehr zu erreichen. Aber ich hatte mich geirrt.

Und damit sind wir beim zweiten Menschen angelangt, der meine Entscheidung beeinflusst hat. Bei dem, der alle meine Entscheidungen beeinflusst. Der Mensch, um den sich seit fünfzehn Jahren alles dreht: Liv.

Durch den Hasen hatte ich kapiert, dass ich sie immer noch wiedersehen konnte. Und in den ersten Tagen zu Hause musste ich mir eingestehen, dass ich sie auch immer noch wiedersehen wollte. Mehr als je zuvor.

Ich schaffte es nicht, aus Liv eine dieser verpassten Gelegenheiten zu machen, aus denen das Leben angeblich besteht. Ich versuchte es. Wirklich. Ich wollte vernünftig sein. Ich wollte glücklich sein mit dem, was ich habe und nicht länger dem hinterher hecheln, was ich nicht habe. Ich wollte mir einreden, dass ich das richtige Leben bereits lebe. Ich müsse nur lernen zu sehen und alles stünde mir offen. Eine erfolgreiche Berufslaufbahn. Eine Familie mit Maja. Es war alles da. Ich müsse das nur endlich sehen.

Ich konnte es nicht.

Ich glaube, Sie irren sich, Frau Doktor. Das Leben ist nicht so, wie Sie sagen. Es besteht aus einer Menge verpasster Gelegenheiten - das ja. Aber es ist keine Aneinanderreihung, bei der das eine aus dem anderen entsteht und alles immer nur wächst und vorwärts drängt. Nicht für mich. Ich gehe einfach zurück. Ich kann die Vergangenheit nicht zurückholen, aber ich hole diese Gelegenheit nach. Ich kann nicht leugnen, dass ich zwei Stimmen in mir trage. Ich kann das Dröhnen in meiner Brust nicht weiter ignorieren. Das unkontrollierte Pochen meines Herzens. Das Zittern, das mich manchmal überkommt. All das ist ein Teil von mir. Und wie ein guter Vater seine Liebe auf alle seine Kinder verteilt, kann ich mich nicht immer nur mit meinem Kopf beschäftigen. Sonst werde ich wirklich noch verrückt.

Also habe ich mit Maja gesprochen. Es war nicht leicht. Jedes Wort über Liv bereitete ihr sichtbar Schmerzen. Sie schüttelte den Kopf, rief ein paar Mal erschrocken „Nein" und sah mich an, als hätte ich den Verstand verloren. Aber sie unterbrach mich nicht. Sie hörte zu.

Als ich ihr erklärte, ich würde meinen Job kündigen, begann sie leise zu weinen. Aber sie versuchte nicht, es mir auszureden. Es muss alles unglaublich verwirrend geklungen haben in ihren Ohren. Wirklich irre. Aber sie nahm mich ernst. Jedes Wort das ich sagte, kam bei ihr an. Das sah ich. Und durch all die Trauer, durch ihre Wut, Verletzung und Enttäuschung, glaube ich auch ein zartes Funkeln in ihren Augen entdeckt zu haben. So als erkenne sie mich endlich. Als könne sie mich nach all den Jahren zum ersten Mal klar sehen. Als ergäbe alles endlich einen Sinn.

Als ich fertig war, sah mir Maja einen Moment lang direkt in die Augen. Ich konnte sehen, dass sie nach Worten suchte. Sie schienen schon auf ihrer Zunge zu liegen und ich rechnete jeden Moment damit, sie sagen zu hören: „du bist verrückt". Aber sie sagte es nicht. Sie sagte gar nichts. Sie zuckte mit den Schultern. Sie weinte stumm und ging. Aus dem Zimmer. Aus der Wohnung. Die Treppe runter. Fort.

Ich stahl mich im Morgengrauen davon. Mit einer Tasche über der Schulter zum Bahnhof. Denselben Weg wie am 28.7. Mit dem Zug fuhr ich zu Paco nach Greifswald. Er freute sich riesig. Marie, seine Frau, freute sich auch. Pedro, ihr Sohn, war zunächst skeptisch, aber als er kapiert hatte, dass ich als Torwart durchaus brauchbar war, tolerierte er meine Anwesenheit. Die kleine Mariella ignorierte mich vollkommen. Was für ein Glück.

Ich blieb drei Tage, dann hatte ich ein Flugticket und die Adresse von Narciso Gonzalez Gonzalez. Er war damals Pacos Koordinator im Kulturministerium gewesen. Der Mann, der ihn nach L.A. geschickt hatte. Der Mann, mit dem ich den gestrigen Abend verbracht habe.

Gonzalez hat mir eine Adresse gegeben. In Inglewood. In L.A.. Der Kollege, bei dem Paco damals gewohnt hatte. Gonzalez wusste nicht, ob er noch immer dort lebte, aber er nahm es an.
Ich werde ihn suchen. Und ich werde ihn fragen, ob er weiß, wo diese Fabrikhalle steht. Wenn ich ihn nicht finde, werde ich die Gegend auf eigene Faust abklappern. Obwohl mich Paco davor gewarnt hat. Aber ich werde einfach vorsichtig sein. Mir wird schon was einfallen.

Wenn alles klappt, werde ich Liv wiedersehen. Die Einfachheit dieses Gedanken überwältigt mich. Ich suche sie. Ich finde sie. Ich hoffe, ich finde sie. Ich hoffe, sie ist gesund. Ich hoffe, sie freut sich.

Wie es danach weitergeht, weiß ich nicht. Vielleicht bleib ich eine Weile dort. Vielleicht nicht. Vielleicht arbeite ich wieder als Anwalt. Vielleicht nicht. Vielleicht finden Maja und ich einen Weg miteinander. Vielleicht nicht. Alles ist möglich.

Ich werde mir ein Auto kaufen. Einen dicken alten Chevrolet. Ein Auto mit Seele, so wie das von Bastis Opa. Ein treues Schlachtschiff, das mich sicher nach Norden trägt. Ich habe so lange gebraucht, hierher zu kommen, da will ich auf den letzten Metern nicht hetzen. Die Strecke reizt mich; die Freiheit. Was auch immer mich in L.A. erwartet - schon der Weg dorthin wird ein Abenteuer. Und ich glaube daran fehlt es bisher in meinem Leben.

Unterwegs werde ich den Bericht nochmal lesen. Die Kopie natürlich. Das Original können Sie ja nun wieder in den Aktenschrank legen. Ich will die Seiten noch einmal durchgehen. Als Leser. Oder besser: als Lektor. Wenn mir etwas nicht gefällt, wenn mir eine Formulierung nicht ganz gelungen scheint, dann werde ich sie einfach ändern. Ich werde den Text aufhübschen. Ich werde die Namen anpassen, damit sich niemand verletzt fühlt. Ich werde meinen Heimatort anonym halten, auch wenn man ihn an Hand der Beschreibungen wohl erkennen kann. Und vielleicht werde ich es sogar regnen lassen am letzten Tag meiner Aufzeichnungen. In Guatemala. Am Karibikstrand. Um einen Bogen spannen zum Beginn der Ereignisse. Oder wäre das übertrieben?

Irgendwann werde ich den Text jemandem zu lesen geben, der sich mit sowas auskennt. Wer weiß, vielleicht wird ja ein Buch daraus. Vielleicht bin ich dann nicht Schauspieler und nicht Anwalt, sondern Autor. Keine Ahnung, ob das eine realistische Option ist. Ich kann das schwer abschätzen. Aber mir gefällt die Aussicht.

***

ISBN 978-3-7549-2847-9
00001
9 783754 928479
www.epubli.de